HEYNE <

DAS BUCH

Nach einer langen Karriere in Sachen Mord und Komplott für die Regierung hat sich der Auftragskiller Paul Janson unabhängig gemacht und seine eigene Spezialeinheit gegründet. Zusammen mit seiner neuen Geschäftspartnerin, der Scharfschützin Jessica Kincaid, übernimmt er nur noch Missionen, von denen er glaubt, dass sie dem Wohl der Menschheit dienen.

Die Rettung der in Somalia entführten Allegra, Gattin des einflussreichen Ölmanagers Kingsman Helms, scheint so ein Fall zu sein. Außerdem bietet der Auftrag einen perfekten Vorwand, um mehr über Helms' zweifelhafte Geschäftsmethoden herauszufinden. Doch in Afrika angekommen, müssen Janson und Kincaid feststellen, dass sich der Einsatz noch weitaus gefährlicher gestaltet als gedacht. War Allegras Entführung vielleicht nur der erste Teil eines viel grausameren Plans?

Nach *Der Janson-Befehl* und *Das Janson-Kommando* sind Paul Janson und Jessica Kincaid in *Die Janson-Option* zum dritten Mal im Einsatz.

DIE AUTOREN

Robert Ludlum erreichte mit seinen Romanen, die in mehr als 30 Sprachen übersetzt wurden, weltweit eine Auflage von über 280 Millionen Exemplaren. Robert Ludlum verstarb im März 2001. Die Romane aus seinem Nachlass erscheinen bei Heyne. Ein ausführliches Werkverzeichnis finden Sie am Ende des Buches.

Paul Garrison wurde in New York geboren und lebt in Connecticut. Zum Schreiben inspirierten ihn die Seefahrergeschichten seines Großvaters. Er ist der Autor zahlreicher erfolgreicher Thriller.

ROBERT LUDLUM
PAUL GARRISON

Die Janson-Option

Roman

Aus dem Amerikanischen
von Norbert Jakober

WILHELM HEYNE VERLAG
MÜNCHEN

Die Originalausgabe THE JANSON OPTION
erschien 2014 bei Grand Central Publishing, New York.

FSC
www.fsc.org
MIX
Papier aus verantwortungsvollen Quellen
FSC® C014496

Verlagsgruppe Random House FSC® N001967
Das für dieses Buch verwendete
FSC®-zertifizierte Papier *Holmen Book Cream*
liefert Holmen Paper, Hallstavik, Schweden.

Vollständige deutsche Erstausgabe 12/2015

Printed in Germany 2015
Redaktion: Alexandra Klepper
Umschlaggestaltung: Nele Schütz Design, München,
unter Verwendung eines Motivs von
© shutterstock/botulinum 21
Satz: Buch-Werkstatt GmbH, Bad Aibling
Druck und Bindung: GGP Media GmbH, Pößneck
ISBN: 978-3-453-43628-2

www.heyne.de

Für AMBER EDWARDS
und LUCKY,
unseren »präsenten Freund«

Prolog
AUSSCHLEUSUNG
Vor einem Jahr

30°8' N, 9°30' O
Tunesische Grenze, nahe Ghadames
395 Meilen südwestlich von Tripolis

»Checkpoint«, warnte Janson.

Etwa eineinhalb Kilometer voraus standen zwei Toyota Pick-ups Kühler an Kühler quer über der Straße, die etwa zwei Meter über dem Wüstenniveau verlief. Ein Panzer hätte den Kontrollpunkt mit seinen Ketten vielleicht weiträumig umfahren können. Ein gestohlenes Taxi mit einem Amateur am Steuer war hingegen chancenlos.

»Regierungstruppen oder Rebellen?«, fragte Jessica Kincaid auf dem Rücksitz. Sie trug eine abgenutzte Leica-Kamera um den Hals.

Janson saß zur Beruhigung des Fahrers vorne und beobachtete die Pick-ups mit einem monokularen Fernglas. Zivilisten, die zwischen die Fronten von regierungstreuen Truppen und Rebellen geraten waren, verstopften die Straßen zur Grenze mit ihren Autos, deshalb hatte er das Taxi nach Süden in karges Wüstengelände ausweichen lassen.

Er überblickte den Checkpoint mit dem Fernglas. »Schwarze Söldner … Bullpup-Sturmgewehre … der linke Truck ist mit einem Raketenwerfer Typ 63 ausgerüstet.«

Jessica versteckte den Passierschein der Rebellen unter dem Fahrersitz und gab Janson die Geschäftsvisa, die ihnen ein Unternehmer in Tripolis besorgt hatte, der Bewässerungspumpen für das »Great Man-Made River«-Projekt importierte. Bei diesem Projekt wurde eine riesige Pipeline für eine verbesserte Wasserversorgung der Bevölkerung und der Landwirtschaft installiert. Sie war eine junge, athletische Frau und trug ein

Tuch über dem kurzen braunen Haar, eine weite Cargohose und ein verschwitztes Hemd. Laut ihren Papieren arbeitete sie in der PR-Abteilung des amerikanischen Bauunternehmens KBR.

Jansons Visum wies ihn als Wasserbau-Ingenieur desselben Unternehmens aus. Er war älter als Jessica, ein unscheinbarer Mann mit kurzem stahlgrauem Haar. Die Narben an den Händen und im Gesicht sowie die muskulöse Statur, die unter dem weiten Hemd kaum hervortrat, ließen vermuten, dass er sich vom einfachen Bohrturmarbeiter hochgearbeitet hatte. Er wirkte ebenso ruhig und gelassen wie die Frau auf dem Rücksitz.

»Wir kommen ohne Probleme durch«, versicherte er dem Fahrer. »Bleiben Sie einfach ruhig.«

Der Fahrer war überzeugt, dass die beiden Amerikaner keine Ahnung hatten, welche Gefahr ihnen drohte. Afrikanische Söldner waren als ausgesprochen schießwütig bekannt. Wären es wenigstens Rebellen gewesen, die vielleicht bestrebt waren, sich auf CNN in einem guten Licht zu präsentieren. Den ausländischen Soldaten aufseiten der Regierung aber war es schnurzegal, was die Welt über sie dachte. Sie kämpften stets mit dem Rücken zur Wand – für sie hieß es »Siegen oder sterben«.

In diesem Fall handelte es sich allem Anschein nach um Soldaten der berüchtigten 32. Brigade, einer Spezialeinheit, die direkt dem Despoten unterstellt war. Der Kommandeur des Trupps wusste um die hohe Belohnung, die für die Ergreifung des übergelaufenen Diktatorensohnes winkte. Falls der Verräter das Glück hatte, von den Rebellen erwischt zu werden, würden sie ihn möglicherweise als Geisel am Leben lassen. Die Regierungstreuen würden ihn auf der Stelle töten, und wer seinem Vater den Kopf des Verräters brachte, konnte mit einem Orden und einer Villa in der besten Gegend rechnen.

Die Soldaten brachten ihre Gewehre in Anschlag.

»Langsam«, forderte Janson den Fahrer auf. »Lassen Sie die Hände auf dem Lenkrad.« Er selbst legte seine Hände gut sichtbar auf das Armaturenbrett und hielt ihre Papiere unter der Linken fest. Jessica legte ihre Hände auf den Fahrersitz.

Der Fahrer, ein kahlköpfiger Mann in den Dreißigern, war mit einer falschen Designerjeans und einem schäbigen weißen Hemd bekleidet, dem typischen Outfit der vielen gut ausgebildeten Afrikaner, die keine adäquate Arbeit fanden. In diesem Moment verspürte er den unbändigen Drang, aufs Gaspedal zu treten und die Soldaten zu überfahren. Wenn er anhielt, konnten sie bestenfalls darauf hoffen, dass sich die Söldner damit begnügten, sie zu verprügeln und das Auto auseinanderzunehmen. Noch schlimmer würde es der Frau auf dem Rücksitz ergehen. War es angesichts dieser Aussichten nicht besser, ihr Schicksal in Allahs Hände zu legen und einen Fluchtversuch zu wagen?

»Langsam«, wiederholte Janson. »Wir dürfen sie nicht reizen.«

Seit er und Jessie sich anschickten, die Grenze zu überqueren, waren ihnen jede Menge verängstigte Zivilisten, schießwütige Söldner und marodierende Rebellen begegnet, was darauf hindeutete, dass die Revolution ins Chaos gekippt war. Kein Wunder nach vierzig Jahren unter der Herrschaft eines psychopathischen Diktators. Bezeichnend auch, dass sich die regierungstreuen Truppen nun vor allem auf die Suche nach einem einzelnen Abtrünnigen konzentrierten.

Fünf der acht Söhne des psychotischen Despoten, der sich selbst »Löwe der Wüste« nannte, waren Personen des öffentlichen Lebens – Playboys, Funktionäre, Minister. Sie waren im

Staatsfernsehen in Erscheinung getreten und gaben in Rom und Paris rauschende Feste. Ein weiterer versteckte sich als obskurer Imam in einer abgelegenen Provinz hinter seinem priesterhaften Bart. Der schwule Sohn war nach seiner Flucht nach Mailand seit Jahren nicht mehr in Erscheinung getreten, ebenso wie der jüngste Sohn Yousef, genannt »Welpe«, der in den Vereinigten Staaten Computerwissenschaft studiert hatte. Sein Gesicht war der Öffentlichkeit nicht bekannt. Angeblich hatte er es im Gegensatz zu seinen Brüdern geschafft, das Vertrauen seines Vaters zu erwerben, indem er die Strukturen der inneren Sicherheit modernisiert und für eine lückenlose Überwachung von Handykommunikation und Internet gesorgt hatte. Twitter und Facebook wurden vom Löwen zwar geduldet, er konnte sie aber jederzeit nach seinem Belieben mit nur einem Wort sperren lassen.

Alle Hoffnungen, der Jüngste könnte den alten Despoten in eine gemäßigtere Richtung lenken, zerschlugen sich schon in den ersten blutigen Tagen des Aufstands, als der Herrscher seinen Gegnern schwor, bis zum Tode zu kämpfen. Die Armee spaltete sich auf, sein Kabinett dankte ab, und ein blutiger Bürgerkrieg entbrannte. Die politische Pattsituation und das drohende militärische Eingreifen der NATO bewogen selbst einige der loyalen Gefolgsleute, im Verborgenen das Wort »Amtsenthebung« zu flüstern.

Yousef fürchtete eine mögliche Anklage als Kriegsverbrecher, sodass ihm das Asylangebot Italiens äußerst gelegen kam. Die italienische Initiative zielte einerseits auf ein Ende des Blutvergießens, andererseits jedoch auch auf gute Beziehungen zur Wirtschaftselite des Ölstaates ab. Doch wie so vieles in diesem Konflikt sollte auch dieser Versuch zu spät kommen, und Yousef tauchte in den Wirren des Krieges unter. Zuletzt war er in der Oasenstadt Ghadames gesichtet worden.

»Langsam!«, zischte Janson dem Fahrer erneut zu. Der Mann sah ein, dass es zwecklos war, einen Fluchtversuch zu wagen. Wahrscheinlich würde ihn Janson in diesem Fall töten, noch bevor die Soldaten ihre Gewehre auf den Wagen richten konnten.

Die Söldner gestikulierten mit ihren Gewehren, um sie zum Verlassen des Fahrzeugs aufzufordern. Der Kommandeur begutachtete ihre Papiere. »Kofferraum aufmachen«, befahl er.

»Hab keinen Schlüssel«, antwortete der Fahrer.

»Schießt das Schloss auf.« Die Soldaten richteten ihre Waffen auf den Kofferraum und feuerten erst einmal eine Salve ab, ehe sie mit einem gezielten Schuss das Schloss knackten und einer von ihnen mit dem Gewehrlauf den Deckel hob.

Im Kofferraum lagen ein von Kugeln durchlöchertes Reserverad und eine hellgrüne Fußballtasche. Die Augen des Offiziers weiteten sich, als er sie öffnete. Er griff hinein und zog ein Bündel Hundert-Euro-Scheine hervor. »Gehört das Ihnen?«

»Nein«, antwortete Janson. »Ich hatte keine Ahnung, dass das da drin ist. Vielleicht haben Sie dafür Verwendung.«

Der Offizier machte seinen Männern ein Zeichen. Ein Soldat sprühte mit grüner Farbe einen Halbmond auf die Motorhaube. »Fahren Sie weiter. Damit kommen Sie durch alle Checkpoints. Entschuldigen Sie die kleine Verzögerung. Erzählen Sie der Welt, dass Sie anständig behandelt wurden.«

Der Offizier schlug dem Fahrer auf den Hinterkopf und trieb ihn mit einem Fußtritt zum Auto. Der Fahrer spannte sich unwillkürlich an. Janson schob ihn hinters Lenkrad. Jessica wandte sich an den Soldaten. »Darf ich ein Foto von Ihnen machen?«

Der Offizier straffte die Schultern und registrierte jetzt erst, dass sie eine außerordentlich attraktive Frau war.

Janson schritt ohne Eile um den Wagen herum und setzte sich auf den Beifahrersitz. »Fahren Sie, bevor sie es sich anders überlegen.«

Der Fahrer trat auf das Gaspedal, und das alte Taxi rollte los.

Der Passierschein in Form des aufgesprühten Halbmonds sowie hundert Euro Bestechungsgeld brachten sie schließlich über die Grenze.

Die tunesischen Behörden, überfordert durch den Strom von Flüchtlingen, die dringend Nahrung, Wasser und ein Dach über dem Kopf benötigten, winkten sie sofort zum Flughafen weiter. Dort landete wenig später eine zweistrahlige Embraer Legacy 650. Der Langstreckenjet gehörte Jansons Firma namens Catspaw Associates, die Sicherheitsberatung für Unternehmen anbot. Er hatte ein Netzwerk aus selbstständigen Recherchespezialisten, IT-Experten und Feldagenten zusammengestellt, die rund um die Uhr über das Internet und sichere Telefonleitungen miteinander verknüpft waren.

Paul Janson und Jessie Kincaid halfen ihren Piloten beim Ausladen von Zelten, Decken und Wasserflaschen. Fünfzehn Minuten nach der Landung beförderten die mächtigen Rolls-Royce-Triebwerke das Flugzeug wieder in die Lüfte. An Bord befand sich neben Janson und Jessica auch Yousef, der Sohn des Diktators, gekleidet wie ein Akademiker, der sich als Taxifahrer sein Geld verdienen musste.

Erster Teil
»WER REGIERT HIER?«
Heute, ein Jahr später

5° S, 52°50' O

Indischer Ozean, 700 Meilen vor der ostafrikanischen Küste
Unterwegs von Mahé, Seychellen, nach Mombasa, Kenia

1

Die Superjacht *Tarantula* lief mit achtzehn Knoten Richtung Mombasa. Mit ihrem Rumpf einer Fregatte der Kortenaer-Klasse besaß sie das Profil eines Kriegsschiffes mit einem hohen Bug und einem niedrigen Heck. Die anmutigen Aufbauten waren ein Entwurf des Pariser Designers Jacques Thomas, der für seine geschwungenen Formen aus Glas und mit Karbonfasern verstärktem Epoxidharz nach dem Vorbild der Art Nouveau berühmt war. Aus der Sicht des kleinen Skiffs, das sich mit hoher Geschwindigkeit der Jacht näherte, schien die *Tarantula* im Licht des Sonnenuntergangs wie eine leuchtende Libelle über dem Wasser des Indischen Ozeans zu schweben.

Die zwanzigköpfige Besatzung kümmerte sich um das voll automatisierte Schiff sowie um dessen Besitzer Allen Adler und seine Gäste. An Bord befanden sich zwei goldfarbene Hubschrauber, die Adlers Initialen in Rot auf dem Heckausleger trugen – ein zehnsitziger Sikorsky S-76D auf einem Landeplatz mittschiffs und ein fünfsitziger Bell Ranger auf dem Vorderdeck. Zwei schnelle Begleitboote waren im Welldeck am Heck untergebracht, das geflutet werden konnte, um die Boote hinausfahren zu lassen. Hier befand sich auch eine Nautor's-Swan-Segeljacht, auf die ihr Besitzer besonders stolz war.

Es wurde schnell dunkel, wie immer in Äquatornähe. Fünf von Adlers Gästen – ein ehemaliges Topmodel, ein UNO-Diplomat im Ruhestand mit seiner Frau und eine New Yorker Immobilienmaklerin mit ihrem Mann – saßen in einem Salon unter der Kommandobrücke, tranken Cocktails und betrachteten den Sonnenuntergang.

Der sechste Gast, Allegra Helms, eine dreißigjährige italienische Gräfin mit blassblauen Augen und langem blondem Haar, leistete dem Gastgeber auf der Brücke Gesellschaft. Aus dem geräumigen verglasten Adlerhorst bot sich rundherum freie Sicht auf das sich verdunkelnde Meer. Adler wollte ihr imponieren, indem er selbst die Jacht steuerte. Um seine Hoffnungen auf ein amouröses Abenteuer mit ihr im Keim zu ersticken, hatte sie ein Outfit gewählt, das ihre Mutter für sie ausgesucht haben könnte: eine schlichte weiße Leinenhose und eine Bluse mit Bateau-Ausschnitt, dazu einen Hermès-Schal mit ihrem Familienmotto, so dezent aufgedruckt, dass es nur ein Verwandter oder ein historischer Erzfeind erkannt hätte.

Eine rundliche deutsche Stewardess im engen, kurzen Rock brachte ein Tablett mit marinierten Shrimps und Jakobsmuscheln. Sie ging hinaus und kam mit einem Champagnerkübel zurück, öffnete mit geschickten Fingern eine Flasche Cristal und schenkte zwei Gläser ein.

»Das wär's.« Allen Adler tätschelte ihr den Hintern. »Raus. Sie auch, Captain Billy«, wandte er sich an den Mann, der die Instrumente und Anzeigen im Auge behielt, obwohl die Jacht unter Autopilot lief.

Allegra Helms bereute inzwischen, die Einladung eines Mannes angenommen zu haben, mit dem sie nichts außer einer gemeinsamen Bekannten verband. Jetzt saß sie hier auf einem Schiff mitten im Meer fest, von langweiligen Leuten umgeben. Den anderen Gästen konnte sie aus dem Weg gehen, nicht aber ihrem Gastgeber, der nicht aufhören wollte, mit seinem Geld und seiner blöden Jacht anzugeben.

»Sie ist die größte der Welt: hundertdreißig Meter lang und eine Verdrängung von über dreitausendfünfhundert Tonnen.

Ich habe sie technisch aufrüsten lassen und kann sie mit einer Smartphone-App steuern.« Adler nahm einen Schluck Champagner und forderte Allegra mit einem Kopfnicken auf, sich zu bedienen, ehe er seinen Monolog mit einem Scherz fortsetzte, den sie im Laufe der Fahrt schon zweimal gehört hatte. »Ich weiß gar nicht, wofür ich den Kapitän bezahle.«

Ein Alarm schrillte los. Allegra beobachtete, wie die Augen des Kapitäns sofort zum Radarmonitor sprangen, auf dem ein orangefarbener Punkt aufleuchtete. Adler drückte einen Knopf, um den Alarm abzustellen, der ihn in seinem Vortrag unterbrochen hatte.

»Ich kann dieses Schmuckstück von Kansas aus steuern, wenn ich will. Captain Billy, wofür bezahle ich Sie eigentlich?«

Allegra wandte sich dem Kapitän zu, einem sonnengebräunten Kerl mit lockigem Haar und hohen Wangenknochen – ein Mann weit eher nach ihrem Geschmack, falls sie ein Abenteuer in Erwägung ziehen würde, was nicht der Fall war. Nicht jetzt, da sie sich in Mombasa mit ihrem Mann treffen würde. Und schon gar nicht auf einem Schiff auf hoher See.

»Sie *könnten* sie natürlich von Kansas aus steuern«, gab Billy Titus mit einem freundlichen Lächeln zurück, während er mit dem Radar beschäftigt war. »Sie bezahlen mich dafür, dass Sie's nicht tun müssen.«

Allegra lachte.

Adlers Miene verfinsterte sich. »Tatsache ist, ich zahle ihm eine Prämie, damit er Treibstoff spart, und ziehe es ihm vom Gehalt ab, wenn er Sprit vergeudet. Stimmt's, Captain Billy?«

»Ja, Sir.«

»Essen Sie einen Happen. Die Gräfin und ich steuern das Schiff.«

»Behalten Sie das Radar im Auge.«

»Raus mit Ihnen.«

»Ich mein's ernst, Sir. Falls Sie Piraten sehen, müssen wir die Turbinen zuschalten und machen, dass wir wegkommen.«

»Ich garantiere Ihnen, dass mir keine Piraten in die Quere kommen. Gehen Sie essen und lassen Sie uns in Ruhe. Ich rufe Sie, wenn ich Sie brauche.«

»Die Jagdsaison hat gerade begonnen, Mr. Adler. Der Monsun ist vorbei, und das Wasser ist wieder ruhig genug für kleine Boote.«

»Gehen Sie schon, verdammt! Los!«

Kapitän Titus warf noch einen Blick auf den Radarschirm, bevor er sich umdrehte und die Brücke verließ.

»Mein Kapitän ist ein Komiker«, bemerkte Adler, als er mit Allegra allein war.

»*Che buona figura.*«

»Was heißt das?«

»Es heißt, er macht eine gute Figur … sieht nicht nur gut aus, sondern weiß auch, was sich gehört.«

»Wie meinen Sie das?«

»Für Sie ist das wahrscheinlich schwer zu verstehen. Er ist ein Gentleman.«

Ein Seitenhieb, der Adler nicht entging. »Es stört Sie, dass ich dem Mädchen an den Hintern gefasst habe. Was ist denn bitte verkehrt daran?«

Sie kehrte ihm den Rücken zu und schaute auf den Radarmonitor, der in allen Richtungen freie See zeigte. Adler war aufmerksamer, als man ihm ansah, und sie fragte sich, ob er mit seinem großkotzigen Auftreten seine Geschäftspartner dazu verleitete, ihn zu unterschätzen.

»Sie wäre enttäuscht, wenn ich ihr *nicht* den Arsch betatschen würde«, fuhr Adler fort. »Sie würde denken, ich bin sauer auf sie.«

Als Allegra weiter schwieg, bohrte er nach: »Was denken Sie?«

Sie dachte an ihren Mann, der gerade in Ostafrika herumwühlte, ständig auf der Jagd nach Erdölförderrechten wie ein Trüffelschwein. Wenn Adler noch zudringlicher wurde, wäre es nett gewesen, ihn hier zu haben.

»Ich denke gerade, Sie erinnern mich an meinen Vater.«

Adlers Gesicht verhärtete sich. »Ich bin nicht alt genug, um Ihr Vater zu sein. Ich bin achtundvierzig.«

Sie wusste aus sicherer Quelle, dass er achtundfünfzig war, obwohl er erstaunlich fit wirkte und immer noch gut aussah. »Mein Vater betatscht die Dienstmädchen auch.«

»Ach ja? Was sagt Ihre Mutter dazu?«

»Wir haben nie darüber gesprochen.«

Adler blinzelte einen Moment und änderte seine Strategie, wenn auch nicht sein Benehmen. »Was verdient Ihr Mann eigentlich mit der Leitung von American Synergy?«

»Er leitet nicht das Unternehmen – nur die Erdölabteilung.«

»Die Erdölabteilung bringt ihnen die höchsten Gewinne. Was zahlen sie ihm dafür, dass er den Laden führt?«

»Ich habe nicht die geringste Ahnung.«

Er schaute sie einen Moment verdutzt an. »Es ist Ihnen egal?«

»Ich fühle mich lieber jung als reich.«

Adler zuckte zusammen, wie sie gehofft hatte. Doch er gab sich längst nicht geschlagen. »Was glauben Sie, wie lange das so bleiben wird?«

»Wie können Sie garantieren, dass uns die Piraten nicht angreifen?«

»Ich habe einen Deal mit Bashir Mohamed geschlossen. Bashir ist der König der somalischen Piraten. Er hat mir zugesichert, dass mich niemand angreifen wird.«

»Wie kann er Ihnen garantieren, dass es auch die anderen Piraten nicht tun werden?«

»Sie fürchten ihn. Er hat sie organisiert. Falls sich jemand unabhängig macht, liefert er ihn den Truppen der Afrikanischen Union oder den multinationalen Seestreitkräften aus. Dazu gehören auch die Russen und die Chinesen, und die greifen um einiges härter durch als die USA und die EU. Oder er heuert jemanden an, um den Abtrünnigen zu beseitigen. In der Piraterie ist es wie in jeder anderen Branche: Man macht Gewinne, indem man den Markt beherrscht. Und den Markt beherrscht man, indem man die Unabhängigen verdrängt.«

»Was geben Sie Bashir Mohamed dafür?«

»Sie würden es nicht glauben, wenn ich's Ihnen sage.«

Endlich wurde Adler doch noch interessant, dachte sie bei sich. Ein Lächeln erhellte Allegras blassblaue Augen, und sie strich sich mit den Fingern durchs Haar. »Erzählen Sie schon«, sagte sie mit einem reizenden italienischen Akzent in ihrem fließenden Englisch. »Jetzt haben Sie mich neugierig gemacht.«

»Kennen Sie New York?«

»Ich bin dort zur Schule gegangen.«

»Wo?«

»Auf die Nightingale-Bamford School.«

»Okay, das erklärt einiges.«

»Was zum Beispiel?«

»Sie benehmen sich mehr wie eine reiche junge New Yorkerin als eine Gräfin.«

»Also, was haben Sie Bashir Mohamed geboten?«

»Ich sitze im Vorstand mehrerer Privatschulen wie Nightingale-Bamford. Dafür, dass die *Tarantula* unbehelligt diese Gewässer durchfahren kann, bekommt sein erstgeborener Sohn einen Platz in einer guten Vorschule. Ich schwöre, das ist die Wahrheit. Mehr war nicht nötig. Er träumt davon, dass es sein Sohn nach Harvard schafft.«

Allegra Helms lachte. »Gut gemacht, Mr. Adler.«

»Ich hab doch gesagt, Sie sollen mich Allen nennen.«

»Wie Sie wünschen, Allen.«

»Jetzt erzählen Sie mir aber etwas. Warum haben Sie meine Einladung zu dieser Kreuzfahrt angenommen?«

»Das habe ich Ihnen doch schon gesagt. Ich bin gerade mit einem Job auf den Seychellen fertig geworden und wollte ohnehin weg.«

»Antiquitäten schätzen?«

Allegra hatte seine protzige Art langsam satt und antwortete mit einer wegwerfenden Geste, die seine Luxusjacht zu einem simplen Gebrauchsgegenstand degradierte. »Es gibt immer wieder Leute, die gerade zu Geld gekommen sind und gerne hören wollen, dass die Kopie eines Holbein-Porträts von einem Schüler des Meisters angefertigt wurde und nicht von einem guten Fälscher.«

»Vielleicht sollte ich meine Bilder von Ihnen prüfen lassen.«

Allegra zuckte mit den Schultern. In den eng vernetzten Kreisen des Kunsthandels wusste jeder, dass sich Adler von Jasagerinnen beraten ließ, die Berge seines Geldes für mäßig Interessantes ausgaben. Für Allegra wenig überraschend, jetzt, da sie ihn persönlich kannte. »Ich habe Ihre Einladung angenommen, weil ich mich in Mombasa mit meinem Mann treffen möchte. Wir waren beide eine Zeit lang unterwegs.«

Adler lachte.

»Was ist daran so lustig?«

»Ich habe schon öfter so eine ›Trennung auf Probe‹ erlebt … und es ist noch jedes Mal eine Trennung auf Dauer daraus geworden.«

Allegra war gekränkt und wütend auf sich selbst, dass sie so viel von sich preisgegeben hatte. »Es war keine Trennung … oder vielleicht haben Sie sogar recht. Vielleicht war es wirklich eine Trennung auf Probe, und sie hat ihren Zweck voll erfüllt. Ich freue mich jedenfalls sehr darauf, meinen Mann in Mombasa wiederzusehen.« Sie konnte selbst nicht glauben, was sie da sagte – und doch hatte sie es getan, laut und deutlich und vor einem Zeugen.

»Sie wirken fast überrascht«, bemerkte Adler.

»Bin ich auch«, lächelte sie mit einem Glücksgefühl, das sie lange nicht mehr empfunden hatte. »Aber ich habe keinen Grund, überrascht zu sein, oder? Er ist immer noch der Mann, den ich vor zehn Jahren wollte. Er sieht gut aus, ist entschlossen. Und mir gefällt, dass er sich alles selbst erarbeitet hat. Das gibt ihm eine innere Sicherheit, weil er spürt, dass er sich den Erfolg verdient hat.«

»Ein Macher, wie ich«, bemerkte Adler. »Ich habe mir auch alles selbst erarbeitet.«

Ihr kam der Gedanke, dass Adler in gewisser Weise tatsächlich wie Kingsman war. Ein Mann mit der Überzeugung, alles zu verdienen, was er wollte, eben *weil* er es wollte. Das ermahnte sie, sich von ihrer Ehe nicht mehr zu erwarten, als ein kurzes Treffen in Mombasa ihr zu geben vermochte. Aber war es nicht trotzdem einen Versuch wert? Und gab es nicht doch Grund zur Hoffnung?

»Ich kann ja für ihn einspringen, bis wir in Mombasa sind.«

»Versuchen Sie's doch bei Monique«, gab sie zurück. Die attraktive Monique hatte einst zu Gallianos Lieblingsmodels gehört, bevor dieser seine Karriere ruiniert hatte. Sie war etwas über vierzig – ein Umstand, der sie einigermaßen nervös machte – und schien nicht abgeneigt, sich einen reichen Mann zu angeln, wie Allegra aus den wenigen Sätzen herausgehört hatte, die sie gestern Abend mit ihr gewechselt hatte.

»Mir sind Gräfinnen lieber als Models.« Adler trat näher an sie heran. »Ich habe mir Ihre Familie etwas genauer angesehen. Ich muss sagen, wirklich interessant.«

»Verstehe«, bemerkte Allegra Helms. »Sie haben Monique für den Fall eingeladen, dass es mit mir nicht klappt. Und genau das ist der Fall. Also seien Sie froh, dass sie mit an Bord ist. Ich bin verheiratet und basta. Ich gehe jetzt nach unten und schicke Monique rauf.«

»Sie sind schon eine Nummer.« Adlers Lachen wurde vom lauten Krachen von Gewehrfeuer unterbrochen. Eine Salve nach der anderen, als ob ein Presslufthammer eine Straße aufriss.

Gier macht Männer mutig, dachte Maxamed, der Kapitän der Piraten.

Die Aussicht auf den dreifachen Lohn – drei Millionen Somalia-Schilling (etwa hundert US-Dollar), sowie einen Toyota 4-Runner, sobald das Lösegeld gezahlt wurde – für denjenigen, der als Erster die Jacht betrat, entfachte einen erbitterten Wettstreit zwischen zwei Clanbrüdern, die beide die Strickleiter am niedrigen Heck des fahrenden Schiffes hochklettern wollten.

»Weiter!«, rief Maxamed, ein großer, drahtiger Somalier von fünfunddreißig Jahren, mit einer hohen, breiten Stirn, kräftigen weißen Zähnen und hellbrauner Haut. Gewandt sprang er auf das Vordeck des Schnellboots, das im Kielwasser der *Tarantula* schaukelte. Er trug als Einziger der Piraten eine Splitterschutzweste und einen MG-Patronengurt – Letzteren nur wegen der abschreckenden Wirkung, da er ihn für seine Waffe, ein kompaktes SAR-80-Sturmgewehr, gar nicht benötigte.

»Los! Weiter!«

Inschallah, so Gott will, schießen sie sich nicht gegenseitig über den Haufen, dachte er. Er konnte auf keinen der ohnehin nur zwölf Kämpfer verzichten, zumal ein Grünschnabel wie gelähmt im Skiff lag, zu erschöpft, um sich zu übergeben, nachdem er seinen Mageninhalt schon vor Tagen losgeworden war.

Maxamed sah eine Schrotflinte über dem Heck auftauchen. »*Gewehr!*«

Der Pirat, der als Erster die Strickleiter erklommen hatte, erstarrte. Der Matrose auf der Jacht, der mit der Schrotflinte bewaffnet war, ein christlicher Filipino mit einem silbernen Christuskreuz um den Hals, erstarrte ebenfalls, offensichtlich nicht abgebrüht genug, um auf einen Mitmenschen zu schießen, obwohl sein eigenes Leben bedroht war.

Maxamed feuerte sein Sturmgewehr ab. Der Matrose stürzte ins Wasser. Maxamed führte den Rest der Truppe über die Strickleiter an Bord der Jacht und sprintete zur Kommandobrücke, um Satellitentelefone, Funkgeräte und Notsender außer Gefecht zu setzen.

Die schwere Weste und der Patronengurt bremsten ihn etwas, zudem hatte er seit einem Jahr kein Schiff mehr geentert. Er hatte sich darauf verlegt, von der Küste aus die Fäden zu ziehen und sich um das Einsammeln der Lösegelder zu kümmern. Diese Jacht war jedoch ein besonderer Fall.

Seine Männer – Jungen eigentlich, die halb so alt waren wie er und von unvorstellbaren Reichtümern träumten – rannten voraus, die Treppe zur Brücke hinauf. Einer feuerte eine ohrenbetäubende Salve mit seiner AK-47 ab. Maxamed eilte hinterher, um zu verhindern, dass sie wertvolle Geiseln töteten oder Instrumente zerstörten, die für das Steuern der Jacht unverzichtbar waren. Das Schiff zu entern war nur der Anfang; der eigentliche Kampf bestand darin, die Kontrolle zu behalten.

Die Schüsse verstummten.

Frauen schrien.

Während er die Treppe hochlief, sah er einen seiner Männer, der eine Gruppe reicher Europäer in Schach hielt. Er sprang die letzten Stufen zur Brücke hinauf und trat in die kühle, klimatisierte Luft der verglasten Kommandozentrale. Von hier aus konnte er das Meer in allen Richtungen überblicken. Vorne stand ein Hubschrauber, ein zweiter – ein prächtiger, großer Sikorsky – mittschiffs. Ein Schwimmbecken funkelte wie ein blauer Edelstein.

Farole, sein spindeldürrer Stellvertreter, deutete mit seiner Waffe auf einen Mann in mittleren Jahren und eine auffallend schöne blonde Frau. Maxamed hatte sie bereits auf Fotos gesehen und erkannte seine beiden kostbarsten Geiseln: den Amerikaner, dem die Jacht gehörte, und die reiche italienische Gräfin. Die somalischen Frauen waren für ihre Schönheit bekannt – es gab in ganz Afrika, vielleicht sogar weltweit, keine schöneren –, aber diese Gräfin stellte sie alle in den Schatten, auch wenn sie, so wie jetzt, leichenblass war und vor Angst zitterte.

Maxamed bedeutete Farole, mit den beiden Geiseln zur Seite zu gehen, ehe er zum Steuerstand des Schiffs schritt, um GPS, Funk und Radar abzuschalten – kurz, alles, was Signale aussendete, die von einer Seepatrouille empfangen werden konnten. Er wusste, wonach er suchte, und brauchte nur wenige Sekunden, um das Schiff von der Welt abzuschneiden, aus der es kam. Dann stellte er die Maschinen auf manuelle Steuerung um und nahm Fahrt zurück, um ihr Skiff an Bord zu holen.

Der Amerikaner im mittleren Alter erkannte in Maxamed den Anführer der Piraten und wandte sich mit zorngerötetem Gesicht an ihn. »Ist Ihnen klar, mit wem Sie es verdammt noch mal zu tun haben?«

Maxamed war in der Stadt aufgewachsen und sprach mehrere Sprachen: Somali, Italienisch und Englisch. Da er aus der Küstenregion stammte, konnte er sich auch auf Swahili verständigen, wenn er mit Arabern oder ostafrikanischen Söldnern zu tun hatte. Das Englische schätzte er besonders, weil es sich so gut für Wortspiele eignete, für die er als Somalier eine Vorliebe hatte. Leider hatte er nicht oft Gelegenheit, die Sprache zu benutzen, weshalb er einige Augenblicke brauchte, um die deftige Ausdrucksweise des Amerikaners voll und ganz zu verstehen.

»Das weiß ich sehr wohl. Die Frage ist, ob Ihnen klar ist, dass Sie mit dem Tod spielen.«

»*Sie* spielen mit dem Tod!«, schoss der Amerikaner zurück. »Ich habe euren Piratenkönig dafür bezahlt, in Ruhe gelassen zu werden.«

»Sie sehen den neuen König vor sich«, erwiderte Maxamed. »Bashir hat abgedankt.«

»Ich habe gestern mit ihm gesprochen.«

»Aber nicht heute.«

»Ich rufe ihn sofort an.« Adler zog ein Satellitentelefon von seinem Gürtel.

Maxamed richtete sein Gewehr auf die Stirn des Amerikaners. »Nicht heute.«

»Sie wollen Ihre reichste Geisel erschießen?«, rief der Amerikaner.

»Ich brauche Sie nicht«, gab Maxamed zurück. »Wenn mir Ihre Versicherung nur zehn Prozent vom Kaufpreis der Jacht zahlt, bin ich der reichste Mann in Somalia.«

Der Amerikaner hob die Hände.

Maxamed blaffte seine Befehle. Zwei seiner Männer führten die Leute von unten auf die Brücke herauf.

Maxamed musterte sie eingehend. Zwei Paare und eine

Frau: groß und dunkelhaarig, mit Armen und Beinen so dünn wie Bohnenstangen. Sie war ein französisches Model. Der eine Mann und seine Frau waren sehr alt, der Mann gebrechlich und die Frau mit hartem, arrogantem Gesichtsausdruck. Sie waren ehemalige UNO-Mitarbeiter – nicht reich, aber mit dem steinreichen Schiffseigner verwandt. Das andere Paar war jünger, in den Fünfzigern, und hielt sich an den Händen. Armreifen klimperten am Handgelenk der Frau. Ein weißer Streifen am sonnengebräunten Handgelenk des Mannes ließ erkennen, dass er normalerweise eine Uhr trug; eine Wölbung in der Hosentasche deutete darauf hin, dass er seine goldene Rolex noch schnell eingesteckt hatte.

Alle wirkten verängstigt. Sie würden keinen Widerstand leisten.

Seine übrigen Männer trieben die Mannschaft herauf.

Maxamed zählte sechs Gäste und neunzehn Mann Besatzung: Maschinist, Erster Offizier, Bootsmann, Koch und Gehilfen, Matrosen, Stewardessen und ein Hubschrauberpilot.

»Wo ist der Kapitän?«

Keiner antwortete.

Maxamed musterte ihre Gesichter und suchte sich das jüngste Besatzungsmitglied heraus: ein blondes Mädchen mit dem weißen Kostüm einer Stewardess. Der kurze Rock endete oberhalb ihrer strammen Oberschenkel. Er drückte ihr seine Waffe an die Stirn.

»Wo ist der Kapitän?«

Das Mädchen begann zu weinen. Die Tränen verwischten ihr blaues Make-up.

Der chinesische Koch antwortete für sie. »Kapitän ist in sicherem Raum eingeschlossen.«

»Wo?«

»Bei Maschinenraum.«

»Hat er ein Satellitentelefon?«

Der Koch zögerte.

»Sie haben eine Sekunde, um das Leben dieses Mädchens zu retten.«

»Ja, er hat ein Telefon.«

Maxamed schickte Farole mit zwei Männern nach unten. »Sagt dem Kapitän, ich werde die Stewardess erschießen, wenn er nicht rauskommt. Schnell!«

Sie warteten schweigend, die Besatzungsmitglieder wechselten ängstliche Blicke, während die Gäste es vermieden, einander in die Augen zu sehen. Die blonde Schönheit wirkte in sich zurückgezogen, entweder starr vor Angst oder einfach nur resigniert. Seine Männer kehrten mit dem entschlossen dreinblickenden amerikanischen Kapitän zurück und gaben Maxamed das Satellitentelefon.

»Wen haben Sie angerufen?«

»Was glauben Sie?«

»Um Himmels willen, sagen Sie es ihm!«, rief der Schiffseigner. »Sie bringen uns alle um.«

»Ich habe die United States Navy angerufen.«

»Haben Sie ihnen unsere Position durchgegeben?«

»Was glauben Sie?«, murrte der Kapitän.

»Ich glaube, Sie bringen viele unschuldige Menschen in Gefahr.« Maxamed wandte sich an Farole. »Setzt den Kapitän und seine Mannschaft in ein Beiboot. Nehmt das Funkgerät heraus und legt den Motor lahm.«

»Du lässt sie laufen?«

»Wir behalten die reichen Leute.«

»Und die anderen?«

»Zu viele, die wir bewachen und durchfüttern müssten. Außerdem macht es sich gut auf CNN.«

Farole grinste. »Sehr human … das kommt gut an.«

»Außerdem, wer zahlt schon gutes Geld für gewöhnliche Besatzungsmitglieder?« Maxamed erwiderte sein Lächeln. Die praktischen Gründe spielten durchaus eine Rolle, doch es gab noch etwas, das er Farole vorenthielt. Die Luxusjacht und die reichen Geiseln würden ihn vom einfachen Piraten zu einem mächtigen Kriegsherrn in diesem von Konflikten zerrissenen Land machen. Ein Pirat, der unschuldige Arbeiter freiließ und nur die Reichen festhielt, gewann die Achtung und Bewunderung der Menschen. Er würde als Robin Hood dastehen, als Mann mit Prinzipien.

»Gebt ihnen genug Wasser und Essen, aber vergesst nicht, den Motor lahmzulegen. Bis man sie aufgabelt, sind wir längst in Eyl.«

Allen Adler wartete ab, bis die Piraten damit abgelenkt waren, das Beiboot zu Wasser zu lassen. Dazu musste die Geschwindigkeit der *Tarantula* auf drei Knoten gesenkt werden, ehe das Welldeck geflutet werden konnte, um das Beiboot starten zu lassen. Das alles konnte von der Brücke aus gesteuert werden, wenn man wusste, wie. Zu Adlers Überraschung wussten sie es. Seeleute waren eben Seeleute, dachte er sich, auch wenn es sich um gottverdammte Piraten handelte. Sie schalteten die Arbeitslampen ein, um das Heck zu beleuchten, und führten das Manöver so sauber durch, wie es auch Kapitän Billy nicht besser hinbekommen hätte.

Adler näherte sich langsam der Treppe.

Was die Piraten nicht wussten, und auch sonst niemand auf dem Schiff, nicht einmal der Kapitän: Im Schiffsboden war ein Ein-Mann-Schlauchboot verborgen, das völlig unbemerkt unter dem Schiff gestartet werden konnte und sich an der Oberfläche aufblies. Das Schlauchboot enthielt Lebensmittel und Wasser für eine Woche, zudem ein Funkgerät, GPS und ein Satellitentelefon. Dass niemand davon wusste, hatte einen einfachen Grund: Welchen Sinn hatte ein geheimes Fluchtvehikel, wenn es nicht geheim war? Es würde ein großes Gerangel um den einen Platz im Boot geben. Adler hatte diesen Moment des Öfteren durchgespielt, manchmal ganz real, manchmal nur im Kopf. Entscheidend war, einen kühlen Kopf zu bewahren und nicht zu vergessen, die Türen und Luken hinter sich zu verschließen.

Die Piraten verfolgten ebenso wie seine Gäste, wie das Beiboot aus dem Heck ins Wasser glitt. Adler rannte los.

Maxamed und Farole nahmen sein Spiegelbild im Fenster wahr, wirbelten herum und reagierten instinktiv wie zwei Katzen, die die Krallen ausfuhren, wenn sich etwas bewegte. Maxamed gab zwei Schüsse ab, bevor ihm klar wurde, dass der Narr ohnehin nicht entkommen konnte. Zu spät. Die Schüsse krachten ohrenbetäubend in dem geschlossenen Raum. Adler stürzte zu Boden, schlitterte über das Teakholz und prallte gegen das Treppengeländer.

»Hoffentlich hast du ihn nicht getötet«, sagte Maxamed zu Farole.

»Wir haben ihn beide getroffen.«

»Nein, ich habe in die Luft geschossen. Nur du hast ihn getroffen.«

Farole schüttelte den Kopf. Er wusste, dass es nicht stimmte, brachte jedoch ein anderes Argument vor. »Du hast gesagt, du brauchst ihn nicht.«

»Doch nur, um ihm Angst zu machen, du Idiot. Er ist der Reichste von allen.«

»Wir haben immer noch das Schiff.«

»Wenn das Schiff eine halbe Million wert ist, was glaubst du, wie hoch dann das Vermögen des Besitzers ist? Bete lieber, dass du ihn nicht getötet hast.«

Adler umklammerte seinen Oberschenkel mit beiden Händen und versuchte, sich aufzusetzen. Sein Gesicht war kreidebleich vom Schock. Er starrte ungläubig auf die Piraten und die Geiseln, die an den achterlichen Fenstern standen. Dann sank er zurück auf den Boden, ohne sein Bein loszulassen.

Maxamed beobachtete, wie sich die reichen Leute um ihn scharten. Die Frauen hielten sich die Hand an den Mund, die Männer starrten ihn mit geweiteten Augen an. »O Gott«, flüsterte einer. »Das viele Blut.«

Es sah aus, als würde Adler in Blut schwimmen. Ein Rückenschwimmer in einem Becken mit rotem Wasser, ging es Allegra Helms durch den Kopf. »Wir müssen die Blutung stoppen«, sagte die Frau aus New York. »Eine Arterie ist durchtrennt. Seht ihr, wie es pulsiert?«

Das Blut spritzte in rhythmischen Stößen gegen seine Hose, als würde eine Maus versuchen, sich daraus zu befreien.

»Abbinden«, sagte der weißhaarige Diplomat. »Wir müssen die Wunde abbinden.«

Maxamed drängte ihn zur Seite und kniete sich in die Blutpfütze. Er öffnete Adlers Gürtel, riss ihn aus den Schlaufen und zog ihm die Hose bis zu den Knien herunter. Dann schlang er den Gürtel oberhalb der Wunde um das Bein und zog ihn zu.

Das Blut spritzte weiter hervor. Der Gürtel ließ sich nicht fest genug zuziehen.

»Nehmen Sie das.« Allegra gab ihm ihren Schal. Maxamed band ihn um Adlers Oberschenkel, steckte sein Gewehr in die Schlinge und drehte es mehrmals, bis sich das Tuch fest ins Fleisch schnitt. Das Blut hörte endlich auf zu fließen.

»Halten Sie das!«, befahl er ihr.

Sie kniete sich neben ihn in die Blutpfütze und hielt die Waffe mit beiden Händen. Es kam ihr vor, als spüre sie Adlers

Herz durch den Stahl des Gewehrs schlagen. Es fühlte sich sehr schwach an, und ihr wurde schmerzlich bewusst, wie wenig sie über Erste Hilfe wusste. Sie konnte absolut nichts tun, um sein Leben zu retten.

Adler öffnete die Augen und schaute sie an. Sie spürte seinen Herzschlag langsamer werden. Er versuchte zu sprechen, und sie beugte sich zu ihm. »Hey, Gräfin. Hassen Sie Ihren Vater nicht, weil er die Dienstmädchen betatscht.«

Mit überraschender Klarheit wurde Allegra Helms bewusst, dass das wahrscheinlich die feinfühligsten Worte waren, die der Mann je gesprochen hatte. »Ich hasse ihn nicht«, flüsterte sie zurück, so intim wie mit ihrem Mann im Bett. »Er ist bloß nicht mein liebster Verwandter.«

»Wer denn?«

»Cousin Adolfo. Schon seit wir Kinder waren.«

»Haben Sie ihn geküss…?« Ein Ruck ging durch Adlers Körper. Der Druckverband glitt Allegra aus den Händen. Sie versuchte verzweifelt, ihn fester zusammenzuziehen, bis ihr klar wurde, dass es zwecklos war. Wo sein Blut eben noch pulsierend hervorgeströmt war, tröpfelte es nur noch heraus.

»O Gott«, stöhnte jemand.

Allegra stand auf und trat zurück, ohne den Blick von Adlers Gesicht zu wenden. Der geschockte Ausdruck war gewichen. Im Tod sah er wieder fast so aus wie immer: aggressiv und überzeugt von seiner Unverwundbarkeit. Zum ersten Mal verspürte Allegra wirklich Angst. Jetzt, da Adler tot war und Kapitän Billy in einem Beiboot davontrieb, sah sie niemanden mehr, der sie alle noch hätte beschützen können.

Die stets so herrisch auftretende Frau des UNO-Diplomaten fing an zu weinen. Ihr Mann tätschelte ihr unbeholfen die Schulter. Hank und Susan, die beiden New Yorker, hielten ihre Hände so fest umklammert, dass die Knöchel weiß hervortraten. Die arme Monique biss sich auf die Lippe und schüttelte unentwegt den Kopf.

»Lasst euch das eine Lehre sein«, mahnte der Pirat. »Tut ab jetzt, was ich sage. Wenn niemand Ärger macht, bleiben alle am Leben.«

Allegra Helms spannte sich innerlich an. Eben noch hatte sie sich völlig hilflos gefühlt in ihrer Angst, doch nun war sie vor allem wütend. »Sie hätten ihn nicht umbringen müssen.«

»Wenn keiner Ärger macht, braucht keiner mehr zu sterben«, schoss der Pirat zurück.

»Wohin hätte er denn flüchten sollen? Sie haben sein Schiff in der Hand. Er hätte sich nirgends verstecken können.«

»Kein Ärger, keine Toten.« Maxamed wandte sich an seinen Stellvertreter. »Wir nehmen Kurs auf Eyl.«

»Es geht nicht.«

»Warum nicht? Du hast gesagt, du hast schon Schiffe gesteuert.«

»Das habe ich auch. Aber die Instrumente sind tot.«

»Was ist mit dem Radar?«

»Funktioniert auch nicht mehr«, antwortete Farole, der Elektrotechnik studiert hatte. »Ich wette, der Kapitän hat es irgendwie mit einer Überspannung lahmgelegt.«

»Kein Radar?« Maxamed war einen Moment geschockt. Das Radar war lebenswichtig. Die Fischer unter seinen Männern waren sehr wohl in der Lage, das Schiff per Kompass oder sogar nach dem Stand der Sterne nach Hause zu bringen. Doch sie brauchten das Radar, um den Marinepatrouillen auszuweichen zu können.

»Wo ist dieses Boot?«, fragte er wütend.

»Schon fortgetrieben.«

»Findet es.«

»Wozu?«

»Werft diesen verfluchten Kapitän ins Meer.«

Farole legte Maxamed die Hand auf den Arm. »Mein Freund, wir müssen das Schiff nach Eyl bringen. Wir haben keine Zeit für Rache.«

Maxameds Gesicht war angespannt vor Zorn, die Augen traten hervor. Farole betete zu Gott, dass er zur Vernunft kommen würde, bevor er wie ein Vulkan explodierte.

»Ein humanes Signal, wie du gesagt hast.«

2

48°9' N, 103°37' W
Bakken-Ölfeld
North Dakota, nahe Montana

Paul Janson schob einen Betrunkenen aus dem Weg des Krankenwagens, der vom Parkplatz des Frack Up Bar & Grill abfuhr. Dann schlängelte er sich durch die Menge der Bohrarbeiter, die johlend den Kampf zwischen zwei Männern in einem Maschendrahtkäfig verfolgten.

Es war ein kalter Abend, die Luft erfüllt von den Dieselabgasen der Trucks, deren Motoren die Leute in der Kälte laufen ließen. Eine dreißig Meter hohe Feuersäule vom Abfackeln der Gase aus der Erdölförderung erleuchtete den Käfig taghell.

Dem größeren Kämpfer lief Blut aus der Nase auf die behaarte Brust.

Eine Frau in einer kurzen Daunenjacke tänzelte mit ihren nackten Beinen durch den Ring und hielt eine Tafel hoch, um die zweite Runde anzukündigen. Handys blitzten auf, als einige Fans sie fotografierten. Als sie heraustrat und die Tür schloss, wandte sich Janson an sie. »Wo kann man sich hier für einen Kampf anmelden?«

»Nirgends. Die Jungs hier haben meistens ihre Gründe, nicht aufzufallen, und tragen sich nicht gern mit ihrem Namen ein. Wenn Sie kämpfen wollen, stellen Sie sich an.«

»Wo?«

»Der Letzte in der Schlange ist der Trucker da drin, der gerade von dem chinesischen Wirbelwind vermöbelt wird. Der zugedröhnte Typ hat schon drei Männer ins Krankenhaus befördert. Sonst hat niemand mehr Lust.«

Der »Wirbelwind« war ein hoch aufgeschossener Amerikaner chinesischer Abstammung, der unermüdlich durch den Ring tänzelte und seine Dreadlocks schüttelte. Er war tatsächlich zugedröhnt, die Augen von Crystal Meth geweitet. Doch sein Körper war steinhart, und er bewegte sich mit der tödlichen Anmut eines Kampfsportmeisters.

Er bot den Leuten eine sehenswerte Show, schnellte in die Luft und vollführte einen blitzschnellen Rückwärtssalto, um mit bestechender Sicherheit auf beiden Beinen zu landen. Mit einem zweiten Salto näherte er sich dem Trucker, der einige Zentimeter größer und mindestens zwanzig Kilo schwerer war. Der Fahrer griff mit einer gekonnten Links-Rechts-Kombination an, doch sein flinker Gegner antwortete mit zwei blitzschnellen Schlägen und sprang sofort wieder außer Reichweite. Am Auge getroffen, ging der Trucker erneut zum Angriff über, um seine Größe und sein Gewicht zum Tragen zu bringen. Sein Gegner vollführte den nächsten Salto, landete auf einem Fuß, scheinbar das Gleichgewicht verlierend, ehe der andere Fuß emporschoss und den Trucker mit einem Tritt gegen das Kinn fällte.

Die Menge johlte und pfiff. Handys blitzten. Die langbeinige Frau bedeutete ihren Assistenten, den Verlierer aus dem

Ring zu tragen. Der Sieger beschimpfte die Zuschauer und forderte die Männer auf, sich zum Kampf zu stellen.

Paul Janson zog seine Windjacke aus und trat in den Käfig. Der Boden war rutschig von Blut.

Sein Gegner empfing ihn mit einem Rückwärtssalto und lief im Kreis, um Janson zu provozieren. »Was willst du denn hier, Graukopf? Geh nach Hause, alter Mann.«

Janson sprach ihn leise an.

»*Was?* Wer bist du? Verdammt, woher kennst du meinen Namen?« Das Crystal Meth machte Denny Chin zu ungeduldig, um auf eine Antwort zu warten. Er wirbelte durch die Luft und tänzelte um Janson herum, um ihn in die Mitte des Rings zu treiben. Ein weiterer Salto, dann setzte er zu einem gezielten Fußtritt an.

Janson machte einen blitzschnellen Schritt zu ihm hin und schlug zu.

Der Kämpfer mit den Dreadlocks landete auf dem Rücken. Er wollte sich aufsetzen, doch Janson war bereits auf ihm. Der Hals des Mannes war kräftig, aber nicht dick. Eine breite Hand umspannte die beiden Halsschlagadern. Als Chin seinen Widerstand aufgab, hievte Janson ihn sich auf die Schulter und trug ihn aus dem Käfig.

»Wo bringen Sie ihn hin?«, rief die Frau.

»Nach Hause.«

»Die ASC kriegt, was sie will«, lautete eine im Ölgeschäft geläufige Umschreibung der Managementpraktiken der American Synergy Corporation. Die arroganten Hundesöhne hatten nichts Sympathisches an sich, doch niemand arbeitete härter und effizienter als die 68 000 Beschäftigten von ASC.

Mitten in der Nacht versammelten sich in Houston, Texas, – 1800 Meilen von den Bakken-Ölfeldern entfernt – sieben Männer und zwei Frauen, die von den 68000 mit »Sir« und »Ma'am« angesprochen wurden, in einem abhörsicheren Konferenzsaal hoch oben in dem dreißigstöckigen siloartigen Gebäude am Sam Houston Tollway, in dem das Unternehmen seine Zentrale eingerichtet hatte.

Mit nächtlichen Sitzungen verschwendete man keine kostbare Tagesarbeitszeit. Es gab zwar keinen Dresscode für solche Zusammenkünfte nach Mitternacht, doch die Abteilungschefs, die sich an den Palisandertisch setzten, hätten auch bei einer Vorstandssitzung der US-Notenbank oder einer Beerdigung nicht fehl am Platz gewirkt.

Kingsman Helms, der groß gewachsene, gut aussehende, achtunddreißigjährige Direktor der Erdölabteilung, gab den Maßstab vor mit seinem makellos gebügelten grauen Anzug und der perfekt sitzenden roten Krawatte mit dem Sonnensymbol des Petroleum Club. Helms' Abteilung fuhr die mit Abstand größten Gewinne ein, was ihn zum zweitreichsten der hier Anwesenden machte, doch er strebte ebenso wie seine Rivalen nach der wahren Macht im Unternehmen.

Der Reichste von ihnen war der zurückgezogen agierende Generaldirektor Bruce Danforth – im engsten Kreis der wenigen, denen seine Anwesenheit zuteilwurde, der »Buddha« genannt. Und was seine Macht betraf, so setzte er sie stets kühl kalkuliert und äußerst wirkungsvoll ein. Über vierzig Jahre hinweg hatte Danforth kontinuierlich Ölbohrfirmen, Pipelines und Raffinerien zu einem Unternehmen zusammengeschweißt, das in freibeuterischer Manier weltweit tätig war und inzwischen über mehr Einfluss verfügte als die meisten Staaten dieser Erde. Danforth ging bereits auf die Neunzig zu und sah mit seinem zerfurchten Gesicht und den eingefallenen Wangen auch keinen Tag jünger aus. Doch seine Augen waren immer noch scharf und klar, sie leuchteten wie zwei

Scheinwerfer unter dem dichten schneeweißen Haar und dem Spitzbart, der immer noch schwarz durchsetzt war. Er schien über eine derart unverwüstliche Konstitution zu verfügen, dass seine Abteilungschefs fürchteten, er würde nie sterben.

Buddhas Gehör war so scharf wie eh und je, und wenn seine Gedanken in die Ferne schweiften, wussten diejenigen, die ihn am meisten fürchteten, dass sie den Fehler begangen hatten, ihn zu langweilen. Seine Stimme klang dünn, doch es gab keinen, der ihr nicht aufmerksam lauschte, auch wenn er eine Sitzung mit dem Credo eröffnete, das sie alle schon tausendmal gehört hatten:

»Falls Sie glauben, das Geld im Ölgeschäft ist leicht verdient, wird es Zeit, dass Sie Ihre Gewinne steigern.«

Jede Abteilung hatte sechzig Sekunden Zeit, um zu berichten, wie sie ihre Gewinne zu steigern gedachte. Kingsman Helms kam als Letzter an die Reihe, eigentlich eine Ehre, wenngleich ihm schmerzlich bewusst war, dass es Douglas Case war, der Sicherheitschef von American Synergy, der an der Seite des Buddha saß. Angeblich war am Kopfende des Tisches einfach mehr Platz für Cases Rollstuhl. Doch bis vor Kurzem hatte Helms den Platz neben Buddha eingenommen. Die Änderung in der Sitzordnung war erst seit dem empfindlichen Rückschlag im Kampf um die Förderrechte vor der westafrikanischen Île de Forée vorgenommen worden – eine Niederlage, die Buddha nicht vergessen hatte.

Man hatte sich große Hoffnungen gemacht, als Spezialisten aus Helms' Abteilung riesige Erdölreserven in den Gewässern vor der westafrikanischen Insel entdeckt hatten. ASC hatte durch die Unterstützung eines Putsches beinahe die Kontrolle über den kleinen Inselstaat erlangt. Wären sie nicht im letzten Augenblick gescheitert, so würde American Synergy nun über unermessliche Ölreserven verfügen. Als die unvermeidliche Schuldfrage gestellt wurde, hatte Kingsman Helms versucht, sich so gut wie möglich aus der Affäre zu ziehen, doch die bittere Wahrheit starrte ihn vom Kopfende des Tisches an: Bis vor Kurzem hatte die Sicherheitsabteilung nicht einmal an den Sitzungen teilgenommen. Heute saß Doug Case als Wächter gegen Cyberangriffe, starrköpfige Diktatoren, Verräter und Anschläge auf nigerianische Ölfelder an Buddhas Seite und genoss die vollen Rechte eines Abteilungsdirektors.

Danforth unterbrach Helms in der Mitte seiner sechzig Sekunden.

»Ja, ja, ja, aber wo waren Sie in den letzten zwei Wochen?«

»An nicht näher bestimmten Orten.« Helms lächelte verschwörerisch. Danforth wusste genau, dass er in Ostafrika, genauer gesagt in Somalia, die Interessen des Unternehmens vorantrieb. Doch der Alte liebte ein bisschen Geheimniskrämerei, ein Überbleibsel aus seiner ersten Karriere in einer Regierungsbehörde für geheime Missionen, bevor er seine Ambitionen dem Erdölgeschäft zugewandt hatte.

Der Buddha ließ Helms' Lächeln unerwidert. »Ich meine, hier zu Hause. Wo um alles in der Welt …«

Das Handy in Helms' Brusttasche klingelte hinter dem makellos gefalteten Einstecktuch.

Zorn flammte in den Augen des Buddha auf. »Sie kennen die Regel: Keine Anrufe, außer es geht um Leben und Tod.«

Helms fischte das Handy heraus. Die Assistentin, die ihn anrief, die matronenhafte Kate Clark, die er sich aus Doug Cases Sicherheitsabteilung geschnappt hatte, kannte die Spielregeln, und er vertraute auf ihr gesundes Urteilsvermögen.

»Was gibt's?«

Was sie ihm mitteilte, kam so absolut unerwartet, dass er nur ein geflüstertes Wort herausbrachte: »Piraten?«

Keiner der Kollegen, nicht einmal Case, hatte es gehört.

Doch dem alten Buddha mit seinen feinen Antennen war es nicht entgangen. Als Helms den Konferenzraum verließ, winkte ihn Danforth zu sich. »Kümmern Sie sich darum, und zwar schnell«, murmelte er. »Bevor Ihnen die verdammten Chinesen den Braten wegschnappen.«

Helms eilte zur Tür hinaus und hörte den Alten die Stimme erheben. »Die Sitzung ist geschlossen. Doug, Sie bleiben noch.«

Helms schaute zurück. Doug Case manövrierte seinen Rollstuhl zu dem alten Mann, und Helms hätte ein Jahr seines Lebens gegeben, wenn er hätte hören können, was die beiden besprachen.

Douglas Case wartete, bis die letzte Abteilungschefin den Raum verließ und die Tür schloss.

»Darf ich fragen, worum es ging?«

Buddha starrte Case an, ohne auf die Frage einzugehen. Case senkte den Blick als Eingeständnis, dass er eine verbotene Grenze überschritten hatte. Als der alte Mann schließlich das Wort an ihn richtete, ging es um etwas völlig Unerwartetes.

»Heute hatte ich ein interessantes Gespräch mit Yousef.«

Doug Case sah den alten Mann bewundernd an. Dass Buddha die Verhandlungen mit Yousef in Italien fortsetzte, während er gleichzeitig das Projekt in Somalia vorantrieb, bewies wieder einmal, dass er wie ein Meisterjongleur die Interessen des Unternehmens in Einklang brachte. In dieser Kunst konnte ihm kein anderer Chef eines Erdölunternehmens das Wasser reichen. Natürlich war es kein Nachteil, dass der Buddha Yousefs Familie seit Langem kannte. Die American Synergy Corporation hatte bereits mit dem Diktator Geschäfte gemacht, lange bevor Yousef geboren wurde. Der Buddha hatte Yousefs Vater – und sich selbst – reich gemacht, indem er den Aufbau der Infrastruktur zur Erdölförderung unterstützte und später, als der alte Herrscher unberechenbar wurde, das Ölembargo umging. Als der sogenannte Arabische Frühling ihre gewinnbringende Übereinkunft zunichtemachte, hatte der Buddha die italienische Regierung überredet, Paul Jansons Catspaw Associates damit zu beauftragen, Yousef aus dem Land zu bringen, bevor sie ihn an einem Bohrturm aufhängten.

Die Italiener hatten gehofft, sich in eine günstige Position zu bringen, indem sie dem jungen Mann Asyl gewährten und damit zu einem rascheren Ende der Kämpfe beitrugen. Doch der Buddha hatte seine eigenen Pläne. Er war überzeugt, dass Yousef im Gegensatz zum Rest seiner Familie die Intelligenz und den Ehrgeiz besaß, um die Macht an sich zu reißen, wenn die Revolution auseinanderbrach.

»Ich bewundere Yousef«, bemerkte Case. »Er verfolgt seine Pläne mit großer Geduld und weiß genau, was er will.«

Der Buddha hob ungerührt eine Augenbraue. »Yousef will das zurück, was er als sein Erbe betrachtet – sein Land, das von den reichen Ölvorkommen lebt. Und er weiß, dass ihm der Internationale Strafgerichtshof im Nacken sitzt.«

»Angeblich ist er aus Sardinien geflüchtet. Ist er zurück in Libyen?«

Auch diese Frage würde der alte Mann nicht beantworten. Er sah Case schweigend an, bis dieser den Blick senkte.

»Wir werden Yousef dabei unterstützen, sich vor der Welt und dem amerikanischen Kongress als legitimer Nachfolger seines Vaters zu präsentieren. Dafür wird er uns von den Ressourcen des Landes profitieren lassen. Und es wird ihm gelingen, die Ordnung im Land aufrechtzuerhalten, was er ja schon für seinen verrückten Vater versucht hat. Er hat die technischen Mittel, um für Sicherheit zu sorgen. Und eine Geheimpolizei, die jede Opposition im Keim ersticken wird.«

»Es war sehr weitsichtig von Ihnen, Yousef zu retten.«

»Das will ich meinen. Yousef muss jetzt nicht mehr den Launen seines durchgeknallten Vaters folgen – er kann jetzt selbst regieren. Und ich gebe gern zu, Doug, dass Sie mit Paul Janson recht hatten.«

»Danke, Sir.«

Doug Case hatte den Buddha davon überzeugt, dass niemand besser geeignet war, Yousef aus dem allgemeinen Chaos herauszuholen, als Paul Janson. Er vermochte wie kein anderer eine Situation einzuschätzen und verfügte zudem über äußerst qualifizierte Mitarbeiter. Janson machte sich keine Illusionen, was Yousefs Absichten betraf, doch die Aussicht auf ein baldiges Ende des Bürgerkriegs hatte ihn bewogen, den Auftrag anzunehmen. Zudem ließ sich auf diese Weise verhindern, dass das Arsenal des Diktators den Dschihadisten in die Hände fiel, die die Waffen unverzüglich gegen Algerien und Mali einsetzen würden.

»Janson wird es bereuen, den Job übernommen zu haben«, bemerkte der Buddha ernst. »Können Sie immer noch garantieren, dass er nicht weiß, wer dahintersteckt?«

»Ja. Selbst wenn die Italiener zu viel plaudern – sie kennen nur die Mittelsmänner. Weder Sie noch ich noch ASC insgesamt hat auch nur die kleinste Spur hinterlassen. Janson hat keine Ahnung, dass wir ihm den Auftrag verschafft haben.«

»Es hat mich ein wenig überrascht, dass er ihn angenommen hat.«

»Optimismus ist Jansons Achillesferse«, meinte Case.

Paul Janson musste gewusst haben, dass Yousef kein Dummkopf und auch kein Freund von Freiheit und Demokratie war. Doch die Hoffnung auf einen guten Ausgang der Krise hatte ihn Yousefs Ambitionen unterschätzen lassen.

3

47°55' N, 96°26' W
U.S. Highway 2, Richtung Osten
North Dakota

Als Denny Chin erwachte, schien ihm die Sonne in die Augen. Er saß angegurtet auf dem Beifahrersitz eines F-150 XL SuperCrew Pick-ups, der mit 120 km/h ostwärts rollte. Paul Janson reichte ihm eine Wasserflasche.

»Meth macht durstig.«

»Was du nicht sagst.« Chin nahm einen langen Schluck und warf die leere Flasche über die Schulter zurück auf den Rücksitz. »Wer zum Teufel bist du?«

»Wie hast du mich in dem Käfig genannt?«

»Alter Mann?«

Chin musterte ihn eingehend. Die Narben hätten ihm schon gestern auffallen müssen, wäre er nicht so zugedröhnt gewesen. Ebenso die Augen, die gleichzeitig abwesend und wachsam wirkten. Er hatte sich von der stahlgrauen Haarfarbe des Kerls täuschen lassen.

»Du bist nicht alt.«

»Was du nicht sagst.«

Denny Chin schaute ihn nachdenklich an. »Moment mal. Du bist *der* Alte. Der Typ, der dieses Phoenix-Rehabilitierungsprojekt durchzieht, oder?«

»Einer von vielen, die es unterstützen.«

Janson gab ihm noch eine Wasserflasche.

Denny Chin trank und legte die leere Flasche in seinen Schoß. »Die Leute in dem Programm reden über dich. Fragen sich, wie du tickst und warum du es machst?«

»Wenn sie eine Antwort finden, haben sie mir was voraus.«

Janson überspielte die Lüge mit einem achselzuckenden Lächeln. Das Gegenteil war der Fall. Paul Janson war ein Mensch, der sich ständig selbst hinterfragte. Das hatte er sich schon als Agent von Consular Operations angewöhnt, einer Organisation des Außenministeriums, in der er regelmäßig mit »sanktioniertem Töten« beauftragt worden war. Seine gewissenhafte Präzision hatte ihm den Spitznamen »die Maschine« eingetragen und ihn länger in dem Geschäft überleben lassen als die meisten Killer, weil er sich nicht von plötzlich hervorbrechenden Emotionen oder unverarbeiteten Schuldgefühlen zu fatalen »Fehlern« verleiten ließ.

Seine selbstkritische Haltung forderte jedoch ihren Preis. Als Janson eines Morgens aufgewacht war, hatte er der Wahrheit ins Auge sehen müssen: Bei allem Engagement für sein Land ließ sich nicht leugnen, dass es sich bei diesem sanktionierten Töten um nichts anderes als Serienmorde handelte. Von da an war er fest entschlossen gewesen, einen anderen Weg einzuschlagen. Die Konsequenz war die Gründung der Phoenix Foundation gewesen, mit der er anderen Feldagenten, die ihr unmenschlicher Job aus der Bahn geworfen hatte, helfen wollte, in ein normales Leben zurückzufinden.

»Wenn nur die Hälfte von dem, was ich gehört habe, stimmt«, sagte Chin, »dann habe ich noch Glück, dass du mich gestern nicht umgebracht hast.«

Janson hielt ihm die Hand hin. »Ich habe mir deine Vergangenheit ein bisschen angesehen, Denny. Du bist keiner, der leichtfertig tötet.«

Denny Chin betrachtete Jansons Hand, machte jedoch keine Anstalten, sie zu schütteln. »Was soll das Ganze? Willst du mich zu einer Rehabilitierung schleppen?«

»Ich kann dich nicht zwingen. Aber ich werde alles tun, um dich dazu zu überreden.«

»Ich kann nicht zurück.«

»Es gibt nichts Schwereres, als sein Innenleben wieder ins Gleichgewicht zu bringen. Aber du hast das Zeug dazu, es zu schaffen.«

»Wie?«

»Du weißt von deinen Spezialeinsätzen, dass man manchmal taffer sein muss, als man eigentlich ist.«

»Es zu wissen und zu tun sind zwei Paar Schuhe.«

»Wenn du wieder mal das Gefühl hast, du hältst es nicht mehr aus und willst nur weg, dann nimm dir einen Moment und frag dich: Will ich es wirklich oder bin ich nur zu müde, zu down oder hab zu viel Angst vor dem, was noch vor mir liegt?«

Denny Chin ließ den Kopf sinken. »Ich weiß nicht, ob ich die Mühe wert bin.«

Chin war einer der Besten gewesen, bevor er im Auftrag der Drogenbehörde DEA auf einen Auslandseinsatz geschickt wurde, den sich Leute ausgedacht hatten, die zweitausend Meilen vom Geschehen entfernt an ihren Schreibtischen saßen. »Denny, du hast deinem Land mit allem gedient, was du hast. Zudem hast du hirnrissige Befehle in dubiosen Missionen hinterfragt, und genau darum hast du es noch viel mehr verdient.«

Chins FAST-Team war von lokalen Drogenbossen in die Irre geführt worden, sodass er und seine Leute versehentlich Zivilisten töteten. »Die Bosse haben dich als Schuldigen abgestempelt. Aber die Leute, mit denen du gedient hast, legen für dich die Hand ins Feuer. Bei Phoenix sieht man es genauso.«

»Bist du noch im Geschäft oder arbeitest du nur noch als Seelenklempner?«

»Das überlasse ich professionellen Psychologen.«

»Also bist du noch im Geschäft?«

»Ich mache Sicherheitsberatung, um Phoenix zu finanzieren.«

»Das muss eine große Firma sein.«

»Nein, das wäre nichts für mich. Ich werd schon misstrauisch, sobald mehr als zwei Leute zusammenkommen. Darum sind wir nur zu zweit.«

»Zu zweit?«

»Ich und ein Scharfschütze.«

»Sicherheitsberatung für Firmen? Wie geht das zu zweit?«

»Wir haben Spezialisten, die mit uns zusammenarbeiten.« Janson erklärte ihm in Kürze und ohne Geheimnisse preiszugeben, wie die freien Mitarbeiter von Catspaw Associates über Internet, verschlüsselte Websites und abhörsichere Telefone miteinander vernetzt waren. Im Grunde handelte es sich um eine virtuelle Organisation, die ohne teure Büros und Ausrüstung auskam. Zudem gab es nur eine Handvoll Personen, die ein gewisses Risiko zu tragen hatte. »Aus der Sicht unserer Feinde gibt es uns gar nicht … und das war die letzte Frage, die ich beantwortet habe.«

»Aber Phoenix hat doch teure Einrichtungen, in denen jede Menge Ärzte und Schwestern arbeiten … das heißt, ihr müsst astronomische Honorare verlangen, um eure Rechnungen bezahlen zu können.«

»Unsere Klienten können es sich leisten.«

»Dann bist du also ein Söldner?«

Es war beleidigend gemeint. Janson ignorierte die Bemerkung.

Chin ließ nicht locker. »Und wenn du Typen wie mir hilfst, sich wieder in den Griff zu kriegen, sollen wir dann in deiner Privatarmee dienen?«

Janson warf ihm einen langen Blick zu. Chin hatte immer gedacht, kalte Augen könnten keine Emotionen ausdrücken.

Doch Jansons Augen waren nicht leer – im Gegenteil, sie funkelten vor Leidenschaft. Der Typ meinte, was er sagte. Dennoch waren es die kältesten Augen, die er je gesehen hatte.

»Wenn ein Agent in eine Bundesbehörde zurückkehrt, kommt es schon vor, dass ich ihn um die eine oder andere Auskunft frage. Es ist aber seine Sache, wie viel er mir erzählt. Niemand schuldet Phoenix etwas. Niemand schuldet mir etwas.«

»Bullshit. Ich würde dir mehr schulden, als ich je zurückzahlen könnte, wenn du es schaffst, meinen Kopf in Ordnung zu bringen.«

»Wenn du was schuldig bist, gib's dem Nächsten zurück.«

»Okay, aber angenommen, jemand *will* deiner Privatarmee beitreten.«

Jansons Blick versetzte Chin einen schmerzhaften Stich. Ihm wurde klar, Phoenix würde für ihn da sein, solange er Hilfe benötigte, doch er würde einen langen, schweren Weg gehen müssen, um das Vertrauen und die Fähigkeiten zurückzugewinnen, die nötig waren, um sich für die Hilfe mit harter Feldarbeit zu revanchieren. »Du meinst, die Leute brechen irgendwann wieder zusammen?« Denny Chin bemühte sich, nicht verbittert zu klingen, doch er wusste, dass es ihm nicht ganz gelang. »Auch wenn es nur um Sicherheitsberatung für Firmen geht?«

»Ist bisher nicht vorgekommen. Wir operieren nach Regeln, die uns nicht zum Lügen zwingen.«

»Welche Regeln?«

»Keine Folter. Keine zivilen Opfer. Es wird niemand getötet, der nicht versucht, uns zu töten.«

»Klingen fantastisch, deine Janson-Regeln.«

»Es ist keine Fantasie.«

»Was denn? Ein Traum?«

Janson überraschte den gestrauchelten Agenten mit einem ebenso optimistischen wie unerwarteten Lächeln. »Ich hab nichts gegen Träume.«

Denny Chin schüttelte lachend seine Dreadlocks. »Scheiße, Mann … Wie bist du in der Samariterabteilung gelandet?«

»Ein Mann, mit dem ich gedient habe, ist vom Dach unserer Botschaft in Singapur gesprungen. Vergaß leider seinen Fallschirm. Die Landung war unter diesen Umständen nicht mal so schlecht.«

»Wie ist es ausgegangen?«

»Heute leitet er die Sicherheitsabteilung eines globalen Unternehmens.«

»Der Typ hat Glück gehabt.«

»Er macht seinen Job im Rollstuhl.«

»Ich meine, dass du ihn gerettet hast.«

»Ich habe ihm nur geholfen, sich selbst zu retten. Danach ist es nur noch auf ihn angekommen. Genauso wie es auf dich ankommt, Denny.«

Chin schloss die Augen.

Jansons Handy durchbrach die Stille mit einem altmodischen Klingelton.

Der Name auf dem Display überraschte ihn. Kingsman Helms. Was wollte der Direktor der Erdölabteilung des größten amerikanischen Ölunternehmens von einem Feind?

»Entschuldige«, sagte er zu Denny, während er von der Straße abfuhr. »Könnte wichtig sein.«

Janson stellte den Motor ab, zog den Schlüssel, stieg aus und ging ein paar Schritte.

Er schaltete auf Aufnahme und wartete bis zum zehnten Klingeln, ehe er sich meldete. »Hallo.«

»Ist dort Paul Janson?«

»Soll das etwa heißen, American Synergy ist nicht mehr

sauer auf mich, obwohl ich schuld bin, dass ihr euch im Golf von Guinea an die Spielregeln halten müsst?«

»Meine Frau ist auf dieser Jacht.«

»Welcher Jacht?«

»Der *Tarantula,* die von Piraten gekapert wurde.«

4

37°42' N, 82°47' W
Red Creek, Kentucky

Deckung war der einzige Freund eines allein agierenden Scharfschützen.

Jessica Kincaid lag auf einem Hügel am Waldrand, ein gebrauchtes Exemplar von *The Birds of Kentucky* aufgeschlagen neben sich. Und sie sah auch tatsächlich wie eine passionierte Vogelbeobachterin aus mit ihrem University-of-Kentucky-Kapuzenpulli mit Wildcats-Wappen, wie ihn jeder zweite Bewohner dieses basketballverrückten Bundesstaates trug, und dem Vortex-Viper-Fernglas aus dem Walmart-Supermarkt. Der Weg hinter ihr war mit einer Laserschranke gesichert, während sie eine alte Tankstelle sechshundert Meter unterhalb ihrer Position beobachtete.

Ein Installateurwagen hielt an den Zapfsäulen.

Jessies Zielperson kam aus der Werkstatt und wischte sich die Hände an einem Lappen ab.

Ein älterer Jordanier hatte sie vor Jahren in dieser speziellen Disziplin der einsamen Jagd ausgebildet. Ein klein gewachsener, gewissenhafter, gläubiger Mann, der in Afghanistan gegen die Russen gekämpft hatte. Mit seinem typisch arabischen Dischdascha-Gewand war er barfuß durch die afghanische Kälte gewandert. Sein Dschihad-Name Abu Haqid – »Vater der Wut« – passte nicht zu seinem sanften Auftreten, dem freundlichen Lächeln und den ruhigen Augen.

Abu Haqid hatte sich eine Woche Zeit genommen, um mit viel Geduld nach Talenten zu suchen. Zwanzig amerikanische Rekruten aus den Sondereinsatzkräften, der CIA und Jessica Kincaids Lambda-Team – als FBI-Agenten getarnt – hofften, sich für Soloeinsätze zu qualifizieren, bei denen man allein sein Ziel suchte und auf sich aufpasste. Fünf hatten es in die engere Wahl geschafft. Zwei hatten einen ganzen Monat durchgehalten. Einen weiteren Monat später führte Abu Haqid Jessica auf einen langen Marsch in den Hindukusch, um auf den Gebirgspässen Taliban-Mullahs zu verfolgen.

Sei immer bereit für das Unerwartete, hatte er sie gelehrt.

In diesem Moment trat es wieder einmal ein. Ihre Sicht verschwamm. Sie senkte das Glas und überblickte den Hügel mit freiem Auge. Ein Vogel war ihr vor die Linse geflogen, einer von der Art, die auf der aufgeschlagenen Seite ihres Buches beschrieben wurde: eine Kornweihe, ein habichtartiger Greifvogel, der mit seinen dunkelbraun-weiß gestreiften Schwingen langsam und lautlos durch die Lüfte schwebte und mit seinen schwarzen Augen den Boden absuchte.

Sie suchte sich ihr Ziel aufs Neue.

Der Mann begrüßte den Fahrer des Pick-ups, schraubte den Tankdeckel auf und griff sich den Zapfhahn. Der Fahrer des Wagens rief ihm etwas zu, und er nickte. Jessie hoffte, ein Lächeln auf seinem Gesicht zu sehen. Plötzlich war jemand hinter ihr, lautlos wie eine Sonnenfinsternis, nahe genug, um ihr die Kehle durchzuschneiden.

Sie war so gut wie tot – es sei denn, es war Paul Janson. Dass Janson wahrscheinlich der Einzige war, der sich an sie heranpirschen konnte, machte es nicht besser. Sie war trotzdem sauer, ihn nicht bemerkt zu haben.

»Wie bist du an mich herangekommen?«

»Du wärst wachsamer, wenn du ein Gewehr dabeihättest.«

»Ich bin nicht hier, um ihn zu erschießen. Ich wollte ihn nur sehen.«

»Jess«, sagte er leise, »du bist die mutigste Frau, die ich kenne. Warum gehst du nicht einfach runter und sagst: Hi, Pop! Tut mir leid, dass ich mit sechzehn die Kasse ausgeräumt habe und abgehauen bin.«

»Ich hab Daddy zu ihm gesagt, nicht Pop.«

»Ich weiß. Ich hab meinen Pop genannt.«

»Ich wollte nur sehen, ob es ihm gut geht.« Jetzt erst drehte sie sich zu ihm um.

In der einen Hand hielt Janson ein Gewehr, in der anderen ein Smartphone mit baumelnden Ohrhörern. Er war mit Tarnkleidung und Feldmütze wie ein ganz normaler Jäger aus Red Creek gekleidet.

Während Jessica Kincaids Zeit bei Consular Operations war Paul Janson die legendäre »Maschine« gewesen. Doch seit sie mit ihm ein Team bildete, war er für sie nur noch »der Unsichtbare«. Sie verfügte selbst über die Fähigkeiten eines Chamäleons und vermochte als Studentin ebenso glaubhaft aufzutreten wie als Fließbandarbeiterin, als Bankerin oder Barkeeperin, doch sie hätte viel dafür gegeben, sich ebenso unsichtbar machen zu können wie Janson.

»Was tust du hier?«

»Du bist nicht ans Telefon gegangen.«

Er beugte sich zu ihr hinunter und strich ihr mit seinen Fingern, die nach Waffenöl rochen, über die Wange. »Alles okay?«

»Mir geht's gut. Was gibt's?«

»Ich brauche dich.« Er steckte sich einen Knopf ins Ohr und gab ihr den anderen. »Hör dir das an.«

Er gab ihr das Handy. »Drücke auf Wiedergabe.«

Sie hörten ein Telefongespräch, das er aufgenommen hatte. »Ist dort Paul Janson?«

Jessica spannte sich an, als sie die Stimme erkannte. Kingsman Helms war ein Mann, dem sie nicht über den Weg traute. »Was zum Teufel will er?«

Jansons Reaktion auf den Anruf klang kalt und abweisend: »Soll das etwa heißen, American Synergy ist nicht mehr sauer auf mich, obwohl ich schuld bin, dass ihr euch im Golf von Guinea an die Spielregeln halten müsst?«

»Meine Frau ist auf dieser Jacht.«

»Welcher Jacht?«

»Der *Tarantula*, die von Piraten gekapert wurde.«

Jansons Stimme verlor ihre Schärfe. »Das tut mir leid, Kingsman. Ich habe die Berichte gesehen. Sie haben nicht gesagt, wer an Bord ist, außer dem Devisenhändler, dem die Jacht gehört. Haben Sie etwas von ihr gehört?«

»Nein.«

»Das tut mir wirklich leid. Falls es Sie tröstet, die somalischen Piraten haben es eigentlich immer auf Lösegeld abgesehen. Es bringt ihnen nichts, Ihrer Frau etwas anzutun. Die sind nicht wie Al Kaida, keine religiösen oder politischen Fanatiker. Den Piraten geht es nur ums Geld.«

»Sie haben kein Lösegeld gefordert.«

»Wahrscheinlich wollen sie zuerst einen sicheren Ort aufsuchen.«

»Es ist schon fast ein Tag vergangen.«

»Sie wollen ihre Position nicht durch einen Telefonanruf preisgeben, solange sie noch auf See sind.«

»Ich will, dass Sie sie befreien.«

»Zuerst das Lösegeld. Eine Befreiungsaktion ist die letzte Option. Wenn die Chancen so ungünstig stehen, dass man nichts mehr zu verlieren hat.«

»Aber diese Piraten sind unberechenbar. Sie haben schon den Besitzer umgebracht.«

»Er hat wahrscheinlich irgendetwas Dummes versucht.«

»Ich will, dass Sie alles für ihre Befreiung vorbereiten.«

»Piraten sind Sache der Navy. Rufen Sie die SEALs.«

»Die Navy braucht Monate, um eine Rettungsaktion zu starten.«

»Deswegen sind sie auch sehr erfolgreich. Sie legen los, wenn sie so weit sind.«

»So lange können wir nicht warten!«, rief Helms. »Sagen Sie, was Sie verlangen! Der Preis spielt keine Rolle.«

»Hören Sie, Kingsman«, brummte Paul Janson eindringlich. »Die SEALs haben eine Basis in Dschibuti und agieren wie die Piraten von einem Mutterschiff aus.«

Einige Augenblicke herrschte Schweigen, bis Helms tief einatmete. »Ich liebe meine Frau. Ich bitte Sie, helfen Sie mir.«

»Das sind Piraten«, wiederholte Janson mit sanftem Nachdruck, »in einem Land ohne handlungsfähige Regierung oder Militär, wo rivalisierende Clans das Sagen haben. Entweder lassen Sie sich von der U.S. Navy helfen oder Sie zahlen das Lösegeld.«

»Verdammt, Janson. Ich weiß, wir hatten unsere Differenzen! Ich gebe zu, es hat mir nicht geschmeckt, dass Sie uns auf der Île de Forée in die Quere gekommen sind.«

»Jemand musste es tun.«

»Aber hier geht es nicht ums Geschäft. Es geht um meine Frau. Der Gedanke an ein Schiff voller schwer bewaffneter

SEALs macht mir eine Scheißangst. Da kann so viel schiefgehen. Nein, ich will keine Soldaten. Ich will eine Befreiungsaktion in Ihrem Stil: unauffällig und mit chirurgischer Präzision.«

Erneut Schweigen.

Jessie Kincaid wandte sich an Janson. »Zivilisten faseln unheimlich gern von ›chirurgisch‹.«

Janson erwiderte ihren Blick nicht, doch sie ahnte schon, was als Nächstes kommen würde.

»Übermorgen, zehn Uhr Vormittag. Im ASC-Büro New York.«

»Nicht in der Firma«, erwiderte Helms.

»Chelsea Piers. Kommen Sie von der Twenty-Third Street. An der Promenade beim Pier sechzig finden Sie ein großes Bild der *Lusitania.* Warten Sie dort.«

»Können wir uns nicht früher treffen?«

»*Chirurgisch* braucht Zeit. Kümmern Sie sich schon mal um das Lösegeld. Ich versuche inzwischen rauszufinden, wem Sie es zahlen würden.«

Janson nahm sein Handy zurück.

»Hast du das mit dem Lösegeld ernst gemeint?«, fragte Jessie.

»Natürlich. Nach dem Gespräch mit Helms habe ich Lloyd's angerufen.«

Catspaw und der Versicherungsmarkt Lloyd's of London tauschten regelmäßig Informationen aus, und Jansons Kontaktmann hatte ihm ganz offen geantwortet. Der Versicherer der Jacht war bereit, ein Lösegeld für das Schiff zu bezahlen. Dieses Vorgehen bot die besten Chancen, Allegra und die anderen zu befreien. Janson hatte seine Unterstützung zugesichert.

»Es ist schon eine Forderung gekommen.«

»Zu schnell.«

»Sehe ich auch so. Lloyd's hält es für eher unwahrscheinlich, dass die Piraten, die die Forderung gestellt haben, wirklich die sind, die die Jacht gekapert haben. Gut möglich, dass jemand die Situation ausnutzen will.«

»Okay … aber warum warst du auf einmal doch bereit, dich mit Helms zu treffen?«

»Die arme Mrs. Helms hat es nicht verdient, Piraten in die Hände zu fallen, nur weil sie keinen besonders guten Geschmack hat, was Männer betrifft. Und die Stiftung kann das Geld gebrauchen.«

»Sie hat auch einen schlechten Geschmack bei der Wahl der Jachten, auf die sie sich einladen lässt. Was hatten sie in diesen Gewässern verloren, die von Piraten kontrolliert werden?«

»Das war wohl die Idee eines selbstgefälligen Idioten … nach dem zu urteilen, was ich über den Besitzer gehört habe.«

Sie lagen immer noch nebeneinander auf den Kiefernnadeln. Jessica stützte sich auf einen Ellbogen und schaute ihm in die Augen. »Du lässt dich von ASC anheuern.«

»Eins nach dem anderen«, erwiderte Janson. »Es geht darum, die Geiseln sicher nach Hause zu holen.«

»Wir haben in dem Kampf um Île de Forée gute Männer verloren.«

»Ich halte nichts von Rache.«

Jessie Kincaid schüttelte entschieden den Kopf. »Die Jungs, die wir verloren haben, waren die Besten, die man sich vorstellen kann.«

»Ich würde alles tun, um sie wieder lebendig zu machen. Aber Rache macht es nicht besser. Es gibt keine Rache. Nicht in dieser Welt.«

»Aber …?«

Janson überlegte einen Augenblick. »Als ich bei Consular Operations anfing, war der schlimmste Feind eines Agenten oft die eigene Regierung. Vorgesetzte, die von ihrer Mission so überzeugt waren, dass sie die Leute draußen im Einsatz für ihre Sache oder für ihre Karriere opferten, ohne mit der Wimper zu zucken. Die Arroganz wächst mit der Macht.

Heute sind es die multinationalen Unternehmen, die eine solche Machtfülle besitzen. ASC ist mächtiger als die meisten Staaten, und sie setzen ihre Anliegen durch, ohne dass es jemand mitbekommt. Wenn ein solches Unternehmen mit dem Rücken zur Wand steht, ist es umso gefährlicher.« Er zitierte aus einem Bericht eines seiner freien Mitarbeiter: »›So groß und einflussreich ASC auch ist, wird das Unternehmen nun zunehmend von China verdrängt. Wenn es sich im Kampf um die besten Förderplätze auch in zwanzig Jahren noch behaupten will, wird es in Zukunft noch rücksichtsloser agieren müssen.‹

Mit anderen Worten, ein unersättliches globales Unternehmen, das seine Interessen durchsetzt, indem es Regierungen mit allen Mitteln beeinflusst, sieht seine Felle davonschwimmen. ASC ist wie …« Janson suchte nach den treffenden Worten.

»Eine Boa constrictor mit Tollwut?«, schlug Jessica vor.

Janson lächelte anerkennend. »So ungefähr. Die Piraten haben uns einen Riesengefallen getan. Sie haben die Hintertür zu American Synergy aufgebrochen. Das ist eine einmalige Chance, ein Unternehmen in die Schranken zu weisen, das überall, wo es hinkommt, nur Schaden anrichtet.«

»Warum ist Helms zu uns gekommen? Er muss uns hassen nach dem, was auf Île de Forée passiert ist.«

»Das habe ich mich auch gefragt. Aber ich muss in aller Unbescheidenheit sagen, dass er keine Besseren finden würde. Wäre ich an seiner Stelle und müsste dich befreien, würde ich auch zu uns kommen.«

»Warum will sich Helms nicht in seinem Büro mit uns treffen?«, hakte Jessie nach.

»In einem solchen Unternehmen herrscht eine große Rivalität. Er will sich nicht anmerken lassen, dass er von persönlichen Problemen geschwächt ist.«

»Es ist ein *persönliches* Problem, wenn seine Frau entführt wird?«

»Die Abteilungschefs von ASC würden ihre eigenen Kinder verkaufen, um den Alten an der Spitze zu beerben. Ein weiterer Grund, warum Helms sich an uns gewandt hat und nicht an die Sicherheitsabteilung von ASC.«

Janson kroch in den Schutz der Bäume und stand auf, als er von der Tankstelle aus nicht mehr gesehen werden konnte. »Wink deinem Pop noch mal zum Abschied, wir müssen an die Arbeit.«

Sie fuhren mit ihren Mietwagen über die Grenze nach West Virginia und weiter nach Charleston. Janson hatte zwei Flugtickets nach New York. »Wo steht die Embraer?«, fragte Jessie Kincaid.

»In Minneapolis.«

»Was macht unser Flugzeug in Minneapolis?«

»Wir rekrutieren Leute aus den vierzigtausend Somali-Amerikanern, die in Minneapolis leben. Ob wir die Frau mit Lösegeld freibekommen oder mit einem Einsatz, wir werden auf jeden Fall Freunde vor Ort brauchen.«

Paul Janson schloss die Augen, während der Linienjet in die Luft stieg, und rief sich die Karte des Horns von Afrika in Erinnerung: Von Mogadischu bis hinauf zum Golf von Aden gab es auf rund tausend Meilen nur wenige Häfen und Städte. Die Infrastruktur entlang der Küste war weitgehend zerstört worden, als im Jahr 2004 ein Erdbeben am anderen Ende des Indischen Ozeans einen riesigen Tsunami ausgelöst hatte. In den folgenden zehn Jahren war nur wenig wiederaufgebaut worden.

Es war eine ideale Gegend, um sich zu verstecken oder auf die Jagd zu gehen. Die Entfernungen waren so groß, dass sie mit dem Hubschrauber kaum zu bewältigen waren. Damit wurde Jansons bevorzugte Strategie für ein schnelles Eindringen schwierig, wenn nicht unmöglich. Kein Wunder, dass die SEALs von einem »Mutterschiff« aus operierten. Wie die Piraten mussten auch sie irgendwie in die Nähe ihrer Ziele gelangen, um zuschlagen zu können.

»Wie kommen wir hin?«, fragte Jessica.

Sie saßen nebeneinander in der fast leeren Businessklasse. Der nächste Passagier saß vier Reihen hinter ihnen, und das Dröhnen der Triebwerke war laut genug, dass sie sich leise unterhalten konnten, ohne von jemandem gehört zu werden. Jessica meinte mit ihrer Frage den Ort, an den die Piraten ihre Geiseln bringen würden. Zugleich fragte sie nach einem Weg, wie sie mit den Gefangenen schnell und sicher zurückkehren konnten, so wie sie es ein Jahr zuvor mit dem Sohn des libyschen Diktators geschafft hatten.

Janson öffnete die Augen und wandte sich ihr zu. Seine Augen waren blaugrau, ihre graugrün. Er nahm ihre Hand und küsste sie auf den Mund.

Jessie legte die Hand an seinen Hinterkopf und zog ihn zu sich. »Du hättest nicht nach Kentucky kommen müssen, um mich zu holen. Aber danke …« Sie küsste ihn innig. »Müssen wir uns schon wieder trennen?«

»Ich fürchte, ja.«

Wenn sie mit einem Job beschäftigt waren, verzichteten sie weitgehend auf Sex, doch die Liebe blieb.

»Einen noch.« Sie zog ihn erneut an sich. »Wow … okay … also, wie kommen wir hin?«

Janson blickte sich in der Kabine um, um sich zu vergewissern, dass immer noch niemand in der Nähe war. Die Passagiere saßen alle auf ihren Plätzen, und die Flugbegleiterin war verschwunden. »Es wird überall gekämpft … in Somalia, Kenia, Äthiopien und Jemen.«

»Waffenschmuggler«, bemerkte Jessie Kincaid. Janson hatte eine Schwäche für Waffenhändler, weil sie es besonders gut verstanden, in heikle Zonen zu gelangen und unauffällig wieder zu verschwinden. Er konnte sich die Hilfe von Händlern sichern, denen er vertraute.

»Die sind immer auf der Suche nach neuen Kunden.«

»Hast du einen Bestimmten im Auge?«

»Wo in Ostafrika gekämpft wird, sind die Israelis nicht weit.«

»Willst du nach Tel Aviv?«

»Ich werde mich mit einem Typen in Zürich unterhalten. Er weiß hoffentlich, wer sich dort gerade herumtreibt.«

»Unsere Special Forces machen in Somalia Jagd auf Al Kaida.« Jessica sprach von den amerikanischen Spezialeinheiten vor Ort. »Wir müssen den Jungs aus dem Weg gehen.«

»Genau.«

Das Letzte, was sich Paul Janson leisten konnte, war, mit Catspaw ins Visier der amerikanischen Behörden zu geraten. In diesem Fall würde das sorgfältig aufgebaute Netzwerk von Kontakten und Freunden von einem Tag auf den anderen zusammenbrechen. Er und Jessica mussten allein und vor allem unbemerkt vorgehen.

»Ich kenne da einen Kerl«, sagte Jessica, »der ein Zweisitzer-Tragflächenboot für die Navy testet.«

Sie und Janson waren ständig auf der Suche nach Erfindungen, die sie für ihre Einsätze nutzen konnten. Unter anderem verwendeten sie eine neue Software der Defense Advanced Research Projects Agency zur Sicherung ihrer Laptops, ein

Programm, das auf der Erkennung des individuellen Schreibstils beruhte.

Janson testete gegenwärtig eine tragbare Switchblade-Aufklärungsdrohne und erwartete ein neues ultraleichtes Nachtsichtgerät, das mit modernster Gradientenlinsen-Technik arbeitete.

Jessicas neuester Fund waren Stoffe aus Graphen, die elfmal kugelsicherer waren als Kevlar und die ein befreundeter Designer zu Burkas und Kufiya-Kopftüchern verarbeitete.

»Wie laut ist das Tragflächenboot?«, fragte Janson.

»Mucksmäuschenstill. Es hat einen Elektroantrieb und ist ausgesprochen gut getarnt, besteht aus Kevlar und Kohlefaser, also praktisch keine Radarsignatur.«

»Abgesehen vom Motor und der Batterie. Welche Reichweite?«

»Sechzig Meilen. Ein echt cooles Ding. Du kannst es per Fernsteuerung rufen. Es schafft fünfundzwanzig Knoten, und die Flossen lassen sich zusammenfalten – es passt also in einen Hubschrauber.«

»Du kennst nicht zufällig jemanden, der einen lautlosen Helikopter mit einer Reichweite von zweitausend Meilen testet?«

»Wie wär's mit einem Hubschrauber von einem Schiff aus?«, schlug Jessie vor. Es überraschte sie nicht, dass Janson wenig begeistert reagierte und nur »Vielleicht« murmelte. Schiffe waren eine komplizierte Sache und benötigten einiges an Zeit und Vorbereitung. Und Kingsman Helms hatte in einem Punkt recht: Wenn die Piraten gleich zu Beginn der Geiselnahme jemanden töteten, war die Zeit knapp.

Monique Trudeau war völlig außer sich, als der Anführer der Piraten den Befehl gab, Allen Adlers Leichnam ins Meer zu werfen.

Allegra Helms verstand die Frau nicht. Bei allem Schrecklichen, das sie zu befürchten hatten, wen kümmerte da schon, was mit Adlers Leiche geschah? Er war tot, aber sie lebten noch. Doch das Model kreischte in durchdringendem Französisch los.

»Nein! Tut das nicht! Tut das nicht!«

Sie befanden sich auf der Kommandobrücke. Maxamed hatte es angeordnet, damit er sie ständig im Auge behalten konnte. Hank und Susan versuchten, Monique zu beruhigen, doch die Französin riss sich los und schüttelte wie verrückt den Kopf.

»Tut das nicht! Tut das nicht!«

Die Piraten ließen sich von ihrem Protest nicht beeindrucken und trugen den Toten hinaus.

»Sie können ihn doch nicht einfach ins Meer werfen!«, schrie Monique. »Das ist unmenschlich!«

Allegra war die mit Abstand jüngste der Geiseln. Doch plötzlich wandten sich alle ihr zu. »Gräfin Allegra«, rief die herrische Frau des Diplomaten im Ruhestand, »bringen Sie sie zum Schweigen, bevor sie uns alle umbringt.« Und Susan, die Immobilienmaklerin, fügte hinzu: »Reden Sie mit ihr, um Himmels willen!« Die Männer versuchten vergeblich, ihre Frauen zum Schweigen zu bewegen.

Als Allegra Monique zu beruhigen versuchte, eilte Maxamed, der angespannt vor dem Fenster auf und ab geschritten war, mit der Pistole im Anschlag auf sie zu. »Was sagt sie?«

Allegra übersetzte Moniques Worte ins Italienische. »Sie will nicht, dass Sie den Leichnam ins Meer werfen.«

»Ist sie seine Freundin?«

»Nein.«

»Was kümmert es sie dann?«

»Ich weiß es nicht. Ich kenne sie nicht. Bin ihr hier zum

ersten Mal begegnet«, fügte sie hinzu und fühlte sich wie ein Feigling, weil sie sich von der armen Frau distanzierte.

»Ich weiß, dass Sie ihr hier zum ersten Mal begegnet sind. Aber Sie sprechen Französisch. Sagen Sie ihr, sie soll endlich still sein.«

Allegra streckte flehend die Hände zu Monique aus. »Er will, dass Sie aufhören zu schreien. Bitte, Monique. Seien Sie still, bevor etwas Schlimmes geschieht.« Doch während sie dem französischen Model zuredete, blieben ihre Gedanken bei den Worten des Piraten hängen. *Ich weiß, dass Sie ihr hier zum ersten Mal begegnet sind.* Er hatte diese Jacht nicht zufällig angegriffen. Er hatte genau gewusst, wer sich an Bord befand.

»Sie können ihn in den Kühlschrank geben!«, schrie Monique verzweifelt.

»Was sagt sie?«

Allegra versuchte, ihre Übersetzung möglichst vernünftig klingen zu lassen. »Sie schlägt vor, den Leichnam zu kühlen, damit er nicht verwest und später ordentlich beerdigt werden kann.«

»Sagen Sie ihr, sie soll den Mund halten.«

Bevor Allegra den Befehl des Piraten übersetzen konnte, rannte die völlig aufgelöste Frau hinter den Piraten her, die den Toten hinaustrugen. Maxamed war blitzschnell zur Stelle, um sie aufzuhalten. Moniques hagerer Körper spannte sich an in ihrem gerechten Zorn. Sie schien jede Angst verloren zu haben, und selbst die Hysterie war verschwunden. In diesem Moment wirkte sie noch größer, als sie ohnehin war. Ob aus einer echten Emotion heraus oder um des dramatischen Effekts willen, vermochte Allegra nicht mit Sicherheit zu sagen. Bei diesen Franzosen wusste man nie. Die Antwort auf Allegras Frage kam umgehend und wie ein Keulenschlag.

Verächtlich wie eine stolze Pariserin, die von einem Kellner beleidigt wurde, ohrfeigte Monique den groß gewachsenen Piraten.

Maxamed schlug sie mit seiner Waffe, und das Blut strömte ihr übers Gesicht.

5

40°74' N, 74° W
Chelsea Piers
New York City

Paul Janson suchte nach einer Lücke in Kingsman Helms' Panzer. Der Mann schritt am vereinbarten Treffpunkt auf und ab und wirkte hoffnungslos fehl am Platz mit seinem feinen Anzug unter all den Leuten, die zum Chelsea Piers Sports Center eilten. Er wurde angerempelt, stieß mit einem Power-Walker zusammen, verhedderte sich in einer Hundeleine und wich vor einer Horde Schulkinder zurück, die zum Eislaufplatz eilte. So unwohl er sich in dieser Umgebung auch fühlte, wirkte er doch ganz wie der befehlsgewohnte Manager, den normalerweise niemand warten ließ. Er ignorierte die wunderbare alte Fotografie des Luxusliners *Lusitania* und schaute sich gereizt und ungeduldig um.

Eine schöne Frau blieb stehen und bewunderte unverhohlen sein gewelltes blondes Haar und seine blauen Augen, doch Helms bemerkte es nicht einmal. Daran erkannte Janson nicht ohne eine gewisse kalte Genugtuung, dass der Mann tatsächlich verzweifelt sein musste.

Janson war gut zehn Meter von ihm entfernt, mit Cordsakko, T-Shirt und Khakihose bekleidet wie ein kürzlich gefeuerter Aktienhändler oder der Besitzer einer Galerie in Chelsea, der unterwegs war, um seinen Laden aufzuschließen. Er beobachtete Helms vom Eingang einer Bowlingbahn aus, wo er gerade Walt Laughlin, einen »Absolventen« von Phoenix, der heute als Special Agent beim FBI tätig war, zum Frühstück eingeladen hatte.

So wie Doug Case war auch Laughlin eine Erfolgsgeschichte von Phoenix. Er war in den Staatsdienst zurückgekehrt und diente dem Bundesstaatsanwalt des Südbezirks von New York als Experte, wenn es darum ging, gefassten Piraten ein Geständnis zu entlocken. Laughlin hatte Janson mitgeteilt, dass die Aktivität der Piraten zurückgegangen sei, weil die Schiffe inzwischen über bessere Verteidigungsvorkehrungen verfügten und die Marinepatrouillen immer besser in der Lage waren, den riesigen Indischen Ozean zu überwachen. Zum Ende ihres Gesprächs fragte Janson ihn noch, wer beim FBI Lösegeldverhandlungen durchführte.

Laughlin erwies sich jedoch als äußerst korrekter und loyaler FBI-Agent und war nicht bereit, interne Dinge preiszugeben, auch nicht an Janson, dem er die Rückkehr in ein normales Leben verdankte. »Die Regierung der Vereinigten Staaten zahlt kein Lösegeld«, behauptete er standhaft. »Das haben wir mit den Piraten vor zweihundert Jahren so gehalten, und daran hat sich bis heute nichts geändert.«

Janson behielt für sich, dass er mit Lloyd's of London gesprochen hatte und der zuständige Versicherer bereits mit einem Somalier verhandelte, der bei früheren Schiffsentführungen Piraten vertreten hatte. Ebenso unerwähnt ließ er, dass man bei Lloyd's fürchtete, hereingelegt zu werden.

»Man lässt sich immer eine Tür offen«, beharrte Janson.

»Meinst du? Ein Bundesrichter hat kürzlich einen Somali-

Amerikaner wegen Piraterie und Geiselnahme zu lebenslanger Haft verurteilt, obwohl er nur als Unterhändler für Lösegeldforderungen aktiv war. Da werden sich andere Unterhändler gut überlegen, ob sie sich nicht einen neuen Job suchen sollen.«

»Verstehe. Aber hier geht es um die Frau eines hochrangigen Managers im Ölgeschäft. Wenn du also irgendwas von ›inoffiziellen‹ Verhandlungen hörst, könntest du es mich wissen lassen?«

Laughlin sah ihm in die Augen. »Paul, du hast mir das Leben gerettet, aber …«

»Darum geht es nicht«, fiel ihm Janson ins Wort. »Du schuldest mir nichts, außer dir eine Meinung darüber zu bilden, was ich hier tue. Wenn du meinen Einsatz gerechtfertigt findest, nehme ich deine Hilfe gerne an.«

»Ich müsste mich aber darauf verlassen können, dass es mir nicht auf den Kopf fallen kann.«

»Absolute Sicherheit gibt es nie«, erwiderte Janson. »Wer von etwas überzeugt ist, geht zwangsläufig ein gewisses Risiko ein.«

»Ich bemühe mich bloß, meinen Job zu machen, damit gefasste Piraten verurteilt werden können. Du bist dein eigener Herr, Paul. Wenn ich dir von unseren inoffiziellen Lösegeldverhandlungen erzähle, brauche ich eine gewisse Sicherheit.«

»Du hast mein Wort, dass ich meine Quellen nicht preisgebe. Wie hoch ist das Lösegeld heute?«

»Fünf Millionen für ein Schiff und die Besatzung. Eine halbe Million für eine einzelne Person. Aber in den Verhandlungen versucht man erst mal, die Erwartungen zu dämpfen. Die Forderungen sind meistens sehr hoch. Du darfst nicht vergessen, die Piraten wissen dank Google ganz genau, dass die Lady reich ist. Für sie werden sie eine Riesensumme verlangen. Plus die fünfzehn Prozent, die sie an die Al-Shabaab-Miliz abliefern müssen, wenn sie auf deren Territorium operieren.«

»Ihr Territorium ist in letzter Zeit geschrumpft«, wandte Janson ein. »Sie haben ihre Stützpunkte in Mogadischu und Kismaayo verloren.«

»Zwanzigtausend schwer bewaffnete Jungs, die von klein auf nichts anderes kennen als Krieg, verschwinden nicht einfach so über Nacht. Wenn sie die Städte verlieren, ziehen sie sich in den Busch zurück. Und wenn die Truppen der Afrikanischen Union sie aus dem Süden vertreiben, gehen sie in den Norden, wo deine Lady ist.«

Der Special Agent nahm Jansons Arm in einer freundschaftlichen Geste. »Paul, an deiner Stelle würde ich den Job nicht übernehmen. Du hast es dort mit Amateuren zu tun, die absolut nichts zu verlieren haben.«

»Amateure?«

»Ein Drittel der Piraten kehrt nicht lebend von den Raubzügen zurück. Manche kommen in einem Sturm um, manchen geht der Sprit aus und sie treiben dahin, bis sie tot sind. Nur Amateure gehen ein solches Risiko ein … einen Moment.«

Laughlin griff nach seinem Handy und wandte sich ab. Janson beobachtete Helms, der immer noch rastlos auf und ab ging, bis Laughlin das Gespräch beendete.

»Es gibt noch einen Grund, warum du es dir gut überlegen solltest. Ich habe gehört, dass die Piraten von einem Irren namens Maxamed angeführt werden. Bei seinem letzten Raubzug gab es drei tote Geiseln. Sie nennen ihn nicht ohne Grund Mad Max. Das ist ein Typ, der im Zweifelsfall einfach drauflosballert.«

»Wenigstens ist er kein Amateur.«

Mit undurchdringlichem Gesichtsausdruck reichte ihm der FBI-Agent die Hand. »Viel Glück. Glaub nichts, was du in der

Zeitung über das neue somalische Parlament und den neuen Präsidenten liest. In dem Land herrscht immer noch Anarchie: Selbstmordanschläge, Auftragsmorde, Verbrecherbanden, Drogenhandel, Attentate auf Journalisten, Korruption. Die Schurken fühlen sich nun mal am wohlsten in gescheiterten Staaten, in denen Gesetze nichts gelten.«

»Umso mehr Grund, die guten Leute zu unterstützen«, beharrte Janson.

Special Agent Laughlin nickte kurz, drehte sich um und kehrte an seinen Arbeitsplatz zurück. Janson wandte sich nach rechts, schlängelte sich durch die Menge der Passanten und tauchte direkt vor Kingsman Helms auf, ein freundliches Lächeln im Gesicht.

»Entschuldigen Sie die Verspätung.«

Jessica Kincaid erschien genauso unvermutet aus der anderen Richtung, den Pulli über den Schultern und eine Sporttasche unter dem Arm. Die Haare waren feucht von einem schweißtreibenden Besuch im Fitnessstudio, als würde sie ganz in der Nähe wohnen und zu Hause duschen. Sie sah aus wie eine der vielen jungen Frauen, die ihre Kinder zur Tagesmutter gebracht oder eine Spätschicht im Restaurant hinter sich hatten. Janson bemerkte jedoch, dass sie sich äußerst angespannt umblickte. Ihr gefiel der unübersichtliche Treffpunkt mit seinen Menschenmassen und den vielen parkenden Autos gar nicht.

Janson fasste Helms am Ellbogen. »Gehen wir ein Stück.«

Er führte den Ölmanager hinaus ins Licht des Vormittags. Der Pier ragte etwa zweihundert Meter in den Hudson River. Ein schmaler Fußweg führte am Piergebäude entlang, und an den Anlegestellen lagen jede Menge Charterjachten und Dinnerboote. Jessica behielt im Gehen die Autos und Boote im Auge.

»Die Familie meiner Frau macht Druck auf die italienische Regierung«, erzählte Helms. »Sie haben einigen Einfluss.«

»Was wollen sie erreichen?«

»Dass das Militär eingesetzt wird. Was halten Sie von den italienischen Spezialeinheiten?«

»Sie waren die Ersten, die Unterwasser-Kommandoeinsätze durchführten. Aber sie sind keine SEALs. Ich sag's noch mal: Entweder Sie überlassen es der U.S. Navy oder Sie zahlen das Lösegeld.«

»Für Lösegeld ist es zu spät. Sie haben den Besitzer der Jacht umgebracht.«

»Mr. Adler war ein Hitzkopf, der es gewohnt war, seinen Willen durchzusetzen. Er hat sein Vermögen mit riskanten Devisengeschäften gemacht. Solche Spielertypen machen fatale Fehler, wenn sie an die falschen Leute geraten.« Die Information, dass es sich bei dem Anführer der Piraten um den berüchtigten »Mad Max« handelte, behielt er für sich.

Helms schüttelte ungeduldig den Kopf. Adler interessierte ihn nur so weit, als sein Tod für die Sicherheit seiner Frau von Belang war. »Ich glaube, Sie verstehen mich immer noch nicht. Ich habe Sie beide in Aktion gesehen. Und darum will ich Sie dafür gewinnen … weil Sie das am besten können.«

Janson hob die Augenbrauen und warf Jessie Kincaid einen Blick zu, als wolle er sagen: *Wie kommen wir aus der Sache raus?* Jessica betrachtete stirnrunzelnd ein elegantes Schiff, die *Celestial,* auf der Kellner die Tische für das Mittagessen deckten.

»Ich glaube nicht, dass Sie beurteilen können, wer am besten dafür geeignet ist«, erwiderte Janson geradeheraus. »Aber wenn Sie es unbedingt auf dem privaten Weg versuchen wollen, anstatt Ihren Einfluss einzusetzen, um die Navy einzuschalten, warum wenden Sie sich dann nicht an den Chef Ihrer Sicherheitsabteilung?«

»Doug Case? Der sitzt im Rollstuhl.«

Janson blieb abrupt stehen und hielt Helms am Arm zurück. »Sie haben keine Ahnung, wovon Sie reden. *Ich* habe Doug Case in Aktion gesehen und kann beurteilen, wer der Beste ist. Selbst im Rollstuhl kann es Doug mit jedem Piraten im Indischen Ozean aufnehmen. Und er hat Kontakte in Ostafrika, wo ASC doch nach Öl sucht, oder?«

»Und ob wir das tun. Im Ostafrikanischen Graben befindet sich eines der letzten großen Erdöl- und Erdgasvorkommen auf dem Planeten.«

Janson warf Jessie einen vielsagenden Blick zu. »*Graben* ist ein gutes Stichwort, wenn wir über Somalia sprechen. Der Graben zieht sich mitten durch das Land, denn Somalia ist in Wahrheit dreigeteilt. Sie haben Somaliland, einen funktionierenden Staat im Norden, Puntland, eine einigermaßen funktionierende, von den Clans beherrschte Region in der Mitte, und den Süden, ein chaotisches Land, das von Mogadischu aus regiert werden sollte, wo die Situation aber, gelinde gesagt, völlig instabil ist. Heute wird irgendwo ein Hotel gebaut, morgen jagt es jemand in die Luft. Sie beschließen eine Verfassung, um ein Parlament zu wählen, und die Clan-Ältesten, deren Kriegsherren das Land seit zwanzig Jahren verwüsten, kaufen Stimmen, um das Parlament zu kontrollieren. Und das Parlament wählt den Präsidenten. Soll ich noch mehr sagen?«

»Wenigstens tun Sie nicht so, als wüssten Sie über Afrika nicht Bescheid.«

Paul Janson umklammerte Helms' Arm noch fester und ging mit ihm weiter. In Afrika hatte er zum ersten Mal einen Menschen getötet, als Kingsman Helms gerade die siebte Klasse besucht hatte.

»Das neue Parlament sollte eigentlich von somalischen Truppen verteidigt werden, aber im Grunde erledigen das immer noch die Soldaten der AMISOM, der Mission der Afrikanischen Union in Somalia. Die liefert sich gleichzeitig harte Gefechte mit den Al-Shabaab-Milizen um die Kontrolle der ländlichen Gebiete. Und im Westen marschieren Kenianer ein, während Äthiopien aus dem Norden angreift. Das Entscheidende in dem Durcheinander ist: Mogadischu kann sich nicht einmal selbst kontrollieren, ganz zu schweigen von Puntland, wo die Piraten Ihre Frau entführt haben.«

»Das weiß ich alles«, beteuerte Helms.

»Dann müssten Sie auch wissen, dass es am besten wäre, wenn die Sicherheitsabteilung von ASC ein Rettungsteam einsetzt. Warum wollen Sie es nicht intern machen?«

»Ich traue Doug Case nicht. Wir wollen denselben Job.«

Das beantwortete einiges. Die Schlappe von Île de Forée hatte in der Führungsriege von ASC die Machtverhältnisse auf den Kopf gestellt. Doug Case hatte nun mindestens die gleichen Chancen wie Kingsman Helms, wenn es darum ging, die Position der Nummer eins zu übernehmen, wenn der alte Buddha eines Tages tot an seinem Schreibtisch zusammenbrechen würde. Die Sicherheitsabteilung stand im Machtgefüge eines Unternehmens normalerweise nicht weit oben, doch ASC war kein normales Unternehmen. Der Generaldirektor war ein ehemaliger Agent von Consular Operations, der die Organisation viele Jahre vor Jansons Zeit dort verlassen hatte, und die autonom agierenden Abteilungen wurden von Männern und Frauen geleitet, die sich im Gegensatz zu den meisten Absolventen der Betriebswirtschaft auch inmitten eines Clankrieges in Somalia zurechtfinden würden. Janson erinnerte sich, dass Doug Case die Abteilungschefs einmal als Vipernnest bezeichnet hatte und Helms als größte

Giftschlange von allen. Janson blickte zu Jessica zurück, die ihn immer wieder daran erinnerte, dass auch Doug Case Giftzähne besaß.

»Ist Doug jetzt Buddhas Lieblingsschüler?«

»So könnte man es sagen.« Helms nickte. »Aber bleiben wir beim Thema, der Rettung meiner Frau.«

Jessica Kincaid schloss zu ihnen auf und wandte sich mit kühlem Blick an Helms. »Sie wollen uns engagieren, aber Doug Case leitet die Sicherheitsabteilung von ASC. Wer bezahlt unser Honorar?«

Helms lächelte. »Ms. Kincaid, als Direktor der Erdölabteilung brauche ich niemanden um Erlaubnis zu fragen, wenn ich einen Scheck ausstelle. Ich habe sogar einen für Notfälle in der Brieftasche.« Er zog eine Hermès-Brieftasche aus der Innentasche seines Jacketts und fischte den Scheck heraus. Der Wind zerrte an dem Papier. Jessica trat näher, um den Scheck mit zwei Fingern festzuhalten. Helms trug »Catspaw Associates LLC« und das Datum ein.

»Wie viel?«

Janson schätzte, dass Helms' Grenze bei fünf Millionen lag. Höhere Beträge würde er vom Buddha absegnen lassen müssen. Wenn sie sieben oder acht Millionen verlangten, würden Helms und der Buddha ihnen glauben, dass sie den Job nicht wirklich wollten. Doch bevor er acht Millionen sagen konnte, überraschte ihn Jessica. Entweder sie wollte den Auftrag immer noch nicht oder sie durchschaute Helms besser als er.

»Zehn Millionen«, sagte sie. »Die Spesen werden wöchentlich abgerechnet.«

»Zehn Millionen«, fügte Janson hinzu, »egal ob wir sie mit einem Einsatz herausholen oder mit Ihrem Lösegeld freikaufen können.«

Helms trug den Betrag ein, unterschrieb den Scheck und gab ihn Janson, was diesen ebenso überraschte wie das folgende Wort aus Jessies Mund.

»Scharfschütze!«

6

Paul Janson trat Kingsman Helms die Beine weg und warf den Manager auf den Bürgersteig. Eine Kugel pfiff an der Stelle vorbei, wo Helms eben noch gestanden hatte, und schlug in das Fenster hinter ihm ein. Jessica Kincaid deutete auf ein Schnellboot, das etwa vierhundert Meter entfernt auf dem Fluss vorbeiraste, und sie warfen sich beide auf den Boden. Eine weitere Kugel prallte vom Geländer ab.

»Helms, nicht bewegen!«, rief ihm Janson zu. »Noch zwei hinter uns«, wandte er sich an Jessica.

Janson sprintete tief geduckt zur Südecke des Piergebäudes, während Jessie in die Gegenrichtung rannte.

Die beiden Männer, die Janson entdeckt hatte und die dem Scharfschützenteam angehörten, näherten sich mit Bluetooth-Ohrsteckern und Glock-Pistolen bewaffnet. Mit ihren Anzügen wirkten sie wie junge, dynamische Trader, die sich mit einem Besuch im Fitnessstudio in Schuss hielten – nur dass Trader kaum um neun Uhr vormittags über den Pier spazierten und auch nicht vergessen würden, das Etikett vom Anzugärmel zu entfernen, ein erstaunlicher Fehler bei einem professionellen Killerteam.

Die Bluetooth-Ohrhörer bedeuteten, dass der Scharfschütze die Männer via Handy dirigierte.

Beide zielten auf Kingsman Helms, der etwa in der Mitte

zwischen ihnen auf dem Boden lag. Keiner der beiden sah eine unmittelbare Bedrohung in der klein gewachsenen Frau in Sportkleidung und dem älteren Mann mit Cordsakko. Zuerst galt es, die Zielperson auszuschalten, dann eventuelle Zeugen.

Jessie Kincaid zog ein Messer aus Kohlefaser aus ihrer Tasche.

Janson war noch etwas weiter von seinem Mann entfernt und stürmte direkt auf ihn zu. Der Killer bemerkte die schnelle Bewegung und wirbelte mit der Pistole herum. Janson sprang mit den Füßen voran gegen das vordere Bein des Mannes und zertrümmerte ihm den Knöchel.

Der Killer brach mit schmerzverzerrtem Gesicht zusammen, ließ die Waffe jedoch nicht fallen. Janson packte seine Hand und knallte sie gegen die Hausmauer. Die Finger öffneten sich. Janson fing die Glock auf, hämmerte sie dem Mann zweimal gegen die Schläfe und blickte sich nach seinem Komplizen um.

Das Donnern vom Hudson River verriet ihm, dass das Schnellboot den Killern zu Hilfe eilte. Janson stützte die Pistole auf das Geländer und wartete, bis das Boot auf dreißig Meter herangekommen war. Er zielte auf die schattenhafte Gestalt des Fahrers hinter der Frontscheibe und feuerte mehrmals. Die Kugeln prallten gegen das Glas, vermochten es jedoch nicht zu durchdringen. Der Scharfschütze richtete sich auf und legte sein Gewehr an. Janson drückte erneut ab.

Das Boot drehte nach links ab. Jansons Schuss verfehlte sein Ziel, zwang den Schützen jedoch, in Deckung zu gehen. Für einen Moment waren der Fahrer und der Scharfschütze auf dem abdrehenden Boot schutzlos, und Janson feuerte erneut. Der Fahrer hielt sich den Arm. Der Schütze griff nach dem Steuerrad, und das Boot brauste zur Flussmitte zurück.

Janson hörte einen Schrei hinter sich und wirbelte herum.

Der zweite Killer blutete im Gesicht und an der Hand, doch trotz seiner Schmerzen hatte er die viel leichtere Jessica gegen das Geländer geschleudert. Bevor sie reagieren konnte, verschwand er um die Ecke. Als Janson Jessica erreichte, sprintete der Täter bereits den Fußweg hinunter, auf die nächste Tür zur Parkgarage zu.

Jessica hob die Pistole auf und hetzte hinterher.

Der Scharfschütze auf dem Fluss feuerte erneut, um seinem Komplizen die Flucht zu ermöglichen.

»Runter!«, rief Janson, und sie warfen sich beide auf den Boden. Mit der Jagd nach dem Killer würden sie Unschuldige gefährden. Sie krochen zurück zu Helms, der mit weit aufgerissenen Augen auf dem Boden lag.

»Wollten die mich erschießen?«

»Wer waren die?«

»Woher soll ich das wissen?«

Janson rief den 911-Notruf.

»Pier sechzig«, gab er an. »Chelsea Piers. Ein Scharfschütze in einem Schnellboot fährt mit fünfzig Knoten Richtung Süden. Ein Killer ist in der Parkgarage, er blutet im Gesicht. Einer liegt bewusstlos und mit gebrochenem Bein auf dem Pier.«

Jessica Kincaid warf ihr Messer ins Wasser und rief eine Bekannte aus einem Nahkampfkurs an, die inzwischen Captain im New York Police Department war.

Zwei Minuten später erschien eine Notfalleinheit der Polizei. Kurz darauf traf ein Polizeiboot ein, und knapp zehn Minuten nachdem der letzte Schuss abgefeuert worden war, wimmelte es auf den Chelsea Piers nur so von Polizisten. Jessies Bekannte, eine schwarzhaarige Schönheit im dunkelblauen Poloshirt der Antiterror-Spezialeinheit, traf mit einem Motorrad ein.

Der Scharfschützenangriff kostete Janson und Jessie Kincaid zwölf wertvolle Stunden, in denen die Polizei die Ereignisse rekonstruierte. Um neun Uhr abends saßen sie immer noch in einem Konferenzsaal im fünften Stock des Polizeigebäudes. Kingsman Helms war von seinen Anwälten aus der renommierten Kanzlei Dagget, Staples & Hitchcock umgeben.

Janson dankte dem Himmel für Jessicas Freundin bei der New Yorker Polizei, ohne deren Unterstützung es noch viel schlimmer gekommen wäre. Sie erhielten sogar die Erlaubnis, zu telefonieren, sodass sie den langen Tag nutzen konnten, um Informationen über die somalischen Piraten zu sammeln.

Die freien Mitarbeiter von Catspaw Associates arbeiteten auf Hochtouren. Sie hatten zwar auch Aufträge anderer Klienten zu erledigen, doch Catspaw zahlte besonders gut, und die Arbeit war immer spannend. In kürzester Zeit bildete sich ein gut vernetztes Team.

Ein somali-amerikanischer Student wurde als Übersetzer engagiert. Ein kürzlich auf Bewährung freigelassener junger Mann lieferte wertvolle Informationen über die Piratenkultur seines fernen Heimatlandes. Besonders wichtig war der Beitrag eines somali-amerikanischen Immobilienmoguls, der geeignete Objekte für ausgewanderte somalische Geschäftsleute fand. Er erklärte sich bereit, Janson mit wichtigen Leuten in Mogadischu in Kontakt zu bringen.

Janson und Jessie Kincaid hatten noch eine Hürde zu nehmen, um das Polizeihauptquartier verlassen und nach Somalia aufbrechen zu können: die Befragung durch den stellvertretenden Polizeichef Eddie Thomas, der sich in seinem Sharkskin-Anzug wie der Hahn im Korb zu fühlen schien. Als er schließlich von den Berichten seiner Untergebenen aufblickte, die sich auf seinem Tisch stapelten, funkelten seine schwarzen Augen.

»Habe ich das richtig verstanden? Das Schnellboot wurde

ohne Scharfschütze und Besatzung in St. George auf Staten Island gefunden. Der Bewaffnete, der laut Zeugenaussagen stark blutete, ist in keiner Notaufnahme eines Krankenhauses registriert. Der andere Bewaffnete mit dem gebrochenen Bein wurde als Sabastiano Bardellino identifiziert, ein Killer der Camorra, der neapolitanischen Mafia. Kein Wunder, dass Mr. Bardellino noch kein Wort gesprochen hat und es auch nicht tun wird. Nicht mal, wenn er zu lebenslanger Haft verurteilt werden sollte, was nicht der Fall sein wird, weil wir ihm nichts nachweisen können, außer dass er in der Öffentlichkeit mit einer Pistole herumgefuchtelt hat, was in unserer Stadt öfter vorkommt. Abgedrückt hat er jedenfalls nicht.«

Der stellvertretende Polizeichef hielt inne und ließ seinen Blick von Kingsman Helms und seinen Anwälten zu Janson und Jessica Kincaid wandern, ehe er sich mit zusammengepressten Lippen seinen Unterlagen zuwandte. »Was das Ziel des Scharfschützen betrifft, so behauptet Mr. Helms, keine Ahnung zu haben, wer es auf ihn abgesehen haben könnte, und keinerlei Kenntnisse über die Camorra zu besitzen. Seine Anwälte betonen, dass solche Kenntnisse auch nicht in den Tätigkeitsbereich eines hochrangigen Managers eines texanischen Erdölunternehmens fallen. Somit kann es sich durchaus um eine Verwechslung gehandelt haben. Und Mr. … äh … Janson hat leider die Glock nicht mitgenommen, mit der er sozusagen in Panik auf das Boot geschossen hat. Angeblich hat er sie Mr. Bardellino entrissen, um seine Begleiterin Ms. … Kincaid zu schützen, und die Waffe anschließend wieder in Panik in den Fluss geworfen, aus dem unsere Taucher sie zusammen mit zahlreichen anderen weggeworfenen Schusswaffen und Messern bergen konnten, darunter ein Messer aus Kohlefaser, das von einem Metalldetektor nicht aufgespürt werden kann.«

Thomas nahm die Klinge, hielt sie ins Licht und wandte sich mit einem dünnen Lächeln an Jessica. »Mit anderen Worten, jeder hat sozusagen seinen Arsch gerettet.«

»Danke, Sir«, antworteten die Anwälte im Chor.

Als sie durch eine Hintertür das Gebäude verließen, trat Kingsman Helms ein paar Schritte von seinen Anwälten weg.

»Janson, kann ich davon ausgehen, dass Sie Allegras Rettung zumindest vorbereiten für den Fall, dass die Lösegeldverhandlungen scheitern?«

»Wir sind schon unterwegs.«

»Wohin?«

»Die erste Station ist Hamburg.«

»Nach Deutschland? Was wollen Sie dort?«

»Die Werft besuchen, in der die *Tarantula* gebaut wurde.«

Helms setzte zu einer weiteren Frage an, doch Janson ließ ihn nicht zu Wort kommen. »Was tun Sie für Ihre Sicherheit?«

»Das war eine Verwechslung. Die haben mich für einen anderen gehalten.«

»Ich wäre an Ihrer Stelle sehr vorsichtig. Ihre Zentrale in Houston ist eine Festung. Dort sind Sie sicher.«

»Ich fliege ohnehin nach Afrika, und da sorgen die besten Bodyguards von ASC für meinen Schutz.«

»Nach Somalia?«, fragte Jessica.

»Ich bin überall in Ostafrika unterwegs.«

»Ist es nicht merkwürdig, dass Ihre Frau somalischen Piraten in die Hände fällt, während Sie gerade dort arbeiten?«

»Einfach verdammtes Pech, würde ich sagen. Allegra hat auf den Seychellen eine Kunstsammlung geschätzt, und wir wollten uns in Mombasa treffen. Das mit der Jacht hat sich so ergeben. Allegra lernte über Bekannte den Besitzer kennen, der zufällig nach Mombasa wollte, also beschloss sie, mitzufahren.«

»Wollten Sie sich auch mit ihm treffen?«

»Ich hätte ihn als kleines Dankeschön in Mombasa zum Essen eingeladen. Hören Sie, Janson, ich muss genau wissen, was Sie als Nächstes vorhaben.«

»Ihre Frau ist ziemlich kamerascheu«, wich Janson aus. »Ich brauche Fotos von ihr, und zwar ohne Sonnenbrille. Man findet jede Menge Fotos aus ihrer Schulzeit, aber nichts Aktuelles, auf dem ihr Gesicht gut zu sehen ist.«

»Das ist schon merkwürdig.« Janson saß neben Jessie Kincaid im Auto, mit dem sie zum Westchester County Airport fuhren. Es war halb elf Uhr abends, und ihr Fahrer kämpfte sich durch die Massen von Theater- und Restaurantbesuchern auf ihrem Heimweg. »Italienische Killer wollen unseren Klienten ausschalten. Das ergibt einfach keinen Sinn.«

»Der Typ hat eindeutig auf Helms gezielt«, stimmte Jessica zu.

»Genauso wie die zwei anderen. Warum sollten Killer der Camorra Kingsman Helms aus dem Weg räumen wollen?«

Ihr Fahrer fuhr am Flughafenterminal vorbei zu einem Maschendrahtzaun und hielt vor einer Sprechanlage. »Acht Zwo Zwo Romeo Echo.«

»Hältst du es auch für einen Zufall, dass Allegra auf dieser Jacht war?«

»Sieht fast so aus. Trotzdem seltsam«, sinnierte Janson, während das Tor aufglitt. »Apropos Zufall.«

»Ja?«

»Somalia war früher eine italienische Kolonie.«

»Wie lange ist das her … achtzig Jahre?«

»Mussolinis Africa Orientale Italiana.«

»Eine Verbindung zwischen Helms und Mussolini wäre doch etwas weit hergeholt«, meinte Jessica.

Janson wurde plötzlich sehr ernst. »Wenn es keine sinnvollen Erklärungen gibt, muss man auch das Weithergeholte in Betracht ziehen.«

»Ja, ja, ja.«

Paul nahm ihre Hand und drückte sie fest. »Es zu ignorieren kann in unserem Geschäft tödlich sein. Man darf keine noch so unwahrscheinliche Option voreilig ausschließen.«

»Okay, Paul.«

»Falls du skeptisch bist, erinnere dich an London.«

»Ich erinnere mich an Amsterdam.« Ihr Lambda-Scharfschützenteam hatte den Auftrag erhalten, einen abtrünnigen Agenten auszuschalten, der angeblich Consular Operations verraten hatte. Der Einsatz in London hatte sich als unerwartet schwierig erwiesen und für Jessie mit einem peinlichen Desaster geendet.

Als sie ihn in Amsterdam endlich ins Visier bekommen hatte, führte ihr »die Maschine« vor Augen, dass die Wahrheit manchmal sehr weit hergeholt erscheinen konnte. Paul Janson hatte sie schließlich davon überzeugt, dass er kein Verräter war, sondern dass Cons Ops *ihn* verraten hatte. Jessica Kincaid hätte sich um ein Haar von ihren Vorgesetzten dazu benutzen lassen, den falschen Mann zu erschießen.

»Ich bin noch am Leben«, fügte Janson hinzu, »weil du damals, obwohl du noch jung und dumm warst, etwas Wichtiges erkannt hast: Man darf nie ausschließen, was auf den ersten Blick weit hergeholt erscheinen mag.«

»Danke für die Geschichtsstunde, alter Knabe.«

»Mal sehen, ob Mussolini uns nach Somalia begleitet.«

7

Catspaws Embraer 650 stand etwas abseits am Rand des Rollfelds, das von blauen, gelben und grünen Lichtern erhellt war. Janson hatte die meisten Sitze entfernen lassen, um den großen silbernen Jet mit Bordküche, Arbeitsraum, Schlafbereich und Dusche auszustatten. Die Maschine hatte eine Reichweite von viertausend Meilen und verfügte über eine Breitband-Satellitenverbindung, sodass sie kurzfristig so gut wie jedes Ziel auf dem Planeten erreichen konnten und wohlgenährt, ausgeruht, bestens ausgerüstet und gut informiert ankamen.

»Wir wären so weit, Boss«, empfing sie Lynn Novicki, ihre Pilotin, auf der ausklappbaren Treppe hinter dem Cockpit. »Habt ihr schon gegessen?«

»Ja, in der Polizeikantine. Was duftet denn da so? Kurkuma, Zimt und Ingwer?«

»Kamelburger mit Fladenbrot. Sarah hat einen Laden in Minneapolis gefunden, wo man Sachen bekommt, die den Somalis auch schmecken.« Copilotin Sarah Peterson saß auf dem rechten Sitz im Cockpit und sprach mit dem Tower.

»Wir starten in dreißig Minuten.«

Drei hoch aufgeschossene, dünne Männer von hellbrauner Hautfarbe erhoben sich rasch, als Janson und Jessica Kincaid die vordere Kabine betraten. Isse, der Student, war mit weißem Hemd und Jeans bekleidet. Ahmed, der auf Bewährung freigekommene junge Mann, trug ein schwarzes T-Shirt mit der Aufschrift »Somali Coast Guard«, einem Totenschädel und zwei überkreuzten AK-47-Gewehren. Der Immobilienmogul war Mitte vierzig und mit einem teuren blauen Anzug und leuchtend gelber Krawatte bekleidet.

Catspaw hatte alle drei eingehend befragt. Salah Hassan, der reiche Geschäftsmann, war mit seinen weitverzweigten Kontakten ihre vielversprechendste Quelle. Die zwei Jungen waren schwer einzuschätzen. Ahmed war wegen des Verkaufs von Kath – einer somalischen Droge, die in Minnesota verboten war – im Gefängnis gelandet. Isse hingegen hatte ein wohlbehütetes Leben in einem Vorort geführt. Janson hielt dem Ersten die Hand hin. »Paul, Mr. Hassan. Danke, dass Sie so kurzfristig gekommen sind.«

»Hätten wir gewusst, welch großartige Köchinnen Ihre Pilotinnen sind, wären wir noch schneller gekommen.«

»Der Burger ist sensationell«, stimmte Ahmed zu.

»Mein erster überhaupt«, gestand Isse.

Janson stellte ihnen Jessica Kincaid vor. Während der langen Stunden im Polizeihauptquartier hatte Jessie ein Video über somalische Gebräuche auf ihrem Handy heruntergeladen. Von daher wusste sie, dass es nicht angebracht war, den Männern die Hände zu schütteln, sondern sie mit einem höflichen »*Salaam aleikum*« zu begrüßen.

»Meine Herren«, erklärte Janson, »Sie werden in Kürze per Linienflug nach Mogadischu reisen. Zuvor möchte ich mich noch kurz mit Ihnen unterhalten. Es ist doch in Ordnung für Sie, nach Mogadischu zu fliegen?«

»Ich war erst letzten Monat dort«, antwortete Hassan. »Die Situation hat sich eindeutig gebessert. Ich würde nicht so weit gehen, zu sagen, die Stadt erstrahlt wieder im alten Glanz, aber man kann immerhin wieder Geschäfte machen.«

»Isse und Ahmed, Sie wurden in Amerika geboren. Isse, sprechen Sie fließend Somali?«

Der junge Student nickte.

»So gut, dass Sie dolmetschen können?«

»Ja, Sir.«

»Und Sie, Ahmed«, wandte er sich an den anderen. »Können Sie ebenfalls aus dem Somali übersetzen?«

»Kein Problem. Meine Eltern haben es ständig gesprochen.«

»Stimmt es, dass einer Ihrer Verwandten Pirat war?«

»Mein Cousin Saakin. Eigentlich ein Cousin meines Vaters. Er ist jünger als mein Vater, aber älter als ich. Er war einer der ersten Piraten und hat einen Haufen Geld damit gemacht.«

»Irgendeine Ahnung, warum er damit aufgehört hat?«

Ahmed lächelte. »Ihm ist die Lust vergangen, als er sich eine Kugel einfing.« Sein Lächeln schwand. »Seither humpelt er mit einer Gehhilfe herum.«

»Wie kann er uns helfen?«

»Er hat die Handynummern der Piraten.«

»Ändern sie sie nie?«

»Jeden Tag. Aber er ist immer noch mit ihnen befreundet.«

Janson machte ein skeptisches Gesicht.

»Er liefert ihnen alle möglichen Dinge«, erklärte Ahmed.

»Alles klar.« Cousin Saakin versorgte sie mit allem Nötigen für ihre Aktivitäten. »Ahmed, worum geht es den Piraten eigentlich?«

»Geld.«

»Wofür?«

»Um Kath, SUVs und Frauen zu kaufen.«

»Und ihre Religion?«

»SUVs, Frauen und Kathblätter kauen.«

Janson lächelte. »Gilt das auch für ihre politische Einstellung?«

»Genau.«

»Nein«, warf Isse ein. »Der Totenschädel auf Ahmeds T-Shirt ist nicht für alle ein Scherz. Vielen geht es darum, die somalischen Fischereigewässer vor den ausländischen Schleppnetzfischern zu schützen, die den Meeresboden zerstören und alle Fische töten.«

»Ja, ja«, widersprach Ahmed. »Bis sie anfangen, Kath zu kauen. Dann interessieren sie sich nur noch für Frauen und Autos.«

»So einfach ist das nicht«, beharrte der Student. »Sie haben sehr wohl eine Mission.«

»Helden?«, höhnte der auf Bewährung entlassene junge Mann. »Da lachen ja die Hühner. Sie sind einfach Kriminelle.«

»Wofür waren Sie im Gefängnis?«

»Sie haben mich erwischt, als ich anfing, mich unternehmerisch zu betätigen.« Ahmed lächelte breit. »Mit dem, was ich vom Geschäftemachen verstehe, kann ich Somalia weit mehr helfen, als mit irgendwelchen ›Missionen‹, die den Leuten aufgezwungen werden.«

»Missionen?«

Die beiden jungen Männer wurden immer lauter, was Janson nicht allzu ernst nahm. Er wusste aus seiner Zeit in Afrika, dass die Somalis auf dem ganzen Kontinent für ihr lautstarkes Diskutieren bekannt waren.

»Was meinst du mit ›Missionen‹?«, ereiferte sich Isse.

»Al Shabaab … ›bete wie wir, oder du bist tot‹.«

»Den Leuten geht es darum, den Islam zu respektieren.«

Ahmed lachte. »Ich verstehe dieses Gejammer nicht, dass der Westen den Islam nicht genug respektiert.«

»Al Shabaab verlangt Respekt, nicht mehr.«

»Die Somalis brauchen diesen Scheiß nicht.«

Isse ballte die Hände zu Fäusten. »Der Islam ist kein …«

Janson trat ruhig, aber entschieden dazwischen. »Isse, haben Sie Piraten in der Familie?«

»Mein Vater ist Arzt, meine Mutter Krankenschwester. Der eine Großvater war ein Geistlicher, der andere Apotheker.«

»Dann wird es in Ihrer Familie wohl kaum Piraten geben, aber wie sieht es in der entfernteren Verwandtschaft aus, in Ihrem Clan?«

»Ich weiß, was Sie meinen, Sir. Aber es sind nicht alle Somalis Piraten.«

Janson versuchte es erneut. »Lassen Sie es mich anders ausdrücken. Haben Sie in Mogadischu Verbindungen, die uns helfen könnten, diese Lady freizubekommen, die sich in der Hand von Piraten befindet?«

Ein alarmierter Ausdruck trat in Isses Augen. »Ich dachte, Sie brauchen einen Dolmetscher. Ich kenne überhaupt keine Piraten.«

Jessica trat zu ihnen. »Kennen Sie jemanden in der Regierung?«

»Sicher. Ein paar Leute im Gesundheitsministerium. Sie besuchen meine Eltern öfter und bleiben manchmal über Nacht.«

»Und Geistliche? Vielleicht Freunde Ihres Großvaters?«

»Ich habe ihn nicht mehr kennengelernt. Er wurde getötet, bevor ich geboren wurde ... aber ich möchte Ihnen wirklich helfen.«

»Das weiß ich zu schätzen«, beteuerte Janson. »Jess, kannst du Isse und Ahmed das Cockpit zeigen? Jess ist nämlich auch Pilotin.«

Ahmed ging begeistert mit, während Isse ihnen etwas zögernd folgte.

Janson wechselte ein kumpelhaftes Lächeln mit dem Immobilienmakler. »Mr. Hassan, habe ich das richtig verstanden, dass Sie immer noch gute Geschäftskontakte in Mogadischu besitzen?«

Salah Hassans Lächeln wurde noch breiter. »Es gibt ein Sprichwort in der Immobilienbranche: Der Makler weiß alles in der Stadt, noch bevor es geschieht. Da meine Kunden aus

Somalia kommen, bin ich in zwei Städten auf dem Laufenden: Minneapolis und Mogadischu. Ich kenne die Auf- und Absteiger, weiß, wer auswandern will und wer flüchten muss. So kann ich meine Mitarbeiter nach einem geeigneten Haus oder Firmengebäude suchen lassen, bevor sie hier ankommen.«

»Wer gehört denn zu den Aufsteigern in Mogadischu und wer zu den Absteigern?«

»Home Boy Gutaale. Sein Spitzname ›Home Boy‹ bedeutet ›Der nach Hause gekommen ist‹. Gutaale hat hier in Amerika eine erfolgreiche Heizölfirma betrieben. Aber statt sich hier ein schönes Leben zu machen, ging er zurück nach Somalia, als es dort drunter und drüber ging. Gutaale wird von vielen Auswanderern bewundert, die heute das somalische Wirtschaftsleben aus dem Ausland lenken. Sie haben natürlich großes Interesse daran, dass er für stabile Verhältnisse sorgt.«

»Wie kann Home Boy das schaffen?«

»Man könnte ihn als einen Warlord bezeichnen, und zwar einen äußerst erfolgreichen. Er ist eine lebende Legende, verfolgt keine religiösen Ziele und hat verwandtschaftliche Verbindungen zu vielen Clans. Das Volk liebt ihn, weil er ein Gespür für die einfachen Leute hat. Mit seinem roten Rauschebart erkennt man ihn schon von Weitem. Zudem hat er den Traum von einem Groß-Somalia wiederbelebt, und dafür lieben sie ihn umso mehr.«

»Ein Groß-Somalisches Reich?«

»Ja, wie vor fünfhundert Jahren, als das damalige *Soomaliweyn* von Mombasa bis zum Roten Meer reichte. Home Boy hat den gescheiterten Staat an seine stolze Geschichte erinnert. Die Leute nennen ihn schon den George Washington von Soomaliweyn.«

»Kenia und Äthiopien dürften etwas gegen solche Bestrebungen haben.« Janson dachte bei sich, dass ein Krieg mit

Nachbarländern immer wieder als Mittel herhalten musste, um eine Nation zu einen.

Hassan zuckte mit den Schultern. »Hat Ihr George Washington sich etwa darum geschert, was die Briten wollten?«

»Sind Sie Gutaale schon einmal begegnet?«

»Er hat vor Jahren einmal bei einer unserer Spendenveranstaltungen gesprochen. Seither habe ich ihn nicht mehr gesehen.«

»Aber Sie pendeln doch regelmäßig zwischen Mogadischu und den Staaten. Sind Sie ihm da nie über den Weg gelaufen?«

Hassan rückte lächelnd seine Krawatte zurecht. Er ließ seinen anerkennenden Blick über die luxuriöse Einrichtung des Jets schweifen und schüttelte schließlich den Kopf. »Wir leben heute in verschiedenen Welten. Als Immobilienmakler trifft man keine Warlords.«

»Außer sie müssen ins Ausland flüchten.«

»Gutaale denkt nicht daran, wegzugehen.«

»Wer gehört noch zu den Aufsteigern in Somalia?«

»Der radikale Prediger Abdullah al-Amriki, ›der Amerikaner‹. Sie können sogar auf YouTube-Videos verfolgen, wie er über die westliche Unterdrückung herzieht. Abdullah bedeutet bekanntlich ›Diener Gottes‹. Er wird aber auch der ›Trommler‹ genannt.«

»Trommler?«

»Er trommelt sich immer auf die Brust, wenn er wie ein Rapper seine Tiraden loslässt. Eigentlich eine verrückte Geschichte: Seine Eltern wanderten nach Maine aus, als er noch ein Junge war, und er verbrachte einige unglückliche Jahre an einer amerikanischen Highschool. Aus irgendeinem Grund hasst er Mikrowellenherde. In seinen Tiraden betont er immer wieder, dass es in Somalia keine Mikrowellen gibt. Wie gesagt, ein verrückter Extremist.«

»Und sein Einfluss wächst?«

»Und wie. Er sammelt sehr erfolgreich Spenden für Al Shabaab und befehligt ihre Auslandskämpfer. Man kann nur hoffen, *Inschallah,* dass ihn eine Predator-Drohne erwischt oder die Piraten ihm eine Kugel verpassen.«

»Warum sollten ihn die Piraten erschießen?«

»Amriki hat die Piraten als *haram* bezeichnet, als ›verboten‹. Das Volk dankt es ihm. Die Leute hassen die brutalen Gangster, die ihre Dörfer heimsuchen und die Straßen mit ihren SUVs unsicher machen. Die Piraten finden das natürlich nicht so toll.«

»Welcher Pirat könnte es auf ihn abgesehen haben?«

»Irgendeiner, der mal kurz aufhört Kath zu kauen, damit er sich darauf konzentrieren kann. Ich habe eigentlich damit gerechnet, dass ihn ›König Bashir‹ erledigen würde. Bashir hat in Puntland eine Art Piratenbörse gegründet. Wer in eine Entführung investiert, wird am Lösegeld beteiligt. Bashir hat mit einem Piratenbündnis auf die verstärkten ausländischen Maßnahmen reagiert.«

»Klingt so, als wäre er stark im Kommen.«

»Das war er. Aber ich habe Gerüchte gehört, dass Bashir aus dem Geschäft sein soll. Und ich kann Ihnen versichern, dass in Somalia die meisten Gerüchte stimmen.«

»Wer wird seinen Platz einnehmen?«, fragte Janson. »Mad Max?«

Hassan hob überrascht eine Augenbraue. »Sie sollten ins Immobiliengeschäft wechseln, Paul.«

»Was hört man über Max?«

»Maxamed gehört demselben Unterclan an wie Präsident Mohamed Adam.«

»Das sollte ihm einen großen Vorteil verschaffen.«

Hassan schüttelte den Kopf. »Präsident Adam ist als ›Raage‹

bekannt, das heißt so viel wie ›Der bei der Geburt säumig war‹. Mit anderen Worten, er ist sehr vorsichtig.«

»Der Präsident kann Mad Max kaum entlang der langen Küste von Puntland schützen, oder?«

»Selbst wenn er es könnte, würde Adam nicht riskieren, die Piraten unter Regierungsschutz zu stellen. Er wurde gerade vom neuen Parlament gewählt und bewegt sich auf dünnem Eis. Der Präsident hat genug damit zu tun, sich den Somalis als visionärer Führer der Nation zu präsentieren.«

»Wie ist Mad Max zu seinem Spitznamen gekommen?« Janson erhoffte sich von Hassan etwas präzisere Informationen, als sie ihm Special Agent Laughlin hatte geben können.

Salah Hassans Antwort hatte etwas Wehmütiges. »Unser Land hat so viel Wunderbares an sich, wenn ich an seine schönen Frauen denke, an die stolzen Viehhirten, die unglaublich zähen Bauern und die hartnäckigen Geschäftsleute, an die bildschönen Strände, die nach reichen Touristen schreien, und die einst so prächtigen Städte. Und es gibt bei uns einen schönen Brauch mit einer langen Tradition: jedem einen Spitznamen zu geben. Und meistens passen sie ganz wunderbar.«

»Was genau meinen die Leute, wenn sie den Mann Mad Max nennen?«

»Mad Max ist ein Pulverfass, das jeden Moment hochgehen kann, und so tückisch wie ein Skorpion. Bei seiner Herkunft und seinen Verbindungen würde ich ihn als sehr ehrgeizig einschätzen. Ich glaube nicht, dass er sich mit SUVs, Frauen und Kath zufriedengibt. Hat er diese Jacht gekapert?«

»Es könnte sein.« Janson wechselte das Thema. »Wer gehört noch zu den Aufsteigern?«

»Der Italiener.«

Wieder ein Spitzname. »Ein Ausländer also?«

Hassan zuckte mit den Schultern. »Jedenfalls ein neuer

Machtfaktor, der erst vor Kurzem in Mogadischu aufgetaucht ist. Ich kenne niemanden, der ihn persönlich gesehen hat und seinen richtigen Namen kennt. Angeblich ist er dabei, eine private Armee auf die Beine zu stellen. Vielleicht arbeitet eine Sicherheitsfirma in Dubai für ihn. Er soll über riesige Geldmittel verfügen.«

»Woher hat er das Geld? Wer steht hinter ihm?«

»Das weiß ich nicht. Aber nicht wenige erwarten, dass er die Kontrolle in Mogadischu übernehmen wird, vielleicht sogar im ganzen Land.«

»Wenn ihn keiner gesehen hat oder seinen richtigen Namen kennt, woher weiß man dann, dass es ihn wirklich gibt?«

»Es sind einige Leute verschwunden. Wichtige Leute, die Präsident Adam und die AMISOM unterstützt haben, die Friedenstruppe der Afrikanischen Union. Leute, die sich um die Stabilität des Landes bemüht haben, und sogar Verbündete von Al Shabaab.« Hassan lächelte. »Der Italiener scheint bei der Wahl seiner Opfer niemanden zu bevorzugen.«

»Kommt es Ihnen nicht seltsam vor, dass ihn niemand in Mogadischu gesehen hat?«

»Ist Ihnen klar, Paul, dass Mogadischu eine sehr große Stadt ist?

»Ich habe es vor allem als schöne Stadt in Erinnerung.«

Hassan wirkte überrascht. »Da müssen Sie sehr jung gewesen sein.«

»Das stimmt. Ich war auf der Durchreise.« Tatsächlich war er unter wechselnden Identitäten nach Südafrika unterwegs gewesen. Um seine Kanten abzuschleifen, wie es seine Vorgesetzten ausgedrückt hatten. »Ich erinnere mich an Palmen und weiße Stuckwände, an schöne Frauen und elegante Straßen, die zum Flanieren einluden.« In Wahrheit hatten die Unruhen bereits begonnen, und die Kämpfe zwischen Aufständischen und den Truppen des Diktators hatten die Straßen leer gefegt. Man hatte sich jedoch gut vorstellen können, was für eine Perle dem Krieg zum Opfer fiel.

»Mogadischu ist so dicht besiedelt wie nie zuvor«, erklärte Hassan. »Zwei Millionen Menschen leben heute in der Stadt. Viele flüchten vor Hunger und Krieg hierher oder weil sie eine Chance wittern. Globale Unternehmen wollen unser Öl und Gas. Söldner lassen sich anheuern, um hier zu kämpfen. Und alle sind bestrebt, ihre Aktivitäten im Verborgenen zu betreiben.«

Janson interessierte sich vor allem für eine mögliche Verbindung zwischen dem mysteriösen »Italiener« und den Piraten, die Allegra Helms gefangen hielten. Jedenfalls wurde es immer unwahrscheinlicher, dass die Killer aus Neapel versehentlich auf Kingsman Helms geschossen hatten.

»Sie sagen, die Spitznamen in Somalia treffen meistens die Wahrheit. Heißt das, der Mann stammt tatsächlich aus Italien?«

»Italien hat in unserer Geschichte eine beträchtliche Rolle gespielt. Die Italiener errichteten in Somalia eine Kolonie und modernisierten immerhin die Landwirtschaft in den Flusstälern. Die Überreste unserer städtischen Architektur sind auch größtenteils italienisch. Und wir lieben auch heute noch Marinarasauce zu unserer ›Basta‹.« Er lächelte erneut. »Wir essen überhaupt viel mehr ›Basta‹ als Kamelburger.«

»Was glauben Sie? Kommt der ›Italiener‹ wirklich aus Italien?«

»Mag sein. Vielleicht verhält er sich auch nur ›italienisch‹.«

»Was meinen Sie damit?«

»Dass er den starken Drang hat, über Somalia zu herrschen.«

Paul Janson stand auf und hielt ihm die Hand hin. »Danke, Mr. Hassan.« Der Somali hatte ihm wahrscheinlich alles erzählt, was er wusste. Es war Zeit für den Abflug und einige Telefongespräche. »Wenn wir uns in Mogadischu treffen, würde ich gerne Freunde von Ihnen kennenlernen, die ebenso viel wissen wie Sie. Wir werden sie für ihre Mühe entschädigen.«

»Darf ich fragen, was Sie sich von den Jungen erwarten, Isse und Ahmed?«

»Das Gleiche wie von Ihnen. Informationen und Kontakte für den Fall, dass wir die Geiseln nicht mit einer Lösegeldzahlung freibekommen.«

»Wir sind also Ihr Plan B, auf den Sie hoffentlich nicht zurückgreifen müssen?«

»Ich habe gelernt, mich auf alle Möglichkeiten vorzubereiten, damit ich mir nicht im letzten Moment etwas einfallen lassen muss.«

Als sie einander die Hand schüttelten, deutete Janson mit einem Kopfnicken auf das Cockpit. »Was halten Sie von Isse?«

»Jungs wie er sind unsere Zukunftshoffnung. Gebildete junge Leute, die nach Somalia zurückkehren, werden unser Land retten.«

Janson teilte Smartphones aus, bei denen es sich um Produktfälschungen vom grauen Shanzhai-Markt handelte, wie preisbewusste junge Geschäftsleute in der Dritten Welt sie gerne kauften. »Die Nummern, unter denen Sie uns erreichen, sind schon einprogrammiert.«

»Direkt?«, fragte Ahmed.

»Nein, aber es sind Leute, die uns jederzeit erreichen können. Benutzen Sie es wie ein normales Handy. Sie können neue Kontakte speichern und E-Mails verschicken. Eine Besonderheit gibt es: eine Löschfunktion, falls Sie in Schwierigkeiten geraten sollten.«

»Welche Schwierigkeiten?«

»Benutzen Sie die App, falls Sie an Leute geraten, die eine Bedrohung für Ihre Kontakte darstellen könnten. Sie können sich und Ihre Freunde schützen, indem Sie alles mit einem Tastendruck löschen: Kontakte, E-Mails, SMS, GPS-Verlauf, einfach alles. Schauen Sie.«

Er rief die Anwendung auf und verharrte mit dem Finger über einer roten Taste, die auf dem Display erschien.

»Halten Sie sie zwei Sekunden gedrückt. Wenn Sie Ihr Handy damit gelöscht haben, können Sie sagen, Sie hätten es gerade gekauft und noch nichts drauf. Es sind Fälschungen, wie man sie überall auf der Straße bekommt …«

Die Somalis wirkten etwas ernüchtert. »Zu neunundneunzig Prozent werden Sie die Funktion nicht brauchen«, versicherte Janson. »Aber sie gibt Ihnen Sicherheit, außer vor den Leuten von Apple, die gefälschte Handys aus dem Verkehr ziehen wollen.«

Die drei lächelten. Janson nickte Jessica Kincaid zu, und sie führte Hassan und Ahmed die Flugzeugtreppe hinunter.

Isse zögerte einen Moment. »Paul, kann ich Sie etwas fragen?«

»Klar.«

»Soll ich versuchen, einen Kontakt zu Mullah Amriki herzustellen?«

»Zu dem Geistlichen? Wofür?«

»Um ihn zu fragen, ob er uns helfen würde, die Frau zu befreien.«

»Er hasst Amerikaner. Warum sollte er uns helfen?«

»Die Piraten hasst er genauso. Für ihn sind sie *haram.*«

»Mag sein. Trotzdem arbeitet er mit Al Shabaab zusammen.«

»Aber Al Shabaab ist auf dem Rückzug.«

»Und Sie denken, Amriki könnte neue Freunde brauchen.«

Der Junge antwortete mit großem Ernst. »Vielleicht möchte er einer neuen Regierung angehören. Er wäre nicht der erste Kämpfer, der sein Schwert mit dem Pflug tauscht, stimmt's?«

»Okay, halten Sie die Ohren offen. Er versteckt sich zwar im Busch, aber seine Leute treiben sich auch in Mogadischu herum.«

»Vielleicht sollte ich versuchen, ihn zu finden«, schlug Isse vor.

»Nein!«

»Es würde mir wirklich nichts ausmachen. Er hasst ja nicht alle Amerikaner. Nur solche, die den Islam nicht respektieren.«

Janson blieb unnachgiebig. »Halten Sie sich von ihm fern.«

»Aber vielleicht wäre er bereit, uns zu helfen.«

Janson legte dem Jungen den Arm um die Schulter. »Isse, ich weiß es zu schätzen, dass Sie helfen wollen. Aber Amriki versteckt sich in einem Kriegsgebiet. Ich will nicht, dass Sie vielleicht gerade bei ihm sind, wenn die Panzer der AMISOM das Feuer eröffnen. Es gibt aber etwas, das Sie tun können: Rufen Sie gleich nach Ihrer Ankunft die Freunde Ihrer Eltern im Gesundheitsministerium an. Es wäre sehr hilfreich, Kontaktpersonen in der Regierung zu haben.«

»Ja, aber sie kennen bestimmt keine Piraten.«

»Das kann man nie wissen. Ärzte treffen alle möglichen Leute.«

»Wahrscheinlich.«

»Ich kann jede offene Tür brauchen, verstehen Sie? Je mehr Freunde wir gewinnen, umso größer unsere Chancen.«

Die *Tarantula* lief auf die Küste von Puntland zu.

Ihre Dieselmotoren für die Marschfahrt liefen auf Hochtouren, doch die Jacht schaffte nicht mehr als zwanzig Knoten.

Maxamed und sein Maschinist Boyah versuchten, den Turbinenantrieb zuzuschalten, doch den hatte der Kapitän offenbar ebenso lahmgelegt wie das Radar. Im Morgengrauen fanden sie schließlich heraus, wie er es angestellt hatte.

Der Raum, in dem er die Instrumente außer Gefecht gesetzt hatte, befand sich über den Treibstoffleitungen zum Turbinenantrieb. Hinter einem falschen Schrank waren Ventile verborgen, die er einfach geschlossen hatte. Erleichtert öffneten sie die Ventile und fuhren die Turbinen hoch. Die *Tarantula* beschleunigte rasch auf dreißig Knoten und durchpflügte die Wellen des Indischen Ozeans.

8

43°31' N, 67°35' W

42 000 Fuß über dem Golf von Maine

»Wir sind unterwegs. Danke an alle, die uns die drei Somalis gebracht haben. Hassan war ein besonders guter Fang.«

Paul Jansons Embraer glitt auf Nordostkurs durch die Nacht in Richtung Hamburg, mit einem Tankstopp in Neufundland. Als Erstes rief er Quintisha Upchurch an, die Operationsmanagerin von Catspaw und Phoenix. Er wies sie an, ihm über die Private Cloud laufend aktuelle Informationen zu übermitteln. »Irgendwelche Anrufe?«

Sobald ein Einsatz begonnen hatte, wurden Anrufe an sein Handy und sein Satellitentelefon automatisch zu ihr umgeleitet. Quintisha war die Einzige, die ihn rund um die Uhr überall auf der Welt erreichen konnte.

»Der interessanteste Anruf kam von Mr. Douglas Case von

ASC«, berichtete sie mit ihrer wohlklingenden Stimme. »Mr. Case hat gebeten, dass Sie ihn zurückrufen, wenn Sie einen Moment Zeit haben.«

»Wirklich interessant.«

»Genau das habe ich mir auch gedacht.«

Sie gingen die übrigen Anrufe durch: ungeduldige Anfragen von Kingsman Helms, eine Meldung von FBI-Agent Laughlin mit der Ankündigung baldiger Ergebnisse sowie die Bestätigung des Termins in der Hamburger Werft.

»Haben Sie etwas von Denny Chin gehört?«

»Laut Dr. Novicki gewöhnt er sich allmählich an die neue Situation.« Der Phoenix-Arzt war mit ihrer Pilotin Lynn verheiratet.

»Hat wieder irgendjemand eigenmächtig ausgecheckt?«

Quintisha meldete, dass in letzter Zeit kein Patient aus einem Rehabilitierungsheim von Phoenix verschwunden sei. »Ich habe aber einen beunruhigenden Anruf von Daniel erhalten.«

»Der Junge in Korsika.« Der ehemalige Nachrichtenoffizier der Navy SEALs hatte nach einer schweren Kopfverletzung durch einen improvisierten Sprengsatz auf beeindruckende Weise ins Leben zurückgefunden. »Geht es ihm gut?«

»Ja. Aber die Geschichte kann ich Ihnen auch zu einem anderen Zeitpunkt erzählen, immerhin geht es nicht um einen Phoenix-Patienten.«

»Schießen Sie los.«

»Daniel hat etwas aus Sardinien aufgeschnappt.« Die Insel lag gegenüber von Korsika auf der anderen Seite der schmalen Straße von Bonifacio. Dort betrieb Daniel einen Tauchshop für Touristen. »Yousef ist verschwunden.«

»Ist nicht wahr.«

Der Sohn des libyschen Diktators hatte eine Villa auf Sardinien bezogen, nachdem Janson und Jessica Kincaid ihn gerettet hatten.

»Wann?«

»Das weiß Daniel nicht. Er hat es zufällig von Touristen erfahren, die die Villa gemietet haben. Sie hatte anscheinend schon eine Weile leer gestanden.«

Nach seinem Gespräch mit Quintisha wählte Janson Doug Cases Nummer und wandte sich Jessica zu. Sie trug ein Headset und sprach somalische Worte nach. *Rat mal, wen ich zurückrufen soll,* formte er mit den Lippen.

»Doug Case«, antwortete sie laut und nahm ihr Headset ab. »Ich traue ihm nicht.«

»Ich behalte ihn im Auge. Und willst du raten, wer abgehauen ist?«

»Denny Chin?«

»Yousef.«

»O Mann. Das hat uns gerade noch gefehlt. Jetzt geht er vielleicht zurück nach Libyen und führt eine Gegenrevolution an … und wir haben ihm dazu verholfen.«

»Falls es so ist, müssen wir ihn suchen. Quintisha streckt die Fühler nach ihm aus. Im Moment hat aber Mrs. Helms Priorität. Okay, mach mit deinem Somali weiter. Ich kümmere mich um Doug.«

Doug Case, der Sicherheitsdirektor von American Synergy, war der erste gestrandete Ex-Agent, den die Phoenix Foundation aus der Obdachlosigkeit und der Drogensucht »gerettet« hatte. Jessica vermutete, dass Janson gemischte Gefühle gegenüber dem ehemaligen Killer hegte, was sie einigermaßen beunruhigte. Ihre Einschätzung war ziemlich eindeutig.

Case meldete sich beim zweiten Klingeln.

Der Sicherheitschef von ASC war ein raubeiniger Mann in Jansons Alter, dem ein 200-Dollar-Haarschnitt, ein 4000-Dollar-Anzug und exquisite englische Schuhe einen Anstrich von Seriosität verliehen. Doch den Menschen, der in dieser Hülle steckte, würde das nicht ändern. Doug saß im Rollstuhl, einem sechsrädrigen Hi-Tech-»Superchair« mit einer ganzen Batterie von Bedienungselementen für alle möglichen Funktionen. Das technische Wunderwerk war mit Auslegern auf Rädern und einem Sitz ausgestattet, der sich hydraulisch in Augenhöhe eines stehenden Mannes hochfahren ließ. Trotz alldem blieb es natürlich, was es war: ein Rollstuhl.

Case hatte ebenfalls bei Consular Operations gedient und in so manchem Krieg an Jansons Seite gekämpft. Es gab wohl keinen aktiven oder ehemaligen Agenten im Geheimdienstgeschäft, der sich angesichts seiner Geschichte nicht fragte: Warum er? Warum nicht ich? Wann trifft es mich? Dass Case nach einem Selbstmordsprung von einem Hochhaus im Rollstuhl gelandet war, beruhigte nur Leute mit wenig Fantasie.

»Ich hatte gehofft, dich bei der Eröffnung des neuen Heimes für meine schweren Jungs zu sehen«, sagte Case.

Janson mochte seine Zweifel und Vorbehalte gegenüber Case haben, doch er bewunderte, wie sich der Mann für die Rehabilitation von jungen Exbandenmitgliedern einsetzte, die nach Schießereien im Rollstuhl landeten.

»Ich wäre gern gekommen«, beteuerte Janson. »Wie war es?«

»Toll, danke.«

»Wie ist deine Operation verlaufen?«

»Besser als die letzte. Die Ärzte haben einen neuen Rückenmarksstimulator eingesetzt. Das verdammte Ding ist kleiner als ein Zehncentstück und lädt sich kabellos auf.«

Um die Schmerzen zu lindern, die von seiner zertrümmerten Wirbelsäule ausstrahlten, hatte Doug bereits mehrfach Implantate eingesetzt bekommen, die als eine Art Nervenschrittmacher fungierten. Dabei wurden Elektroden in den Wirbelkanal eingesetzt, deren schwache elektrische Impulse die Schmerzweiterleitung überlagerten.

»Und die Schmerzen?«

»Kein Problem. Wenn es schlimmer wird, schwenke ich einfach meinen Hightech-Zauberstab, dann spüre ich nur noch ein Kribbeln. Zumindest meistens.«

»Das freut mich.« Janson wusste, dass bei dem neuesten Modell die Anzahl der Elektroden verdoppelt worden war. Durch den »Zauberstab« ließen sich die Stärke und Frequenz der Impulse steuern.

»Das Ding ist besser als Heroin«, bemerkte Doug.

»Du hast angerufen. Was gibt's?«

»Ich hab gehört, mein Lieblingsrivale bei ASC hat dich engagiert.«

»Ich spreche nicht über Klienten.«

»Warum so gereizt?«

»Wenn du mir nicht mehr zu sagen hast, würde ich das Gespräch lieber beenden«, versetzte Janson.

»Ich frage nicht nach Informationen. Es ist mir nun mal nicht verborgen geblieben, dass dich Kingsman Helms angeheuert hat, um seine attraktive Frau zu retten.«

»Warum rufst du mich dann an?«

»Kleine Gefälligkeit. Einfach um dich wissen zu lassen, dass ich es weiß. Und wahrscheinlich nicht nur ich, sondern noch ein paar mehr. Einschließlich der Vorfälle bei eurem Gespräch.«

Es überraschte Janson nicht, dass Case von der Schießerei gehört hatte. Die PR-Abteilung von ASC mochte dafür gesorgt haben, dass Helms' Name nicht in den Medien erwähnt wurde, doch innerhalb der Firma war die Neuigkeit wohl genau durch die Leute verbreitet worden, die sie vor den Medien verborgen hatten. Janson vermutete, dass Doug entweder nicht genau wusste, was vor sich ging, oder sehr wohl im Bilde war und nun herausfinden wollte, wie viel Janson wusste. Möglicherweise fürchtete er auch, dass Janson im Zuge der Befreiung von Helms' Frau Informationen erhalten würde, die Case lieber vor ihm verbergen wollte.

Dass Doug Case selbst für Paul Janson so schwer auszurechnen war, hatte einen ganz einfachen Grund: Er hatte so wie Janson die Kunst des falschen Spiels und der Doppelzüngigkeit bei Consular Operations gelernt. Und so wie Janson vermochte auch Case jederzeit in die erforderliche Rolle zu schlüpfen und mit der größten Selbstverständlichkeit zu lügen, wenn es seinen Interessen diente.

»Danke für die Information.«

»Paul.«

»Was?«

»Helms' Problem ist nicht das von ASC.«

»Das zu regeln, überlasse ich ihm selbst.«

»ASC wird dich nicht bezahlen.«

»Ich mache es gratis.«

»*Was?*«

»Das war ein Scherz.«

»Wirklich gut. Gratis! Was zahlt er dir, wenn ich fragen darf?«

»Bis bald, Doug.«

»Schönen Aufenthalt in Somalia. Und vergiss nicht, auch wenn die arme Frau mit Helms verheiratet ist, hat sie es trotzdem verdient, gerettet zu werden.«

»Irgendeine Idee, wer einen Scharfschützen auf Helms ansetzen könnte?«

»Ich.« Case lachte. »Wenn ich eine Garantie hätte, dass man's mir nicht nachweisen kann.«

Janson schwieg.

»Im Ernst?«, fragte Case schließlich.

»Natürlich.«

»Niemand. Kingsman Helms ist ein Arschloch, aber andererseits ist er nur ein normaler Manager. Niemand, auf den man einen Killer ansetzt.«

»Und ich, Doug? Bin ich jemand, auf den man einen Killer ansetzt?«

Case zögerte einen Augenblick. Genau den Atemzug, den ein gerissener Lügner verstreichen lassen würde, um sich schockiert zu zeigen. Berechnung oder ehrliche Reaktion? Schwer zu sagen, obwohl Janson eher auf Berechnung tippte.

»Was meinst du damit?« Es klang verblüfft, verständnislos.

»Kann es nicht sein, dass sie es gar nicht auf Helms abgesehen hatten, sondern auf mich und Kincaid?«

»Dann wärst du jetzt tot.«

»Wie kommst du darauf?«

»Würde es denen um dich gehen, dann hätten sie keine Amateure geschickt.«

»Das waren keine Amateure.«

»Sie haben danebengeschossen, oder?«

Janson hatte den Angriff am Pier immer wieder Revue passieren lassen. Auf eine Entfernung von vierhundert Metern war es schwierig, die Absichten des Scharfschützen zu beurteilen, aber die beiden Killer, die versucht hatten, den Auftrag mit der Pistole zu Ende zu bringen, hatten es eindeutig auf Helms abgesehen gehabt. Andererseits war das Etikett am Ärmel ein bemerkenswerter Fehler.

»Interessanter Gedanke, Doug. Eine ganz neue Perspektive.«

»Freut mich, wenn's dir weiterhilft. Pass auf dich auf. Und wenn du in Somalia irgendwas brauchst, ruf an. Wir haben ausgezeichnete Kontakte zu somalischen Auswanderern in Nairobi und Dubai.«

»Danke.« Janson trennte die Verbindung. *Das glaube ich dir sofort,* fügte er in Gedanken hinzu.

Jessica nahm ihr Headset ab. »Worum ging es?«

»Doug interessiert sich dafür, was Helms vorhat.«

»Abgesehen davon, dass Helms seine Frau zurückhaben will?«

»Er hat die Idee ins Spiel gebracht, dass es der Scharfschütze auf uns abgesehen haben könnte, nicht auf Helms.«

»Bullshit. Paul, du hast vorhin mit Isse darüber gesprochen, dass er diesen Amriki kontaktieren könnte?«

»Ich hab ihm gesagt, er soll es lassen.«

»Isse hat irgendein Problem«, meinte Jessie. »Kommt es dir nicht auch so vor?«

»Vielleicht ist er einfach nur ein sensibler junger Mann.«

»Irgendwas quält ihn«, beharrte sie. »Solche jungen Leute wenden sich in ihrer Not oft an radikale Geistliche. Das würde ihn in Lebensgefahr bringen.«

»Falls Isse tatsächlich Amriki begegnen sollte, wird er hoffentlich erkennen, dass der Imam ein Terrorist ist, und kein Heiliger.«

Janson griff erneut zum Telefon. »Quintisha? Können Sie jemanden auf Mr. Helms' Vergangenheit ansetzen? Übrigens, sobald Ihnen Helms ein Foto seiner Frau schickt, leiten Sie es bitte sofort an mich weiter. Danke.«

Er trennte die Verbindung und wandte sich an Jessica.

Sie nickte. »Seine Frau ist Italienerin.«

»Eine Gräfin.«

»In Mogadischu treibt zurzeit ein sogenannter ›Italiener‹ sein Unwesen. Und Somalia war einmal eine italienische Kolonie. Der Killer, den wir gefasst haben, war ebenfalls Italiener. Ich würde es trotzdem noch in die Kategorie ›weit hergeholt‹ einordnen.«

Janson griff erneut zum Telefon und kontaktierte Armeeoffiziere aus Kenia, Tansania, Uganda und Äthiopien, die er persönlich kannte, um sie von seinem Kommen zu unterrichten. Er wollte sichergehen, dass ein eventueller Notruf sie nicht unvorbereitet treffen würde.

Quintisha unterbrach ihn in seinen Gesprächen. Ein Lieutenant der Navy, mit dem Janson bereits gesprochen hatte – ein alter Freund, den er von einer nächtlichen Landung an der iranischen Küste kannte –, hatte Neuigkeiten. »Die Jacht dürfte nach Eyl unterwegs sein. Das ist eine Piratenstadt am Südende von Puntland.«

»Werden sie an Land gehen?«

»Wahrscheinlich nicht … falls sie es bis dorthin schaffen. Sie werden aber nicht vor Anker gehen, sondern die Küste auf und ab laufen, damit wir nicht mit Tauchern an sie rankommen.«

Eine kleine Andeutung ließ Janson instinktiv aufhorchen. »Was meinst du damit: ›Falls sie es schaffen‹?«

»Ein Lenkwaffenzerstörer hat die Jacht im Visier. Sie haben Helis mit Kommandotruppen losgeschickt.«

»Wissen Sie, mit wem sie es zu tun haben?«

»Ja. Mit einem Kerl, der nicht zufällig Mad Max genannt wird.«

»Ich wünsche ihnen viel Glück«, bemerkte Janson.

»Ich wünsche eher Mad Max viel Glück.«

»Was meinst du damit?«

»Und auch den Geiseln.«

Janson richtete sich in seinem Sitz auf. »Wovon redest du?«

»Der Zerstörer ist nicht von uns.«

»Von wem denn, verdammt?«

»China.«

»Großer Gott.«

»Die Marine der Volksbefreiungsarmee hat die internationale Patrouille mit einigen Schiffen verstärkt. Die Präsenz an der ostafrikanischen Küste ist ihnen einiges wert.«

»Hoffen wir, dass ihre Einsatzkräfte wissen, was sie tun.«

»Das wissen sie genau. Was mir Sorgen macht, ist eher, *wie* sie es tun.«

Die Sorge war, wie Janson wusste, durchaus begründet. Diktaturen wie China hatten kein Problem damit, rigoros durchzugreifen. Im Kampf gegen die Piraten stand das Wohlergehen der Geiseln nicht im Vordergrund.

»Was hast du vor, Paul?«

Janson schaute sich bedrückt in seinem fliegenden Arbeitszimmer um: Jessie hatte es sich auf ihrem großen roten Sofa bequem gemacht und sprach mit geschlossenen Augen leise die somalischen Worte nach, die sie über das Headset hörte, während sie eine neue Minipistole auseinandernahm und wieder zusammensetzte. Er streckte sich in seinem grünen Stuhl aus und verarbeitete die Informationen aus den Computern, während die Embraer sie nahezu lautlos in eine Flughöhe von 42 000 Fuß über dem Meer trug. 8000 Meilen zu weit vom Ort des Geschehens entfernt, um in irgendeiner Weise eingreifen zu können.

Maxamed blickte starr geradeaus. Er konnte es kaum erwarten, die Küste zu erreichen, bevor sie gesehen wurden. Die Hügel jenseits der Küste von Puntland würden schon von Weitem zu erkennen sein, doch im Moment war da nichts als blauer Himmel über ihnen und ein Dunstschleier, wo Land auftauchen sollte.

Ein Junge mit scharfen Augen, den er auf dem Dach des Ruderhauses postiert hatte, meldete ein näher kommendes Schiff. Maxamed betete, dass es nicht von der Marine war, und verfluchte einmal mehr den Kapitän, weil er das Radar außer Gefecht gesetzt hatte. Der Pirat rannte die Treppe hinauf und sah in der Ferne die unverkennbaren Formen eines Kriegsschiffes.

Sie hatten gerade noch rechtzeitig die Turbinen zugeschaltet, dachte Maxamed. Mit etwas Glück konnten sie dem Patrouillenschiff entkommen. Doch in diesem Augenblick schnitten Helikopter durch den Himmel.

»Holt die Frauen her!«

9

7°59' N, 49°51' O

Vor der Küste von Eyl, Somalia

Die Kampfhubschrauber waren bereits so nah, dass Maxamed die Scharfschützen erkennen konnte, die in den offenen Türen angegurtet waren. In diesem Moment kam die steinerne Festung von Eyl in Sicht. Der Dunstschleier hob sich so schnell und unerwartet, dass Maxamed in seiner Panik glaubte, die Hubschrauber hätten ihn mit ihren mächtigen Rotoren weggeblasen. Unmöglich. Sie waren nur Maschinen, und der Himmel so weit.

Er hatte einen Sekundenbruchteil, um eine Entscheidung zu treffen, die ihm das Leben retten oder es beenden würde. Jede Faser seines Körpers schrie: Geh hinein, in Deckung! Er zögerte, wie zu Stein erstarrt.

Die Kugeln prasselten rings um ihn herunter und schlugen in das Dach des Ruderhauses ein. Er konnte nicht glauben, dass sie ohne Vorwarnung schossen, und ihm war schlagartig klar: So sehr es ihn drängte, in Deckung zu gehen, er musste diese eine Chance nutzen, den Angreifern zu widerstehen.

»Farole, bring die Frauen her!« Maxamed betete zu Gott, dass sein Stellvertreter den Mut haben würde, die Geiseln in den Feuersturm zu zerren. Großkalibrige Geschosse pfiffen an seinem Kopf vorbei.

»Maxamed!«

Es war Farole, der nach ihm rief, mit angstgeweiteten Augen, aber der gleichen Entschlossenheit, die auch Maxamed in seinen Adern spürte. Farole schleppte die alte Frau und die Gräfin auf das Dach. Maxamed sprintete zu ihnen, schlang seinen mächtigen Arm um die Taille der Gräfin und hob sie hoch wie einen Schild.

Allegra Helms staunte über die Kraft des Piraten. Er hielt sie wie eine Puppe hoch. Die Schüsse dröhnten ihr in den Ohren – ein Wunder, dass die Kugeln sie verfehlten. Es konnte sich nur um Sekunden handeln, bis sie trafen.

Maxamed drückte sie an sich. Sie spürte sein Herz pochen und roch seine Angst. Er war schweißnass und taumelte einen Moment lang. Vielleicht war er getroffen worden, hoffte sie. Doch er hielt sich auf den Beinen, und sie erkannte, dass ihn die Kugel nur gestreift hatte.

Plötzlich hörten die Schüsse auf.

Die Gefahr war jedoch nicht vorbei, im Gegenteil.

Die Hubschrauber donnerten noch näher heran, und Soldaten machten sich bereit, sich auf die Jacht abzuseilen. Als Allegra ihm zu entwischen versuchte, packte der Pirat sie so fest, dass er ihre Wirbelsäule nach hinten krümmte. Sie schrie vor Schmerz auf.

Maxamed zog seine Pistole, wedelte damit in der Luft, damit alle sie sahen, und setzte sie ihr an den Kopf. Farole machte es mit seiner Geisel ebenso.

Allegra spürte den Pistolenlauf hart und heiß an ihrem Kopf.

Gleich werde ich sterben, dachte sie. *Dann ist alles vorbei. Ich werde den Schuss nicht einmal mehr hören, der mich umbringt. Ich werde einfach weg sein, von einem Moment auf den anderen.*

»Dreh dich im Kreis!«, forderte Maxamed den jungen Mann auf. »Nicht aufhören!« Und sie wirbelten herum wie Derwische, sodass nur ein Verrückter oder ein kaltblütiger Mörder einen Schuss riskiert hätte. Maxamed stellte sich vor, wie die Soldaten im Helikopter jede seiner Bewegungen beobachteten. Er fuchtelte mit der Pistole, um ihnen zu signalisieren: *Verschwindet! Weg vom Schiff!* Dann setzte er der Frau die Waffe wieder an den Kopf.

Die Hubschrauber verharrten noch einige Augenblicke knatternd in der Luft, dann wendeten sie und donnerten zu ihrem Schiff zurück. Erst jetzt erkannte Maxamed die Kennzeichen an den Heckauslegern, und seine Knie zitterten.

»Chinesen.« *Hätte ich das gewusst,* dachte er, *dann hätte mich vielleicht der Mut verlassen.*

»Amerikaner.« Farole deutete auf ein anderes Schiff, das sich bis auf etwa eine Meile genähert hatte. Maxameds Knie zitterten, als ihm schlagartig klar wurde, welches Glück sie gehabt hatten. Mit Ausnahme der russischen Marine ging die chinesische am härtesten gegen Piraten vor. Wären die Amerikaner nicht gekommen, hätten sie ihn und die Geiseln mit Sicherheit erschossen. Nicht dass die Chinesen die Amerikaner fürchteten, doch sie wussten, dass ihr Vorgehen gefilmt worden wäre. So weit wollten sie nicht gehen, dass die ganze Welt auf CNN und YouTube verfolgen konnte, wie sie wehrlose Geiseln niedermähten.

»Gott ist gut«, sagte Maxamed zu Farole.

Er zog die Frau mit sich zur Treppe.

Die Jacht befand sich nahe der Küste. Er konnte bereits einzelne Gebäude in Eyl erkennen, die alte Fischfabrik und das große halb fertige Haus eines Clanbruders, der getötet worden war, bevor er es hatte fertigstellen können.

»Beeil dich!«, rief er Farole zu. »Was ist los mit dir?«

»Meine ist tot«, antwortete Farole. »Sie ist so schwer.«

Eine Kugel hatte die ältere Frau in die Brust getroffen. Doch Farole hatte geistesgegenwärtig ihren Kopf hochgehalten, damit es so aussah, als lebte sie noch.

»Gut gemacht«, lobte Maxamed. »Es läuft alles nach Plan. Hier kommen unsere Freunde.«

Ruderboote legten vom Strand ab, voll besetzt mit frischen Männern, um die Geiseln zu bewachen, damit sie endlich schlafen konnten. In einem Boot beförderten sie ein Schaf, das sie schlachten würden, um die gelungene Operation zu feiern. In einem anderen Boot brachten die Männer bündelweise grüne Kathsträucher mit.

»Gehen wir an Land?«, wollte Farole wissen.

Maxamed kniff die müden, blutunterlaufenen Augen zusammen. Er hatte etwas bemerkt, das ihm weit weniger gefiel als das fette Schaf: drei Clanbrüder von Home Boy Gutaale, die die prächtige *Tarantula* mit gierigen Augen anstarrten.

»Maxamed? Können wir an Land gehen?«

»Wir werden sehen.« In Wahrheit schwor sich Maxamed, das Schiff nicht zu verlassen, bis er das Lösegeld hatte. Auf keinen Fall würde er seine wertvollen Geiseln in die Hände anderer übergeben. Ebenso wenig würde er die *Tarantula* irgendjemandem für eine Kaperfahrt überlassen. Schon gar nicht Home Boys Männern. Nein, er würde an Bord bleiben, bis es vorbei war.

Immerhin gab es jetzt schon einigen Grund zum Feiern. Er hatte ein großartiges Schiff gekapert und es sicher nach Hause gebracht. Die Chinesen und die Amerikaner würden noch eine Weile ausharren, doch sie mussten einen weiten Ozean überwachen und viele Schiffe beschützen. Sie würden nicht lange bleiben. Das Schlimmste war überstanden. Er hatte dem Kugelhagel der Feinde getrotzt. In diesem Moment fühlte sich Maxamed unverwundbar, als hätte Gott ihn in seine schützende Hand gehüllt, die nichts durchdringen konnte. Er hatte Explosionen und Blutvergießen überlebt. Nichts konnte ihm noch etwas anhaben.

»Du verdammter Feigling!«

Er hielt Gräfin Allegra immer noch fest.

Sie riss sich von ihm los und kniete sich zu der toten Frau, die mit weit aufgerissenen, leeren Augen dalag. Ihr Mann lief zu ihr, ging in die Knie, drückte seinen weißen Kopf an ihre blutige Brust und weinte, als würde er selbst sterben.

Allegra blickte mit hasserfüllten Augen zu Maxamed auf. Sie suchte nach Worten, doch ein erneutes »Feigling« war alles, was sie hervorbrachte.

Maxamed zuckte mit den Schultern. »Tot ist tot. Und nicht tot ist nicht tot. Dein Glück, dass du bei mir warst und nicht bei Farole.«

»Ich kann mich nicht freuen.«

»Ich schon. Ich stehe unter einem magischen Stern.« Maxamed wandte sich an Farole. »Wir laufen die Küste entlang, immer auf und ab. Wir gehen nicht vor Anker.«

»Unsere muslimischen Freunde sagen, nur Allah weiß, wann und wo wir sterben werden.« Luke Bing, der ehemalige Erdölforscher, dem Doug Case die Weisheit mitteilte, saß mit einem Knebel im Mund an einen Stuhl gefesselt.

»Unsere muslimischen Freunde wissen vieles nicht, aber in diesem Punkt liegen sie absolut richtig. Allah bestimmt Zeit und Ort, genau wie unser Gott. Aber Sie …« Case manövrierte seinen Rollstuhl direkt vor den Mann. »Sie haben es zumindest in der Hand, *wie* Sie sterben werden. Langsam und schmerzhaft? Oder so schnell, dass Sie weder Schmerz noch Angst empfinden. Okay, Sie können nichts sagen, aber Sie können mit dem Kopf nicken, wenn Sie mich verstanden haben.«

Bing saß immer noch völlig entgeistert da, und Case konnte sich vorstellen, was in dem Mann vorging: *Da fahre ich in meinem tollen Bentley zu meiner wunderschönen Ranch mit grüner Weide und nagelneuem Pferdestall, neben mir die süßeste Striptänzerin, die ich je gesehen habe – und im nächsten Augenblick sitze ich gefesselt in einem feuchten Keller mit einem Verrückten im Rollstuhl. Was ist geschehen?*

»Ich sage Ihnen, was geschehen ist. Sie, Dr. Bing, sind ein brillanter Erdölforscher. Das Problem ist, dass Sie Ihren Arbeitgeber verraten haben, der nicht nur Ihre Ausbildung an der Texas A&M University und am MIT finanziert hat, sondern Sie für Ihre hervorragende Arbeit mit einem fürstlichen Gehalt entlohnt hat. Sie haben den wissenschaftlichen Beweis für die riesigen Erdölvorkommen in Somalia geliefert. Aber dann wurden Sie zu gierig und verkauften Ihren Bericht einem Agenten des staatlichen chinesischen Erdölkonzerns.«

Der gefesselte Erdölforscher schüttelte den Kopf.

Doug Case zog ein Messer hervor, schob die Klinge zwischen die Wange des Mannes und den Ballknebel und durchtrennte das Band. »Nein? Sie haben den Bericht nicht an die Chinesen verkauft?«

»Ich hab nichts verkauft«, platzte Bing heraus. »Er hat mich bedroht. Ich hab ihm nichts verkauft.«

»Okay, selbst wenn es so war, ändert das nichts an der Tatsache, dass Sie Ihren Arbeitgeber verraten haben. Warum haben Sie es nicht dem Sicherheitsdienst gemeldet? Unsere internen

Regeln sind in diesem Fall eindeutig: Mitarbeiter im Besitz von sensiblen Informationen haben jeden Versuch von Außenstehenden zu melden, in den Besitz dieser Informationen zu gelangen. *Sir!* Wir reden hier von exklusiven Forschungsergebnissen im Wert von Milliarden. Die Sie für einen Bentley an die verdammten Chinesen weitergeben.«

Bing reagierte empört. »Sie bespitzeln uns.«

»*Uns?*«

»Uns alle, die die echte Arbeit für ASC leisten.«

»Nein, Sir, ich habe ›uns‹ nicht bespitzelt. Die American Synergy Corporation beschäftigt achtundsechzigtausend Mitarbeiter. Es wäre etwas mühsam, so viele Leute zu bespitzeln. Aber wir sind nicht zuletzt deshalb so reich und mächtig geworden, weil wir die Dinge sehr aufmerksam beobachten. Und wenn ein Spitzenmann wie Sie so jung seinen Job aufgibt, sich einen Bentley und eine blitzsaubere Ranch in Texas anschafft, dann fällt uns das auf. Auch wenn er etwas von einer Erbschaft erzählt, weil seine Tante Matilda gestorben ist. Schlau, wie er ist, weiß er natürlich, dass er sich eine plausible Geschichte ausdenken muss.«

»Ich will einen Anwalt. Und wenn ich nicht offiziell unter Arrest stehe, will ich sofort freigelassen werden.«

Doug Case schüttelte den Kopf. »Gehen wir zurück zum Anfang unseres Gesprächs. Die Lady, die sich fälschlicherweise als Stangentänzerin vorgestellt hat und Sie dann mit einer Pistole bedroht hat, ist keine Polizistin. Die tätowierten Herren, die Sie in diesen Keller gebracht und an den Stuhl gefesselt haben, sind ebenfalls keine Polizisten. Und Allah und Gott sind sich einig – wenn Ihre Uhr abgelaufen ist, dann ist sie abgelaufen. Aber im Gegensatz zu den meisten armen Teufeln haben Sie es wenigstens in der Hand, *wie* Sie sterben werden. Wird es schmerzhaft oder ein sanftes Entschlafen?«

Case rückte mit seinem Rollstuhl noch näher heran. »Das entscheidet nicht Gott. Das entscheiden Sie … und natürlich ich.«

»Was wollen Sie?« Bings geschocktes Flüstern verriet, dass ihm der Ernst seiner Lage bewusst war.

»Ich zeige Ihnen Fotos von verschiedenen chinesischen Herren. Sie werden mir sagen, welcher davon zu Ihnen gekommen ist, und mir alles über ihn erzählen.«

Doug Case hielt Bing das iPad mit den Fotos vor die Augen. »Eine kleine Hilfe gebe ich Ihnen. Nicht alle hier sind unsere Feinde, es sind auch ganz normale Geschäftsleute darunter … also überlegen Sie sich gut, was Sie sagen. Alles klar?«

Der Wissenschaftler nickte.

»Gut, fangen wir an. Dieser Mann?«

»Nein.«

»Dieser?«

»Nein.«

»Dieser?«

»Das ist er.«

»*Scheiße!*«

»Nein, wirklich! Das ist der Kerl. Ich schwöre es.«

»Ich glaub's Ihnen ja. Ich hatte nur gehofft, dass es nicht gerade er ist. Er ist der Schlaueste von allen. Erzählen Sie mir, was Sie über ihn wissen.«

Der abtrünnige Ölforscher verriet eine Menge Details, die Doug Case zum größten Teil bereits kannte. Seinen Namen konnte ihm Bing nicht sagen, doch das war auch nicht nötig. Die Sicherheitsabteilung von ASC beschäftigte mehr Agenten und private Sicherheitskräfte als viele Staaten, deshalb wusste Case längst, dass der Mann Kin Poy Lam hieß. Er hatte jedoch gehofft, dass es nicht gerade der Topmann des chinesischen Ministeriums für Staatssicherheit, Abteilung Ostafrika, war.

Andererseits stand Mr. Kin unter gewaltigem Druck und war durchaus verwundbar, solange er nicht wusste, dass ASC ihm auf die Schliche gekommen war.

»Ihnen ist schon klar, Mr. Bing, dass Sie soeben ein volles Geständnis abgelegt haben? Sie haben tatsächlich geheime Informationen weiterverkauft.«

»Ich bin kein Idiot. Sie haben ja schon gewusst, was gelaufen ist. Also, was jetzt?«

»Keine Sorge. Ich halte mein Wort«, versicherte Doug Case.

»Sie lassen mich frei?«

»Das habe ich nie gesagt. Ich habe Ihnen versprochen, Sie ohne Schmerzen sterben zu lassen.«

10

53°32'' N, 9°50' O
Flugplatz Finkenwerder
Hamburg, Deutschland

Es regnete in Hamburg.

Als die Triebwerke der Embraer vor dem Terminal des Airbus-Werks verstummten, trat eine attraktive Frau in den Fünfzigern – groß, brünett und mit violetten Augen – heraus, um Janson und Jessica zu begrüßen, mit einem Regenschirm, der groß genug für drei war. Janson umarmte sie und küsste sie auf die Wange.

»Freut mich, dich wiederzusehen, Petra. Das ist meine Partnerin Jessica Kincaid. Jess, meine alte Freundin Oberst Petra Rasmusson.«

Petra begrüßte die jüngere Frau mit einem festen Händedruck und einem freundschaftlichen Lächeln. Jessica fragte sich, wie umwerfend die Offizierin des schwedischen Militärgeheimdienstes MUST erst ausgesehen haben musste, als sie mit Janson zusammengearbeitet hatte, wenn sie auch jetzt noch eine Schönheit war.

»Wie hast du es eingefädelt?«

»Herr Lynds, der Eigentümer, wird euch persönlich durch die Werft führen. Er hält euch für private Sicherheitsberater, die die Erfolgsaussichten eines Rettungseinsatzes durch ein Sonderkommando beurteilen sollen.«

»Perfekt, danke.«

Sie musterte ihn eingehend. »Versuchst du immer noch, die Welt zu retten?«, fragte sie leise.

Janson zwinkerte ihr zu. »Kleine Wiedergutmachung für frühere Fehler.«

»Scheint dir nicht schlecht zu bekommen. Du siehst gut aus.«

»Begleitest du uns?«

»Nein, ich würde euch nur im Weg stehen. Ich habe einen Wagen hier und kann euch hinbringen, wenn ihr möchtet.«

»Danke, wir haben einen Mietwagen gebucht.«

Es handelte sich um einen Passat TDI mit 170 PS. Janson gab die Adresse ins Navi ein. Jessica lenkte den Wagen.

»Ihr habt zusammengearbeitet?«

»In Russland.«

»Was genau?«

»Erinnerst du dich noch, als ein russischer Geheimdienst ausgewanderte Russen in London vergiftete?«

»Da war ich noch in der Highschool.«

»Es stellte sich heraus, dass hinter allen Fällen ein ganz bestimmter Topmann steckte. Die Briten wollten ihn unbedingt vor Gericht bringen, obwohl er in Moskau saß. Cons

Ops übernahm schließlich den Job. Der schwedische Militärgeheimdienst bot seine Hilfe an. Petra brachte mich über die Grenze, gab mir wertvolle Informationen und holte mich auch wieder heraus.«

»Wie?«

»Mit einem Kreuzfahrtschiff. Als Flitterwochen getarnt. Sie ist ein echter Profi.«

Jessica sagte sich, dass sie nicht in allen Einzelheiten wissen musste, was damals geschehen war. *Vielleicht bin ich eifersüchtig,* dachte sie, *und wenn schon.* Zum Glück hatte sie nicht irgendwas furchtbar Peinliches getan, wie zum Beispiel Pauls Arm zu nehmen, um auszudrücken: *Er gehört mir.*

Janson betrachtete sie aufmerksam. Der Mann konnte Gedanken lesen.

»Was macht sie in Deutschland?«, wollte Jessie wissen.

»Lynds war ursprünglich eine schwedische Werft. Als der Schiffsbau in Schweden zurückging, übersiedelte sie nach Hamburg.«

»Sie sieht toll aus.«

»Hat ihr die Arbeit nicht gerade leichter gemacht. Eine so schöne Agentin muss sich irgendwie verkleiden, um nicht aufzufallen.«

»Sie muss eine richtige Verwandlungskünstlerin sein.«

Jansons Handy klingelte. Er meldete sich und hörte einige Sekunden zu. Mit einem knappen »Danke« beendete er das Gespräch. Er tätigte zwei kurze Anrufe, schaltete das Handy aus und nahm den Akku heraus.

»Unser Job ist noch aufrecht«, teilte er Jessica mit. »Unsere Jungs haben die Chinesen überzeugt, dass es für die Geiseln tödlich ausgehen würde, aus allen Rohren auf das Schiff zu feuern.«

»Wie?«

»Sie hatten eine Drohne dort und drohten ihnen, das Video zu veröffentlichen. Gott segne YouTube.«

»Sind auf dem Video Gesichter zu erkennen?«

»Sie glauben, ja. Wir werden sehen. Zurzeit zieht die Jacht zwei Meilen vor Eyl ihre Kreise.«

»Werden die SEALs zuschlagen?«

»Eher nicht. Als die Chinesen das Feuer eröffneten, benutzte Mad Max die Geiseln als menschliche Schutzschilde.«

Das Navi führte sie zu einem heruntergekommenen Handyshop in einer Seitenstraße, ein paar Blocks vom Bahnhof entfernt. Jessica fuhr vorbei und bog bei der nächsten Kreuzung ab. Janson löschte die Adresse aus dem Navi und sprang aus dem Wagen, als Jessica bei einer roten Ampel hielt. Zu Fuß ging er zu dem Geschäft zurück, in dem ein älterer Inder hinter dem Tresen stand.

»Ich brauche einen Akku für ein altes Nokia.«

»Kann ich es sehen?«, fragte der Verkäufer.

»Ich habe es im Hotel.«

Der Inder neigte lächelnd den Kopf. »Einen Moment, bitte.« Er trat hinter dem Tresen hervor, vergewisserte sich, dass kein Kunde hereinkam und zog an dem Wandregal. Dahinter trat eine enge, steile Treppe zutage. Er schaltete ein Licht ein. Janson stieg in einen kühlen Keller hinunter, der nach den Flüssen roch, die die Stadt durchzogen.

»Der Safe«, rief der Inder herunter, »der ist …«

»Ich finde ihn schon. Schließen Sie bitte die Tür.«

Es gab nicht so viele Plätze, an denen man im kleinen Keller eines Geschäfts einen Safe verstecken konnte. Janson hatte genug Übung darin, sie zu finden, da er ähnliche Verstecke in Handygeschäften überall auf der Welt eingerichtet hatte. In diesem Fall hing der Safe an den Deckensparren hinter einem Teakholzschrank, der vor gut hundert Jahren in Bombay gebaut worden war. Auf dem Schrank stand eine Dose WD-40-Vielzweckspray. Janson richtete die Spraydose auf die Zahlenscheibe und ließ das Öl einen Moment einsickern, ehe er das Rad drehte. Die ersten drei der sechs Ziffern waren überall anders, aber leicht zu behalten, weil sie sich aus den Buchstaben des Städtenamens ergaben.

Er öffnete die Tür des Tresors, der neben Geld, Reisepässen, Führerscheinen und Kreditkarten auch Handys sowie eine IWI Jericho 941 Pistole enthielt. Er nahm einen deutschen Pass und Führerschein sowie ein Handy heraus, legte den Akku ein und wählte eine Nummer. »Barorski«, sagte er, »hier Saul.«

Daniel Barorskis Schweigen drückte Angst und Gier aus.

»Falls ich Sie brauche, könnten wir uns morgen in Beirut treffen?«

»Wo in Beirut?«

»Zaitunay Bay.«

»Es wäre eventuell möglich.«

»Machen Sie es möglich. Ich rufe an, sobald ich mich entschieden habe.« Janson beendete das Gespräch.

Er steckte Reisepass und Führerschein ein, nahm den Akku aus dem Handy und verschloss es zusammen mit der Pistole und dem Geld im Safe.

Jessica Kincaid holte ihn gegenüber dem Bahnhof ab und fuhr zur Werft.

Die strengen Sicherheitsvorkehrungen begannen bereits vor den Toren der Lynds & Schmidt Schiffswerft. Man sagte ihnen, dass sie Kameras, Handys und Waffen im Auto lassen mussten. Nach einem Check durch einen Bodyscanner, wie er auf Flughäfen zum Einsatz kam, wurden sie in einem Van durch das Gelände chauffiert, vorbei an den nackten Wänden eines Trockendocks. Rolf Lynds' Büro bot eine Aussicht auf die

Elbe und die Docks von Lynds & Schmidt. Die Innenfenster eröffneten einen Blick in die Konstruktions- und Designabteilung, wo Schiffsarchitekten, Inneneinrichter und Ingenieure an CAD-Monitoren arbeiteten.

Lynds entschuldigte sich für die Sicherheitsvorkehrungen und rechtfertigte sie mit dem notwendigen Schutz von Privatsphäre und Sicherheit seiner reichen Kunden. Nicht zuletzt sollte jedoch auch die Firma selbst vor »Besetzern« geschützt werden, die gegen Ungerechtigkeiten protestierten. Obwohl es noch nicht einmal Mittag war, hatte er bereits den einen oder anderen Drink intus und war entsprechend gesprächig.

»Ist das nicht absurd? Die Niedriglohnkonkurrenz in den Golfstaaten lacht mich aus, weil mich meine Mitarbeiter fast fünfzig Euro pro Arbeitsstunde kosten. Die zahle ich gerne, weil ich dank ihrer Erfahrung ein besseres Schiff bauen kann, als es mit billigen Gastarbeitern möglich wäre. Und es hat seine Vorteile, dass die Leute von ihrer Arbeit gut leben können, dass sie jeden Abend zu ihrer Familie nach Hause fahren, am nächsten Morgen die Kinder zur Schule bringen und ausgeruht in die Werft kommen. Und für dieses ›Verbrechen‹ verfolgen die Besetzer mich und meine Kunden.«

»Wir brauchen einige Informationen von Ihnen«, kam Janson gleich zur Sache. »Wir müssen wissen, wo die Piraten die Geiseln auf dem Schiff gefangen halten könnten.«

»Hinter jedem geschäftlichen Erfolg lauert der Neid.«

»Und wir müssen ihre Möglichkeiten kennen, falls sich unsere Klienten zu einer Befreiungsaktion entschließen. Gibt es einen sicheren Raum, wo sich die Besatzung verstecken kann?«

Lynds hatte bereits die Pläne der *Tarantula* auf dem Tisch ausgebreitet und ergänzte sie durch eine digitale Darstellung auf einem 27-Zoll-Bildschirm.

»Es gibt zwei sichere Räume«, erklärte er. »Der erste liegt hier vor dem Maschinenraum und ist gepanzert. Sie bräuchten eine Haubitze, um einzudringen.«

»Ziemlich groß.«

»Groß genug für die volle Besatzung und zwölf Geiseln. Es wäre ein bisschen eng, aber die Versorgung mit Sauerstoff ist ebenso gesichert wie mit Lebensmitteln und Wasser. Dazu gibt es Satellitentelefone und Notsignalsender.«

Janson studierte den Plan, während Jessica die Darstellung auf dem Bildschirm begutachtete.

»Was ist das da?«, fragte sie.

»In dem sicheren Raum befindet sich der Sabotageraum.«

Er lächelte stolz, als er die verblüfften Gesichter seiner Gäste sah.

»Sabotageraum?«

»Etwas Einzigartiges. Wir haben ihn dem Eigentümer vorgeschlagen und ihn von den Vorteilen überzeugt. Hier führen die Treibstoffleitungen für die Hochgeschwindigkeitsturbinen durch. Es ist ganz einfach, den Turbinenantrieb lahmzulegen, indem man die Treibstoffzufuhr abdreht. Somit würde die Jacht höchstens zwanzig Knoten schaffen. Von hier aus könnte man die meisten Instrumente des Schiffes durch eine Überspannung außer Gefecht setzen. Eine Notmaßnahme, mit der sie die Jacht sozusagen blind und taub machen würden. Die Angreifer könnten nur noch mit ihren Handys kommunizieren und mit ihrem eigenen GPS navigieren. Die Hauptsache ist jedoch, dass sie über kein Radar verfügen würden.«

»Das bedeutet, sie würden die Patrouillen erst mit freiem Auge sehen.«

»Exakt. Wissen Sie, ob sie davon Gebrauch gemacht haben?«, fragte Lynds.

»Nein«, antwortete Janson. »Wo befindet sich der zweite sichere Raum?«

Lynds wandte sich dem Monitor zu und scrollte sich durch verschiedene Pläne. »Er ist sehr klein. Nur der Eigentümer hat davon gewusst. Da haben wir ihn, zwischen Spant 42 und 43.«

Er schob den Cursorpfeil zu einer Luke in der Außenhaut.

»Das ist ein Schleusenraum mit einem Schlauchboot und Tauchausrüstung für eine Unterwasserflucht.«

Janson und Jessie wechselten einen kurzen Blick. »Kann man die Luke von außen öffnen, unter dem Schiff?«

»Dachte ich mir fast, dass Sie das fragen werden.« Lynds fischte ein kleines Stahlteil aus der Hosentasche, etwa von der Größe einer Autoradmutter und mit einem achteckigen Loch in der Mitte. »Die Klappe ist mit sechs Schrauben gesichert, die von außen gelöst werden können, mit dem Ding hier und einem gewöhnlichen Montiereisen. Sie schwimmen rein, schließen die Klappe, öffnen diese Luke und sind im Schiff.«

»Wie kriegt man sie gegen den Wasserdruck auf?«, fragte Janson.

»Die Schrauben lassen Wasser ein, das die Luft verdrängt und den Druck verringert.«

»Wie lange dauert das?«

Lynds zuckte mit den Schultern. »Nicht lange, denke ich.«

»Wie lang?«

Lynds öffnete ein Fenster und tippte etwas in das Suchfeld ein. »Vier bis fünf Minuten.«

»Wie viele Personen passen in den Schleusenraum?«, fragte Jessica.

»Der ist leider nur für eine Person gebaut«, erläuterte Lynds. »Und der Betreffende muss kühlen Kopf bewahren und ein ausgezeichneter Taucher sein, um es bis an die Oberfläche zu schaffen … und seine Freunde sich selbst zu überlassen.«

Jessica und Janson tauschten einen kurzen Blick. Wenn sie die Schleuse nacheinander passieren mussten, würde es zu langsam gehen. Jede Verzögerung der Operation erhöhte das Risiko. Dennoch markierten sie sich die exakte Stelle der Luke. In diesem Stadium ließ sich nicht vorhersehen, wie sich die Dinge entwickeln würden, deshalb konnten sie jeden zusätzlichen Pfeil im Köcher brauchen.

Sie machten sich Notizen auf dem Plan. Das Schiff war noch größer, als sie gedacht hatten. »Das ist wie ein Angriff auf ein Einkaufszentrum«, murmelte Jessica.

Als sie schon gehen wollten, verriet ihnen Lynds noch ein interessantes Detail.

»Wir haben für Mr. Adler sogar ein Boot für die Unterwasserflucht entworfen, das wir im Rumpf der Jacht versteckt hätten.«

»Ein U-Boot?«

»Für wie viele Personen?«

»Sechs bis acht«, antwortete Lynds. »Es war ihm dann aber entweder zu teuer, oder es hat ihm genügt, sich selbst zu retten und nicht auch noch seine Gäste. Wir haben es dann an einen russischen Oligarchen verkauft, der es vielleicht brauchen kann, wenn er es sich mit Putin verscherzt.«

Janson und Jessica wechselten erneut einen unmerklichen Blick.

Wer überleben will, muss auf alles vorbereitet sein.

Kleine Tauchboote waren nichts Ungewöhnliches. Es gab Tausende davon auf der Welt, als Spielzeug für die Reichen ebenso wie als Touristenattraktion. Die meisten wurden zur Erkundung der Meere oder in der Erdölförderung im Küstenbereich eingesetzt. Ihre Reichweite war jedoch stets begrenzt. Um mit einem U-Boot das ferne Eyl zu erreichen, bräuchten sie ein Mutterschiff als Operationsbasis. Janson dachte sofort an einen alten Freund in Woods Hole. Das ozeanografische Institut hatte mit hoher Wahrscheinlichkeit ein Forschungsschiff im Indischen Ozean im Einsatz. Doch er ließ den Gedanken gleich wieder fallen. Es kam nicht infrage, mit einem langsamen Forschungsschiff in somalische Gewässer vorzudringen. Die Piraten würden sofort wissen, woher der Wind wehte, und sich den Eindringling schnappen. Das Gleiche galt für Schiffe zur Erdölerkundung oder zum Verlegen von Pipelines auf dem Meeresgrund.

Doch eine Jacht, dachte Janson, eine schnittige Luxusjacht, die mit einem Tauchboot für eine schnelle Unterwasserflucht ausgestattet war, würde den Piraten nicht verdächtig vorkommen. Wenn er es geschickt anstellte, würden sie die Jacht sogar mit offenen Armen aufnehmen.

»Welcher Oligarch?«, fragte Jessica beiläufig.

An diesem Punkt endete Lynds Auskunftsbereitschaft. »Tut mir leid. Ein geheimes U-Boot muss geheim bleiben.«

11

»Endlich ein Foto von Mrs. Helms.«

Janson schwenkte seinen Computerbildschirm zu Jessie Kincaid. Der Catspaw-Jet war soeben in Hamburg gestartet und in südöstlicher Richtung zu einem Tankstopp in Kairo unterwegs, der ersten Etappe des Fünftausend-Meilen-Fluges nach Mogadischu.

»Wow!« Jessica betrachtete das Bild anerkennend. »Sie sieht wirklich außergewöhnlich aus. Hat Helms es geschickt?«

»Er schreibt, ihr Vater hat es vor zwei Jahren gemacht.«

Bisher hatten sie Allegra Helms nur auf Gruppenfotos gesehen, auf denen sie inmitten einer Horde ausgelassener Schulfreundinnen für ein iPhone posierte, oder auf typischen Paparazzi-Aufnahmen mit dunkler Sonnenbrille. Dieses Foto jedoch zeigte ein klassisch geschnittenes, herzförmiges Gesicht mit gerader Nase und hoher Stirn. Ihre Lippen waren ausdrucksstark, die Augen reserviert.

»Wäre ich ein Pirat«, bemerkte Jessie, »könnten sie mir gar nicht genug Lösegeld zahlen. Ich würde sie behalten.«

Janson betrachtete das Bild nachdenklich. »Ich frage mich, warum sie so kamerascheu ist.«

Quintisha hatte Informationen über die übrigen Geiseln eingeholt, die zwar wohlhabend, aber nicht reich genug für ein dickes Lösegeld waren: Adlers New Yorker Immobilienmaklerin und ihr Mann, ein französisches Model und ältere Verwandte seiner Exfrau, mit denen er auch nach der lange zurückliegenden Scheidung in gutem Kontakt geblieben war.

Sie griffen zu ihren Satellitentelefonen.

Janson machte sich als Erstes auf die Suche nach etwas vertrauenswürdigeren Waffenhändlern als dem, mit dem Barorski ihn vielleicht in Beirut in Kontakt bringen würde. Die Chancen dafür waren in diesem Teil der Welt nicht allzu hoch, aber einen Versuch war es allemal wert.

Als Nächstes sprach er mit zuverlässigen Leuten, die sich diskret nach dem Namen und Standort der Megajacht mit dem verborgenen U-Boot umhören konnten. Das Unterfangen war nicht so aussichtslos, wie es auf den ersten Blick erscheinen mochte. Wie Gänse zogen auch die Jachten mit den Jahreszeiten weiter. Der Südwestmonsun hatte sich auf den Subkontinent verlagert, sodass nun die beste Zeit für einen Aufenthalt auf dem Indischen Ozean war. Der betreffende russische Oligarch, oder zumindest seine Jacht, befand sich mit hoher Wahrscheinlichkeit nicht weit von Somalia, vielleicht um Scheichs im Persischen Golf zu besuchen oder um die Seychellen herumzugondeln.

Jessica Kincaid stand unterdessen mit Vermittlern von Catspaw in Kontakt, die die nötige Ausrüstung besorgen und schicken würden. Sie wusste zwar noch nicht, wie sie das Tragflächenboot einsetzen konnten, doch sie würde nicht auf ein solches Fahrzeug verzichten, mit dem sich schnell und lautlos eine beträchtliche Entfernung zurücklegen ließ. Zudem orderte sie zwei Quadrofoil-Elektrosportboote beim slowenischen Hersteller. Eines sollte nach Nairobi, das andere nach Victoria, der Hauptstadt der Seychellen, geliefert werden. Unverzichtbar waren auch geschlossene Kreislauftauchgeräte, die den zusätzlichen Vorteil boten, dass der Taucher keine Luftblasen ins Wasser abgab.

Janson nahm seine Verhandlungen mit Lloyd's in London wieder auf. Der Versicherer wusste um Maxameds schlechten Ruf als »Mad Max« und schätzte die Situation als völlig unberechenbar ein. Als Janson es Jessica mitteilte, vermutete sie, dass Lloyd's seinen eigenen Unterhändlern nicht mehr traute.

Die Embraer hatte gerade den deutschen Luftraum verlassen, als eine interessante Nachricht eintraf: Die Besatzung der *Tarantula* war seekrank, sonnenverbrannt, aber ansonsten wohlbehalten in einem Beiboot aufgefunden worden. Berichte aus unterschiedlichen Quellen legten die Annahme nahe, dass die reichen Gäste des Jachtbesitzers die einzigen Geiseln waren.

»Viel besser«, meinte Jessica. »Das macht sechs statt sechsundzwanzig.«

Sie überflogen gerade Serbien, und Jessica hatte eine Pause eingelegt, um ihr Knight's M110 Scharfschützengewehr auseinanderzunehmen, zu reinigen und wieder zusammenzusetzen, als Quintisha Upchurch ihnen einen Anruf eines externen Catspaw-Mitarbeiters übermittelte, der sich mit Allegra Helms beschäftigte.

»Was?«, stieß Janson verblüfft hervor.

»Was ist denn?«, fragte Jessica.

»Wir hatten ja immer schon Zweifel daran, dass die Camorra Kingsman Helms aus Versehen aufs Korn genommen haben könnte. Jetzt wissen wir, dass es Absicht war.«

»Was?«

»Gräfin Allegra Helms' aristokratische Familie hat Verwandte, die bei der Camorra in Neapel aktiv sind.«

»Helms hat in eine Familie von Verbrechern eingeheiratet?«

»Sicher wissen wir nur, dass einige Cousins seiner Frau Gangster sind.«

»Hey, Ladys!« Janson aktivierte durch seine Stimme die Mikrofone in der Kabine.

»Ja, Boss?«, meldete sich Lynn.

»Kleine Kursänderung. Wir setzen Jess in Neapel ab.«

In den zwanzig Minuten, die die Pilotinnen benötigten, um beim Tower die Erlaubnis für die Kursänderung einzuholen und mit dem großen Privatflugzeug nach Steuerbord abzudrehen, studierte Jessica einen digitalen Stadtplan von Neapel, während Janson versuchte, zuverlässige Leute vor Ort aufzutreiben, an die Jessie sich wenden konnte.

Alessandro Mondazzi, ein Abteilungschef des Ölkonzerns Eni, mit dem er Yousefs Rettung koordiniert hatte, wollte seinen Anruf nicht entgegennehmen – möglicherweise eine Folge von Yousefs Verschwinden. Als Janson es bei einem Beamten im Außenministerium versuchte, hieß es, der Mann sei bereits im Ruhestand.

Beim dritten Italiener hatte Janson mehr Glück. Nach einem kurzen Gespräch wandte er sich an Jessica. »Du hast eine Verabredung zu einem späten Mittagessen mit einem Agenten des Geheimdienstes SISDE, den ich von einem NATO-Einsatz kenne. Er arbeitet heute als Polizist. Geh mit ihm ins Ciro a Santa Brigida. Dort sind zwar viele Touristen, aber Ric ist verrückt nach *Mozzarella di Bufala,* und dort haben sie den besten. Es liegt zwischen der Via Roma und der Via Toledo.« Er zeigte es ihr auf dem Stadtplan.

»Wie sieht's mit dem Dresscode aus?«

»Die Einheimischen elegant, die Touristen leger.«

Jessica eilte nach hinten zu den Kleiderschränken. Als das Flugzeug in den Landeanflug ging, kam sie in einer eng anliegenden Sporthose mit dazu passender schwarzer Jacke zurück.

»Lass Ric den Wein aussuchen. Aber gib acht: Mit ihm kann's dir leicht passieren, dass du zu viel trinkst.«

»Danke für den Tipp.«

»Er ist nicht gerade meine erste Wahl. Sag ihm nicht mehr, als du unbedingt musst.«

»Wie korrupt ist er?«

»Es gibt da ein altes neapolitanisches Sprichwort, das ungefähr besagt: ›Die Wände zwischen Gut und Böse sind durchlässig.‹«

»Warum hilft er dir?«

»Er weiß, dass ich seinen Mut respektiere, obwohl ich ihn nicht gerade bewundere. Außerdem ist ihm klar, dass ich Dinge über ihn weiß, die ihn das Leben kosten würden, wenn ich sie ausplaudere. Was ich ohne gewichtigen Anlass natürlich niemals tun würde. Du kannst ihn daran erinnern, wenn du willst, aber es wird wahrscheinlich nicht nötig sein.«

»Wie gut kennt er die Camorra?«

»Als Polizist in Neapel musst du die Camorra kennen.«

»Suchen wir wirklich eine Verbindung zu Hassans sogenanntem Italiener?«

Janson zuckte mit den Schultern. »Alles ist möglich. Gib auch auf die Frauen acht. Und natürlich auf Taschendiebe.«

Jessica steckte ihre neue Pistole in das Rückenholster und schob ein Messer aus Kohlefaser in den Schlitz an der Unterseite ihrer Handtasche. »Ich werd's beherzigen.«

Als Lynn Novicki in den Landeanflug auf den Flughafen Capodichino ging, kam ein Anruf eines Mitarbeiters, der das Video der US-Drohne gesehen hatte. »Eine weitere Geisel wurde erschossen.«

»Wer?«

»Es scheint eine ältere Frau zu sein.«

Janson trennte die Verbindung und wandte sich an Jessica. »Bitte beeil dich.«

12

40°53' N, 14°17' O

Flughafen Neapel-Capodichino

Die Embraer war gerade lange genug auf dem Boden, um Jessica Kincaid in einem privaten Bereich des Rollfelds aussteigen zu lassen. Ein Auto brachte sie zum Hauptterminal, während das Flugzeug schon wieder abhob. Sie sah den Jet etwas östlich der Luftlinie nach Kairo verschwinden, wo der nächste Tankstopp geplant war. Vielleicht hatte die Flugverkehrskontrolle sie umgeleitet. Wahrscheinlicher war, dass Janson eine falsche Spur legen wollte.

Jessica durchquerte die Flughafenhalle, bis sie sicher war, dass ihr niemand folgte. Mit dem Bus fuhr sie zum Hauptbahnhof, wo sie sich ebenso wie auf dem Flughafen erst einmal vergewisserte, dass niemand sie beschattete. Janson hatte ihr nahegelegt, sich zu beeilen, nicht jedoch, die grundlegenden Sicherheitsmaßnahmen außer Acht zu lassen. Mit dem Taxi fuhr sie zum Renaissance Hotel Mediterraneo, betrat es durch den Haupteingang, verließ es durch einen Seitenausgang und marschierte eine Stunde durch die Straßen, um ein Gefühl für die Stadt zu bekommen und sich nach möglichen Gefahren umzusehen.

Die Kirche Santa Brigida stand so nahe am Bürgersteig wie ein Wohnhaus in New York. Sie folgte der Via Santa Brigida, betrat das Ciro und durchquerte die Pizzeria im Erdgeschoss, ehe sie die Treppe zu einem Speisesaal hinaufstieg, der voll besetzt war mit elegant gekleideten Einheimischen und Touristen im sportlichen Outfit. Das Restaurant war einen halben Kilometer von der Bucht entfernt. Das dichte Labyrinth von Straßen und Gassen versperrte den Blick auf das Wasser, doch das weiche, aber intensive Licht, das durch die Fenster im ersten Stock hereinflutete, verriet das nahe Meer.

Der Oberkellner verbeugte sich und geleitete sie mit einem Lächeln durch den dicht besetzten Saal zu einem Ecktisch für zwei, wo ein stämmiger, dunkelhaariger Kerl im frisch gebügelten Anzug von seinem Platz aufsprang. Ric Cirillo war ungefähr in Jansons Alter und roch nach Zigaretten.

Sie ließ es zu, dass er ihr die Hand küsste.

Sein Lächeln war breit und warm, und seine Ausdrucksweise auf Englisch etwas blumig. »Signora, unser gemeinsamer Freund hat Sie mir beschrieben und ist Ihrer Schönheit leider überhaupt nicht gerecht geworden.«

»Tut mir leid, dass ich mich verspätet habe.« *O Gott,* dachte sie, *ich muss die Dinge in die Hand nehmen, sonst sitzen wir den ganzen Tag hier.*

»Kein Problem, kein Problem. Hier in Neapel ist Zeit nicht so wichtig – Hauptsache, wir genießen sie. Haben Sie Hunger?«

»Und wie.«

»Kommen Sie, wir suchen uns die Antipasti aus.«

Er geleitete sie zu einer riesigen Auswahl von geräuchertem Fleisch, eingelegtem Gemüse, Brot, Wurst und Käse. Es gab Tintenfisch und zahllose Fische, die sie noch nie gesehen hatte, dazu Berge von Mozzarella.

»Ich weiß schon, was ich möchte«, sagte Jessica, als sie alles begutachtet hatten.

»Sie bringen Ihnen alles, was Sie wünschen.«

»Ich möchte ein schönes großes Stück von dem Mozzarella di Bufala.«

»Sie sprechen ein exzellentes Italienisch.«

»Und dazu Olivenöl und Brot.«

»Perfekt. Sie haben die Dame gehört«, wandte er sich an den Kellner. »Für mich das Gleiche! Und Ihre beste Flasche Falanghina.«

Sie setzten sich wieder an den Tisch. »Ich fürchte, meine Aussprache ist besser als mein Wortschatz«, bekannte Jessica. »Mir wäre es lieber, wenn wir Englisch sprechen könnten. Hier in Neapel sprechen die Leute so schnell, dass mir schwindlig wird. Hatten Sie schon Gelegenheit, die Verbindung zwischen …«

Seine Augen weiteten sich.

»Keine Angst«, beruhigte sie ihn. »Ich spreche es nicht laut aus. Aber Sie wissen schon, welche Verbindung ich meine.« Selbst das sagte sie so leise, dass man es am Tisch nebenan nicht hören konnte. Er wirkte etwas erleichtert, nachdem er offenbar befürchtet hatte, dass ihm Janson eine Idiotin geschickt hatte. »Ich will mich mit ihnen treffen.«

»Sie werden nicht mit Ihnen sprechen.«

»Dann sprechen Sie mit mir.«

Er nickte. »Es ist mir ein Vergnügen, schon allein um unseres gemeinsamen Freundes willen.«

»Sie kennen die Verbindung.«

»Ich weiß ein paar Dinge, habe Geschichten und Gerüchte gehört. Es ist eine ungewöhnliche Verbindung. Selten und ungewöhnlich.«

Der Kellner brachte eine Flasche eines blassgelben Weines, öffnete sie mit feierlicher Gebärde, wartete auf Cirillos Okay und schenkte ihnen ein. Cirillo erhob sein Glas. »Willkommen in Neapel.«

»Wie selten und ungewöhnlich?«

»Die Stände und Schichten vermischen sich in Italien nicht so sehr. Gut, eine ältere Witwe mag vielleicht ihren Haushälter heiraten, aber oft kommt das nicht vor. Im vorliegenden Fall hat ein Adliger aus dem Norden ein Verhältnis mit einem schönen Bauernmädchen aus Kampanien angefangen, der Region um Neapel, und sie sogar geheiratet. Vielleicht hatte er Mitleid mit dem armen Waisenkind, vielleicht hat er sich in sie verliebt.«

»Wie eng ist sie mit der Frau verbunden, von der wir sprechen?«

»Sie ist ihre Mutter.«

»Das wusste ich nicht. Können wir mit jemandem aus der Familie sprechen?«

Erneut weiteten sich Cirillos Augen, als hege er ernste Zweifel an ihrer Intelligenz. Er zog es vor, nicht auf ihre Frage einzugehen. »Die Familie des Grafen verschleuderte nach und nach ihr Vermögen, während ihre Verwandten – ihre Onkel – mit der Camorra reich wurden.«

»Wie?«

»Sie begannen mit Drogenhandel, Prostitution, illegaler Müllbeseitigung und Waffenhandel. Doch die Camorra entwickelte sich weiter und begann eine wichtige Rolle im internationalen Waffengeschäft zu spielen, in der Bekleidungsindustrie und im Baugeschäft. Und sie gewannen einflussreiche Politiker als Partner.

Die Onkel der Mutter hatten keine eigenen Kinder mehr; ihre waren ebenso wie ihre Frauen bei Clankämpfen getötet worden. Also ließen sie einen guten Teil ihres Vermögens der Mutter zukommen – vielleicht aus Güte, wahrscheinlicher aber, um das Geld zu waschen und Firmen unter ihrem Namen zu führen. Plötzlich starb die Frau, ihre Nichte. Die Frau, nach der Sie fragen, war gerade volljährig geworden, also verschoben sie das gewaschene Geld und die Firmen zu ihr.«

Cirillo nahm einen Schluck Wein und schüttelte lächelnd den Kopf über die seltsamen Wendungen des Schicksals.

»Stellen Sie sich vor, eine so junge Gräfin und plötzlich steinreich. Und was tat sie? Sie verliebte sich in einen Amerikaner. Plötzlich sahen die hinterwäldlerischen Bauern ihr kleines Mädchen in den Klauen eines einflussreichen und sehr ehrgeizigen Geschäftsmannes. Es war zu spät, um ihr das Vermögen wieder abzunehmen. Angeblich versuchte ihr Vater, die Hochzeit zu verhindern. Wahrscheinlich hat man ihm gedroht. Aber es half alles nichts, sie heiratete den Amerikaner.«

»Ist sie mit der Camorra verbunden?«

»Das ist sehr unwahrscheinlich.«

»Warum? Frauen springen bei der Mafia oft für Männer ein.«

»Erstens handelt es sich hier nicht um die Mafia. Das hier ist nicht die sizilianische Cosa Nostra. Auch nicht die kalabrische Cosa Nuova. Hier haben wir es mit Il Sistema zu tun, dem System, was der wahre Name von Neapels Camorra ist. Hier, in diesem System, bestimmt jeder Clan seinen eigenen Weg. In Sizilien muss man die alten Bosse um Erlaubnis fragen, um einen Mord ausführen zu dürfen. In Neapel sind die Bosse oft sehr jung, und die Familien treffen ihre eigenen Entscheidungen. Das bedeutet mehr Tote, sie schlachten sich gegenseitig ab, mit Messern, Kugeln, Bomben, Fäusten und Stiefeln. Niemand kämpft wie diese Leute. Sie fürchten den Tod nicht, das wissen ihre Feinde genau. Es ist die Wahrheit, wenn sie prahlen: ›Leben oder sterben, das macht für mich keinen Unterschied‹.«

»Das heißt nicht, dass eine Frau nicht der Chef sein kann.«

»Ich habe nicht gesagt, dass es keine weiblichen Bosse gibt. Bei Il Sistema sind genug Frauen in hohen Positionen. Aber die Frau, von der Sie sprechen, lebt im Ausland, hat einen Amerikaner geheiratet und reist in der Welt herum. Niemand kann das System aus der Ferne leiten.«

»Sie haben doch gesagt, dass sie auch international tätig sind.«

»Jede neue Familie, die im Ausland dazukommt, kümmert sich um ihre eigenen Geschäfte, ob in Spanien, Brasilien oder Nordamerika. Nein. Ich versichere Ihnen, diese Frau, die sich überall auf der Welt herumtreibt, hat mit solchen Machenschaften nichts zu tun.«

»Warum wollten die dann ihren Mann umbringen?«

»Töten ist für diese Leute wie Atmen. Man darf das nicht überbewerten. Vielleicht hat er sie übers Ohr gehauen oder beleidigt, mit irgendetwas provoziert.«

»Warum haben sie ihn dann nicht sofort umgebracht? Als sie ihn geheiratet hat?«

»Das weiß ich nicht.«

»Kennt er diese Leute überhaupt? Er ist zwar ein verschlagener Managertyp und auf seine Weise genauso unberechenbar und korrupt, aber er hätte gar nicht den Mumm, sich mit solchen Gangstern einzulassen.«

»Ich kann mir auch nicht vorstellen, dass er sie kennt«, räumte Ric Cirillo ein. »Wahrscheinlich weiß nicht einmal *sie* von dieser Verbindung.«

»Sie weiß nichts?«

»Woher? Ihre Eltern haben es ihr wahrscheinlich nicht erzählt. Sie haben sie als Mädchen in Amerika zur Schule gehen lassen. Das tun normalerweise nur Leute im diplomatischen Dienst. Warum Amerika? Internate gibt es auch in der Schweiz.«

Jessica hatte noch eine Frage, die wichtigste überhaupt. Doch sie trank erst einmal etwas Wein, aß von dem wunderbaren Käse und ließ sich vom Kellner Fischspezialitäten bringen. Ric Cirillo versuchte inzwischen, sie über Paul Janson auszufragen. Jessica wich ihm mit unverbindlichen Antworten aus, doch Cirillo ließ nicht locker. »Hat Janson nie Zweifel an seiner Mission?«

»Ich habe nichts davon bemerkt.«

»Hat er keinen inneren Konflikt?«

Sie zog Paul manchmal damit auf, dass er sich als Wiedergutmachung für vergangene Gewalt auf neue Gewalt einließ. Ihm war dieses Paradoxon durchaus bewusst, doch er betrachtete es als notwendiges Übel, um etwas bewirken zu können. »Er kennt sich selbst ganz gut«, sagte sie zu Cirillo.

Der Italiener starrte in sein Glas. »Das war immer schon seine Stärke.«

Cirillo verfiel in mürrisches Schweigen, und Jessica versuchte, ihn wieder zum Reden zu bringen. Sie fragte ihn nach seiner Zusammenarbeit mit Janson im Rahmen des NATO-Einsatzes. Cirillo verriet nur, dass es in Nordafrika gewesen sei und dabei Drohnen zum Einsatz gekommen seien. Natürlich erwähnte er nicht, welche brisanten Informationen Janson über ihn besaß. Er erzählte ihr eine amüsante Geschichte und bestellte noch eine Flasche Wein.

Jessica hielt den strohfarbenen Wein ins Licht. Er war absolut köstlich, doch wenn man als vierzehnjähriges Mädchen Bekanntschaft mit schwarzgebranntem Schnaps gemacht hatte, konnten einem ein paar Gläschen Wein nichts anhaben.

»War die Camorra auch in den italienischen Kolonien aktiv?«

»Wenn die Armen auswanderten und sich in irgendwelchen Slums ansiedelten, folgte die Camorra.«

»Auch in Libyen? Äthiopien? Somalia?«

»Nein. Nach Afrika gingen viele arme Bauern, wo die Regierung ihnen zu Land und Häusern verhalf, sodass sie bald reicher waren als die meisten Einheimischen. Natürlich schlossen sich einzelne Camorra-Leute an, aber nicht viele. Und Sie dürfen nicht vergessen, dass die Faschisten, die die Kolonisation unterstützten, die Gangster bekämpften. Sie haben sie beinahe außer Gefecht gesetzt.«

Cirillo schaute sich im Restaurant um, das sich nach und nach leerte, und nickte, als wäre er zu einer Entscheidung gelangt. »Nein, in den afrikanischen Kolonien werden Sie keine Camorra finden. Jedenfalls nicht in der Stärke wie hier, wo sie über ihre Geschäfte das ganze gesellschaftliche Leben beeinflussen: Müllbeseitigung, Bäckereien und natürlich …« Er betrachtete das Schimmern des Lichts durch sein Glas. »… Eier.«

Er schaute Jessica Kincaid auffordernd in die Augen, bis sie endlich nachfragte. »Eier?«

»Eier. Falls Sie morgen früh in einem kleinen Laden nicht weit von hier einkaufen, zum Beispiel in den Quartieri Spagnoli, gleich hinter einer Kirche, dann werden Sie sich wundern, dass die gleichen Eier, die Krankenhäuser, Schulen und Behörden teuer kaufen, dort viel billiger sind. Sie werden sich fragen, wie die Ladenbesitzerin sie um einen solchen Preis verkaufen kann, wo die anderen viel mehr dafür bezahlen.«

»Warum?«

»Morgen früh.«

»Wieso nicht jetzt?«, drängte Jessie.

»Kontakte brauchen Zeit«, lächelte ihr Cirillo über sein Weinglas hinweg zu. »Man muss Anrufe machen. Wo übernachten Sie heute?«

Jessica überlegte einige Augenblicke und erwiderte seinen einladenden Blick. *Ich werde die Quartieri Spagnoli sicher nicht besuchen, wann es dir passt,* dachte sie. *Schon klar, du willst einerseits Janson den Gefallen tun, den du ihm schuldest, und andererseits deinen Arsch absichern, indem du der Eierlady Bescheid gibst, dass ich komme.*

»Heute Abend besuche ich einen alten Freund an der Amalfiküste.«

»Soll ich Sie fahren?«, bot er an. »Die Küstenstraßen sind tückisch. Die Autofahrer hier betrachten Verkehrszeichen als Vorschlag, nicht als Vorschrift.«

»Danke, aber es wäre ihm nicht so angenehm, wenn ich mit einem Polizisten komme.«

»Schade.«

Cirillo half Jessica ins Taxi.

»Piazza Giuseppe Garibaldi«, sagte sie zum Fahrer. Als der Wagen losfuhr, zog sie einen Schminkspiegel aus der Handtasche und beobachtete, wie Cirillo hinter ihr einem Auto winkte, das sogleich dem Taxi folgte. Sie zog ein paar Euroscheine heraus und wartete darauf, dass der Verkehr dichter wurde. Kurz bevor der Corso Umberto die Via Renovella kreuzte, überholte der Fahrer eine Tram, sodass das Verfolgungsfahrzeug für einen Moment abgehängt war.

»Ich steige hier aus«, sagte sie. »*Alt! Velocemente!*«

13

Als der Fahrer die fünfzig Euro sah, trat er auf die Bremse.

Jessica drückte ihm das Geld in die Hand und sprang aus dem Auto. »*Continuate! Via! Los!*«

Das Taxi brauste davon und die Tram hinterher. Jessica sprang über den Bürgersteig und betrat wenige Sekunden später eine Oysho-Boutique. Sie blieb einige Minuten in der Pyjamaabteilung, bis sie sicher war, dass Cirillos Mann sie nicht gesehen hatte. Eine Verkäuferin fragte sie nach ihren Wünschen. Jessica kaufte schließlich eine rote Hose, eine weiße Bluse und ein gelbes Tuch, um ihr Haar zu verbergen. Mit ihren eigenen Kleidern in einer Plastikeinkaufstasche verließ sie das Geschäft und machte sich zu Fuß auf den Weg.

Je weiter sie sich vom Meer entfernte, umso steiler und enger wurden die Straßen. Wohnhäuser standen an den Kopfsteinpflastergassen, die von Autos und Motorrollern zugeparkt waren. Aus manchen Fenstern tönte rührseliger Gesang zu Gitarren- und Synthesizerklängen im altmodischen 1980er-Discosound. In der Ferne erhob sich ein grüner Hügel mit einem klassischen Steingebäude, von den Mauern der engen Gasse umrahmt. Über ihr verstellten ihr Balkone und Wäscheleinen den Blick auf den blauen Himmel zwischen den Hausdächern.

Abgesehen von einigen wenigen Touristen begegneten ihr hauptsächlich Einheimische. Jessica hatte sich vor ihrem Treffen mit Cirillo gut umgesehen und war deshalb nicht die einzige Frau mit heller Hose und Bluse und einer Einkaufstasche. Sie blieb stehen und lehnte sich gegen ein Auto, um ihren Schuh zurechtzurücken, während sie sich kurz umschaute.

Cirillo schien ihr nicht zu folgen. Sie stellte sich Kingsman Helms in dieser Umgebung vor, doch er passte einfach nicht in diese Welt. Die steilen, engen Straßen, die dicht bewohnten Häuser, der Müllgestank und der nervtötende Lärm der Roller und Motorräder und der Discomusik würden ihm wahrscheinlich so fremd erscheinen wie eine Marslandschaft. Ein kleiner Junge rannte die Gasse entlang, stolperte neben ihr über einen Gullydeckel, und Jessica fing ihn im letzten Moment auf. Plötzlich schnappte er nach ihrer Handtasche, doch Jessie war zu schnell für ihn. Seine Hand griff ins Leere. Er wirbelte herum und nahm Reißaus. Nach ein paar Metern blieb er stehen, fasste sich an den Gürtel und schaute ungläubig zurück.

Jessica winkte ihn zu sich. Er trat näher, und sie warf ihm sein Handy zu.

Sie bog in die Vico Tre Regine ein und stieg höher hinauf. Hinter einer kleinen Kirche fand sie ein schäbiges Lebensmittelgeschäft, vor dem Obst und Gemüse auf einem Tisch ausgelegt waren. Ein roter VW Polo und ein roter Smart parkten halb auf dem Gehsteig. Zwei stark geschminkte Blondinen standen zu beiden Seiten der Tür. Beide waren bewaffnet und bemühten sich auch nicht sonderlich, es zu verbergen. Die stämmige Frau zur Rechten trug eine automatische Pistole, die sich in der Tasche ihrer Stretchhose abzeichnete. Das spindeldürre Mädchen auf der anderen Seite hatte eine Waffe von der Größe einer Beretta in einem Knöchelholster, das zu groß für ihr knochiges Bein war.

Jessica trat zwischen ihnen hindurch, ohne sie anzusehen.

Der Laden roch nach Obst, Brot und feuchtem Putz und schien genau das zu sein, wonach er aussah: ein kleines Lebensmittelgeschäft. In den Regalen standen Schachteln mit Pasta, Dosen und Gläser, in einer Kühlvitrine wurden Fruchtsäfte, Milch und Wasser angeboten. Ein hochgewachsener Mann, dem Aussehen nach Engländer, bezahlte für eine Flasche Wein und Zigaretten. Jessica wartete, bis er draußen war, ehe sie zu der Frau an der Kasse trat. Sie war dunkelhaarig und recht attraktiv, hatte ein schmales Gesicht und kohlschwarze Augen. Die Frau trug weder Ohrringe noch Halskette, aber einen Ehe- und einen Verlobungsring mit Diamanten an der linken Hand sowie weitere Diamantringe an der rechten. Jessica schätzte sie um die dreißig.

Sie schaute Jessica erwartungsvoll an.

Jessie sprach sie auf Italienisch an, wenn auch nur halb so schnell wie die Einheimischen. »Ich bin in New York zufällig Sabastiano Bardellino begegnet.«

Die Frau schaute sie mit großen Augen an.

»Er hat mir gesagt, hier bei Ihnen kann man günstige Eier kaufen.«

Die Frau stieß einen Ruf aus. Die Bodyguards eilten in den Laden. Die Frau an der Kasse sagte etwas – zu schnell für Jessica. Die stämmige Frau zog ihre Automatik.

Jessica riss sie ihr aus der Hand und zog ihr die Beine weg. Die Frau krachte auf den Boden, dass ihr die Luft wegblieb. Unterdessen griff die Dünne nach der Waffe in ihrem Knöchelholster. Jessie lud die Automatik durch, richtete sie auf die Frau an der Kasse und deutete auf den Boden. Die Frau rief der Dünnen etwas zu, die sich daraufhin ebenfalls auf den Boden legte.

Jessica sprach langsam und deutlich. »Gut. Sehr vernünftig. Niemandem passiert etwas.«

»Was wollen Sie? Geld?«

»Warum wollte Sabastiano Bardellino Kingsman Helms erschießen?«

Die Frau schaute sie an, als hätte sie den Verstand verloren.

»Ganz einfache Frage. Sie wissen, von wem ich spreche. Sagen Sie es mir, dann gehe ich sofort.«

Die Frau atmete tief durch. Sie wirkte weniger verängstigt als verblüfft. Jessica wartete schweigend.

»Wer sind Sie?«, fragte die Italienerin schließlich.

»Ich bin von einem anderen Planeten. Was Sie hier treiben, geht mich nichts an. Nichts davon. Il Sistema interessiert mich nicht. Kingsman Helms eigentlich auch nicht, aber ich habe geschäftlich mit ihm zu tun, darum will ich wissen, warum jemand auf ihn schießt.«

Die dünne Blondine griff blitzschnell nach ihrer Tasche und zog eine zweite Pistole heraus. Jessie trat ihr auf das Handgelenk und kickte die Waffe weg, ohne die Augen von der Frau zu wenden, die sie befragte.

»Wenn ich mit Kingsman Helms fertig bin, könnt ihr ihn von mir aus töten. Aber im Moment brauche ich ihn lebend.«

»Sie sind verrückt.«

»Ganz genau.« Jessica hob die Pistole und richtete sie auf ihre Stirn. Dann spielte sie den Trumpf aus, den sie Cirillos Beschreibung von Il Sistema verdankte.

»Leben oder sterben, das macht für mich keinen Unterschied.«

Die Frau schaute in Jessicas Scharfschützenaugen und glaubte ihr.

»Helms ist ein Mörder. Er lässt seine eigene Frau umbringen.«

Es war so ungefähr das Letzte, was Jessica erwartet hätte,

und sie hatte Mühe, ihre Verblüffung zu verbergen. »Ein bisschen deutlicher!«

Die Frau ließ einen Wortschwall in neapolitanischem Dialekt los, dem Jessica nicht folgen konnte. »Halt. Langsamer. Was hat er getan?«

»Glauben Sie, es war ein Zufall, dass die Piraten sie entführt haben?«

»Inwiefern?«

»Genau zehn Jahre nach ihrer Hochzeit? Das soll Zufall sein? Nein, das ist Mord. Er will seine Frau umbringen.«

»Was hat das damit zu tun, dass sie zehn Jahre verheiratet sind?«

Die Frau kniff die zornigen Augen zusammen, als zweifle sie an Jessicas Verstand. »Ein Ehevertrag.« Sie sprach es so langsam aus, als müsse sie es einem Kind erklären. »Wissen Sie, was ein Ehevertrag ist?«

»Ein Vertrag darüber, wem was gehört, falls die Ehe in die Brüche geht.«

»Ihr Vater bekam die Anweisung, einen Ehevertrag zu verlangen. Doch sie wollte den Vertrag auf höchstens zehn Jahre schließen. Nach zehn Jahren würde Kingsman Helms im Falle ihres Todes alles bekommen, was ihr gehört.«

Jessica Kincaid hatte schon viel gehört. Und selbst Janson, der wirklich schon so gut wie alles erlebt hatte, würde es kaum glauben. »Sie wollen damit sagen, Kingsman Helms hat somalische Piraten angeheuert, um seine Frau zu entführen und zu töten, damit er an ihr Geld herankommt?«

Die Frau verschränkte die Arme vor der Brust. »Das kann kein Zufall sein.«

Jessica schüttelte den Kopf. Sie hatte selbst erlebt, wozu Kingsman Helms fähig war, aber so etwas traute sie nicht einmal ihm zu.

»Befristete Eheverträge sind nichts Ungewöhnliches. Eine Frau hat mir einmal gesagt, es ist, als würde man ein zweites Mal heiraten, dann erst so richtig.«

»Ihr dummer Vater hat es zugelassen.« Die Frau war immer noch aufgebracht. »Ein richtiger Waschlappen.«

Jessica schaute in ihre wütenden Augen und sah einen Abgrund aus Sturheit, Ignoranz und unerschütterlichem Glauben, wie er ihr schon öfter begegnet war. Zu Hause in Kentucky gab es Leute, die seit vielen Generationen in einem abgelegenen Tal lebten und sich irgendwelche paranoiden Geschichten über die Welt draußen erzählten, an die sie genauso fest glaubten wie diese Frau an ihre.

»Was haben Sie mit Kingsman Helms zu tun?«, wollte die Italienerin wissen. »Geschäfte?«

»Ja.«

»Er ist kein Freund von Ihnen?«

»Ganz sicher nicht.«

»Er ist ein Mörder. Wir werden ihn kriegen.«

»Allegra ist noch nicht tot. Aber wie gesagt, Sie können mit ihm machen, was Sie wollen, wenn ich mit ihm fertig bin. Bis dahin haltet ihr euch von ihm fern.«

Ein Schatten tauchte in der Tür auf.

Jessica hielt die Pistole dicht am Körper für den Fall, dass ein Kunde hereinkam. Der Mann, der den Laden betrat, war Ric Cirillo. Er warf einen Blick auf die beiden Wächterinnen auf dem Boden, nickte der Frau an der Kasse kurz zu und wandte sich an Jessica. »Ich hab mir schon gedacht, dass ich Sie hier finde.«

»Wenn Sie mich zum Flughafen bringen, sage ich ihm, dass Sie mir sehr geholfen haben.«

14

REISEWARNUNG
U.S. Department of State
Bureau of Consular Affairs
LIBANON

»US-Staatsbürgern, die trotz dieser Reisewarnung in den Libanon reisen oder sich dort aufhalten, wird dringend geraten, sich möglichst unauffällig zu verhalten …«

Paul Janson traf mit einem kanadischen Pass, der auf den Namen Adam Kurzweil ausgestellt war, am Flughafen Beirut ein. Normalerweise gab er sich unter dieser Identität als Waffenhändler aus, doch diesmal stand auf seiner Visitenkarte: Beratender Ausschuss des Kanadischen Reisebüroverbands.

Am Flughafen wurden einen Monat gültige Einreisevisa ausgestellt. Als Zweck der Einreise gab er an: »Die Kampagne ›Smile Lebanon 50/50‹ des Tourismusministeriums«.

Aufgrund des Bürgerkriegs im benachbarten Syrien versuchte die libanesische Tourismusindustrie, Besucher anzulocken, indem man 50% Ermäßigung auf Flugtickets, Hotels und Restaurants anbot. In der Flughafenlounge rief er Nick Sayers von Lloyd's an, der am Flughafen Mombasa auf Anweisungen aus London wartete. Geplant war, dass er ein wasserdichtes Paket mit einer Million Dollar in Fünfzig-Dollar-Scheinen an einem Fallschirm abwerfen ließ.

»Sie sind vor Ort, nicht ich«, betonte Janson. »Trotzdem habe ich das starke Gefühl, dass Sie mit den falschen Piraten verhandeln. Sie haben zu wenig verlangt und das zu schnell. Die richtigen werden mehr wollen.«

»Bis jetzt haben Ihre sogenannten ›Richtigen‹ noch keinen Penny gefordert.«

»Trotzdem fürchte ich, dass diese Kerle Sie übers Ohr hauen.«

»Meine Aufgabe ist es nicht, irgendwas zu hinterfragen. Ich bin hier, um das Geld ins Flugzeug zu bringen, sobald die Bosse in London grünes Licht geben.«

»Einen Vorteil hat es für Sie«, meinte Janson. »Wenn Ihre Vorgesetzten gefeuert werden, weil sie Betrügern eine Million Dollar in den Rachen geworfen haben, werden Sie befördert.«

Allegra klammerte sich an eine Hoffnung. Maxamed, der Anführer der Piraten, hatte befohlen, dass die Geiseln auf der Brücke bleiben mussten, wo er sie ständig im Auge hatte. Sie betete, dass er es sich nicht anders überlegte. Die Brücke war ein großer, offener Raum, wo jeder jeden sehen konnte. Ein solcher Mangel an Privatsphäre hätte sie unter normalen Umständen verrückt gemacht. Als Gefangene war es jedoch ein erschreckender Gedanke, allein irgendwo festgehalten zu werden, nur von einem oder zwei Männern bewacht. Niemand würde mitbekommen, wenn man ihr etwas antat.

»Alles in Ordnung, Allegra?«, flüsterte Susan. Die New Yorker Immobilienmaklerin und ihr Mann waren auf sie aufmerksam geworden, wahrscheinlich weil sich die Angst in ihrem Gesicht spiegelte.

»Ja, ja«, flüsterte sie zurück, während ihr die Tränen in die Augen traten angesichts des unerwarteten Mitgefühls, das sie ihr zuteilwerden ließen. Sie wirkten aufrichtig besorgt, obwohl sie genauso viel Angst haben mussten. Allegra schaute zu Maxamed hinüber, der zehn Meter entfernt in eine Decke gehüllt schlief.

Konnte sie es riskieren, zu sprechen? Der junge Mann am

Steuer schaute starr geradeaus, während er seine Kathblätter kaute. Drei andere hockten am hinteren Ende der Brücke und kauten ebenfalls. Der alte Diplomat saß auf einem Stuhl, in tiefem Schweigen, seit seine Frau getötet worden war. Monique saß in einem Lehnstuhl, das Gesicht voll blauer Flecken, wo Maxamed sie geschlagen hatte.

»Wirklich?«, hakte Susan noch einmal nach.

»Ja«, flüsterte Allegra. Sie beobachtete die beiden schon eine Weile, fasziniert von der engen Verbindung zwischen den Eheleuten. »Darf ich Sie etwas fragen? Halten Sie sich auch sonst oft an der Hand oder nur jetzt?«

Sie schauten einander an, und Hank zuckte mit den Schultern. »Ich weiß nicht. Doch, ziemlich oft.«

»Streiten Sie nie?«

»Bisher nicht.«

»Wie lange sind Sie schon zusammen?«

»Siebzehn Jahre«, antwortete Susan.

»Wie schaffen Sie das, nie zu streiten?«

Susan überlegte einen Augenblick. »Das werden wir oft gefragt.«

Hank zwinkerte ihr zu. »Es hilft, wenn man den anderen liebt.«

»Wie haben Sie sich kennenge…«

»Ruhe!«, blaffte Maxamed. »Es wird nicht gesprochen.« Er sprang auf und kam drohend auf sie zu. Hank und Susan zuckten zusammen. Monique drückte die Hände an den Mund und stöhnte gequält.

Maxamed schritt direkt auf Allegra zu und griff in seine Schutzweste, zog ein Handy heraus und drückte es ihr in die Hand.

»Rufen Sie Ihren Mann an.«

Sie betrachtete ungläubig das Telefon. Maxamed deutete aus

dem Fenster über das Wasser. Auf einem Hügel hinter dem Strand stand ein Handymast. »Rufen Sie Ihren Mann an.«

Sie wählte seine Handynummer. Falls er sich nicht meldete, konnte sie es auf seinem Satellitentelefon versuchen. Warum erlaubte ihr der Pirat plötzlich, Kingsman anzurufen?

»Es klingelt.«

»Sagen Sie ihm, es geht Ihnen gut.«

»Soll ich ihm sagen, dass Sie Lösegeld verlangen?«

»Nur dass es Ihnen gut geht.«

»Aber was fordern Sie denn für unsere Freilassung?«

Maxamed schüttelte zornig den Kopf. »Tun Sie, was ich Ihnen …«

»Hallo! Hallo!«

»Kings?«, platzte sie heraus. Die Verbindung war schlecht, aber er war es. »Kings, ich bin's.«

»Geht es dir gut?«

»Ja, alles okay.«

»Sie haben dir doch nichts getan, oder?«

»Bisher nicht.«

»O Gott, so darfst du nicht denken.«

»Ich hab's nicht so gemeint.«

»Ist schon okay. Kommen wir zur Sache. Wie soll ich das Lösegeld zahlen?«

»Ich weiß es nicht.«

»Was sagen sie denn?«

»Mir gar nichts. Haben sie von dir noch nichts verlangt?«

»Verrückte Kerle … lass mich mit ihm sprechen!«

Allegra hielt Maxamed das Handy hin. »Er will mit Ihnen sprechen.«

Maxamed wollte davon nichts wissen. »Sagen Sie ihm, ich wollte ihm nur zeigen, dass Sie leben … damit niemand auf die Idee kommt, uns anzugreifen.«

»Er wollte dich nur wissen lassen, dass ich okay bin, damit die Jacht nicht angegriffen wird.«

»Ich will ihn sprechen, verdammt!«

Monique schrie auf. Ein Pirat gab einen Schuss ab.

Maxamed riss Allegra das Telefon aus der Hand. In diesem Augenblick sah sie Monique draußen auf der Reling stehen. Sie richtete sich zu voller Größe auf, hob anmutig die Arme und sprang etwa zwölf Meter hinab ins Meer.

Geiseln und Piraten rannten zur Reling. Das Model war sauber ins Wasser eingetaucht und schwamm mit kräftigen Zügen zum Ufer. Ein Pirat feuerte einen Schuss auf sie ab. Maxamed schlug ihm das Gewehr aus der Hand.

»Schnell ins Boot!«, befahl er. »Holt sie zurück.«

Drei Männer rannten zum Heck der Jacht, wo die Beiboote vertäut waren.

»*Zambezi!*«, rief einer der Kathkauer, und die anderen deuteten aufgeregt auf das Wasser.

Allegra erschrak. »Was bedeutet *Zambezi?*«

»Bullenhai.« Maxamed hob seine langläufige Pistole und zielte sorgfältig. Jetzt sah Allegra die Rückenflosse des Hais auf Monique zugleiten. Maxamed drückte ab. Die Kugeln peitschten rund um den Hai ins Wasser, ohne eine Wirkung zu erzielen.

»Da ist noch einer!«

»Meistens jagen sie allein«, erklärte Maxamed beiläufig. »Manchmal auch zu zweit.«

»Schießen Sie!«, schrie Allegra. »Schießen Sie!«

Maxamed zuckte die Achseln und feuerte erneut. Die Bullenhaie glitten auf Monique zu. Allegra sah ihre glänzenden Rücken aus dem Wasser auftauchen. Sie erreichten die Frau und zogen sie unter Wasser.

»O mein Gott«, stöhnte Susan geschockt. »O mein Gott.«

Allegra starrte ungläubig auf die leeren Wellen.

Moniques Hände stießen nach oben, als wollten sie sich an irgendetwas festhalten, und verschwanden wieder unter Wasser.

»Kein Entkommen«, sagte Maxamed.

»Janson! Janson! Können Sie mich hören?«

Paul Janson befand sich in einer teuren Boutique – einem der vielen Geschäfte, die er bereits aufgesucht hatte, um sich zu vergewissern, dass ihm niemand vom Flughafen gefolgt war – und bezahlte in bar für eine königsblaue Windjacke. Quintisha Upchurch hatte einen dringenden Anruf von Kingsman Helms zu ihm weitergeleitet.

»Janson … können Sie mich hören?«

»Ja, einen Moment.«

Janson trug die neue Jacke, als er eilig das Geschäft verließ. »Was ist passiert?«

»Allegra hat mich angerufen.«

»Gut. Hat sie Ihnen die Lösegeldforderung mitgeteilt?«

»Nein. Sie hat nur gesagt, dass sie okay ist, aber nichts vom Lösegeld. Ich wollte mit dem Piraten sprechen, da hörte ich plötzlich Schreie und Schüsse. Ich habe keine Ahnung, was das alles soll.«

»Ganz einfach.« Janson versuchte, Helms zu beruhigen. »Sie wollen zeigen, dass sie lebt, damit sie nicht angegriffen werden. Wie hat sie geklungen?«

»Wie immer. Sehr ruhig.«

»Gut.«

»Aber dann wurde auf einmal geschossen.«

»Hören Sie, wir werden bald wissen, ob es ihr gut geht. Sie rufen bestimmt bald wieder an.«

»Woher wollen Sie das wissen?«

»Sie ist ihr Schild. Bleiben Sie ruhig, Kingsman. Es wird schon gut gehen.«

»Sie müssen die Rettungsaktion starten.«

»Ich halte Sie auf dem Laufenden.«

Paul Janson beendete das Gespräch und rief sofort Nick Sayers in Mombasa an.

Während er auf die Verbindung wartete, schaute er sich auf der Straße um, beobachtete Shopper, Passanten, Autos, Polizisten. Er hatte das unbestimmte Gefühl, verfolgt zu werden, obwohl absolut nichts darauf hindeutete. Es war nur so eine Ahnung, etwas, das Jessica ihren »siebten Sinn« nannte. Er wusste, dass ihm niemand in den Libanon gefolgt war, und auch hier hatte er absolut nichts Verdächtiges bemerkt. Doch das Gefühl war da, und er konnte es nicht ignorieren.

Er hatte die Windjacke wegen ihrer kräftigen Farbe ausgesucht. Falls ihn tatsächlich jemand beschattete, würde sich der Betreffende auf die Jacke konzentrieren. Wenn er sie auszog, würde ihn das für einige Sekunden unsichtbar machen.

»Was gibt's?«, fragte Nick Sayers am Telefon.

»Ich würde das Geld auf keinen Fall übergeben.«

»Hören Sie das?« Der Mann von Lloyd's hielt das Handy in die Luft.

Janson hörte das Dröhnen einer zweimotorigen Propellermaschine, die rasch an Höhe gewann. »Ich stehe hier auf dem Rollfeld. Die Maschine fliegt ostwärts übers Meer und wird jeden Moment nach links abdrehen. Dann fahre ich zurück ins Hotel und genehmige mir einen wohlverdienten Gin Tonic … *Verdammt.*«

»Was ist?«

»Er dreht nach rechts ab.«

Rechts bedeutete nach Süden. Die Flugplätze in Tansania,

Mosambik und Madagaskar lagen alle in südlicher Richtung. Somalia lag im Norden.

»Ich hoffe, Sie haben Ihren Bossen geraten, das Geld nicht zu übergeben, weil Ihr Kurier es mit hoher Wahrscheinlichkeit stehlen würde.«

»Ich habe mich an Ihren Rat gehalten«, bestätigte Sayers. »Ich habe ihnen empfohlen, dem Mann nicht zu trauen.«

»Taucht Ihr Rat in den Unterlagen in London auf?«

»Als E-Mail, SMS und Fax«, antwortete Sayers. »Sie haben was gut bei mir, Janson.«

»Isse? Warum machst du so ein bedröppeltes Gesicht?«, fragte Ahmed. »Wir sind zu Hause. Echt cool, was hier abgeht.«

Die Hoffnung hatte in Mogadischu einen kleinen Boom ausgelöst. Neue Häuser wurden gebaut, und die alten wurden in freundlichen Pastellfarben gestrichen. Überall wurde gegraben, um Strom-, Telefon- und Wasserleitungen zu verlegen. Ziegeleien entstanden auf leeren Grundstücken. Auf dem großen Bakara-Markt, einst eine Hochburg von Al Shabaab, drängten sich wieder die Kunden, von Soldaten und Polizei geschützt. Mercedes, SUVs, Pick-ups und gepanzerte Fahrzeuge der AMISOM vertrieben Esel von der Straße.

»Plitsch-platsch!«

Ahmed reckte fröhlich die Faust in die Höhe, während ein paar Jungen einen Mercedes mit Eimern und Schwämmen umschwärmten. »Überall werden Autos gewaschen, und schau dir die Geldwechsler an. Das wär doch ein einträglicher Job für dich. Kumpel, wir sind im richtigen Moment gekommen.«

Doch Isse war zutiefst deprimiert. Er hatte den richtigen Moment verpasst. Das war nicht mehr die Stadt, von der er geträumt hatte. Der verräterische Präsident Mohamed »Raage« Adam und die ausländischen Eindringlinge der AMISOM hatten Al Shabaab aus Mogadischu vertrieben. Die wahren Gläubigen mussten sich in den Busch flüchten, und Isse erlebte eine Stadt, in der das Chaos regierte.

Die Ungläubigen hatten die Straßen erobert. Überall dröhnte laute Musik. Die Frauen hatten ihre Schleier abgelegt und spazierten mit Männern durch die Gassen. Die Männer wiederum rasierten ihre Bärte ab und trieben sich selbst zu den Gebetszeiten auf der Straße herum. Und er schien als Einziger die hungernden Flüchtlinge zu sehen, die verlassenen Kinder und die Prostituierten, die sich in den Ruinen der zerbombten Häuser drängten, denen noch niemand einen fröhlichen Anstrich verpasst hatte.

15

33°54' N, 35°29' O
Zaitunay Bay
Beirut, Libanon

Bei Paul Jansons erstem Aufenthalt in Beirut hatte die drusische Artillerie von den Hügeln vor der Stadt den von christlichen Milizen kontrollierten Hafen beschossen, und Schiffe waren ins offene Meer geflüchtet. Die Trümmer des damaligen Bürgerkrieges waren längst beseitigt. Stattdessen befand sich hier ein neuer Jachthafen, umgeben von Luxushotels, Geschäften und Restaurants.

Fußgänger schlenderten die Promenade entlang, von der man auf die Anlegestellen mit den vielen Schnellbooten und Motorjachten hinausblickte. Es war seltsam still für Beirut, weil die Promenade durch Gebäude und Parks vom Lärm der

Straßen abgeschirmt war. Alles wirkte so neu, sauber und ordentlich, dass sich Janson mehr an ein Einkaufszentrum eines Flughafens erinnert fühlte als an den belebten Hafen einer Großstadt. Doch als der Wind auf Ost drehte, trug er den Gestank der Vergangenheit mit sich, der aus den Schlachthöfen und Gerbereien herüberwehte.

»Coole Jacke«, bemerkte Barorski, an einem Tisch in dem kleinen Café sitzend. Die Jacke erwies sich als praktisch, zumal mit dem Ostwind kühle Luft von den Bergen hereinströmte. Barorski zitterte.

»Sie sehen auch gut aus«, gab Janson zurück, obwohl es ihm Barorski kaum abnehmen würde. Der Mann hatte ungefähr Jansons Größe und Statur, doch das waren auch schon die einzigen Ähnlichkeiten zwischen ihnen. Barorski war fünfzehn Jahre jünger, doch sein Bauch wölbte sich unter dem T-Shirt, und er schien in keiner besonders guten Verfassung zu sein.

»Seltsamer Treffpunkt«, meinte Barorski.

»Finde ich gar nicht«, erwiderte Janson. »Ich möchte, dass Sie mich mit Genrich Moskow bekannt machen.«

Barorskis Blick sprang auf den Hafen hinaus zu einem Boot am äußeren Hafendamm. Es unterschied sich kaum von den übrigen Booten im Hafen – fünfundzwanzig Meter lang, aus Kohlefaser und Glas gebaut und mit der neuesten Elektronik ausgestattet. Moskows Boot sei das allerschnellste, hatte Janson von verschiedenen Seiten gehört. Einige vermuteten, dass er es für seine Waffengeschäfte nutzte, was Janson jedoch für unwahrscheinlich hielt. Der russische Waffenhändler hätte sich kaum so lange erfolgreich im Geschäft gehalten, hätte er AK-47-Gewehre von seinem eigenen Boot aus verkauft.

»Warum sollte ich Ihnen diesen unerhört wertvollen Kontakt vermitteln?«

»Weil ich gut dafür bezahle.«

»Das versteht sich von selbst. Warum sonst?«

Janson griff in seine Jacke. Barorski zuckte zusammen. Janson lächelte. »Ich verspreche Ihnen, ich werde Sie nicht auf einer belebten Promenade erschießen.«

»Natürlich nicht.«

»Obwohl ich es wahrscheinlich sollte.«

»Ihre Einschätzung beruht auf Fehlinformationen. Sie haben keine Fakten.«

»Wenn ich keine Fakten hätte, wären Sie nicht hier. Sie haben die falschen Leute gelinkt und Spuren hinterlassen. Ich habe sie beseitigt und einen gerissenen jungen Mann dafür bezahlt, seine Beziehungen spielen zu lassen, über die er dank seines außerordentlich gut vernetzten Vaters und Onkels verfügt.«

Barorski nahm es mit einem kurzen Nicken zur Kenntnis. »Warum wollen Sie ihn kennenlernen?«

Janson schwieg.

»Was haben Sie da in der Hand?«, fragte Barorski.

Janson zog den deutschen Pass hervor. Barorski bemühte sich gar nicht erst, sein Interesse zu verbergen. »Ist er frisch?«

»Fehlt nur Ihr Foto und Ihre Unterschrift.«

»Wann soll ich Mr. Moskow anrufen?«

»Ich muss Sie darauf hinweisen, dass der Kontakt allein nicht ausreicht. Nur wenn Genrich Moskow bereit ist, mit mir Geschäfte zu machen, bekommen Sie Ihre Belohnung.«

Genrich Moskow beobachtete Janson und Barorski, während sie über die Promenade auf seine Jacht zukamen. Der Wächter beim Landungssteg bekam Verstärkung durch zwei Bewaffnete, allem Anschein nach Hamas-Kämpfer, von der iranischen Quds-Einheit ausgebildet. Was wieder einmal bewies, dass Waffenhändler in der Wahl ihrer Mitarbeiter keine Grenzen kannten. Die Wächter traten mit ausdrucksloser Miene zur Seite und folgten ihnen auf die Jacht. Es überraschte Janson nicht, dass die Leinen mit einem Laufknoten vertäut waren, um notfalls schnell ablegen zu können.

Ein uniformierter Steward von bulliger Statur führte sie zur Flybridge über dem Ruderhaus. Genrich Moskow stand auf und musterte Janson eingehend. Er war ein athletischer fünfundvierzigjähriger Mann mit Narben im Gesicht, die von Granatsplittern zu stammen schienen. Sein linkes Augenlid hing etwas herab, doch das Auge schien unversehrt zu sein.

Janson erwiderte schweigend seinen Blick. Barorski sah sich unruhig um. Schließlich brach Moskow das Schweigen, mit einem Akzent, der irgendwo zwischen polnisch, russisch und hebräisch angesiedelt war. »Willkommen an Bord, Mr. Saul.«

»Danke, dass Sie sich so kurzfristig Zeit genommen haben.«

Die Wächter zogen sich zurück und postierten sich auf dem Deck unter ihnen.

»Was haben Sie dem hier gezahlt, damit er sich für Sie verbürgt?« Moskow deutete mit einem verächtlichen Nicken auf Barorski.

»Ich hab es von seiner Rechnung abgezogen.«

Der Waffenhändler lachte. »Sie können davon ausgehen, dass Sie nicht der Einzige sind, dem er etwas schuldet. Er hat die Gabe, ständig jemanden zu brauchen, der ihm aus der Patsche hilft, stimmt's, Danielek?«

»Kann ich reingehen?«, fragte Barorski. »Mir ist kalt.«

»Nein.«

»Warten Sie drüben im Café«, schlug Janson vor. »Hier ...« Er zog seine Jacke aus und reichte sie Barorski. »Gute Arbeit. Nehmen Sie sie. Wir treffen uns, sobald ich hier fertig bin.«

Barorski eilte an Moskows Wächtern vorbei den Landungssteg hinunter. Moskow schaute ihm nachdenklich nach. »Narren kennen keine Grenzen.«

»Ich glaube, er wird langsam erwachsen«, meinte Janson.

»Leider läuft ihm die Zeit davon. Mr. Saul, was wollen Sie von mir?«

»Erzählen Sie mir von Ihrer Otter.«

Genrich Moskow machte ein verwirrtes Gesicht. »Otter? Was soll das sein?«

»Ihr de Havilland DHC-3T Wasserflugzeug. Das T steht für Turboprop-Ausführung ... hoffentlich mit einem Pratt & Whitney PT6A-Antrieb.«

»PT6A-27«, korrigierte Moskow nicht ohne Stolz. »Pratt & Whitney baut die besten Motoren. Siebenhundert PS. Sehr zuverlässig. Sehr leise.«

»Umso besser. Wie alt ist die Maschine?«

»Älter als die Piloten. Das Modell wird schon seit 1967 nicht mehr gebaut. Sie ist aber in ausgezeichnetem Zustand.«

»Das habe ich gehört.«

»Von wem?«

»Von einem Ihrer Bewunderer.«

»Warum haben Sie dann nicht ihn gebeten, den Kontakt herzustellen, sondern Barorski?«

»Er sah keinen Vorteil darin, Sie um einen Gefallen zu bitten.«

»Warum haben Sie nicht von ihm gekauft, was Sie brauchen?«

»Weil er es nicht hat. Nur Sie haben es.«

»Das bringt Sie in eine ziemlich ungünstige Verhandlungsposition.«

»Ich bin nicht hier, um zu feilschen«, gab Janson zurück.

»Kann es sein, dass ich den Namen Ihres Freundes kenne?«

»Das kann durchaus sein – es ist jemand, den Sie respektieren.«

»Aber Sie wollen ihn nicht nennen. Ist er zufällig in Zürich zu Hause?«

»Stimmt es, dass Sie Ihre Otter mit einziehbaren Schwimmern ausgerüstet haben?«, fragte Janson.

Wieder der Besitzerstolz. »Erst letzten Monat.«

»Freut mich zu hören.« Die Retractable Amphibious Pontoon Technology (RAPT), die vor Kurzem in Australien entwickelt worden war, ermöglichte es einem Wasserflugzeug, den Luftwiderstand zu verringern, indem die Schwimmer stromlinienförmig an den Rumpf angelegt wurden. »Was bringt Ihnen die Technologie?«

»Zwanzig Knoten mehr Geschwindigkeit und zweihundert Meilen an Reichweite.«

»Gratuliere.« Janson wusste, dass Moskow etwas übertrieb. Die Wahrheit lag irgendwo zwischen zehn und fünfzehn Knoten und hundert Meilen Reichweitengewinn, was aber immer noch einen beachtlichen Vorteil darstellte.

»Würden Sie mich das Flugzeug chartern lassen?«

»Chartern? Ich vermiete keine Flugzeuge. Ich liefere Waffen.«

»Ihre Waffen brauche ich nicht. Ich will Ihr Flugzeug. Sonst nichts.«

»Können Sie überhaupt ein Wasserflugzeug fliegen?«

»Ich will auch Ihre Piloten.«

»Sie sind die Besten.«

»So bezahle ich sie auch. Außerdem möchte ich zwei Dhaus als Tankschiffe mieten.«

Moskow hob die Augenbrauen. »Zwei? Wie weit wollen Sie denn fliegen?«

»Viermal so weit wie ein Hubschrauber. Wir werden auf dem Wasser landen und auftanken, genau wie Sie es machen, wenn Sie Kalaschnikows aus Mosambik liefern.«

Moskow wirkte etwas pikiert. »Ihre Quellen sind beeindruckend.«

»›Beeindruckend‹ haben meine Quellen Ihre Methode des Auftankens in der Luft genannt. Eine Pionierleistung.«

»Man muss seine Methoden der Situation anpassen.« Moskow lächelte geschmeichelt.

»Wir kommen auf dem gleichen Weg zurück. Die Piloten werden auftanken, nachdem sie uns abgesetzt haben, und danach noch einmal auf halbem Weg zurück. Deshalb zwei Tankschiffe.«

»Das Flugzeug wird schwer beladen sein. Da bleibt nicht viel Platz für Sie.«

»Nein, ich will sie nicht beladen. Sie soll ganz leer sein. Ich zahle nicht dafür, dass ich mir den Platz mit Ihrer Waffenlieferung teile. Ich brauche Raum für acht Leute, zusätzlich zu Ihren Piloten.«

»Ein Leerflug kostet mich Geld.«

»Eine Frage noch. Stimmt es, dass Sie beim Umbau auch eine extrabreite Frachttür einbauen ließen?«

»Wir transportieren gelegentlich extrabreite Fracht. Die Tür lässt sich herunterklappen wie eine Rampe.«

»Nennen Sie mir Ihren Preis.«

Moskow tat es. Janson bot ihm die Hälfte. Moskow schlug etwas dazwischen vor.

Janson nickte. »Legen Sie noch zwei Micro Tavors drauf, dann sind wir im Geschäft.« Das Tavor Micro TAR-21 Bullpup-Sturmgewehr war eine von Jessica Kincaids bevorzugten Waffen. Seine Vorzüge sollten sich auch in der Enge einer Jacht bemerkbar machen.

»Der gesamte Betrag ist im Voraus fällig.«

»Damit habe ich kein Problem«, versicherte Janson.

Moskow verstand seine Einwilligung als Drohung. Er verschränkte die Arme und sah ihn finster an. »Es gefällt mir nicht, dass Sie damit andeuten, zu wissen, wo Sie mich finden würden, falls ich Ihr Geld nehme, aber keine Otter liefere.«

»In dem Fall wäre ich schockiert.«

»Ich kann mich verteidigen.« Moskow deutete auf seine Bodyguards.

Janson blieb gelassen. »Ich kann mir nicht vorstellen, dass es so weit kommt.« Er hielt ihm die Hand hin. »Können wir das Geschäft besiegeln, bevor wir die Details besprechen?«

Moskow musterte Janson eingehend. Janson erwiderte seinen Blick ausdruckslos. Sein Freund Neal Kruger in Zürich hatte ihm Genrich Moskow als tückisch, aber realistisch beschrieben. Ein Lächeln trat auf die Lippen des Waffenhändlers. »Sie können mir vertrauen, Mr. Saul. Wir sind im Geschäft.«

Während Janson ihm die Hand schüttelte, bemerkten beide gleichzeitig die plötzliche Unruhe auf der Promenade. Ein Motorroller mit einem Beifahrer war von der Straße abgewichen und erschreckte die Fußgänger.

Barorski, der an einem Tisch stand, an dem zwei Mädchen mit High Heels und kurzen Röcken saßen, rannte los. Der Roller brauste hinterher. Der Beifahrer richtete sich auf, hob eine Pistole und feuerte zweimal. Die Kugeln rissen Barorski zu Boden. Der Roller wurde langsamer, und der Schütze beugte sich zur Seite und schoss dem Getroffenen noch eine Kugel in den Kopf.

Während der Roller davonbrauste, wagten sich die Leute, die in Hauseingängen, hinter Betonpflanzkästen und unter Tischen Schutz gesucht hatten, hervor und traten zögernd zu dem Toten.

»Interessant«, bemerkte Moskow. »Er hat Ihre Jacke getragen.«

»Das stimmt.« Janson steckte sein Fernglas ein. »Haben Sie den Schützen zufällig erkannt?«

»Nicht auf diese Entfernung. Aber solche Leute gibt es im Libanon wie Sand am Meer.«

Motorradpolizisten mit Helmen strömten auf die Promenade, verstärkt von Vier-Mann-Einheiten in Dodge Chargers. Moskow drückte eine Taste auf seinem Telefon, worauf der Kapitän auf der Flybridge erschien.

»Werfen Sie die Maschinen an«, befahl Moskow. »Klarmachen zum Ablegen.«

Der Kapitän eilte die Treppe hinunter.

»Gehen wir doch in die Kabine, damit wir das Geschäft ungestört abschließen können«, schlug Janson vor.

Drinnen öffnete er seine Tasche und legte bündelweise Euroscheine auf den Tisch. Moskow sah zu, wie der Stapel anwuchs. »Das reicht«, sagte er schließlich. »Es ist schon mehr als vereinbart.«

»Um fünfzehn Prozent«, bestätigte Janson.

»Womit habe ich mir diese Großzügigkeit verdient?«

»Ich möchte Sie noch um einen Gefallen bitten.«

»Wenn ich kann.«

»Sie haben bestimmt recht, dass es im Libanon Killer wie Sand am Meer gibt. Ich glaube aber nicht, dass viele davon Chinesen sind.«

»Sie haben einen Chinesen im Fernglas erkannt? Für mich sah er nach einem breitschultrigen Kerl aus dem Westen aus.«

»Ich habe sein Gesicht gesehen.« Ein Mann von stattlicher Statur, ebenso hochgewachsen wie Denny Chin, aber um einiges bulliger, und eindeutig Chinese, allem Anschein nach von Mandschu-Herkunft.

Moskow schüttelte den Kopf. »Wer würde sich die Mühe machen, einen Chinesen dafür anzuheuern, wo es hier in der Stadt mehr als genug Killer gibt? Noch dazu, um einen Mann auszuschalten, den viele umsonst töten würden.«

Janson schob das Geld über den Tisch. »Es würde mich sehr interessieren, welche Antworten Sie finden, wenn Sie sich ein bisschen umhören.«

16

2°2' N, 45°21' O
Mogadischu, Somalia

»Es gibt ein Problem, Boss«, meldete Sarah Peterson vom Copilotenplatz, während Lynn Novicki die Embraer über dem Tal des Shabelle-Flusses absenkte.

Janson schaute aus dem Kabinenfenster auf die Landschaft hinunter, die sich nach der dreimonatigen Gu-Regenzeit in sattem Grün zeigte. Der graue Fluss war von Bäumen gesäumt. Vor ihnen erstreckte sich Mogadischu, eine riesige Stadt mit vielen niedrigen Häusern an der Küste des Indischen Ozeans. Am Hafen standen höhere Gebäude und etwa ein Dutzend orangefarbene Baukräne. Aus der Höhe und Entfernung konnte Janson nicht erkennen, ob die Kräne in Betrieb waren oder untätig herumstanden.

»Die Flugverkehrskontrolle Nairobi meldet ›mögliche Unruhen‹ am Flughafen Mogadischu.«

Nairobi lag etwa siebenhundert Meilen westlich. »Was hört man aus Mogadischu selbst?«

»Dort herrscht offenbar das reine Chaos. Fluglotsen der UNO leiten von Nairobi aus den somalischen Luftraum.«

»Aber sie haben doch grünes Licht für einen regelmäßigen Flugverkehr gegeben. Turkish Airlines fliegt die Stadt täglich an. Da muss doch jemand im Tower sein.«

»Es meldet sich aber niemand«, beharrte Sarah, und Lynn fügte hinzu: »Aus Nairobi heißt es, der Flughafenmanager wurde heute früh auf dem Weg zur Arbeit erschossen.«

Janson hatte die Nachricht ebenfalls gehört. Es war der dritte Mord in dieser Woche in Mogadischu, nachdem bereits ein Journalist und ein im Ausland lebender Banker Anschlägen zum Opfer gefallen waren. Manche machten im Untergrund agierende Al-Shabaab-Zellen für die Morde verantwortlich, die in der Stadt geblieben waren, nachdem die militanten Islamisten mehrheitlich geflüchtet waren. Andere sahen in dem mysteriösen Italiener den Täter.

»Schaltet die Kamera ein für einen Überflug.«

Sarah holte in Nairobi die Erlaubnis für einen Kurswechsel ein und aktivierte die HD-Videokamera in der Nase der Embraer. Lynn ging noch tiefer, bis Janson das enge Straßennetz der Stadt erkennen konnte, das bis zur Küste des blauen Meeres verlief. Alles wirkte ruhig, sonnenverbrannt, heiß. Rote Ziegeldächer beherrschten das Bild, doch zum Hafen hin häuften sich größere weiße Gebäude: Villen, Bürohäuser, Hotels und Regierungsgebäude. In allen Vierteln ragten anmutige weiße Minarette in den Himmel. Die Kräne am Hafen standen still, nur wenige Boote glitten übers Wasser.

Janson überblickte die Gegend um den Flughafen und verfolgte die Bilder auf einem der Aquos-HD-Monitore. Er sah Bombenkrater und zerschossene Häuser aus früheren Gefechten. Auch auf den Straßen gab es keine Anzeichen von aktuellen Auseinandersetzungen. In den umliegenden Vierteln stieg nirgends Rauch auf. Jetzt, in der Mittagshitze, waren kaum Leute draußen. Die glänzenden Blechdächer deuteten jedenfalls auf einen regen Wiederaufbau hin.

Die dreitausend Meter lange Start- und Landebahn war in Nord-Süd-Richtung angelegt, parallel zum Strand, von dem sie nur durch etwas Gebüsch getrennt war. Rund um das bescheidene Terminal und den Tower standen einige Privat- und Charterflugzeuge, eine weiß-rote Boeing 737-800 der Turkish Airlines und ein viermotoriger Airbus. Die Kasernen der UNO-Truppen waren mit einem in riesigen Lettern aufgemalten »UN« markiert.

Zwischen den Palmen erspähte Janson ein gedrungenes Gebilde: einen T-72-Kampfpanzer aus der Sowjetzeit. Möglicherweise handelte es sich um die minderwertige »Exportvariante«, wie sie die Russen an ärmere Länder lieferten. Vorne war allem Anschein nach eine moderne LAHAT-Abschussvorrichtung für lasergesteuerte Panzerabwehrlenkwaffen montiert, was wieder einmal zeigte, dass einem in afrikanischen Kriegsgebieten die merkwürdigsten Dinge begegnen konnten. Was immer es war, es blieb jedenfalls still.

»Okay, Lynn, gehen wir runter.«

Sarah holte die Landeerlaubnis von Nairobi ein, und Lynn drehte nach Norden ab und machte in einem weiten Bogen kehrt, um gegen den Südwind zu landen. »Anschnallen, Boss.«

»Ja, ja.« Janson befestigte den Sicherheitsgurt.

Er verfolgte immer noch die Bilder, die die Kameras lieferten, auf der Suche nach einer möglichen Bedrohung. Sie stießen schnell herab, um das Risiko, vom Boden beschossen zu werden, möglichst gering zu halten. Lynn hatte genügend Erfahrung mit heiklen Situationen, seit sie im Feuersturm von Bagdad Transportflugzeuge gelandet hatte.

»Zweihundert«, meldete Sarah mit Blick auf den Höhenmesser.

»Fahrzeug!«, warnte Janson.

»Gar nicht gut.«

Ein Toyota-Pick-up mit schwarzen Flaggen und einem

schweren Maschinengenwehr auf dem Dach des Fahrerhauses schoss aus dem Gebüsch und brauste über das Rollfeld. Maskierte Kämpfer – wahrscheinlich von Al Shabaab, wie Janson an den schwarz-weißen Kufiya-Kopftüchern erkannte – drängten sich auf der Ladefläche, im Fahrerhaus und auf den Trittbrettern.

»Rauf!«, kam Jansons Kommando.

Lynn zog das Steuerhorn zurück, und Sarah schob die Gashebel nach vorne. Die mächtigen Rolls-Royce-Triebwerke heulten auf, und Janson wurde in den Sitz gedrückt.

»Verdammt, wo fährt er hin?«, fragte Sarah, die das Geschehen auf einem Monitor im Cockpit verfolgte.

Janson zoomte den Pick-up heran. »Wohin er will.«

So viel zur angeblichen Flucht der Extremisten aus der Hauptstadt. Das Fahrzeug war vollgepackt mit Granatwerfern und Sturmgewehren.

Drei weitere Autos mit Kämpfern in Schlapphüten und Tarnanzügen brausten auf das Rollfeld und nahmen den Pick-up mit Maschinengewehren und Raketenwerfern unter Beschuss. Die Al-Shabaab-Kämpfer warfen Granaten in die UNO-Kasernen, die sofort in Flammen aufgingen. Ein weiteres Fahrzeug mit schwarzen Flaggen schoss aus dem dichten Gebüsch und ging zusammen mit dem Al-Shabaab-Pick-up zum Gegenangriff über.

Augenblicke später brach aus dem Hangar eine dritte Kolonne hervor und eröffnete das Feuer mit Gewehren und Granaten. Der Airbus rollte vom Terminal weg. Er war keine zweihundert Meter weit gekommen, als ihn eine Granate in Brand setzte.

»Heute lieber nicht«, bemerkte Janson. »Schnell weg hier.«

»Freut mich zu hören, Boss. Wohin?«

Baidoa und Baraawe waren die nächstgelegenen Städte in

Somalia mit einer 1800 Meter langen Rollbahn, dem Minimum, das die Embraer zur Landung benötigte. Sie wurden an einem Tag von den lokalen Warlords kontrolliert, am nächsten schon wieder von Al-Shabaab-Milizen. Harardhere im Süden von Puntland war wiederum eine Piratenhochburg. Die Piraten hätten sicher gerne die Gelegenheit ergriffen, ein sattes Lösegeld für die 25 Millionen Dollar teure Embraer und ihre Insassen zu verlangen.

Blieb nur noch Nairobi.

Doch ein Zurückweichen in die kenianische Hauptstadt würde eine Verzögerung bedeuten.

Janson schaute nach Osten über den grenzenlosen Indischen Ozean.

Linienflugzeuge sparten Treibstoff, indem sie möglichst leicht flogen und nur Spritreserven für eine begrenzte Extrareichweite an Bord hatten. Die Piloten von Catspaw flogen hingegen schwer und tankten wiederholt auf, um für unerwartete Kursänderungen gewappnet zu sein. Zuvor, etwa tausend Meilen vor Mogadischu, hatte Lynn auf einem Tankstopp in Addis Abeba bestanden. Janson hatte gefragt, ob das unbedingt nötig sei, doch als Pilotin hatte sie sich durchgesetzt, und dafür war er ihr nun dankbar.

»Schaffen wir es auf die Seychellen?«

»Kein Problem.«

Er griff nach seinem Satellitentelefon, um Jessica Bescheid zu sagen, damit sie sich in Victoria, der Hauptstadt der Seychellen, treffen konnten.

Der T-72-Kampfpanzer, den Paul Janson zwischen den Palmen entdeckt hatte, gehörte zu dem somalischen Warlord Home Boy Gutaale. Gutaale war ein dunkelhäutiger hünenhafter Mann in mittleren Jahren mit einem dichten, mit Henna rot gefärbten Bart. Auf seinen Spitznamen »Home Boy« war er ebenso stolz wie auf die Tatsache, dass ihn alle Somalier, die sich einen starken Führer wünschten, den George Washington von Soomaliweyn nannten.

Gutaales Panzer war zwar dreißig Jahre alt, aber außerordentlich gut bestückt und bot Schutz vor dem tödlichen Feuersturm der Gewehre und Granaten, der über den Flughafen hinwegfegte. Dank der Klimaanlage war im Inneren nichts zu spüren von der Gluthitze der Stadt. Die spärliche Aussicht durch die Sichtschlitze wurde durch die raffinierte Optik des Periskops ergänzt.

Ein hochgewachsener Amerikaner hockte neben Gutaale in dem Panzer und reckte den Hals, um zu beobachten, wie die Embraer 650 von dem Schlachtfeld flüchtete. Der Privatjet flog zunächst westwärts über Mogadischu hinweg, ehe er plötzlich wendete und in Richtung Osten über dem Indischen Ozean verschwand.

Gutaale, der ebenso groß war wie der Amerikaner, aber viel kräftiger gebaut, lächelte dem Fahrer und dem Schützen des Panzers zu, die beide deutlich kleiner und somit besser geeignet für die Enge des Raumes waren. Sein Lächeln war ansteckend, und sie erwiderten es, erfreut über die Anwesenheit des berühmten Home Boys. Ihr Lächeln wurde noch breiter, als sich Gutaale mit einer Frage an seinen Gast wandte: »Wollen Sie sehen, was Ihr Geschenk zur Stabilisierung Somalias mit einem Fahrzeug machen kann?«

»Von der Stabilisierung, die Sie versprochen haben, kann ich noch nicht viel erkennen«, schoss der Amerikaner zurück. »Ich sehe nur, wie die angeblich besiegten Al-Shabaab-Fanatiker Ihren verdammten Flughafen in die Luft jagen.«

»Dieser Angriff ist nur ein Zeichen ihrer Schwäche«, versicherte Gutaale. »Al Shabaab verliert weiter an Boden. Aber ich verstehe natürlich, dass es für einen Außenstehenden auf den ersten Blick so aussehen mag, als wären ihre Milizen wieder auf dem Vormarsch …«

Der rotbärtige Kriegsherr blaffte einen Befehl. Sein Schütze nahm das nächstgelegene Al-Shabaab-Fahrzeug ins Visier. Eine lasergesteuerte Panzerabwehrrakete jagte aus der Abschussvorrichtung und schlug in den dicht bemannten Truck ein. Der Sprengkopf detonierte, und die Explosion schleuderte brennende Männer in die Luft.

Die anderen Wagen scherten aus und flüchteten in die Büsche nördlich der Rollbahn, nach Osten zum Strand und nach Westen in die Straßen der Stadt.

Gutaale lachte. »Mein großzügiger Freund, das war eine kleine Demonstration, wie wir unsere Waffen für die Stabilität im Land einsetzen. Im Namen meiner Landsleute danke ich Ihnen für Ihr Geschenk an unser künftiges Groß-Somalia.«

Der Amerikaner verfolgte das Schauspiel mit vor Entsetzen geweiteten Augen. Er wirkte geschockt angesichts des Sterbens, das sich vor ihnen abspielte und sich auch in dem Geruch von brennendem Fleisch bemerkbar machte. Gutaale wusste, dass der Mann zum ersten Mal der nackten Wirklichkeit ins Auge sah. Vielleicht bewirkte es eine Entwicklung in ihm, die ihn noch nützlicher machte.

Doch jetzt musste er ihn erst einmal beruhigen und ihm die Möglichkeit geben, das Gesehene zu verarbeiten. Er sprach mit der Selbstgewissheit eines Mannes, der um seine natürliche Ausstrahlung wusste. Allah hatte ihn mit einer vollen, wohlklingenden Stimme gesegnet, mit der er hundert Kämpfer am Lagerfeuer verzaubern oder auch einem einzelnen verängstigten Kameraden in einem Hubschrauberangriff Mut machen konnte.

»Sie kommen aus dem prallen Leben. In Ihrem Land der Dollars blüht und gedeiht das Leben in Frieden und Stabilität. Wir hingegen sind vom Tod umgeben. In meinem traumatisierten Land regiert seit Langem die Zerstörung. Bei Ihnen blühen die Farmen, die Krankenhäuser sind bestens ausgerüstet, in den Schulen wird eifrig gelernt. Wir hier lernen nur den Tod. Unsere Lehrer sind Hunger, Seuchen und Krieg.«

Der groß gewachsene Amerikaner erholte sich langsam von seinem Schock und ließ sich, wie Gutaale beabsichtigt hatte, von seiner tiefen, klaren Stimme beruhigen. Der Somalier lenkte seinen Blick auf die Wirklichkeit zurück, deutete auf den Rauch, der von den Leichen rund um das brennende Fahrzeug aufstieg.

»Somalia muss sich gegen viele Feinde zur Wehr setzen. Mehrere Provinzen leiden unter der Präsenz von Al Shabaab. Kenia verlangt Jubaland als Pufferzone. Äthiopien kann jeden Moment aus Ogaden einmarschieren. Und niemand weiß besser als Sie, dass die Piraten Puntland kontrollieren.« Gutaale machte eine Pause, doch der Amerikaner war kein Schwächling und zeigte keine Emotion.

»Ohne Stabilität wird Somalia zerstückelt, und der Traum von Schulen und Krankenhäusern wird nie Wirklichkeit. Genauso wenig wie ein florierender Handel mit dem Erdöl, das Allah unserem Land geschenkt hat.«

»Was glauben Sie, warum ich Ihnen Panzer gekauft habe?«, erwiderte Kingsman Helms.

17

40°56' N, 74°4' W
Paramus, New Jersey

»Einen Moment, ich muss kurz rangehen«, unterbrach Morton sein Gespräch mit dem professionellen Einbrecher. Eines der Satellitentelefone in seiner Lederjacke vibrierte. Die Nummer des Anrufers wurde unterdrückt. Doch der Betreffende hatte seine Nummer, und wenn er sich nicht verwählt hatte, bedeutete es Geld.

Der Einbrecher wandte seine Aufmerksamkeit wieder den Flachbildfernsehern über der Theke von Jerry's Sportsman's Paradise zu, auf denen Football-Wiederholungen und Pferderennen zu sehen waren.

Morton trat auf den Parkplatz des Einkaufszentrums hinaus, in dem sich die Bar befand, in der regelmäßig Leute verkehrten, die sich auf Einbrüche in Vororthäuser spezialisiert hatten. Der Mann mit dem käsigen Gesicht und dem leichten Bauchansatz war eigentlich ein White-Hat, ein Hacker, der sein Wissen für gute Zwecke einsetzte und nur gelegentlich auf die »schwarze« Seite wechselte, mehr aus Spaß als des Geldes wegen.

»Sagen Sie mir, warum ich nicht auflegen sollte.«

»Catspaw«, antwortete eine Frau.

Morton stieg in den zehn Jahre alten Honda, mit dem er immer zu Jerry's kam. Er würde sich hüten, den zwielichtigen Typen, die hier verkehrten, den Wagen zu zeigen, den er normalerweise fuhr. Sie würden bloß auf die Idee kommen, ihn zu bestehlen, statt *für* ihn zu stehlen.

»Was kann ich für Sie tun?«

Morton hatte schon mit ihr zu tun gehabt, sie jedoch nie persönlich getroffen. Er ging auch nicht davon aus, dass es je dazu kommen würde. Sie hatte eine warme, wohlklingende Stimme und kam immer sofort auf den Punkt.

»Wir interessieren uns für eine Megajacht, die die Werft Lynds & Schmidt in Hamburg für einen russischen Oligarchen gebaut hat. Wir brauchen den Namen dieses Oligarchen, den Namen der Jacht, ihren aktuellen Standort und den Namen des Kapitäns.«

»Das schaffe ich.« Morton war von seinen Fähigkeiten absolut überzeugt. Wenn es jemandem gelingen würde, den Computer einer solchen Werft zu hacken, dann ihm.

»Was schätzen Sie, wie lange Sie brauchen werden?«

»Lange.« Morton hielt sich an den Rat seiner Mutter: Versprich nie etwas, das du nicht halten kannst. Während er nachdachte, hörte er das Dröhnen eines schweren Trucks. Sein Fenster war geschlossen, also konnte es nicht vom Verkehr auf der Route 17 kommen, sondern über ihr Telefon. Es klang fast so, als würde sie in einem Sattelschlepper sitzen.

»Sind Sie noch da, Mr. Morton?«

»Unternehmen, die russische Oligarchen als Kunden haben, legen größten Wert auf digitale Sicherheit.«

»Wenn Sie den Job wollen, müssen Sie sofort loslegen.«

»Ist es okay, wenn ich einen Teil der Arbeit weitervergebe?«

»Kein Problem. Es eilt sehr.«

Als sie nach Einbruch der Dunkelheit in dem gemütlichen Arbeitszimmer seiner Villa am Strand saßen, stellte Home Boy Gutaale Kingsman Helms erneut zur Rede. »Gut, Sie haben mir Panzer geliefert. Aber Sie haben mir auch Hubschrauber versprochen.«

»Die müssen Sie sich erst verdienen.«

Der Warlord saß an seinem Schreibtisch, während der Erdölmanager rastlos auf und ab ging. Gutaales Computerbildschirm zeigte in einer 30-Sekunden-Endlosschleife die Bilder der Schlacht um den Flughafen, die seine Leute im Panzer aufgezeichnet hatten. Er tippte auf die verkohlten Leichen auf dem Rollfeld.

»Sie sind Gast in meinem Land. Als mein Gast ist Ihr Blut wertvoller als mein eigenes. Aber ein Gast sollte nie zu unabhängig sein.«

»Ich bin Gast in vielen Ländern«, schoss Helms zurück. »In den Ländern, die ich öfter als ein Mal besuche, werde ich als Partner geschätzt.«

Home Boy Gutaale wandte sich der Karte von Groß-Somalia zu, die eine ganze Wand einnahm. Sie zeigte einen Staat, der die gegenwärtigen Grenzen zu Äthiopien und Kenia überschritt und dem einstigen Soomaaliweyn entsprach, dem somalischen Reich am Horn von Afrika, das zweitausend Meilen der ostafrikanischen Küste und fünfhundert Meilen ins Landesinnere umfasst hatte.

Er schaltete einen Laserpointer ein und ließ den roten Punkt zu den Orten wandern, an denen die Spezialisten von ASC große Öl- und Gasvorkommen vermuteten. »Hubschrauber …«

Kingsman Helms unterbrach den Warlord mit einer energischen Geste. »Erdöl ist ein schwieriges Geschäft, Gutaale. Das sprudelt nicht einfach so aus dem Boden. Es braucht große Investitionen, um es zu fördern.«

»Doch, es sprudelt!«

»Selbst wenn, werden Sie feststellen, dass es noch viel schwerer ist, es zu transportieren, zu raffinieren und zu verkaufen. Sie werden einen Partner brauchen, genauso wie der Partner Sie braucht und Ihre versprochene Stabilität.«

Gutaale drückte mit dem Knie auf einen Knopf unter seinem Schreibtisch. Ein junger Mann mit Hornbrille und aufgekrempelten weißen Hemdsärmeln platzte herein, ohne anzuklopfen, und flüsterte Gutaale etwas ins Ohr.

Gutaales Gesicht wurde ernst. »Danke.«

Der junge Mann ging hinaus.

Helms war immer noch aufgewühlt von Allegras abrupt beendetem Anruf. »Geht es um meine Frau?«

»Mr. Helms, wie Sie wissen, versuche ich, mit dem Piraten, der sie festhält, Kontakt aufzunehmen.«

Helms vermied es grundsätzlich, Leute um einen Gefallen zu bitten, mit denen er Geschäfte machte. Gutaale kannte jeden in Somalia, deshalb war seine Hilfe natürlich willkommen. Doch es war sicher klüger, Allegras Leben einem Spezialisten anzuvertrauen, der keine Interessen in Somalia verfolgte – einem Mann wie Paul Janson. Das machte es Helms leichter, sich auf den größten Deal seines Lebens zu konzentrieren. Floss in seinen Adern Eiswasser? Die Frage war, was hätte er sonst tun sollen? Tatenlos herumsitzen und um die Frau bangen, die er liebte? Nein, sie hatte das Beste verdient, und Kingsman Helms sorgte auf seine Weise dafür, dass sie es bekam.

»Sie versuchen es, aber ohne Erfolg.«

»Sie stellen sich das so einfach vor«, erwiderte Gutaale. »Im Moment verfüge ich in Puntland leider nicht über ausreichende Kontakte. Das heißt aber nicht, dass ich keine Fortschritte erziele. Ich stehe mit Leuten in Verbindung, die mitbekommen, was der Pirat vorhat, wenn sie auch nicht mit ihm verhandeln können, zumindest noch nicht. Worauf ich hinauswill … ich habe gerade erfahren, dass eine weitere Geisel ums Leben gekommen ist.«

Helms erstarrte. »Ist meine Frau …?«

»Eine Frau wollte fliehen. Sie ist ins Meer gesprungen. Offenbar eine gute Schwimmerin – sie hätte es vielleicht ans Ufer geschafft, aber sie hat nicht mit den Zambezi gerechnet.«

»Was sind Zambezi?«

»Bullenhaie. Sehr aggressiv.«

»Meine Frau ist eine ausgezeichnete Schwimmerin«, flüsterte Helms.

Gutaale hob beruhigend die Hand. »Nein, nein. Wir wissen nicht, ob es sie war. Es kann auch eine andere gewesen sein. Meine Leute beobachten die Lage natürlich. Setzen Sie sich, mein Freund!«

Das Blut war aus Helms' Gesicht gewichen, und er stand wie erstarrt da. Gutaale wartete noch einige Sekunden, ehe er mit dem Knie erneut auf den Knopf drückte.

Im nächsten Augenblick platzte der junge Mann erneut herein. Diesmal flüsterte er nicht, sondern rief seine Nachricht laut heraus. »Sie ist es nicht! Es ist nicht Mrs. Helms.«

»Allah sei Dank«, sagte Gutaale.

Kingsman Helms sank in einen Stuhl. »Gott sei Dank.«

»Ich werde alles tun, um sie zu befreien.«

Zweiter Teil
EIN FERNES LAND

4°40' S, 55°31' O

Internationaler Flughafen Seychellen

Mahé, Seychellen

18

Ein feuerwehrroter 56er MG TF Roadster fuhr mit spuckendem Motor am Flughafengebäude vor. Der Fahrer in Leinenanzug und pinkfarbenem Hemd nahm den Panamahut ab und winkte. »Spring rein, Liebling.«

Ausgezeichnet, dachte Jessica Kincaid. Der »Unsichtbare« hatte sich diesmal eine besondere Tarnung einfallen lassen. Auf einer Insel, die berühmt war für teure Flitterwochen, wirkte er wie ein ausgelassener Bräutigam vor seiner vierten Ehe.

Jessica erwiderte sein strahlendes Lächeln und stieg neben ihm ein. Janson gab ihr einen theatralischen Kuss auf die Lippen, ehe er aufs Gaspedal trat und den MG durch den dichten Verkehr manövrierte.

»Nettes Auto.«

»Hab ich von der Lady ausgeliehen, der das Hotel gehört.«

»Alte Freundin?« Gab es eigentlich einen Ort auf dem Planeten, wo er nicht irgendein Mädchen kannte?

»Die Freundin einer Freundin.«

Janson scherte aus dem Verkehr aus und fuhr die Küstenstraße hinauf, die weder einen Randstreifen noch Leitplanken aufwies. »Soll ich fahren?«, bot Jessica an.

»Nicht nötig«, rief er über dem Dröhnen des Motors und dem Brausen des Windes zurück. Jessica konzentrierte sich auf die Landschaft. Jansons Fahrkünste waren so ziemlich das Einzige an ihm, das sie nicht bewunderte.

»Wir starten heute Abend, sobald es dunkel wird. Allegra

hat nicht wieder angerufen. Helms hat angeblich in Mogadischu erfahren, dass sie noch lebt.«

»Von wem?«

»Von Home Boy Gutaale. Der hat seine Leute auch oben in Eyl.«

»Helms hat bemerkenswerte Kontakte.«

»Dafür bezahlt ihn ASC. Aber die Piraten haben immer noch keine Lösegeldforderung gestellt. Darum starten wir heute Abend.«

»Hältst du es für möglich, dass Helms selbst hinter der Entführung seiner Frau steckt?«

»Das glaube ich nicht. Ich habe mich im Jachthafen umgehört. Adler hat Allegra und das Model offenbar wirklich ganz spontan eingeladen in der Hoffnung, eine von ihnen flachlegen zu können. Selbst wenn deine Camorra-Gangsterin nicht bloß fantasiert, hätte Helms kaum Zeit gehabt, die Entführung zu arrangieren.«

»Was ihn nicht daran hindert, die Situation auszunutzen.«

»Warum bezahlt er uns dann dafür, sie zurückzuholen?«

»Vielleicht hofft er, dass wir's vermasseln und sie getötet wird, bevor die SEALs sie retten können.«

»Egal ob sich deine Camorra-Lady irrt oder nicht, es ändert nichts an der Aufgabe, Mrs. Helms zu retten. Natürlich werden wir unsere Pläne nicht ihrem Mann verraten … da ist das Hotel.«

Am Rande eines Palmenwaldes stand ein ehemaliges Plantagenhaus mit Ausblick auf zwei Meilen weißen Sandstrand. Dahinter erstreckte sich eine blaue Bucht in die dunkleren Weiten des Meeres. »Ich kann's gar nicht erwarten, unser Tragflächenboot auszuprobieren.«

»Ich hab schon eine Runde gedreht«, gestand Janson. »Pfeilschnell, das Ding.«

»Geht sich's noch aus, dass ich eine Runde schwimme, bevor wir aufbrechen?«

Jessica war gerade aus Italien hergeflogen, und heute Nacht hatten sie neun Stunden in einem kleinen Flugzeug vor sich, deshalb hatte Janson keine Einwände. »Schwimm ruhig eine Runde. Wir starten sowieso erst, wenn's dunkel ist.«

»Paul, was ist, wenn Helms damit gerechnet hat, dass ihn Allegras Familie töten will, bevor der Ehevertrag ausläuft?«

»Das könnte ihn dazu bringen, zuerst zuzuschlagen.«

»Vor allem wenn er glaubt, dass seine Frau auf deren Seite ist.«

»Bliebe die Frage, wie Helms so schnell Kontakt zu den Piraten hätte aufnehmen können«, gab Janson zu bedenken.

»Warlord Gutaale kennt bestimmt ein paar Piraten.«

»Möglich«, räumte Janson ein.

Er hatte die Hotelbesitzerin gebeten, die Mitarbeiter anzuweisen, nicht unaufgefordert zu ihrem Cottage zu kommen, das am weitesten vom Haupthaus entfernt lag. Er hatte eine große Karte der somalischen Region Puntland vor sich auf der Veranda ausgebreitet, als Jessie in einem Speedo-Aquablade-Schwimmanzug zu ihm trat.

»Toller Anzug.«

Jessicas Augen fixierten eine kleine Granitinsel, die die Grenze zwischen dem dunkleren Meer und der helleren Bucht markierte. »Wie weit ist der Felsen entfernt … viertausend Meter?«

Janson schaute in die Ferne. »Ungefähr.« Es waren etwas über zwei Meilen.

»Laut Tourismusbüro sind Haie kein Problem.«

»Ein Hai könnte es sich anders überlegen, wenn er deinen Badeanzug sieht.«

»Er ist weiß, darum sieht er ihn nicht«, erklärte sie. »Er würde ihn für den Himmel halten … gibt's etwas Neues von deinem chinesischen Killer?«

Janson zuckte mit den Schultern. »Die Beiruter Polizei hat einen Motorroller mit einem Kerl angehalten, der chinesisch aussah.«

»Was haben sie rausgekriegt?«

»Nichts … weil er ihnen gleich wieder entwischt ist.«

»Wie …?«

»Der Libanon ist Weltspitze in Sachen Korruption. Die Bullen haben ihn zwar in eine Zelle gesperrt, aber als ein paar Anwälte aufkreuzten, hat jemand die Hintertür aufgesprengt.«

»Niemand würde einen Killer aus dem Ausland anheuern, der über solche Möglichkeiten verfügt, nur um einen Typen zu beseitigen, der es sich mit jedem in der Stadt verscherzt hat. Nein, der hatte es auf dich abgesehen.«

Janson zuckte mit den Schultern. »Ein Geschäftspartner in Beirut geht der Sache nach. Und ein Freund in Tel Aviv.«

»Gab es in deiner Vergangenheit irgendwelche Verbindungen mit China, von denen ich wissen sollte?«

»Die einzigen Chinesen, die sauer genug auf mich waren, um mich umzubringen, sind tot. Geh schwimmen. Tu den Haien nichts.«

»Wenn du in einer fremden Stadt jemanden töten willst, gibt es nur einen Grund, nicht einen Einheimischen dafür anzuheuern: Du warst einfach nicht lange genug hier, um jemand Geeigneten zu finden.«

»Du meinst, es war nicht lange geplant?«

Jessica nickte entschieden. »Jemand hat eine unerwartete Gelegenheit gesehen, dich loszuwerden, und hatte nicht genug Zeit, um jemanden von hier zu finden. Wenn der Killer ein Chinese war, dann ist der Auftraggeber auch Chinese.«

»Wie kommst du darauf, dass ein chinesischer Killer nur für chinesische Kunden arbeitet?«

»Der Typ fällt in Beirut jedem auf. Es ist natürlich kein Beweis, aber überleg doch mal. Würdest du einen großen, breitschultrigen chinesischen Killer anheuern, den jeder Zeuge beschreiben kann? Das Risiko, dass er gefasst wird, ist ziemlich groß. Du hast ja selbst gesagt, dass ihn die Bullen schnell erwischt hatten.«

Während Janson einige Telefongespräche führte, schaute er immer wieder auf das Meer hinaus, wo Jessica die zwei Meilen zu dem Felsen hinausschwamm. Seine Gedanken waren immer noch bei dem Vorfall in Beirut. Es bewies noch gar nichts, dass Daniel Barorski direkt nach seinem Treffen mit ihm getötet worden war, zumal es so viele in der Stadt gab, die seinen Tod gewollt hatten. Dass er so scharf auf einen deutschen Pass gewesen war, zeigte, dass er eine schnelle Flucht geplant hatte. Bemerkenswert war allerdings die Tatsache, dass er zum Zeitpunkt seines Todes Jansons auffällige Jacke getragen hatte.

Andererseits hätte niemand wissen dürfen, dass er sich in Beirut aufhielt. Janson war als Adam Kurzweil in den Libanon eingereist und hatte sich dort als »Mr. Saul« ausgegeben. Das bedeutete, dass die Leute, die es möglicherweise auf ihn abgesehen hatten, unglaublich gut waren. Nur die Ausführung war mangelhaft gewesen. Den falschen Mann umzubringen war genauso amateurhaft wie das Vorgehen der Camorra-Gangster bei ihrem Anschlag auf Kingsman Helms in New York.

Aber warum sollte es jemand auf ihn abgesehen haben? Helms' familiäre Verbindungen nach Italien mochten den Anschlag auf ihn erklären. Aber welche Verbindung gab es zwischen den Chinesen und Janson?

Er wusste keine Antwort. Umso mehr Grund, schnell vorzugehen. Mit den Chinesen konnte er sich immer noch beschäftigen, wenn sie Allegra Helms sicher nach Hause gebracht hatten.

Ihm fiel ein, was ihm ein Analytiker von Catspaw über ASC mitgeteilt hatte: »Die American Synergy Corporation kann sich im globalen Wettlauf um neue Fördergebiete nur schwer gegen China behaupten.«

Er richtete sein Fernglas auf den Felsen zwischen der Bucht und dem Indischen Ozean. Jessica schwamm locker im Bruststil rund um den Felsen, ehe sie Richtung Ufer zurückkraulte. Janson schüttelte staunend den Kopf. Sie hatte noch zwei Meilen vor sich und sprintete regelrecht. Er wusste, dass sie die Zeit stoppte, und wenn sie auf die Seychellen zurückkehren würden, um, wenn alles gut ging, die Befreiung von Allegra Helms zu feiern, würde sie sich mächtig ins Zeug legen, um ihre heutige Zeit zu unterbieten.

Ein anderer Gedanke, der ihm im Hinterkopf herumgespukt hatte, seit Barorski erschossen worden war, warf eine beunruhigende Frage auf: Konnte es sein, dass ihm der Kerl, der es eventuell auf ihn abgesehen hatte, nicht einfach gefolgt war, sondern dass er irgendwie vorhergesehen hatte, dass Janson nach Beirut kommen würde?

Er ging jeden seiner Schritte bis zum Treffen mit Barorski durch: der Handyanruf während seines Aufenthalts in Hamburg, seine Recherchen mit dem Satellitentelefon im Flugzeug und schließlich ein letzter Handyanruf aus Jordanien, ehe er als Mr. Kurzweil in den Libanon eingereist war.

Er hatte alle nur erdenklichen Sicherheitsvorkehrungen getroffen. Was die unangenehme Möglichkeit nahelegte, dass der unbekannte Verfolger ihn gut genug kannte, um jeden seiner Schritte vorherzusehen. Auch dieses Problem würde warten müssen, bis Allegra Helms in Sicherheit war.

Hätte er die blaue Jacke getragen, hätte er beim Geräusch des heranbrausenden Motorrollers sofort seine Pistole gezogen. Er hätte das Fahrzeug mit einem Schuss auf den Fahrer gestoppt, dem Beifahrer die Waffe ans Ohr gesetzt und ihn gefragt, wer ihn bezahlte.

Janson drängte den Gedanken beiseite und griff zum Telefon. Hassan, Ahmed und Isse sollten inzwischen in Mogadischu angekommen sein. Er wollte mehr über Ahmeds Verwandte mit Piratenvergangenheit erfahren. Vielleicht ließ sich einer von ihnen als Unterhändler anheuern.

Doch keiner der drei meldete sich.

»Hab mich vertippt«, sagte Ahmed augenzwinkernd.

»Was meinst du?« Isse sah ihn mit zusammengekniffenen Augen an. Die Sonne in Mogadischu war viel greller als in Minneapolis und schmerzte ihm in den Augen. Sie warteten in der Schlange vor dem Internetcafé am Bakara-Markt, das sich im Erdgeschoss eines dreistöckigen Hauses befand. Draußen waren Arbeiter damit beschäftigt, die mit Einschusslöchern übersäte Mauer auszubessern.

Ahmed hielt sein Shanzhai-Handy hoch. »Ich habe versehentlich Pauls Nummer gelöscht.«

»Wie hast du das gemacht?«

Ahmed sah ihn mit seinem schlitzohrigen Lächeln an. Sie befanden sich keine zwei Tage in Mogadischu, und er hatte bereits irgendeine große Sache am Laufen. Ahmed hatte gleich nach der Landung sein T-Shirt gegen ein weißes Hemd getauscht und glich damit den vielen anderen großmäuligen Typen, die auf den Straßen ihren Geschäften nachgingen.

»Ich habe meine E-Mails gecheckt und versehentlich die Löschtaste gedrückt. Jetzt kann ich Paul nichts mehr berichten. Und er kann mich nicht mehr orten. So ein Pech.«

»Was ist, wenn du Hilfe brauchst?«

»Ich hab seine Nummer in meinem anderen Handy gespeichert, bevor ich sie gelöscht habe, Dummerchen.« Ahmed lachte.

Isse spürte seinen Spott. Ahmed wirkte so erwachsen, und er kam sich neben ihm wie ein Schüler vor, der noch in seinem Zimmer bei den Eltern schlief.

»Warum darf Paul nicht wissen, wo du bist?«, fragte Isse.

»Ich mache Geschäfte und will mich nicht überwachen lassen.«

Isse zog das Handy heraus, das Paul ihm gegeben hatte, und rief die Löschtaste auf dem Display auf.

»Was tust du?«, fragte Ahmed.

»Ich habe auch meine Geschäfte.«

»Warte, Isse. Du solltest nicht die Brücken abbrechen, bevor du weißt, wo du hinwillst.«

»Ich weiß es sehr wohl.«

»Wirklich? Wohin denn?«

»Auf meinem Weg geht es nicht um Geld«, erklärte Isse ernst. »Es geht um Respekt für den Islam.«

Ahmed reagierte mit unverhohlener Verachtung. »Ach, das schon wieder. Isse, du klingst wie ein verdammter Saudi. Wir sind Somalier. Okay, wir sind Muslime, aber zuerst Somalier. Warum redest du ständig vom Islam und von Respekt?«

»Die Amerikaner respektieren uns nicht.«

»Du bist so wie ich in Amerika aufgewachsen. Du weißt verdammt gut, dass die Amerikaner niemanden ausgrenzen, der eine Kreditkarte in der Brieftasche hat. Willst du etwas für Muslime tun? Dann verschaffe ihnen einen Job. Sie sollen Spaß daran haben, Geld zu verdienen.«

»Es gibt eine bessere Art, zu leben«, beharrte Isse. »Nach Gottes Gesetz.«

»Ich würde lieber eine Firma gründen und den Leuten Arbeit geben. Wenn sie Geld in der Tasche haben, können sie selbst entscheiden, wie sie leben wollen. Verstehst du das nicht, Mann? Das ist viel einfacher und kostet niemanden das Leben. Hey, Mann, freu dich, wir sind in Mogadischu. In einer spannenden, neuen Welt, und wir sind im richtigen Moment mittendrin.«

Ahmeds Handy meldete eine eingehende SMS. »Ja!«

Er zeigte Isse das Display.

SEIFE IST ANGEKOMMEN.

»Ich bin im Geschäft.« Ahmed tippte eine kurze Antwort und lächelte Isse ins Gesicht. »Hey, Griesgram, du kannst ruhig mal lächeln!«

»Das würde ich gerne.« Isse musste an seine depressive Mutter denken, die er einmal, als er zwölf war, gefragt hatte: »Kannst du nicht einfach fröhlich sein?« Sie hatte geantwortet: »Das würde ich gerne, aber ich kann nicht.«

Plötzlich zerriss eine Explosion die Luft. Der Boden erbebte unter ihren Füßen. Ringsum verstummten alle Gespräche. Die Leute schauten sich mit angsterfüllten Augen nach dem besten Fluchtweg um.

Handys klingelten, SMS wurden gesendet und empfangen, und binnen Sekunden verbreiteten sich Neuigkeiten und Gerüchte.

»Eine Bombe am Strand.«

Zwei Meilen entfernt. Sie befanden sich in Sicherheit.

»Selbstmordanschlag am Strand.«

»In einem Fischrestaurant.«

»Autos explodiert.«

»Nur zwei Tote.«

»Ein Restaurant am Strand«, wandte sich Ahmed an Isse. »Du weißt schon, wo die Reichen und die Beamten zu Mittag essen … was hast du gesagt?«

»Ich hab gesagt, das ist ein Weckruf an alle.«

»Verrückter Kerl.«

Isse rief erneut die Löschtaste auf seinem Handy auf und drückte sie zwei Sekunden lang. Dann trat er aus der Schlange vor dem Internetcafé.

»Wo gehst du hin, Isse?«

»Ich besuche ein paar Moscheen.«

Ahmed lachte. »Sprich ein Gebet für mich.«

Isse drehte sich zu ihm um und hielt ihm mit einem überraschend breiten Lächeln die Faust zum Fist-Bump hin. »Ich spreche ein Rap-Gebet für dich. Es heißt ›Schließ dich der Karawane an, bevor du deine Seele verlierst‹.«

Ahmed schaute ihn an, als hätte er den Verstand verloren. »Wie du willst, Isse.«

Isse drehte sich um und verschwand in der Menge.

Ahmed sah ihm nach und fragte sich, wie verkorkst Isse eigentlich war. Er kannte den Rap von Amriki. Die nächste Zeile des religiösen Fanatikers lautete: »Tausche dieses Leben gegen die ewige Seligkeit.«

Damit war der Märtyrertod als Selbstmordattentäter gemeint. Aber so dumm konnte selbst Isse nicht sein.

19

Als sich die Nacht über das Meer senkte, marschierten Janson und Jessica Kincaid in Neoprenanzügen den Strand entlang. Es stand kein Mond am Himmel, doch die leichte Brandung schimmerte im Sternenlicht. Das Wasser verwischte die markanten Abdrücke ihrer Kampfstiefel.

Janson zog sein Nachtsichtgerät des Typs JF-Gen4 PSFE

über die Augen, nachdem sie etwa eine Meile gegangen waren. Das eingebaute GPS ermittelte ihre genaue Position. Er führte Jessica in den Palmenwald hinauf.

»Was riecht da so?«, fragte sie. »Farbe?«

»Ich musste es schwarz lackieren. Das verdammte Ding war rot-weiß, das hätte man tausend Meter weit gesehen.«

Das schwarze Tragflächenboot stand nahezu unsichtbar auf einem Bootsanhänger mit Ballonreifen. Sie zogen das Gefährt in die Brandung, tauchten es in die seichten Wellen und versteckten den Anhänger zwischen den Bäumen. Mit Palmwedeln verwischten sie die Fußabdrücke und Reifenspuren.

Sie zogen das drei Meter lange Tragflächenboot in die Brandung, bis sie knietief im Wasser standen, ehe sie einstiegen, Jessica auf dem Vordersitz. Sie ließ den Elektromotor an, der so leise war, wie er sein sollte, und glitten ins offene Meer hinaus.

Von Westen hörten sie das hohle Brummen einer Turboprop-Maschine. Das Geräusch schwoll an, und ein etwas unförmig wirkendes Flugzeug – Jessie verglich es mit einem fliegenden Guppy – senkte sich von den Sternen herab. Kurz bevor es auf dem Wasser aufsetzte, teilte sich die untere Hälfte des Rumpfes und ließ zwei weit gespreizte Schwimmer herab.

Das Triebwerksgeräusch verebbte zu einem leisen Murmeln. Die Gischt glitzerte, und das stämmige einmotorige de-Havilland-Wasserflugzeug kam zwölf Sekunden nach der Landung nahezu lautlos zum Stehen. Jessica näherte sich von hinten, um dem Propeller aus dem Weg zu gehen. Janson beugte sich aus dem Elektroboot und warf eine Leine über eine Klampe auf dem näher gelegenen Schwimmer.

Der hintere Teil des Rumpfes wurde wie eine Rampe heruntergeklappt, die in ein eineinhalb Meter breites Frachttor führte. Janson und Jessie Kincaid kletterten auf den rechten

Schwimmer und warfen ihre wasserdichten Rucksäcke durch die Luke. Aus dem dunklen Innenraum ließ der Copilot ein Seil herunter, das sie an ihrem kleinen Gefährt befestigten, ehe es mit einer elektrischen Winde ins Flugzeug gezogen wurde. Sie stiegen hinter dem Fahrzeug ins Innere. Bis auf die beiden vorderen Sitze war alles aus dem Flugzeug entfernt worden, sodass mehr als genug Raum für das Wasserfahrzeug vorhanden war.

»Los«, rief Janson dem Piloten zu, den er nur als schattenhafte Gestalt vor sich sah.

Doch anstatt den Motor hochzudrehen und zu starten, ließ der Pilot die Maschine langsam gegen den Wind treiben. Als er sich in seinem Sitz umdrehte, sah Janson einen aristokratisch wirkenden indischen Sikh mit dichtem Bart und einem leichten Sennheiser-Headset unter dem Turban. Er nickte Jessica höflich zu und wandte sich gut gelaunt, aber mit dem vornehmen Akzent einer englischen Public School an Janson.

»Wir sitzen ein bisschen in der Klemme, was das Wetter betrifft, Sir. Der Kapitän des ersten Tankschiffes meldet fallenden Luftdruck. Wie Sie sicherlich wissen, bringen Tiefdrucksysteme Wind und Wellen mit sich.«

»Ich verfolge das Tief schon seit dem Morgen«, antwortete Janson. »Es zieht Richtung Nordnordost. Der Wind dahinter weht nur noch mit knapp vier Knoten.«

»Prima. Trotzdem meldet der Kapitän einen Meter hohe Wellen.«

»Wo liegt Ihre Grenze?«

»Leider ist das kein Flugboot mit einem schwimmfähigen Rumpf.« Der Pilot erklärte ihnen, dass die Otter mit ihren beiden Schwimmern ruhigere See benötigte, um sicher landen zu können. Für einen Meter hohe Wellen war das Flugzeug nicht gebaut.

Janson nahm sein Nachtsichtgerät ab, sodass sie sich Auge in Auge im Lichtschein der Instrumente unterhalten konnten. »Wir können trotzdem sofort starten«, schlug Janson vor. »Fliegen Sie bis knapp an den Point of no Return. Dort fragen wir den Kapitän noch einmal, wie die Lage ist, und hätten noch genug Sprit, um notfalls zu den Seychellen zurückzukehren.«

»Ausgezeichnet, Sir«, antwortete der Pilot. »Ich habe gehofft, dass Sie das sagen würden. Also gut, dann schnallen Sie und die Lady sich bitte an.«

Das P&W6-27-Triebwerk lief an, und die Maschine, die mit Janson, Jessica und dem Elektroboot deutlich geringer beladen war, als es mit den normalerweise üblichen zehn Passagieren samt Gepäck der Fall gewesen wäre, brauste ein kurzes Stück über das Wasser und hob rasch ab. Sieben Minuten nach der Landung wurden die Schwimmer schon wieder unter dem Rumpf eingeklappt, um den Luftwiderstand zu verringern.

Der Pilot stieg nur auf etwa dreißig Meter hoch, um unter dem Radar der Seychellen zu fliegen. Nach etwa fünfunddreißig Meilen kletterte das Flugzeug auf eine Reiseflughöhe von dreitausend Metern und flog mit treibstoffsparenden 130 Knoten Richtung Westen. Janson und Jessica packten die brandneuen MTAR-Sturmgewehre aus den Kisten aus und feuerten ein paar Probeschüsse durch ein Heckfenster ab.

Dann schloss Janson die Augen, um ein wenig zu schlafen, während sich Jessie zu den Piloten hockte, um ein wenig zu fachsimpeln. Der Copilot war ein Südafrikaner namens Clarence Choh, und sie erfuhr, dass er ein ehemaliger Söldner war, der für einige Jahre reiche Leute zu entlegenen Inselparadiesen transportiert hatte.

Der Pilot hieß Kirpal Singh und war einst für Air India geflogen, ehe er beschlossen hatte, »ein bisschen mehr Spaß im Leben zu haben«. Kirpal Singh erwies sich als weitaus gesprächiger als die meisten Piloten. Er hörte gar nicht mehr auf, über den Sinn des Lebens und schließlich sogar über sein »persönliches Paradoxon« zu plaudern.

»Beim Start ist mir etwas aufgefallen«, unterbrach ihn Jessica. »Sie haben die Nase der Maschine relativ tief gehalten.«

»Ist besser so, glauben Sie mir«, lachte der Südafrikaner. »Sie tendiert stark dazu, die Nase hochzuziehen, vor allem wenn der Schwerpunkt sehr weit hinten liegt.«

»Ansonsten ist sie eine echte Lady«, erklärte Kirpal Singh, »aber was ihre Nase betrifft, ist sie überempfindlich. Beim kleinsten Rumpler zieht sie sie hoch, und wenn man da nicht schnell reagiert, stellt sie sich auf und lässt sich nicht mehr bändigen.«

»Damit meint der indische Kollege, die Maschine stürzt ab«, erklärte Clarence Choh.

»Wie viel Seitenwind verträgt sie bei der Landung?«, wollte Jessica wissen.

»Zehn Knoten bei neunzig Grad«, antwortete Choh.

»Aber wenn man die Landeklappen ausfährt, sollte es auch noch bei fünfzehn klappen«, warf der Inder ein.

Der Südafrikaner lachte. »Eine lange Landebahn ist allerdings besser. Voll ausgefahrene Landeklappen und Seitenwind, das verträgt sich nicht so gut.«

Als Janson nach einer Stunde aufwachte, schlief Jessie neben ihm. Nach drei Stunden Flug nahmen sie Kontakt mit dem Tankschiff auf. Die Wellen waren immer noch einen Meter hoch, und der Wind hatte nicht nachgelassen.

»Es ist nicht schlechter geworden«, stellte Janson fest. »Machen wir's.«

Der Copilot wirkte äußerst skeptisch. Jessica beobachtete, dass Kirpal Singh eher bereit schien, das Risiko einzugehen. »Sie haben mir vom Seitenwind erzählt. Wenn die Wellenberge weit genug auseinanderliegen, könnten Sie doch dazwischen landen.«

»Das wäre wahrscheinlich lustig«, meinte der Südafrikaner. »Eine lupenreine Seitenwindlandung.«

»Sie haben gesagt, bis zu fünfzehn Knoten wären machbar«, beharrte Jessica.

»Da hat die Lady recht«, räumte der Inder ein. »Versuchen kann man es.«

Der Copilot sah ihn ungläubig an. »Kirpal! Was ist, wenn die Wellentäler zu schmal sind, um drin zu landen. Treibstoff hätten wir dann auch keinen mehr, um umzudrehen. Was dann?«

»Dann bleibt uns wohl nichts anderes übrig, als zu landen«, meinte Singh. Jessica hatte plötzlich das Gefühl, dass der ungewöhnlich gesprächige Pilot etwas Eigenartiges an sich hatte.

»Und wenn es schiefgeht?«

Der Inder zuckte mit den Schultern. »Das Schiff ist ja dort und kann uns rausholen.«

»Genau«, erwiderte der Südafrikaner. »Falls wir's aus dem Wrack schaffen, bevor es sinkt.«

»Die leeren Tanks werden uns oben halten, bis wir draußen sind.«

»Moment mal!« Choh legte dem Piloten die Hand auf die Schulter und drehte ihn zu sich. »Lass mal deine Augen sehen ... Hast du deine Medikamente nicht genommen?«

Der Pilot lächelte. »Ich habe schon seit Tagen das Gefühl, dass ich sie nicht mehr brauche. Ich fühle mich großartig, fast euphorisch.«

»*Fast?* Herrgott.« Clarence Choh wandte sich Jessie Kincaid zu und sprach mit ihr, als wäre der Pilot gar nicht anwesend. »Er hat die bipolare Störung. Wenn er seine Tabletten nicht nimmt, ist er high wie ein Drachen.«

»Ich bin ein exzellenter Pilot.«

»Das bist du, Kumpel. Der beste, mit dem ich je geflogen bin.« Wieder sprach Choh mit Jessica, als wären sie allein. »Das Verrückteste ist, er ist sogar noch besser, wenn er high ist. Aber Tatsache ist, er ist high.«

»Ja, und das fühlt sich wunderbar an«, bestätigte Kirpal Singh. »Dann hätten wir das besprochen. Wir treffen uns wie geplant mit dem Schiff, tanken und bringen diese reizende Lady und ihren Freund nach Puntland. Während sie ihre Geschäfte erledigen, tanken wir erneut auf und warten vor der Küste, bis sie uns rufen, damit wir sie und ihre Freunde abholen. Und zu Hause auf den Seychellen können sie nach dem kleinen Abenteuer dann ihre Flitterwochen genießen.«

»Was ist, wenn wir untergehen?«, wandte Choh ein. »Wer sagt dem ›Händler des Todes‹, dass sein Flugzeug auf dem Meeresgrund liegt? Mr. Moskow ist kein sanftmütiger Mensch.«

»Meine Kunden werden ihm das Flugzeug ersetzen«, warf Janson ein. »Sie würden das mit Mr. Moskow regeln.«

»Wunderbar!« Der Sikh schien voller Tatendrang. »Auf in unbekannte Welten.«

Janson und Jessica schliefen abwechselnd, bis nach über sechs Stunden die Tanks nahezu leer waren und der Pilot sie aufforderte, die Rettungswesten anzulegen.

Das Flugzeug senkte sich in der Dunkelheit herab.

In etwa sechzig Meter Höhe schaltete Singh die Landescheinwerfer ein.

»Bitte anschnallen, Lady und Gentleman.«

Die Catspaw-Agenten schlossen rasch ihre Gurte, als sie die Schaumkronen auf dem Indischen Ozean sahen.

»Das sieht nicht gut aus«, bemerkte der Südafrikaner. »Zwei Meter hohe Wellen.«

»Nicht mal eineinhalb«, korrigierte ihn der Inder. »Sag der Dhau, sie soll die Lichter einschalten.«

»Wie willst du bei solchen Bedingungen landen?«

»Ich lande nicht, bevor mir die Dhau nicht genau anzeigt, wo sie ist. Jetzt gib schon den Funkspruch durch, Choh!«

Clarence Choh führte die Anweisung von Kirpal Singh aus. Eine halbe Meile vor ihnen tauchte eine zweimastige hölzerne Dhau in einem Kreis aus elektrischem Licht auf. Sie hatte die Segel eingeholt und lief unter Motorkraft.

Die Otter ging tiefer. »Hundert Fuß«, rief der Copilot, und Janson sah arabische Matrosen in T-Shirts, die einen Schlauch an Deck zerrten. Ein Mann wurde auf dem schaukelnden Schiff von den Beinen gerissen und hielt sich in seiner Not an der Reling fest.

»Das gefällt mir gar nicht«, stellte der Südafrikaner fest.

»Kinderspiel«, meinte der Inder. Er wendete das Schwimmflugzeug und flog parallel zu den Wellen. Janson schätzte den Korridor zwischen den Brechern schmaler als die Spannweite des Flugzeugs.

Eine Windböe riss am rechten Flügel, was der Pilot geschickt mit dem rechten Querruder ausglich. Schließlich hob Singh die Nase der Maschine an. »Jetzt werden wir versuchen, die interessante Idee der Lady umzusetzen. Keine Sorge, Madam, Sie haben das Manöver nicht erfunden. Es wurde schon oft durchgeführt.«

Singh ging noch tiefer und flog zehn Knoten schneller, als er es bei einer Landung gegen den Wind getan hätte. Das Flugzeug war zu schnell und wollte die letzten paar Meter nicht hinuntergehen. Doch bei dem Seitenwind, der gegen die Steuerbordseite schlug, wäre es Selbstmord gewesen, die Landeklappen voll auszufahren. Singh zog die Gashebel zurück. Einen Moment lang herrschte gespannte Stille.

Die Schwimmer setzten hart auf. Ohne den dämpfenden Effekt eines Fahrwerks wurde die Maschine von dem Aufprall so heftig durchgeschüttelt, als würde sie jeden Moment in ihre Einzelteile zerbrechen. Das Heck ging hoch, die Nase nach unten, und die vorderen Enden der Schwimmer tauchten ins Wasser ein.

Singh korrigierte blitzschnell mit dem Höhenruder, und das Flugzeug ging in die Waagrechte und hob die Schwimmer aus dem Wasser. Doch als es schon so aussah, als hätte es der phänomenale Pilot tatsächlich geschafft, knickte der linke Schwimmer in der tückischen See ein. Das Flugzeug neigte sich nach links. Gleichzeitig hob eine Welle den rechten Schwimmer hoch und die Maschine kippte noch stärker nach links, bis der Flügel in eine Welle eintauchte und nach unten gezogen wurde. Die Otter brauste mit siebzig km/h durch das enge Wellental und begann zu taumeln.

20

Paul Janson öffnete seinen Gurt, drückte die Tür auf und sprang.

Der Propeller schlug ihm salzige Gischt ins Gesicht. Er landete mit einem Fuß auf dem Schwimmer und griff mit beiden Händen nach der Flügelstrebe. Schwang sich weiter hinaus, um den anderen Flügel auszubalancieren, der unter Wasser gezogen wurde. Der Flügel kämpfte wie ein wild gewordenes Tier. Das Donnern des Wassers, das Dröhnen des Motors und das Heulen des Propellerwinds vereinigten sich zu einem chaotischen Wirbelsturm, in dem Janson plötzlich eine zielgerichtete Bewegung hinter sich wahrnahm.

Er streckte die Hand zu Jessica aus.

Ihre Hände fanden sich.

Mit seiner Kraft und ihrem Schwung katapultierte Janson sie aus dem Flugzeug. Jessica packte den Flügel mit beiden Händen und hängte sich mit ihren fünfundfünfzig Kilo daran, um ihn nach unten zu ziehen. Die Otter brauste in ihrer Schräglage weiter, die Spitze des Backbordflügels zum Meeresgrund geneigt, der Steuerbordflügel zu den Sternen zeigend. Endlich tauchte der Flügel aus dem Wasser auf, und die Maschine glitt auf beiden Schwimmern dahin und kam schließlich auf der Leeseite der Dhau zum Stehen.

Kirpal Singh stellte den Motor ab, und der Propeller hörte auf, sich zu drehen. Matrosen warfen ihnen Leinen zu. Janson und Jessica fingen sie auf und gaben den Schlauch an Clarence Choh weiter, der ihn in den Tankstutzen der Otter rammte.

»Das sind keine Straßen«, beklagte sich Home Boy Gutaale gegenüber seinem Fahrer und seinen Leibwächtern. »Nicht mal Ziegenpfade.«

Der rotbärtige Warlord führte seit zweieinhalb Tagen einen Konvoi von gepanzerten SUVs von Mogadischu nach Eyl in Puntland. Sein Fahrer Mohammed, der in allen Kriegen an seiner Seite gestanden hatte, bemerkte: »Der künftige George Washington von Soomaliweyn sollte nicht auf Ziegenpfaden reisen müssen.«

Alle lachten, und Gutaale schwor einen Eid, der seine Mitstreiter erst lächeln und schließlich in Jubel ausbrechen ließ: »Wenn der Sieg errungen und das Land wieder geeint ist, dann töten wir jeden Steuereinnehmer, der Geld für Straßen eingetrieben hat. Aber bevor wir sie töten, schneiden wir ihnen die Füße ab, damit sie sehen, wie es war, auf ihren Straßen nach Eyl zu laufen.«

Der Ziegenpfad schlängelte sich durch die felsige, sandige Landschaft. Dazu kam die brütende Hitze überall dort, wo der

Wind von den Hügeln abgehalten wurde. Über weite Strecken wirkte das Land so leer, als hätte nie ein Mensch hier gelebt, was bei der Hitze auch nur zu verständlich gewesen wäre. Doch nach der nächsten Kurve tauchten plötzlich ein paar Jungen auf, die einen Esel führten oder hinter einem Kamel herjagten. Dann wieder nichts als leere Einöde und Gluthitze.

Die Hügel warfen bereits lange Schatten in der sich neigenden Sonne, und das Licht wurde schwächer, als plötzlich Gutaales Handy klingelte.

»Was gibt's?« Dank der Handymasten, die im Abstand von vierzig Meilen standen, war er zumindest geistig mit einer Welt verbunden, die sich sein Körper im Moment nicht vorstellen konnte. Einer seiner Stellvertreter rief aus dem fernen Mogadischu an.

»Halte dich vom Strand fern. Heute Abend wird es einen Angriff geben.«

Gutaale fragte nicht, woher sein Mann das wusste. Aktuelle Informationen waren eine Voraussetzung für den Erfolg. Wenn die Leute einem Kriegsherrn zutrauten, das Versprechen einer besseren Zukunft einzulösen, flossen ihm von überall Informationen zu – von Hackern, die die Kommunikation der internationalen Seestreitkräfte abfingen, von loyalen Kameraden, die das Geschehen im Land mit aufmerksamen Augen beobachteten, von europäischen Agenten, die sich damit spätere Gefälligkeiten erkaufen wollten, und von internationalen Unternehmen, die sich gute Geschäfte in der Zukunft erhofften.

Er rief einen Fischer in Eyl an, einen Clanbruder, dessen Boot um einiges größer war, als er es sich mit den Fischen, die er fing, hätte leisten können. Er verdankte es der Großzügigkeit des zukünftigen George Washington von Soomaliweyn. Gutaale stellte sich vor, wie der Sohn, der sich am Telefon gemeldet hatte, zu seinem Vater rannte und flüsterte: »Es ist *er!*«, und der Vater ihm das Telefon aus der Hand riss und die Blätter, die er gekaut hatte, ausspuckte.

»Ja, mein Bruder. Gott sei mit dir.«

»Koche Essen für zwölf Kämpfer und mach dein Boot startklar.«

In der Abenddämmerung forderte Paul Janson Kirpal Singh und Clarence Choh auf, das Flugzeug etwa fünfzehn Meilen vor der Küste von Puntland zu landen. Sie waren knapp über den Wellen geflogen, unterhalb des Radars einer Marinepatrouille. Nun waren sie allein, das Meer so leer wie schon den ganzen Tag. Es war der Abend nach ihrem Aufbruch von den Seychellen. Nach dem Auftanken hatten sie noch einige Stunden bei der Dhau zugewartet, um dann in der Nacht die Operation *Tarantula* zu starten. Die Piloten hatten auf der Dhau geschlafen und sich nach ihrer Rückkehr über die Kakerlaken beklagt. Janson und Jessica Kincaid hatten im Flugzeug geschlafen. Ihre Catspaw-Kontakte bestätigten, dass die Jacht immer noch vor der Küste von Eyl auf und ab lief.

Das Wasser war hier viel ruhiger, etwa vierhundert Meilen vom Tiefdrucksystem entfernt. Typische Bedingungen für den Monat Juli im Westen des Indischen Ozeans, wie ihnen Singh erklärte. Er brachte die Otter auf den seichten Wellen zum Stehen. Janson und Jessica klappten die Frachttür herunter und ließen das schwarze Tragflächenboot über die Rampe zu Wasser.

Mit ihrem Gepäck, den Gewehren, Funkgeräten und Telefonen bestiegen sie das Quadrofoil-Tragflächenboot und führten einen Funkcheck mit ihren Piloten durch. Jessica fuhr die vier Flossen aus, die einen Meter ins Wasser ragten. Mit einem kurzen *Tsk* in ihr Lippenmikrofon testete sie die Verbindung mit Janson. Er erwiderte den Laut, um zu bestätigen, dass er sie verstanden hatte.

Mit einem doppelten *Tsk* gab er ihr das Startsignal.

Jessica ließ den Elektromotor an, und das kleine Gefährt setzte sich in Bewegung. Sie beschleunigte und hatte plötzlich das Gefühl, mit dem Boot hochgehoben zu werden.

Sie drehte sich kurz um. »Festhalten, Janson. Es geht los.« Sie beschleunigte weiter, und das Elektroboot schraubte sich auf seinen Flossen noch höher, bis der Wasserwiderstand schwand und nur noch ein kleiner Teil des Fahrzeugs ins Wasser ragte. Mit über vierzig km/h glitten sie der Küste entgegen.

Allegra Helms glaubte, wieder die Drohnen zu hören.

Die *Tarantula* glitt langsam in der Dunkelheit auf und ab, immer wieder und wieder. Die Piraten hörten das Geräusch ebenfalls und reagierten fast panisch. Sie trieben Allegra, Hank und Susan sowie den trauernden Diplomaten in die Mitte der verdunkelten Brücke, weg von den Fenstern. Der Pirat, der das Schiff steuerte, duckte sich hinter dem Steuer.

Die internationalen Streitkräfte patrouillierten am Nachthimmel, und die somalischen Piraten wollten nicht riskieren, ins Visier der Nachtzielfernrohre zu geraten. In ihrer Angst wagten sie nur noch zu flüstern. Wenn unbemannte Überwachungsflugzeuge einen Mann im Dunkeln aufspüren und töten konnten, vermochten sie ihn womöglich auch im Dunkeln zu hören.

Piraten und Geiseln hockten gemeinsam auf dem Boden und schauten einander im schwachen roten Lichtschein der Instrumente in die verängstigten Gesichter. Sie glaubten, dass die Drohnen das rote Licht nicht wahrnehmen würden. Allegra hatte keine Ahnung, ob es stimmte, doch es beruhigte nicht nur die Piraten, sondern auch sie.

Letzte Nacht hatten sie das Summen der Drohnen ebenfalls

gehört, doch diesmal klang es irgendwie anders. Näher? Tiefer? Oder waren es mehrere? Das Geräusch hatte eine andere Tonhöhe, und Allegra fragte sich mit Hoffen und Bangen, ob sie heute vielleicht nicht nur Drohnen geschickt hatten, sondern bemannte Flugzeuge und Helikopter.

Sie hoffte, dass Soldaten kamen, um sie alle zu retten.

Doch sie fürchtete den unvermeidlichen Kampf. Die Boote mit der täglichen Ration Kathsträucher hatten bei ihren Lieferungen auch immer mehr Waffen gebracht, bis die Jacht schließlich an ein Kriegsgebiet erinnerte. Die Piraten, die sie bewachten, trugen Pistolen und Handgranaten am Gürtel, dazu automatische Gewehre und Raketenwerfer. In gewisser Weise waren die Schusswaffen sogar weniger beängstigend als die Messer, die die meisten bei sich getragen hatten, als sie an Bord gekommen waren. Bis Allegra sich vorstellte, wie die Männer in Panik herumlaufen würden, wenn das Schießen begann. Wenn sie aus allen Rohren feuerten, würde es nicht lange dauern, bis sie von einer verirrten Kugel getroffen wurde. Dann würde sie genauso enden wie Allen Adler und hilflos auf dem Boden verbluten.

Eine tiefe Verzweiflung überkam sie. War sie verloren? Sie erinnerte sich an ein paar Verse aus einem Gedicht, das sie in einem Theaterstück an der Nightingale-Bamford School vorgetragen hatte, als sie gerade angefangen hatte, Englisch zu lernen. Die Verse ließen sie erbeben.

My folk have wedded me.
Across heaven's span,
Into a far country.

Doch das stimmte nicht ganz. Sie hatte von sich aus geheiratet, gegen den Willen ihrer Eltern, um ihrem Einfluss zu entkommen. Und in die fernen Länder war sie ebenfalls aus freien Stücken aufgebrochen. Jedenfalls bis zu diesem Moment.

Ein neues Geräusch drang zu ihnen herein, ein tief fliegendes Propellerflugzeug.

Mit einem hohlen *Pop* flammte ein greller Blitz am Himmel auf. Er schoss herab, ein weiß glühendes Feuer über den Glasfiberbooten, die die Piraten am Strand aufgereiht hatten wie die Zähne eines Gebisses. Nun hörte sie auch das Knattern eines Hubschraubers. Er flog unbeleuchtet, doch das Geräusch kam vom Meer, zog an der Jacht vorbei und weiter zum Strand, wo er das Feuer auf die Boote eröffnete. Binnen Sekunden standen sie in Flammen.

Die Piraten rannten hinaus auf die Brückennock, verzweifelt und wütend in ihrer Hilflosigkeit. Sie schrien und schossen mit ihren Waffen in die Luft. Als Maxamed sie schließlich zur Räson brachte, indem er einigen der Männer sein pistolenähnliches Gewehr auf den Kopf hämmerte, war der Hubschrauber schon wieder verschwunden, und auch die Drohnen waren nicht mehr zu hören, nur das Dröhnen in ihren Ohren von den Schüssen und das Weinen des alten Diplomaten um seine Frau.

Allegra Helms strich ihm über die Schulter. Er weinte nur noch heftiger, und sie fühlte sich genauso hilflos wie zuvor, als sie nicht verhindern hatte können, dass Adler verblutete. »Keine Angst«, flüsterte sie.

»Sie werden uns alle umbringen«, schluchzte er. »Wer Glück hat, stirbt zuerst.«

Sie hatte keine Antwort, nur eine dumme Erinnerung. Sie kannte diese Worte – »Wer Glück hat, stirbt zuerst« – aus der *Schatzinsel.* Oder hatte Captain Hook sie zu Peter Pan gesagt? *Sag irgendwas,* dachte sie. *Mach dich nützlich.*

»Darf ich Sie etwas fragen?«, flüsterte sie.

»Was?«

»›Wer Glück hat, stirbt zuerst‹. Ist das aus der *Schatzinsel* oder *Peter Pan?*«

»In der *Schatzinsel* sagt der Schiffskoch John Silver so etwas Ähnliches: ›Wer draufgeht, hat noch Glück gehabt‹. Von *zuerst* ist da keine Rede.«

»Ich war mir sicher, dass *zuerst* vorkam«, sagte sie, und der verzweifelte alte Mann belohnte ihre Bemühungen, indem er seine Augen mit dem Ärmel trocknete und einen kehligen Laut von sich gab, der schon etwas mehr wie ein Lachen als ein Schluchzen klang.

»Es hätte wirklich *zuerst* heißen müssen. Wir wissen ja, dass Silver sie alle umbringen will. Er warnt sie nur, dass sie leiden werden, wenn sie sich wehren. Wenn sie keinen Widerstand leisten, erwartet sie ein leichter Tod.«

Plötzlich war es Allegra Helms, die wieder in Verzweiflung fiel, die Trost brauchte. »Einen leichten Tod gibt es nicht.«

»Wenn man jung ist, mag das zutreffen«, räumte der alte Mann ein. »Aber *Die Schatzinsel* ist ja nur ein Buch für Kinder, und das hier ist die Wirklichkeit.«

21

7°59' N, 49°50' O
Eyl, Somalia

Paul Janson hörte den angreifenden Helikopter, als sie noch eine Meile von der *Tarantula* entfernt waren. Es klang nach einem leichten Defender-500-Aufklärungshubschrauber, der vermutlich zu einem Patrouillenschiff gehörte. Der Defender war deutlich kostengünstiger als ein Black Hawk und wurde von kleineren Armeen wie denen Kenias, Ugandas oder Äthiopiens benutzt und mit Waffen aufgerüstet. Als der Hubschrauber das Feuer eröffnete, erkannte Janson augenblicklich, dass sich ihnen eine unerwartete Chance bot.

Woher die Angreifer auch kamen, sie schlugen jedenfalls mit einer sechsläufigen Minigun zu und setzten Maxameds Boote in Brand, was Janson als Ablenkungsmanöver für seine Operation nutzen konnte. Die wütenden Piraten schossen mit ihren Gewehren in die Luft und machten sich damit selbst blind und taub für das, was um sie herum vor sich ging.

Jessica fuhr mit dem Tragflächenboot auf und ab, bis die Piraten endlich aufhörten zu schießen. Jetzt erst steuerte sie direkt auf die *Tarantula* zu. Die Umrisse der Jacht hoben sich, einem Kriegsschiff gleich, vor dem Feuer ab, und Janson dachte sich, dass es fast so aussah, als hätte die Jacht den Strand bombardiert, um eine altmodische Landung der Marines vorzubereiten. Er tippte Jessie auf die Schulter und deutete auf das Heck der Jacht, wo die Piraten eine Strickleiter befestigt hatten, um das Schiff zu entern. Und nun konnten Janson und Jessica sie nutzen, um an Bord zu gelangen.

Maxamed stürmte von der Brückennock in den roten Lichtschein im Inneren. Seine Augen traten hervor, das Gesicht zur wütenden Fratze verzerrt. »Die müssen verrückt sein!«, schrie er Allegra an. »Warum greifen sie meine Boote an? Ist ihnen nicht klar, dass ich euch alle töten kann?«

»Es ist ihnen egal«, sagte Allegra.

»Was?« Er packte sie am Arm und zog sie zu sich. »Woher weißt du das?«

Er war viel größer und schwerer als sie, sodass sie keine

Chance hatte, sich loszureißen. »Ich weiß es nicht. Es sieht nur so aus, als würden sie nicht an unsere Sicherheit denken.«

»Das stimmt nicht.«

Allegra lachte. Sie wollte ihn nicht provozieren, doch sie konnte einfach nicht anders. Vielleicht, ging es ihr durch den Kopf, entlud sich darin die Anspannung nach der Schießerei, die sie wider Erwarten unbeschadet überstanden hatten. Doch dass sich ein Pirat darüber beklagte, wie unfair es sei, dass man seine Boote zerstörte, war so absurd, dass sie nicht anders konnte, als zu lachen.

»Findest du das witzig?«

Langsam hob Maxamed das Gewehr über die Schulter. Ihr war sofort klar, dass er ihr ins Gesicht schlagen würde und sie es nicht verhindern konnte.

»*Maxamed!*«

Farole, Maxameds dünner Assistent, stürmte aufgeregt herein. »Ein Boot!«

»Die Boote brennen.«

»Es ist gekommen, als wir schossen. Von der Stadt. Es ist Home Boy!«

»Hier?«

»Er nimmt sich den Sikorsky!«

Maxamed rannte hinaus, Farole hinterher. Hinunter und nach hinten, wo der größere Helikopter, der prächtige Sikorsky S-76D, auf dem Hubschrauberlandeplatz verankert war. Home Boy Gutaale stolzierte auf und ab und begutachtete den Helikopter. Zwei Männer, wahrscheinlich Piloten, zeigten Gutaales Leibwächtern, wie man die Verankerung der Maschine löste. Die Kämpfer hielten inne und richteten ihre Waffen auf Maxamed.

Der Pirat war nicht überrascht, dass Home Boy versuchte, den Helikopter zu stehlen. Schon am ersten Tag hatten sich diebische Clanmänner von Gutaale an Bord geschlichen, um den Geiseln ihre iPhones und Laptops abzunehmen. Als seine Männer sie aufgehalten hatten, wäre es beinahe zu einem Schusswechsel gekommen.

»Gutaale. Was willst du hier?«

Home Boy Gutaale sah ihn mit dem gleichen herablassenden Ausdruck an wie immer, wenn sie sich begegneten: *Du, Maxamed, stammst von armen Fischern an einer abgelegenen Küste ab. Ich, Gutaale, stamme von Viehhirten mit großen Herden ab. Mein Clan ist reich und mächtig. Wir bringen Könige hervor. Dein Clan ist klein und arm. Das Beste, was ihr hervorbringen könnt, ist euer schwacher Präsident Mohamed Adam.*

»Was ich will?«, gab Gutaale zurück. »Als Erstes will ich diesen Hubschrauber. Das war das letzte Mal, dass ich drei Tage auf Kamelpfaden unterwegs war, um das schöne Puntland zu besuchen.«

»Du wolltest, dass wir uns nicht treffen, bis das Lösegeld bezahlt ist.«

»Aber jetzt will ich es.«

»Du hast immer noch kein Lösegeld verlangt.«

»Wir werden es fordern, wenn der Moment gekommen ist. Hab Geduld.«

»Nein. Das dauert mir zu lang«, protestierte Maxamed. »Wir hatten vereinbart, das Lösegeld zu fordern, sobald ich die Jacht nach Eyl gebracht habe. Ich habe sie hergebracht, und jetzt sitze ich hier als Zielscheibe für die internationalen Marinestreitkräfte. *Worauf warten wir noch?*«

»Mein Freund. Mein Bruder. Erinnerst du dich, wie schnell ich die Gelegenheit erkannte, diese Jacht zu kapern? Erinnerst du dich?«

»Ich erinnere mich.«

»Ich habe dir gesagt, wir müssen schnell handeln.«

»Und das habe ich getan. Ich habe blitzschnell gehandelt und die Jacht gekapert.«

»Aber sie zu kapern ist nur der Anfang. Solche Dinge brauchen Zeit.«

»Das ist nicht die erste Jacht, die ich gekapert habe!«, ereiferte sich Maxamed. »Es braucht nicht viel Zeit, um ein Telefon in die Hand zu nehmen und das Lösegeld zu verlangen.«

»Aber wen soll man anrufen? Wer zahlt am meisten?«

»Du willst mich hinhalten.«

»Warum sollte ich das tun? Glaubst du, ich will nicht auch meinen Anteil?«

»Ich weiß nicht, warum. Aber du hältst mich hin.«

»Ist die Frau noch am Leben?«

»Natürlich ist sie noch am Leben. Für wie dumm hältst du mich? Nur Allegra Helms hält die internationalen Truppen von einem Angriff ab. Ohne sie bin ich ein toter Mann.«

»*Natürlich?*«, spöttelte Home Boy über Maxameds Beteuerung. »Drei Geiseln sind schon tot. Du hast nur noch vier. Den alten Mann, das Ehepaar und die Frau.«

»Vier sind genug.«

»Die Frau ist am reichsten. Sie sollte auf jeden Fall überleben.«

»Wenn du dir solche Sorgen um sie machst«, versetzte Maxamed gereizt, »warum nimmst du sie dann nicht in meinem Helikopter mit?«

»*Ich?*« Home Boy Gutaale lachte ihm ins Gesicht. »Wie würde es aussehen, wenn der George Washington von Soomaliweyn unschuldige Frauen als Geisel nimmt, um Lösegeld zu fordern? Die Welt würde mich für einen gewöhnlichen Piraten halten, und das würde das Ansehen Groß-Somalias in der Welt beschädigen.«

Seine Leute lachten mit ihm und sahen Maxamed und Farole spöttisch an, von ihrer haushohen Überlegenheit überzeugt.

Maxamed schaute zum Strand, wo seine Boote verbrannten. Plötzlich dämmerte ihm, wie weit Gutaale gegangen war, um seinen Hubschrauber zu stehlen. »Du hast den Marinestreitkräften gesagt, sie sollen meine Boote angreifen.«

»Warum sollte ich so etwas tun?«, fragte Gutaale unschuldig.

»Wenn meine Leute am Strand festsitzen, kann ich dich nicht daran hindern, mir den Hubschrauber wegzunehmen.«

»Ich habe keinen Angriff auf deine Boote befohlen«, stellte Gutaale lachend fest. »Es wäre aber eine gute Idee gewesen … ohne deine Kämpfer kann es keine Missverständnisse und Schießereien geben, in denen Geiseln ums Leben kommen könnten …«

»Eine so gute Idee, dass du sie ausgeführt hast.«

»Glaubst du wirklich, ich fahre wegen eines Hubschraubers von Mogadischu an diese gottverlassene Küste? Ich habe andere Dinge hier zu tun, wichtigere Dinge. Jetzt, da Bashir weg ist, kannst du nicht erwarten, dass du der einzige Pirat in Puntland bist, auf den ich mich verlasse. Was ist, wenn dir etwas zustößt, wenn du über Bord fällst oder so was … was soll ich dann machen?«

»Bashir ist weg, *Inschallah.*«

»*Inschallah?* Was soll das heißen? Es hängt nicht von Allahs Willen ab. Es ist ja schon geschehen. Du hast Bashir getötet.«

Home Boy Gutaale wird doch nicht den weiten Weg nach Puntland gefahren sein, um herauszufinden, ob ich Bashir getötet habe, dachte Maxamed. *Oder doch?*

»Ich habe Bashir nicht umgebracht. Ich habe vielleicht daran gedacht, aber ich hab's nicht getan.«

»Wer dann?«

»Der Italiener war schneller.«

»Der Italiener? Ich glaube dir nicht, Maxamed.«

»Ich habe es jedenfalls gehört. Hast du andere Informationen?«

Der spöttische Ausdruck wich aus Gutaales Gesicht. Er wirkte plötzlich besorgt, schien sogar Angst zu haben. Oder war es nur gespielt? Maxamed war sich nicht sicher.

»Ich sage dir, was ich gehört habe. So gefährlich und durchtrieben kann ein einzelner Mann gar nicht sein, dass er das alles getan haben könnte, was man diesem Italiener zuschreibt. Der Italiener ist ein Phantom, ein Fantasiegebilde. Es gibt keinen Italiener. Es wundert mich, dass du das nicht durchschaust, wo du doch so schlau bist.«

Maxamed zuckte mit den Schultern. Einige seiner Leute traten zu ihm, ebenso schwer bewaffnet wie Gutaales Männer, sodass sich zwei gleich starke Trupps gegenüberstanden. »Es ist dir doch egal, wer Bashir getötet hat. Du bist nur gekommen, um meinen Hubschrauber zu stehlen.«

Home Boy Gutaale war froh, das Thema wechseln zu können. Bashir war ein heikles Thema, die Lösegeldforderung ebenso. »Du brauchst keinen Hubschrauber. Woher willst du hier an dieser abgelegenen Küste einen Piloten nehmen, der das Ding fliegen kann?«

»Wenn das Lösegeld da ist, kann ich mir mehr als einen Piloten leisten.«

»Maxamed«, redete Gutaale ihm zu, »wir haben doch ähnliche Ziele, oder? Warum …«

Gutaales Leibwächter unterbrach ihn mit einer dringlichen Geste.

Der Mann drückte einen Finger an die Lippen und deutete mit seinem Gewehr nach unten, zum Wasser. Maxamed,

Farole, Gutaale und ihre Kämpfer traten an die Reling und spähten auf das Meer hinunter. Maxamed spürte die Umrisse eines kleinen dunklen Bootes, schwärzer als die See, das lautlos längsseits der Jacht dahinglitt. Es stoppte direkt unterhalb der Brücke.

»Deins?«, flüsterte Gutaale.

Maxameds nachdrückliches »Nein« wurde vom dumpfen Geräusch eines gummibeschichteten Enterhakens übertönt.

Allegra wartete mit Bangen darauf, dass Maxamed zurückkam. Sie versuchte, nicht daran zu denken, was er mit ihr tun würde. Er hatte ihr beinahe das Gewehr ins Gesicht geknallt. Würde er sich beruhigen, bis er wieder hier war? Oder würde er sogar noch wütender sein? Sie wusste nur, dass ihr Schicksal davon abhing, was Farole ihm vorhin auf Somali zugerufen hatte. Es musste etwas Dringendes sein, sonst wäre der Pirat nicht so schnell hinausgerannt.

Eine tiefe Stille hatte sich über die Brücke gesenkt. Ihr wurde bewusst, dass sie zum ersten Mal, seit die Piraten die Jacht gekapert hatten, unbewacht war. Die paar Männer, die zuvor hinausgerannt waren, um zu schießen, waren verschwunden. Maxamed und Farole ebenso.

Allegra schaute sich in dem schwachen Licht um. Der alte Mann sowie Hank und Susan hatten sich unter den Kartentisch in der Ecke gelegt und versuchten zu schlafen. Allegra befand sich immer noch in der Mitte des Raumes, in der Nähe des Steuermanns. Sie schaute zur Tür, hinter der eine Treppe hinunter zum Hauptdeck führte. Fragte sich, ob sie so wie Monique den Mut hätte, ins Wasser zu springen und zu versuchen, ans Ufer zu schwimmen. Würden auch nachts Haie kommen? Und wenn sie das Glück gehabt hätte, nicht von den Haien zerfetzt zu werden, was würde sie dann am Strand erwarten? Zornige Männer, die einen Schuldigen für ihre zerstörten Boote suchten. Aber war es wirklich besser, hier auf der Jacht auszuharren?

Während sie mit sich rang, sprangen ihre Augen immer wieder zu dieser Tür, die zur Treppe und in die Freiheit führte, auch wenn sie nur vorübergehend sein mochte. Plötzlich glaubte sie, in der Dunkelheit etwas durch die Tür hereinkommen zu sehen. Es war wie eine Halluzination. Zunächst blieb es außerhalb des roten Lichtscheins der Instrumente. Dann kam es näher, und sie sah eine Gestalt, nicht groß und ganz in Schwarz, und dahinter eine deutlich größere.

Sie traten in das rote Licht.

Allegras Herz machte einen Sprung.

Kommandosoldaten.

Ganz in Schwarz von den Stiefeln bis zu den Gesichtsmasken. Die Augen hinter den Schlitzen waren das Einzige an ihnen, das etwas Licht reflektierte. Zwei Männer – ein groß gewachsener und ein kleinerer –, die gekommen waren, um sie zu retten.

Die zwei sahen sie.

Lautlos forderten sie Allegra mit einer eindringlichen Geste auf, sich flach auf den Boden zu legen.

Sie tat es und drückte ihre Wange auf das schmutzige Holz, das so sauber und blank poliert gewesen war, bevor die Piraten gekommen waren. Während Allegra die beiden beobachtete, ihre Nerven zum Zerreißen gespannt, sah sie plötzlich eine dritte Gestalt hinter ihnen auftauchen.

Sie erkannte den hochgewachsenen, breitschultrigen Mann sofort: Maxamed. Der Pirat hatte ihnen eine Falle gestellt.

In ihrem Schreck brachte Allegra nur ein Wort heraus: »*Attento!*«

Die beiden Kommandosoldaten wirbelten herum.

Stunden, Jahre, eine Ewigkeit zu spät.

Maxameds Waffe flammte bereits donnernd auf. Die Piraten hinter ihm schossen ebenfalls. Kugeln trafen die beiden Retter und schleuderten sie durch den Raum. Sie krachten gegen die zertrümmerten Fenster, sanken auf den Boden. Und die Piraten hörten nicht auf zu feuern.

22

»Los!« Paul Janson gab das Signal mit einem doppelten *Tsk* in dem Moment, als das Mündungsfeuer die Brücke der *Tarantula* erhellte.

Janson hatte keine Ahnung, wie es zu dem heftigen Schusswechsel gekommen war. Mindestens ein Dutzend Waffen wurden abgefeuert, und die Kugeln prasselten gegen die Schotte und ließen Fenster splittern. Er vermutete, dass sich die Piraten gegenseitig bekämpften. Dass sie die Nerven verloren hatten, nachdem sie hatten mit ansehen müssen, wie ihre Boote zerstört wurden. Die Anspannung seit der Übernahme der Jacht und alte Rivalitäten mochten ein Übriges dazu getan haben. Ob Allegra Helms und die anderen Geiseln den Schusswechsel überlebt hatten, würden sie erst wissen, wenn sie an Bord gingen.

Wenigstens konnten sie das Feuergefecht nutzen, um unbemerkt zum Schiff zu gelangen. Während Jessica das Tragflächenboot lautlos zum Heck manövrierte, hielt Janson nach Wachposten Ausschau. Er sah nur eine Strickleiter, die ins Wasser herunterhing, aber nirgends einen Wächter. Das gesamte Heck des Schiffes war verlassen, als wären alle Mann mit der Waffe in der Hand auf die Brücke gerannt.

Die Schüsse verstummten.

In der plötzlichen Stille hörte Janson einen Dieselmotor. Er überblickte die Umgebung mit seinem Nachtsichtgerät und sah die Umrisse eines unbeleuchteten Fischtrawlers, der es eilig zu haben schien, von der Jacht wegzukommen. Verängstigte Fischer? Ein Versorgungsschiff? Feinde der Piraten? Vielleicht bekämpften sich die Piraten doch nicht gegenseitig. Vielleicht waren rivalisierende Piraten mit dem Schiff gekommen, um ihnen die Beute streitig zu machen. Alles Fragen, die sich von hier aus nicht beantworten ließen. Auch nicht, ob die Kämpfer mit dem Schiff wegfuhren oder noch an Bord der Jacht waren.

Janson tippte Jessica auf die Schulter. Sie stoppte das Fahrzeug, und sie schwammen im Bruststil, Kopf über dem Wasser, die hundert Meter zum Heck der Jacht. Janson kletterte über die Strickleiter an Bord, Jessica folgte dicht dahinter.

Das Schießen setzte von Neuem ein.

Janson und Jessica sprinteten los. Das Deck vor ihnen leuchtete grün und leer im Licht ihrer Nachtsichtgeräte. Da bewegte sich etwas hoch oben vor dem dunklen Himmel, etwas, das Wärme abstrahlte: mindestens ein Dutzend Leute. Wie viele Geiseln? Wie viele Schützen?

Das Gewehrfeuer ebbte nach und nach ab.

In der Stille, die auf das wütende Krachen der Schüsse folgte, hörte Allegra Helms die Schützen schwer atmen, als wären sie einen Marathon gelaufen. Keiner rührte sich. Einige hatten aus der Hüfte gefeuert und hielten das Gewehr immer noch an der Seite. Diejenigen, die gezielt geschossen hatten, hielten die Waffe an die Schulter gedrückt. Dann schritt Maxamed über die Brücke und schaltete sein Handy ein. Er schwenkte das blasse Licht des Displays über die beiden Leichen und riss der kleineren Gestalt die Maske vom Gesicht.

Allegra Helms stieß einen Schrei aus, in dem Verzweiflung, Wut und Entsetzen zum Ausdruck kamen.

Janson und Jessica schalteten ihre Gewehre auf Automatik und stürmten die Treppe hinauf, auf den Handlauf gestützt, um das Geräusch ihrer Schritte zu dämpfen. Sie hatten sich den Plan der Jacht gut eingeprägt und wussten genau, wo sie hinwollten. Beim Hubschrauberdeck trennten sie sich, und Janson eilte quer über das Schiff, um auf der anderen Seite über die Außentreppe zur Brücke hochzusteigen.

Als er in Position war, gab er ein kurzes Signal, und sie rannten die Treppe hinauf und verließen sich auf die scharfe grüne Abbildung ihrer Nachtsichtgeräte, um sich nicht gegenseitig ins Kreuzfeuer zu nehmen. Janson war auf halber Höhe, als er einen hünenhaften Mann im Tarnanzug sah. Der Pirat spürte die Bewegung hinter sich und wirbelte mit seiner AK-47 herum. Janson gab einen Schuss mit seiner schallgedämpften Waffe ab und legte den toten Piraten und sein Gewehr leise auf die Treppe, ehe er weiterlief.

»Tsk. Tsk. Tsk.« Jessica signalisierte ein Hindernis.

Janson stürmte weiter. Das Dreifachsignal bedeutete, dass sie allein zurechtkommen würde. Viermal wäre ein Hilferuf gewesen. Er schlich auf die Brückennock und warf einen Blick ins Innere.

Mehr als ein Dutzend Bewaffnete starrten auf zwei Kommandosoldaten hinunter, die tot auf dem Boden lagen. Ein anderes Rettungsteam? Woher? Drei Geiseln – eine Frau und zwei Männer – lagen unter dem Kartentisch. Janson konnte nicht erkennen, ob sie noch lebten oder nur Schutz suchend auf dem Boden kauerten.

Allegra Helms' langes blondes Haar leuchtete zitronengelb in der grünen Abbildung. Sie hatte ihm den Rücken zugewandt, ebenso wie der groß gewachsene Mann neben ihr. Den anderen, der ihr gegenüberstand – nahe genug, um sie zu packen und als Schild zu benutzen – erkannte Janson als Mad Max Maxamed, den er auf dem Video der Navy-Drohne gesehen hatte. Er konnte Maxamed mit dem ersten Schuss töten und den anderen Piraten mit dem zweiten.

In diesem Augenblick hörte er Jessicas Flüstern in seinem Ohrhörer. »Ich sehe sie.«

Janson schirmte sein Lippenmikrofon mit der Hand ab. »Zu viele. Rückzug.«

»Ich kann fünf ausschalten, bevor sie reagieren können.«

»Und der Rest feuert aus allen Rohren. Keine zivilen Opfer.«

»Ich bin nur zehn Meter …«

»Ich nur fünf.«

Janson versuchte zu erkennen, ob die Geiseln noch lebten. Ob sie verwundet waren oder nur starr vor Angst. Oder besaßen sie trotz der tödlichen Bedrohung noch die Geistesgegenwart, sich tot zu stellen?

»Siehst du die Geiseln?«

»Ja. Ich kann nicht erkennen, ob sie noch leben. Und Allegra ist in der Schusslinie. Rückzug.«

»Aber ich sehe ihr Gesicht.«

»Zurück!«

»Ich kann sie alle erledigen.«

»*Zurück!*«

23

»Jag den Bell Ranger in die Luft!«, befahl Janson.

Ihnen blieben knapp vier Stunden, um einen zweiten Versuch zu starten. Im Morgengrauen würde das Tragflächenboot bei der Jacht sie verraten. Sie mussten die Piraten mit einem Ablenkungsmanöver aus der Brücke locken.

Wie lautlose Schatten eilten sie zum Hubschrauberdeck und weiter zum Hauptdeck hinunter. Ihr Ziel war der kleinere Helikopter auf dem Vorderdeck. Der Landeplatz war bestimmt feuersicher. Eine spektakuläre Explosion durch einen kleinen C4-Sprengsatz würde das Schiff und das Leben der Geiseln nicht gefährden. Alle würden sie diesmal nicht retten können. Das kleine Elektroboot bot gerade genug Platz, um Allegra mitzunehmen.

Auf halbem Weg zum Bell Ranger hörten sie vom Strand her das Summen von Außenbordmotoren. Nach dem Geräusch mussten die Boote tief im Wasser liegen und schwer beladen sein. Die Piraten hatten Ersatzboote aufgetrieben.

»Scheiße!«, stieß Jessica hervor.

Lichter sprangen übers Wasser, starke Halogentaschenlampen, in deren Schein Janson drei Boote erkennen konnte, voll besetzt mit bewaffneten Männern.

Er gab das Signal zum Rückzug. Bei einer solchen Übermacht würden sie ihre ganze Energie darauf verwenden müssen, nicht erwischt zu werden, statt Allegra zu retten. Sie rannten nach achtern und kletterten die Strickleiter hinunter. Jessica drückte auf die Fernbedienung, und das Elektroboot glitt heran wie ein treuer Hund.

Sie stiegen auf die Sitze, Jessica ließ den lautlosen Motor an, und sie glitten von der Jacht weg.

»*Tsk!*«, warnte Janson.

Ein riesiger Hai tauchte neben ihnen auf – die große Flosse und ein Teil des Rückens hoben sich dunkler als das Wasser empor – und umkreiste sie. Jessica wendete hinter dem Tier, fuhr ihm über die Schwanzflosse, die sich so hart wie ein treibender Baumstamm anfühlte, und drehte den Motor auf. Das kleine Boot hob sich aus dem Wasser, und Jessica manövrierte es zwischen den Lichtstrahlen der Taschenlampen hindurch.

Gut gemacht, dachte Janson. Die Piraten würden annehmen, dass die beiden Wächter, die sie erschossen hatten, bei dem Schusswechsel zuvor gefallen waren. Mad Max würde nicht merken, dass sie da waren. Aber Allegra Helms ebenso wenig, und ein gelungener Rückzug konnte nichts daran ändern, dass ihre Mission auf der ganzen Linie gescheitert war.

»Hübsche Lady, warum hast du geschrien, als ich dem Mann hier die Maske abgenommen habe?«

Maxamed beugte sich drohend über sie. Allegra schwieg und biss sich auf die Lippe, während sie den Toten betrachtete. Wie durch ein Wunder hatte keine der vielen Kugeln sein Gesicht getroffen.

Plötzlich heulten die Hubschraubertriebwerke auf, was Maxamed noch wütender machte.

»Hübsche Lady, ich werde dir sehr wehtun, wenn du mir nicht sofort sagst, warum du geschrien hast, als ich ihm die Maske abnahm.«

Er beugte sich noch näher zu ihr. »Er ist mein Cousin«, sagte sie in ihrer Angst.

Maxamed schlug sie so hart, dass sie nach hinten stürzte. Ihr ganzes Gesicht brannte. Es tat so weh, dass ihr die Tränen kamen. Wahrscheinlich erst der Anfang der Schmerzen. Sie musste mit viel mehr rechnen. »Meine Eltern haben mich verheiratet«, schluchzte sie. »In ein fernes Land.«

»Cousin?«, rief er.

»Meine El…«

Er riss sie am Arm hoch. »Cousin?«

Sie versuchte, ihr Gesicht zu schützen. »Adolfo wollte mich retten.«

Maxamed schlug erneut zu. Es war wie eine Explosion in ihrem Kopf, und sie hörte seine Stimme nur noch wie hinter einer Wand. »Adlige laufen nicht mit einem Bullpup-Gewehr herum.«

Sie drehte sich zur Seite und zuckte zusammen, als sie Susan und Hank tot auf dem Boden liegen sah. Sie hatte gar nicht bemerkt, dass die beiden im Kreuzfeuer umgekommen waren. Sie lagen unter dem Tisch, diesmal ohne sich an der Hand zu halten. Neben dem toten Ehepaar kauerte der unverletzt gebliebene alte Mann wie ein Embryo zusammengerollt und starrte die Toten an. Schließ die Augen, hätte sie ihm am liebsten gesagt. Niemand sollte so etwas sehen müssen. Aber Maxamed brüllte sie schon wieder an.

»Adolfo war kein Adliger!«, schrie sie zurück. »Seine Familie stammt aus Neapel.«

»Die Stadt im Süden?«

»Verwandte meiner Mutter. Als es mir jemand erzählte, habe ich es zuerst nicht geglaubt.«

Er packte sie am Arm. »Was erzählt?«

»Sie sind von der Camorra.«

»Was ist die Camorra?«

»Il Sistema. Kriminelle.«

»Wie die Mafia?«

»Schlimmer.«

»Mafia in deiner Verwandtschaft?« Der hünenhafte Pirat

lächelte und wischte ihr mit seinem langen Finger die Tränen vom Gesicht. »Du bist wie ich.«

Doch seine Gedanken arbeiteten bereits auf Hochtouren. Wie waren die beiden Männer hierhergekommen? Wer hatte ihnen geholfen? Sie waren Italiener. Diese Frau war Italienerin. Hatten sie irgendwie mit dem mysteriösen »Italiener« zu tun, den alle in Mogadischu fürchteten und den keiner kannte? Kein Phantom, sondern so wirklich wie diese schöne Frau und ihr toter Cousin. Sie würde es nicht wissen. Aber diese toten Männer hätten es beantworten können.

Nachdenklich schaute er zu den zerstörten Booten am Strand. War der Angriff auf die Boote eine Finte gewesen, die die einflussreiche Familie dieser Frau geplant hatte, um sie zu befreien? Konnte es sein, dass sie ihm ein noch größeres Lösegeld einbringen würde als die Geisel, die Farole erschossen hatte?

Maxamed wandte sich wieder der Frau zu. Sie weinte. Aber nun nicht mehr aus Angst oder Schmerz, sondern in Trauer um Adolfo. Sie eilte an Maxamed vorbei, als würde er gar nicht existieren, und kniete sich zu ihrem toten Cousin. Beugte sich vor und schloss die Arme um den zerschossenen Leichnam. Ihre Hände streichelten ihn sanft, als hoffte sie, noch etwas Leben in ihm zu finden.

Sie bot einen Anblick, der nur für Gott bestimmt war, und Maxamed wandte sich ab und schaute durch die zertrümmerten Fenster auf seine brennenden Boote. Er drehte sich um, als er hörte, wie Allegra einen Reißverschluss öffnete.

»Helfen Sie mir, ihm die Weste auszuziehen.«

»Warum?«

»Ich will sie anziehen.«

Maxamed kniete sich neben sie. Allegra zog den Reißverschluss auf. Maxamed hob den Leichnam auf, und sie zogen seine Arme aus der Weste. Allegra schlüpfte in die blutige Weste.

»Wenn du mit Gangstern verwandt bist«, sagte er leise, »warum hat dir deine Familie dann erlaubt, jemanden außerhalb des Clans zu heiraten?«

Sie blickte von ihrem toten Cousin auf und schaute den Piraten ungläubig an, wie um zu sagen: *Was für eine dumme Frage. Ist das nicht klar?*

»Antworte! Warum haben sie es erlaubt?«

»Ich habe sie nicht gefragt.«

»Warum?«

»Um auszubrechen natürlich.«

»Helikopter«, warnte Jessica.

Janson hörte ihn ebenfalls. Er näherte sich mit hoher Geschwindigkeit von hinten.

»Welches Radar hat der Defender?«

»Wahrscheinlich nichts Besonderes«, meinte Janson. Die Radarsignatur des Bootes war minimal, doch die Batterie und der Motor konnten von einem leistungsfähigen Radar direkt über ihnen aufgeschnappt werden. »Es klingt aber nicht nach einem Defender. Der hier ist größer.«

»Ein Seahawk?«

»Hoffentlich nicht.« Der Seahawk war mit Suchradar und womöglich einer Wärmebildkamera ausgerüstet, sodass die Verfolger sie aufgrund ihrer Körperwärme entdecken würden.

»Ins Wasser«, sagte Janson.

»Da schwimmt ein verdammter Hai.«

»Das Bullpup funktioniert auch unter Wasser.«

»Wir müssten ihn sehen, um ihn zu erlegen.«

»Ich schieße lieber auf ihn, als von der Marine erschossen zu werden. Fertig?«

Jessica brachte das Boot zum Stehen. »Fertig.«

Sie richteten sich auf, um sich ins dunkle Wasser gleiten zu lassen. »Warte!«, rief Janson plötzlich. »Hörst du's? Das ist kein Seahawk.«

Jessica zog sich die Kapuze vom Kopf. »Klingt aber so.«

»Die Rotoren drehen sich langsamer. Es ist der S-76D von der Jacht. Die haben sicher kein ernst zu nehmendes Infrarot.«

»Woher haben sie auf einmal Piloten?«

»Wer weiß. Aber er ist nicht auf der Jagd. Er fliegt weg.«

»Gut. Der Hundesohn ist schon wieder da.«

»Los!«

Das Elektroboot beschleunigte und hob sich aus dem Wasser.

Das Glück blieb ihnen treu – *ihnen,* nicht Allegra, wie sich Jessica mit einer gewissen Bitterkeit eingestehen musste –, und das GPS brachte sie zum Treffpunkt mit der Otter, die zwanzig Meilen vor der Küste trieb. Das Batteriewarnlicht des Bootes hatte bereits zu blinken begonnen. Sie zogen die Flossen ein, ließen das Gefährt mit der Winde hochziehen und schlossen die Frachtluke.

»Los.«

»Wo ist Ihre Geisel?«, fragte Kirpal Singh.

»Wir haben es verbockt«, sagte Jessica.

»Los!«, wiederholte Janson. So nahe an der Küste konnte ihnen alles passieren – ein Zusammentreffen mit einer Patrouille ebenso wie mit Piraten. »Starten Sie. Kurs auf Mogadischu.«

»Ich fürchte, das lässt sich nicht machen«, erwiderte der Pilot mit hängenden Schultern.

»Wir haben nicht genug Sprit für Mogadischu.« Sein südafrikanischer Kollege hatte den Platz des Piloten eingenommen.

»Warum nicht? Sie haben doch vollgetankt und können im Hafen nachtanken.« Catspaw hatte dafür gesorgt, dass in Mogadischu nicht nur ausreichende Treibstoffreserven warteten, sondern auch die nötigen Papiere für den Zoll. Selbst die unvermeidlichen Bestechungsgelder waren bezahlt.

»Leider konnten wir nicht volltanken«, gestand Singh.

»Was ist passiert?«

»Ein Patrouillenschiff ist uns beim Auftanken dazwischengekommen«, erläuterte Choh. »Wir mussten abbrechen und uns aus dem Staub machen, bevor sie uns sehen. Wir haben höchstens genug Sprit, um es zurück zum Tankschiff zu schaffen.«

»Beten Sie, dass die Patrouille weg ist«, setzte Singh hinzu.

Janson musterte den Piloten genauer. Seine Augen waren glanzlos, sein bärtiges Gesicht verhärmt.

»Geht es Ihnen nicht gut, Captain Singh?«

»I am down in the depths on the ninetieth floor.«

»Was?«, fragte Jessica. »Wovon reden Sie?«

»Cole Porter«, wandte sich Singh an Janson. »*Sie* kennen den Song vielleicht. Die Lady ist zu jung.«

»Ich tanze dazu«, erwiderte Jessica.

»Eine Tänzerin«, murmelte Singh.

»Was hat er denn?«, fragte Jessica den südafrikanischen Copiloten.

»Er ist abgestürzt.«

»Total«, sagte Singh. »Ich hatte es fast vergessen: Die andere Seite von manisch ist depressiv. Aber keine Sorge. Choh hat mich auf den Copilotenplatz gesetzt mit der Anweisung, nichts anzurühren.«

»Wie nahe kommen Sie an Mogadischu heran?«, wandte sich Janson an Choh.

»Wie meinen Sie das? Soll ich Sie irgendwo unterwegs absetzen?«

»Wie nahe?«

»Sie wären in irgendeiner abgelegenen Gegend.«

»Das sind wir hier auch. Wie weit wären wir von Mogadischu entfernt?«

»Mal sehen, was ich tun kann.«

Das Wasserflugzeug schaukelte auf den sanften Wellen, die nach und nach sichtbar wurden, als sich der Himmel im Osten erhellte. Janson und Jessica hielten besorgt nach Patrouillen Ausschau, während Clarence Choh mithilfe seiner Karten und einer App auf seinem Handy die Strecken kalkulierte. Je länger er die Küste entlangflog, umso näher rückte Mogadischu und umso weiter entfernte er sich von der Dhau, die ihnen als Tankschiff diente. Doch Reichweite und Treibstoffverbrauch waren nur ein Teil der Herausforderung.

Überall im Land trieben sich verfeindete Streitkräfte herum: Warlords, Söldnermilizen, AMISOM-Truppen – Ugander, Burundier, Kenianer –, dazu somalische Regierungstruppen, Al-Shabaab-Terroristen und sogar amerikanische Sondereinsatzkräfte auf der Jagd nach Al Kaida. Janson hatte gute Gründe, ihnen allen aus dem Weg zu gehen, wenn er auf dem schnellsten Weg zur Hauptstadt zurückkehren würde, um einen neuen Anlauf zur Befreiung von Allegra Helms zu starten.

Der Copilot rief Kontaktleute an der Küste an, um sich nach der aktuellen Lage zwischen Puntland und der Hauptstadt zu erkundigen. Aus diesem Grund verließ sich Janson gerne auf Waffenhändler. Sie kannten ihr Territorium genau. Er hörte aufmerksam zu, während der Copilot mit lokalen Clanoberhäuptern und Anführern von Privatmilizen sprach.

Schließlich legte Choh das Handy weg. »Ich kann bei Harardhere landen.«

Janson und Jessica nahmen die Karte zur Hand. Dreihundert Meilen von Mogadischu entfernt. Etwas mehr als der halbe Weg. Aber immerhin viel näher als Eyl.

»Die Brandung ist ziemlich heftig dort.«

»Riffe?«, fragte Jessica.

»Sandbänke. Wir sind einmal mit dem Schlauchboot reingefahren. Mit Ihrem Wasserfloh würde ich es nicht probieren wollen.«

»Wir werden schwimmen«, sagte Janson.

Es wäre fatal gewesen, hätte irgendjemand am Strand ihr exotisches Fahrzeug gesehen. Diejenigen, die den Abschnitt kontrollierten, würden ihnen sofort ihre Truppen an den Hals hetzen.

»Wie stark ist Al Shabaab in der Region?«

»Dezimiert«, berichtete der Südafrikaner. »Sie waren ganz dicke mit den Piraten, aber jetzt sind sie angeblich auf dem Rückzug und leben von Autodiebstahl und Raubüberfällen.«

»Okay, machen wir's.«

Choh startete den Motor. Captain Singh brach sein trübsinniges Schweigen.

»Ich würde mit dem rechten Querruder ein bisschen raufgehen und den linken Schwimmer aus dem Wasser heben.«

»Nicht nötig, Captain. Aber danke für den Tipp.«

»Ich hab so ein Gefühl, dass uns der rechte Schwimmer hochgehen wird, bevor du Jack Robinson sagen kannst.«

»Jack Robinson«, murmelte der Südafrikaner und schob den Gashebel nach vorne.

24

3°58' N, 47°26' O
Somalische Küste

»Du weißt, dass du in einem Kriegsgebiet bist«, bemerkte Paul Janson zu Jessica Kincaid, »wenn es nirgends ein schönes Plätzchen gibt, um sich hinzusetzen.«

Die Catspaw-Agenten saßen auf dem Betonboden einer verlassenen Fabrik, in der man früher Fisch getrocknet hatte, sechs Stunden nachdem sie ans Ufer geschwommen waren und die Otter in Richtung Nordosten geflogen war. Sie saßen linke Schulter an linker Schulter und behielten jeder seine Seite im Auge.

Das heruntergekommene Fabrikgebäude war allem Anschein nach einst von den Sowjets gebaut worden, um die damalige sozialistische Diktatur zu unterstützen. Zuletzt hatte Al Shabaab hier ein Ausbildungslager eingerichtet.

Die Terroristen waren offenbar überstürzt geflüchtet und hatten Einzelteile für improvisierte Straßenminen zurückgelassen, dazu teilweise zusammengesetzte Selbstmordwesten. Die Graffiti an den Wänden erinnerten daran, dass Al Shabaab übersetzt »die Jugend« hieß. Die jungen Kämpfer hatten keine dschihadistischen Slogans an die Wand gekritzelt, sondern Pistolen und Sturmgewehre gezeichnet.

Draußen standen die kümmerlichen Überreste von Toyota-Carib-SUVs, die als Straßensperren benutzt und von AMISOM-Panzern plattgewalzt worden waren. Die Bäume draußen vor dem Fabriktor waren schon so lange abgestorben, dass die Rinde abgeblättert war und die Sonne die Stämme gebleicht hatte. Die schlammfarbenen Mauern waren bei dem

Tsunami im Jahr 2002 teilweise zerstört worden. Es gab keine anderen Gebäude weit und breit, abgesehen von einer behelfsmäßigen Autoraststätte gegenüber, die unter einer blauen Plane eingerichtet war.

Die Straße war mit ihren zwei Spuren immerhin die breiteste, die Janson und Jessica gesehen hatten, seit sie an Land gegangen waren. Sie hatte den Tsunami relativ gut überstanden. Hin und wieder hielt ein Lastwagen, von SUVs mit bewaffneten Wächtern eskortiert, beim Fabriktor, wo sich die Männer an den Bäumen erleichterten, um dann in der Raststätte gegenüber eine Portion Reis zu essen.

Janson begutachtete ihre Fracht mit seinem Fernglas und war wenig überrascht, dass es sich um Kathblätter handelte. Die teure Eskorte ließ vermuten, dass große Lieferungen zu den Märkten von Mogadischu gingen. Nach Einbruch der Dunkelheit würden er und Jessica sich entweder in einem Truck verstecken oder einen SUV entwenden.

Während sie warteten, führten sie eine erste Einsatznachbesprechung durch, ihr persönliches »Mea Culpa«, wie sie es nannten. Dabei setzten sie sich kritisch mit ihrem Vorgehen auf der *Tarantula* auseinander und diskutierten, was sie hätten besser machen können. Es änderte nichts daran, dass ihr Unternehmen gescheitert war, doch man lernte nur daraus, wenn man die Gründe für das Scheitern offen und ehrlich analysierte. Janson räumte ein, dass er sich vielleicht übervorsichtig verhalten hatte. Zugleich fürchtete er, dass Jessica sein Eingeständnis als Freibrief verstehen könnte, beim nächsten Mal ein hohes Risiko einzugehen, und das sagte er ihr auch.

»Falls ich zu vorsichtig war, solltest du beim nächsten Mal nicht versuchen, es ›besser zu machen‹, indem du leichtsinnig handelst.«

»Ja, Sir.«

Normalerweise hätte sie zugegeben, dass sie das Leben der Geiseln – und ihr eigenes – gefährdet hatte, indem sie seinem Kommando zum Rückzug nicht augenblicklich gefolgt war. Doch sie erwähnte es mit keinem Wort, nicht einmal mit einem sarkastischen »Sorry, Colonel«. Janson würde sie bei Gelegenheit daran erinnern müssen, dass man in ihrem Job nur mit strikter Disziplin überlebte, doch die missglückte Befreiung setzte ihr sehr zu, deshalb verschob er es auf später.

Fledermäuse begannen in schattigen Winkeln zu flattern, doch bevor es dunkel genug war, um ihren Plan umzusetzen, hörten sie das Krachen von 100-mm-Panzerkanonen von den umliegenden Hügeln widerhallen. Wahrscheinlich ugandische T-55-Panzer auf der Jagd nach Al-Shabaah-Kämpfern, so wie die Quellen der Waffenhändler es berichtet hatten.

Das Kanonenfeuer bewog die Fahrer und Wächter, zu ihren Fahrzeugen zu eilen und ihre Fahrt Richtung Süden nach Mogadischu fortzusetzen. Die Köche rollten die Plane auf, packten Töpfe und Plastikstühle in einen Toyota-Pick-up und brausten nordwärts nach Harardhere.

Janson und Jessica beobachteten das Geschehen und warteten auf weitere Konvois, die jedoch wahrscheinlich nicht anhalten würden, solange die Raststätte nicht in Betrieb war.

Plötzlich hörte er Jessie flüstern. »Das Bild von dem langhaarigen Mädchen mit den blassen Augen, das du mir in Florenz gezeigt hast … weißt du noch?«

»Flora in Botticellis *Primavera.* Die Frühlingsgöttin.«

»So sieht sie aus.«

Normalerweise plauderten sie nicht, wenn äußerste Wachsamkeit gefordert war, aber Jessica litt unter der gescheiterten Operation, und Janson wusste, dass es ihr half, darüber zu reden.

»Allegra?«

»Genau so.«

»Vielleicht hat eine Vorfahrin von ihr für Botticelli Modell gestanden.«

»So meine ich es nicht. Sie sieht aus, als hätte sie schon einiges durchgemacht.«

»Sie ist entführt worden.«

»Ich meine, schon früher. Irgendwann in ihrem Leben.«

»Du hast ja eine Menge gesehen mit deinem Nachtsichtgerät. Ich hätte nicht mal sagen können, ob die Geiseln noch gelebt haben oder tot waren.«

»Es ist die Art, wie sie den Kopf hält«, flüsterte Jessie. »Das sagt mir alles über sie, was ich wissen muss.«

Janson musterte ihr Gesicht im schwindenden Licht. Auch Jessica erinnerte ihn an ein Bild von Botticelli: *Pallas Athene bändigt den Kentauren.* Ganz Jessies Stil.

»Was weißt du über sie?«, fragte er.

»Sie muss einmal beschlossen haben, aus ihrem alten Leben zu flüchten.«

»So wie du.«

»Genau. Paul, wir müssen …«

»Das werden wir.«

»Vergiss Helms, wir müssen diese Frau befreien.«

Janson würde Kingsman Helms nicht aus dem Auge verlieren, doch das behielt er für sich. »Wir werden diese Frau befreien.«

»Wie?«

Darüber dachte Janson bereits nach, seit er den Rückzug von der *Tarantula* befohlen hatte. Statt zu antworten, zog er ein Satellitentelefon aus seinem wasserdichten Rucksack, angenehm überrascht, dass das Handy tatsächlich trocken war.

»Wen rufst du an?«

»Zuerst Quintisha, dann die Jungs in Mogadischu … Guten Morgen, Quintisha. Es ist nicht nach Plan gelaufen. Können Sie unserem Computerhacker in New Jersey ein bisschen Dampf machen? Wir brauchen die Jacht dieses Oligarchen, und zwar schnell. Ich glaube, er ist so ziemlich unsere einzige Hoffnung … ja, von der Lynds-Werft … nein, Jess ist okay. Aber uns läuft die Zeit davon.«

Er beendete das Gespräch, wechselte auf ein Einweghandy und rief Salah Hassan an, den Immobilienmakler aus Minneapolis, den er nach Mogadischu geschickt hatte. Er wartete darauf, dass die klapprigen Handymasten Somalias die Verbindung herstellten, und wandte sich an Jessica. »Weißt du noch, welche Farbe dieser Helikopter auf der Jacht hatte?«

»Beide golden.«

Der Anrufbeantworter des Maklers schaltete sich ein. Sein fröhlicher Spruch endete mit den Worten: »Einen schööönen Tag.«

Janson hinterließ ihm eine Nachricht, ohne Namen zu nennen: »Die beiden jungen Herren gehen nicht ans Telefon.«

Sekunden später klingelte sein Handy. Es war Hassan, der ihm Bericht erstattete, ebenfalls ohne die Namen auszusprechen. »Laut unserem Jungunternehmer ist der Student verschwunden. Könnte sein, dass er auf der Suche nach einem bestimmten Geistlichen ist.«

»Genau das sollte er eigentlich lassen.«

»Offenbar hält er sich nicht daran.«

»Hat unser Jungunternehmer schon irgendwelche nützlichen Kontakte geknüpft?« Janson dachte vor allem an Ahmeds Verwandte mit Piratenvergangenheit oder einen Unterhändler, der gierig genug war, um ihnen zu helfen.

»Ich fürchte, nein. Er hat schon am Tag unserer Ankunft mit irgendwelchen Geschäften begonnen.«

»Wie das Geschäft, für das er einige Zeit gesessen hat?«, fragte Janson. Ostafrika war ein wichtiger Umschlagplatz für den Cannabis- und Opiumschmuggel von Asien nach Europa. Für die Drogenhändler war das gesetzlose Somalia ein willkommener Zufluchtshafen. Solche Drehscheiben des internationalen Drogenhandels schufen immer auch einen lukrativen Markt für den lokalen Konsum.

»Ich weiß nur, dass er in einem dicken SUV durch Mogadischu kutschiert.«

Janson verdrehte die Augen zur durchhängenden Decke. Wie viel Schaden würden die jungen Catspaw-Helfer dem armen Somalia zufügen? Ahmed hatte sich offenbar im Handumdrehen den örtlichen Gepflogenheiten angepasst. Doch seine Aktivitäten waren offenbar gar nichts im Vergleich zu Hassans Unternehmungen. Von seinen Kontakten auf den Seychellen hatte Janson erfahren, dass der Immobilienmakler in Mogadischu einen gepanzerten Mercedes fuhr, was offenbar seinem neuen Status angemessen war.

»Ich habe gehört, Sie haben sich einen Sitz im Parlament erkauft.«

Salah Hassan dachte nicht daran, sich dafür zu entschuldigen. »Besser ein ehrlicher Mann als lauter Diebe und Kriegsherren. Wir brauchen ein neues Parlament, keinen Abklatsch des alten. Ich bin kein Dieb und kein Soldat. Ich will nur, dass Dinge im Land umgesetzt werden.«

»Für sich selbst haben Sie schon mal einiges umgesetzt.«

»Die Ältesten meines Clans sitzen im Auswahlausschuss. Was kann ich für Sie tun, Paul?«

Es hörte sich nicht nach einem Hilfsangebot an, sondern nach einem viel beschäftigen Mann, der es eilig hatte, ein Gespräch zu beenden.

»Haben Sie Freunde am Flughafen?«

»Seit meinem Kauf, wie Sie es so dezent formulieren, habe ich überall Freunde.«

»Ich brauche jemanden am Flughafen, der die Augen nach einem goldenen Sikorsky-Hubschrauber offenhält.«

»Okay«, antwortete Hassan kurz angebunden. »Sonst noch was?«

»In meinem Geschäft hängt der Erfolg davon ab, unbemerkt zu kommen und zu gehen. In Ihrem Geschäft – ich meine Ihr neues Amt – könnte die öffentliche Anerkennung für die gelungene Befreiung von Mrs. Helms den Ruf eines Parlamentariers gehörig aufpolieren, und zwar nicht nur hier, sondern auch im Ausland. Es könnte seine Wahl sozusagen nachträglich legitimieren.«

»Wie viel von den Lorbeeren wären Sie zu teilen bereit?«

»Durch Ihr neues Amt würden Sie die Lorbeeren ganz allein ernten. Kann ich auf Sie zählen?«

»Da kommt jemand!«, flüsterte Jessica.

Sie eilten mit ihren Gewehren zu den beiden Eingängen. Janson hatte es ebenfalls gehört. Es waren keine Kathlieferwagen auf der Straße, auch keine AMISOM-Panzer in den Hügeln, sondern rennende Männer. Wahrscheinlich Al-Shabaab-Kämpfer, die den Panzern entkommen waren und nun verzweifelt nach einer Zuflucht für die Nacht suchten.

25

Eine schmächtige Gestalt drückte die Tür einen Spaltbreit auf, schlüpfte herein und schloss sie schnell wieder. Janson gab Jessica, die die gegenüberliegende Tür bewachte, ein kurzes Signal, und schaltete sein Gewehr auf Einzelfeuer. Die

MTAR war mit Schall- und Mündungsfeuerdämpfer ausgerüstet, sodass er den Eindringling ausschalten konnte, ohne dass es die Männer hinter ihm mitbekommen würden. Doch Janson wartete noch ab. Der Mann schien unbewaffnet zu sein.

Schnell und lautlos schlich Janson auf den Eindringling zu, der bei der Tür stand und in den dunklen Raum starrte. Janson sah sein Gesicht. Ein Junge. Groß und dünn, höchstens zehn oder zwölf Jahre alt, in einem zerlumpten T-Shirt, Shorts und Plastiksandalen.

Er sah Janson zwei Meter vor sich. Seine Augen weiteten sich, und sein Gesicht hellte sich auf. »SEALs!«

Die Reaktion des Jungen machte eines deutlich: Die NGO-Papiere, die sie für den Fall bei sich trugen, dass sie einer internationalen Patrouille, AMISOM-Truppen oder amerikanischen Sondereinsatzkräften über den Weg liefen, würden wahrscheinlich niemanden überzeugen. Doch dieser Junge, der Janson im schwarzen Taucheranzug und bis an die Zähne bewaffnet vor sich sah, schien ihn für seinen Retter zu halten.

»SEALs«, jubelte er. »SEALs. Gott sei Dank.«

Janson drückte den Finger an die Lippen. »Leise«, flüsterte er. »Wer bist du?«

»Abdi. Sie haben mich entführt, als ich von der Schule heimkam.«

»Wann?«

»Vor Monaten. Al Shabaab. Ich lief weg, als die Panzer kamen. Jetzt sind sie hinter mir her.«

»Wie viele?«, flüsterte Janson.

Die Freude des Jungen verwandelte sich in Angst, als hinter ihm bewaffnete Kämpfer durch die Tür stürmten. Janson wechselte auf Automatikfeuer. Da sah er, dass sie Jungen wie

Abdi waren, vielleicht ein bisschen älter, mit AK-47-Gewehren und Pistolen bewaffnet. Einer hielt einen alten sowjetischen Granatwerfer in den Händen, der größer war als er selbst. Ein anderer stolperte über den langen MG-Gurt, den er um den Hals trug wie ein Strandtuch.

Janson hatte plötzlich das Gefühl, den Boden unter den Füßen zu verlieren.

Er spürte, dass Jessica durch den Raum schlich, um die Eindringlinge ins Visier zu nehmen.

»Shit!«, hörte er sie in seinem Ohrknopf flüstern. »Das sind Kinder.«

Zornige Kinder, die verängstigte Kinder jagten.

Ihm blieben höchstens Sekunden, wenn er seine eigenen Regeln nicht brechen wollte. Er dachte an Denny Chins spöttische Bemerkung: *Klingen fantastisch, deine Janson-Regeln.* Kinder waren Zivilisten, und die Regel besagte, dass keine Zivilisten zu Schaden kommen durften. Doch diese Kinder waren bewaffnet wie Soldaten und drauf und dran, zu feuern, wie es ein Erwachsener nicht besser gekonnt hätte. *Es wird niemand getötet, der nicht versucht, uns zu töten.* Okay. Diese Jungen würden sehr wohl versuchen, ihn und Jessica zu töten. Sie waren nur einen Herzschlag davon entfernt, zu schießen. Aber sie waren Kinder.

Jessies kurzes, leises *Tsk* in seinem Ohrknopf klang wie eine Frage: *Was sollen wir tun?*

Sein altes Paradoxon, als Wiedergutmachung für vergangene Gewalt wieder Gewalt einzusetzen, starrte ihm aus den leeren Augen dieser Kinder entgegen. Das waren die Kinder, die die Pistolen und Sturmgewehre an die Wände gemalt hatten. Wie Kinder, die ihre Spielsachen nicht aufräumen wollen, hatten sie die Einzelteile von Straßenminen und Selbstmordwesten auf dem Boden liegen lassen.

»Sprich mit ihnen, Abdi«, forderte Janson den Jungen auf, der sich an ihn drückte. »Sag ihnen, sie sollen die Waffen niederlegen, dann lassen wir sie gehen.«

Abdi rief den Jungen etwas zu. Sie waren zu dritt – zwei mit AK-47-Gewehren im Anschlag, einer mit dem Granatwerfer. Sie riefen aufgeregt nach draußen. Aus der Gruppe, die sich vor der Tür versammelt hatte, riefen mehrere Stimmen zurück.

»Was sagen sie?«

»Sie fragen, wohin«, übersetzte Abdi.

»Wohin sie wollen.«

Abdi teilte es ihnen auf Somali mit. Die drei Jungen bei der Tür berieten sich mit ihren Kameraden draußen. Dann riefen sie Abdi etwas zu.

»Was sagen sie?«, wollte Janson wissen.

»Sie kennen kein anderes Versteck … nur das hier.«

»Okay … sag ihnen …« Sie waren Kinder. Er musste für sie mitdenken. »Sag ihnen, wir bleiben heute Nacht alle hier. Sag ihnen, ich werde den AMISOM-General fragen … ich werde eine Waffenruhe verlangen.«

Abdi übersetzte. Eine heftige Diskussion entbrannte.

»Sag ihnen, heute Nacht sind wir hier sicher.«

»Sie glauben Ihnen nicht.«

»Sag ihnen, ich habe etwas zu essen hier.«

Abdi begann zu übersetzen.

Plötzlich wandten sich alle Köpfe dem Donnern eines Panzers zu.

Sie werden weglaufen, dachte Janson. Sie werden sich irgendwo verstecken.

Für einen Moment schien sich sein Gedanke zu bestätigen. Die Jungen draußen vor der Tür rannten weg. Doch für die drei hier drin war es zu spät. Sie fühlten sich in der Falle, und ihre Angst verwandelte sich in Wut, die sie gegen ihn richteten. Der vorderste der drei riss sein Gewehr hoch. Zum ersten Mal in seinem Leben erstarrte Paul Janson.

»Schieß!« Jessica feuerte, bevor die jungen Kämpfer abdrücken konnten. Mit einem gezielten Schuss riss sie einen der drei von den Beinen, dann noch einen. Janson drückte ebenfalls ab, doch er schoss daneben. Er konnte es nicht glauben. Auf diese geringe Entfernung konnte er sein Ziel eigentlich gar nicht verfehlen, aber es war, als hätte eine unsichtbare Hand seine Waffe zur Seite gerissen.

Der Junge, den er verfehlt hatte, wirbelte zu Jessica herum und feuerte mit seiner AK-47. Entsetzt beobachtete Paul Janson, wie sie nach hinten flog. Janson zielte auf die Beine des Schützen. Er schoss auch diesmal daneben, jagte dem Jungen eine Kugel in den Bauch.

Binnen zwei Sekunden war alles vorbei.

Janson rannte zu Jessica und zog Verbandszeug aus seinem Rucksack.

»Wo?«

»Linkes Bein, innen.«

»Knochen?«

»Gott, ich hoffe nicht.«

»Es tut mir so leid.«

»Verbinde es«, presste sie zwischen den Zähnen hervor.

Janson vergrößerte mit einer Schere das Einschussloch in ihrem Taucheranzug.

»Paul? Hat es den Knochen erwischt?«

Der Knochen wäre schlimm genug gewesen. Seine größte Angst war, dass die Kugel die Oberschenkelschlagader getroffen haben könnte. So nahe an der Leistengegend wäre es unmöglich gewesen, die Blutung zu stoppen.

Durch seine Schuld wäre sie beinahe gestorben. Er durfte

jetzt nicht noch einen Fehler machen und sie an der Verletzung sterben lassen.

Er fand das Eintrittsloch der Kugel und drückte einen Tupfer mit einem gerinnungshemmenden Gel auf die Wunde. Während er das Anzugbein durchschnitt, fragte er sich mit Bangen, wie die Austrittswunde aussehen würde.

Eine AK-47 verfeuerte ein Vollmantelgeschoss, das mit einer Geschwindigkeit von fast 900 Metern pro Sekunde in den Körper einschlug und nach fünfzehn bis zwanzig Zentimetern seitwärts ausscherte. Falls das passiert war, bevor die Kugel aus Jessicas Oberschenkel ausgetreten war, würde sie ein breites Loch geschlagen und dabei Oberschenkelmuskeln und Blutgefäße zerrissen haben. Dementsprechend hässlich würde die sternförmige Austrittswunde aussehen. Wenn das Projektil einen solchen Schaden angerichtet hatte, musste Jessica froh sein, wenn sie überlebte und wieder normal gehen konnte.

Janson fand eine Austrittswunde, die nur geringfügig breiter als das Einschussloch war. Sie blutete nicht allzu stark, was vermuten ließ, dass die wichtigsten Blutgefäße heil geblieben waren. So viel Glück hatte er gar nicht verdient. Er drückte auch auf diese Wunde einen Tupfer und verband das Bein mit einer elastischen Binde.

Mit Bangen tastete er nach weiteren Verletzungen. Er musste daran denken, wie er einmal das Bein eines Kameraden abgebunden hatte, während Doug Case neben ihm sich um die Arme des Verwundeten kümmerte. Nachdem sie die Blutung gestoppt hatten, entdeckten sie ein faustgroßes Loch in seinem Bauch. Bei Jessica fand er jedoch keine weiteren Wunden. Sie hatte nur die eine Kugel abbekommen.

Doch Jansons Erleichterung darüber, dass keine inneren Organe, Arterien oder die Wirbelsäule verletzt worden waren, wurde von der Möglichkeit getrübt, dass sich die Druckwelle des Projektils über die Blutgefäße bis zum Gehirn ausgebreitet haben könnte. Gott sei Dank schien sie normal zu atmen. Eine Druckwelle durch eine Kugel hätte unweigerlich zur Atemnot geführt.

»Wie sieht die Austrittswunde aus?«, fragte sie plötzlich.

Er registrierte mit erneuter Erleichterung, wie wach und ruhig sie klang.

»Es hängt kein Muskel heraus.«

»Hoffentlich schrecken dich die Narben nicht ab.«

»Dr. Olsen wird sich einen neuen Delahaye kaufen können«, bemerkte er. Olsen, der beste plastische Chirurg, den er kannte, war ein leidenschaftlicher Sammler von alten französischen Automobilen.

»Was ist mit den Kindern?«

Der Junge, der Jessica getroffen und auf den Janson geschossen hatte, war tot. Die beiden anderen wanden sich mit einer Kugel im Bein auf dem Boden. Janson griff nach dem Verbandszeug.

»Abdi, hilf mir, mit ihnen zu sprechen.«

Es kam keine Antwort, und als er sich umschaute, sah er den entführten Schüler tot mit einer Kugel zwischen den Augen daliegen.

Die Tür flog auf. Ugandische Soldaten mit grünen Baretten stürmten mit den Gewehren im Anschlag herein. Die beiden Jungen auf dem Boden rissen ihre Gewehre hoch. Die Soldaten waren schneller, und Augenblicke später waren die jugendlichen Al-Shabaab-Kämpfer tot. Die Soldaten wirbelten zu Janson und Jessica herum.

Paul schirmte Jessica mit seinem Körper ab und griff nach seiner MTAR. Der führende Soldat sah die Schere und das Verbandszeug in seiner linken Hand. »Nicht schießen!«, rief er seinen Kameraden zu. »Ein Sanitäter.«

26

40°56' N, 74°4' W
Paramus, New Jersey

»Sagen Sie mir, warum ich nicht auflegen sollte.«

»Catspaw«, antwortete die Frau am Telefon.

»Moment.«

Morton legte das Geld für sein Frühstück auf den Tisch, eilte aus dem Lokal auf den Parkplatz hinaus und stieg in seinen Wagen.

»Was kann ich für Sie tun?« Er wusste es natürlich; sie rief an, weil er die russische Jacht noch nicht gefunden hatte.

Doch ihre Reaktion überraschte ihn: Die Frau klang fast verzweifelt. »Es ist extrem dringend, dass wir diese Jacht so schnell wie möglich finden. Wir haben alles versucht … ohne Erfolg. Wir zählen darauf, dass Sie die Operation retten.«

»Das könnte teuer werden.« Morton wollte ausloten, was der Markt hergab.

Es war beängstigend, wie eisig ihre wohltönende Stimme plötzlich klang. »Mr. Morton, unter Freunden nutzt man eine Notlage des anderen nicht aus.«

Morton hatte keine Ahnung, wer diese Freunde waren. Er wusste nur, dass sie immer zahlten, was sie versprachen, und nie versucht hatten, ihn übers Ohr zu hauen. »Sie haben natürlich recht. Ich glaube, ich habe mich ein bisschen unglücklich ausgedrückt, das tut mir leid. Ich mache mich sofort an die Arbeit.«

»Kann ich mich darauf verlassen, dass Sie Ihre Anstrengungen verstärken?«

»Unbedingt«, versicherte Morton. »Ich werde Sie nicht hängen lassen.«

»Danke.« Sie legte auf, und Morton schalt sich einen Idioten, weil er seine wichtigste Regel gebrochen hatte: Versprich nie etwas, wenn du nicht absolut sicher bist, dass du es halten kannst.

»Guten Abend, Douglas«, meldete sich eine digital verfremdete Stimme auf Doug Cases Satellitentelefon. »Was ist die größte Bedrohung für ASC?«

Auf diese Stimme zu hören und ihre Anweisungen zu befolgen hatte Doug Case nicht nur reich gemacht, sondern auch zum Chef einer wichtigen Abteilung von ASC – und das, obwohl er immer noch nicht wusste, wer hinter der Stimme steckte.

Case antwortete, was The Voice hören wollte. »China ist die größte Bedrohung für ASC.«

Er hatte schon vor Jahren bei Cons Ops mit Stimmwandlern zu tun gehabt, die für die psychologische Kriegführung entwickelt worden waren und um vermeintlich sichere Voiceprint-Systeme zu überlisten. Mit dieser Technologie ließen sich inzwischen die feinsten Nuancen einer Stimme nachahmen, sodass es ein Leichtes war, sich als ein anderer auszugeben.

Heute Abend klang The Voice, als würde Barack Obama aus einem gut besuchten Restaurant anrufen. Inklusive Gläsergeklimper und Stimmengemurmel von nicht existenten Nachbartischen.

Begonnen hatte es mit diesen Anrufen, kurz nachdem er den Job bei ASC bekommen hatte. Damals hatte Case vermutet, dass es ein anderer Abteilungschef war, der in dem beinharten Kampf um Buddhas Nachfolge einen Verbündeten suchte. *Sie waren der beste Geheimagent, der je diesem Land ge-*

dient hat, hatte ihm The Voice geschmeichelt. *Wenn Sie mir genauso dienen, werde ich Sie fürstlich entlohnen.* Case hatte mitgespielt, geduldig zugehört und gehorsam alle Fragen beantwortet. Irgendwann hatte er zu hoffen begonnen, dass es vielleicht Generaldirektor Bruce Danforth war, der Buddha höchstpersönlich. Heute war er sich zu 99 Prozent sicher, dass er dahintersteckte. Dass der Alte auf diesem Weg den alten Brauch wiederbelebte, Anweisungen zu geben, die ihm niemals jemand würde nachweisen können.

Für Case hatte es sich in jeder Hinsicht gelohnt. Für seine Kooperation wurden ihm immer wieder enorme Beträge auf sichere Konten überwiesen. Noch wertvoller waren jedoch die Privilegien im Unternehmen, die er inzwischen genoss: ein Sitz im Vorstand, Hubschrauber und Firmenjets, über die er jederzeit verfügen konnte, und völlige Handlungsfreiheit, wenn es darum ging, die Sicherheit des Unternehmens zu gewährleisten.

»Was ist die unmittelbare Bedrohung?«, hakte The Voice nach.

»China«, antwortete Case erneut. Aus all den Anrufen wusste er, dass die Stimme von China regelrecht besessen war. Ein weiterer Beweis, dass es Bruce Danforth sein musste.

»Denken Sie nach, Douglas! Was ist die unmittelbarere Bedrohung?«

Heute Abend ging es also nicht um China. Blieb nur eine Möglichkeit: »Paul Janson.«

»Ihr alter Freund.«

»Ich habe Ihnen schon gesagt, wir waren Kollegen, keine Freunde.«

»Soldaten sind nie ›Kollegen‹. Soldaten sind Brüder.«

»Kain und Abel waren auch Brüder.«

»Warum ist Abel dann noch nicht tot?«

»Abel hat in Beirut Glück gehabt.«

»Glück ist etwas, für das man dankbar sein soll. Keine Erklärung für gescheiterte Pläne.«

»Gut gesagt«, gestand Case. Typisch Buddha. Bruce Danforth liebte seine Regeln und verpackte sie gerne in kluge Sprüche. Ein alter Mann eben.

»Haben Sie eine Ahnung, wo Janson jetzt ist?«

»In Mogadischu.«

»Hoffentlich stellen sich Ihre Leute dort geschickter an als in Beirut.«

»Ich bin schon unterwegs.«

»Persönlich?« Die Stimme klang überrascht, vielleicht, so dachte Case, schwang sogar etwas wie Anerkennung mit.

»Ich bin vor vier Stunden gestartet.«

Doug Case schaute sich in der luxuriös ausgestatteten Bombardier Global Express um, einem zweistrahligen Jet, der schneller war als Jansons Embraer und über eine größere Reichweite verfügte. Case hatte in der Kabine hermetisch verschlossene Fächer einbauen lassen. In den korrupten Ländern, in denen Doug Case Geschäfte machte, war kaum zu erwarten, dass die Polizei es wagen würde, einen Firmenjet von American Synergy zu durchsuchen. Falls irgendein Idiot dennoch auf die Idee kommen sollte, würde ihm nicht genug Zeit bleiben, um Waffen, Geld oder Drogen zu finden. Case würde mit einem kurzen Anruf dafür sorgen, dass der Mann auf direkte Anweisung seines Diktators in einem Kerker der Geheimpolizei landete.

27

4°52' N, 47°53' O

Fünf Kilometer westlich von Harardhere, Somalia

Das Werkzeug eines Feldsanitäters, Jessicas verbundene Wunde sowie ihre weiße Haut stellten die Soldaten vor ein Rätsel, sodass sie ins Hauptquartier der ugandischen AMISOM-Truppen auf einem entlegenen Flugplatz gebracht wurden, der mit Panzern und schwerer Artillerie gesichert war.

Soweit Janson erkennen konnte, verfügte der Kommandant über eine knapp hundert Mann starke Truppe. Auf seinem Namensschild stand »Museveni«, und die Tatsache, dass er und Jessica bislang gut behandelt worden waren, ließ Janson hoffen, dass Captain Museveni seine Leute gut im Griff hatte. Seine Männer hatten Jessica mit einer Trage in sein Zelt gebracht und auf ein Feldbett gelegt. Der Captain bot ihr Morphin an, doch sie hatte es schon von Janson nicht nehmen wollen.

Die Frage war, ob die gute Behandlung von Dauer sein würde, denn Museveni schien rasch seine Geduld zu verlieren. »Ich will Antworten, und zwar sofort!«, donnerte er, und Janson wusste, dass es Zeit war, schwerere Geschütze aufzufahren.

»Lassen Sie mich mit General Ddembe sprechen. Er wird alle Ihre Fragen beantworten.«

»General Ddembe ist nicht hier.«

»Ich weiß. Er ist in Kampala«, sagte Janson. »Er wird trotzdem mit mir sprechen wollen.«

Captain Museveni wirkte ungehalten und zugleich ein wenig unsicher. In der dringend reformbedürftigen Armee war General Darwin Ddembe ein Soldat mit politischen Verbindungen und ehrgeizigen Zielen, die er durchaus erreichen konnte. General Ddembe war somit ein Vorgesetzter, mit dem man es sich besser nicht verscherzte.

»Ich gebe Ihnen seine private Nummer, aber es ist besser für Sie, wenn ich selbst anrufe«, versicherte Janson. »Er gibt die Nummer nicht einmal seinen besten Männern.«

Der Captain zögerte gerade lange genug, um sein Gesicht zu wahren. »Also gut. Los, rufen Sie ihn an.«

»Mein Handy ist im Rucksack.«

Museveni schnippte mit den Fingern und blaffte einen Befehl, worauf der Rucksack augenblicklich ins Zelt gebracht wurde. Janson wählte die Nummer. General Ddembe meldete sich. »Hier spricht Saul«, begann Janson.

»Saul? Welcher Saul?«

Janson war nicht in der Stimmung für solche Geplänkel. Jessica musste dringend in ein richtiges Krankenhaus. Doch für den General gehörte ein kleines Wortgefecht nun einmal dazu, deshalb ging er darauf ein.

»Guten Abend, Herr General. Wenn Sie mich genug veralbert haben, brauche ich Ihre Hilfe.«

Janson hielt das Handy so, dass Museveni mithören konnte.

»Ah, dieser Saul. Ja, ja, ich habe Ihre Nachricht vor ein paar Tagen erhalten, dass Sie ins Land kommen würden. Wo sind Sie?«

»Ich bin bei Ihrem äußerst kompetenten Captain Museveni, ungefähr fünf Kilometer westlich von Harardhere.«

»Wen bringen Sie dort um die Ecke?«

»Niemanden, Sir. Es geht um eine Rettungsmission.«

Der General lachte. »Das kann ich mir vorstellen. Wen Sie retten, der steht postwendend vor dem heiligen Petrus. Okay, okay. Was kann ich für Sie tun, ohne es zu bereuen?«

»Ich wäre Ihnen dankbar, wenn Captain Museveni eine Transportmöglichkeit nach Mogadischu organisieren könnte.«

»Nur für Sie?«

»Wir sind zu zweit.«

»Sie werden alt, Saul. Früher waren Sie immer solo unterwegs.«

»Geht uns allen so, Sir. Außer Ihnen natürlich.«

»Ich wusste, dass so ein Anruf kommen würde.«

»Ich rufe nur die Besten an, Sir«, scherzte Janson und zwinkerte Museveni zu, der vorsichtshalber lächelte. »Und nur, wenn ich sie wirklich brauche. Aber das hat zwischen uns ja immer auf Gegenseitigkeit beruht, nicht wahr?« Er brauchte nicht darauf hinzuweisen, wie sehr der General von seiner Unterstützung profitiert hatte.

»Wer ist hinter Ihnen her?«

»Im Moment niemand. Obwohl Captain Museveni ein bisschen misstrauisch wirkt.«

»Geben Sie ihn mir. Und rufen Sie mich an, wenn Sie in Mogadischu sind.«

»Selbstverständlich, Sir.«

Janson reichte das Handy an Captain Museveni weiter. »Das wird eine sehr teure Reise«, sagte er leise zu Jessie.

»Helms kann es sich leisten. Was tun wir, wenn wir dort sind?«

»Wir bringen dich in ein Krankenhaus und fangen von vorne an.«

»Ich gehe sicher nicht in irgendein blödes Krankenhaus.«

»Meine Liebe, es tut mir so leid, dass ich Mist gebaut habe. Aber du musst dich in einem Krankenhaus durchchecken lassen … das ist mein letztes Wort.«

»Damit willst du doch nur dein schlechtes Gewissen beruhigen. Du nimmst mir den Job nicht weg. Ich geh mit dir, wohin du willst, nachdem wir sie befreit haben.«

»Nur einen Tag zum Durchchecken.«

»Okay, ein Tag, dann bin ich wieder dabei.« Sie hielt ihm die Hand hin, und er schüttelte sie. Sie hielt ihn fest und zog ihn zu sich. »Kopf hoch, Mr. Machine, wir leben noch, und die Lady braucht uns beide mehr denn je.«

Doug Cases ASC-Bombardier brauste mit fünfhundert Knoten über die Karibik, den Nordatlantik und schließlich Subsahara-Afrika. Bei den Tankstopps in Puerto Rico und Senegal hatte er auch frisches Personal an Bord genommen. Er landete erneut in Juba, der Hauptstadt des Südsudan, um einen Gast willkommen zu heißen, den er eingeladen hatte, ihn nach Somalia zu begleiten: Kin Poy Lam, den Topagenten des chinesischen Ministeriums für Staatssicherheit, Abteilung Ostafrika.

Mr. Kin war ein feingliedriger, eleganter Shanghaier und stolzer Nachkomme eines hochrangigen Parteifunktionärs. Durch sein Ministerium verfügte er über exzellente Kommunikationsmittel, Informationsquellen und über Auftragskiller für die Drecksarbeit. Und die chinesischen Streitkräfte stellten ihm Leibwächter zur Verfügung.

Doug Case ließ sich und seinen Rollstuhl von den Wächtern nach Waffen durchsuchen. Er protestierte erst, als sie die Glock in seinem Schulterholster konfiszierten.

»Verzeihen Sie ihre extreme Vorsicht.« Kins Ton machte jedoch deutlich, dass seine Leute die Waffe auch ohne Cases Einverständnis behalten würden, solange er mit Kin zusammen war.

»Wollen Sie nicht auch die Laserkanone in meinem Rollstuhl überprüfen?«, spottete Case und erkannte an der Besorgnis in den Gesichtern der Wächter, dass sie genauso fließend Englisch sprachen wie Kin selbst. Kin beruhigte seine Leute mit einer knappen Geste. »Mir gefällt Ihr Sinn für Humor.«

Trotz seiner herablassenden Art hatte Kin Poy Lam eine gewisse Verzweiflung in den Augen, als wäre er gerade mit einer unmöglichen Aufgabe konfrontiert. China hatte Milliarden in sudanesisches Öl investiert, hatte die nötige Infrastruktur aufgebaut, einschließlich einer Pipeline, die die chinesischen Tanker im Roten Meer belieferte, doch in dem blutigen Bürgerkrieg im Sudan hatte China auf das falsche Pferd gesetzt. Die chinesische Seite gewann die Pipeline, doch dem neuen Staat Südsudan blieb das Öl.

Dass Kin gegenüber seinen Vorgesetzten in Peking dafür eingetreten war, die Rebellen zu unterstützen, hatte ihm keine Freunde eingebracht. Er hatte die strikte Anweisung, alles dafür zu tun, dass weiterhin Öl durch die Pipeline floss, egal woher. Entsprechend verzweifelt kämpfte der Agent nun um das Erdöl aus Somalia.

Case setzte ihm die Daumenschrauben an, sobald die Bombardier wieder gestartet war.

»Ihr Mann hat es verbockt. Paul Janson ist nicht tot.«

Kin war es ganz und gar nicht gewohnt, dass man so unverblümt mit ihm sprach. »Ich habe ihn herbeordert, um Bericht zu erstatten.«

»Was gibt es da zu berichten? Ich habe Ihnen genau gesagt, wann sich Janson in Beirut aufhalten würde. Sogar, dass er eine blaue Jacke tragen würde, wie ich von meinen Leuten vor Ort wusste! Jeder verdammte Pazifist hätte ihn erledigen können.«

»Ich werde Sie nicht noch einmal enttäuschen«, lautete die steife Antwort.

»Es war Ihr Vorschlag, mir zu helfen, sozusagen als kleine Vorleistung für künftige Geschäfte zwischen uns.«

»Nein, das war Ihre Idee!«, schoss Kin Poy Lam zurück. »Ich habe eingewilligt, um meinen guten Willen zu zeigen.«

Von dem typischen Pokerface des Chinesen war nichts mehr zu sehen, dachte Doug Case. Seine Augen sprühten wütende Funken, als würde er am liebsten seinen Leibwächtern befehlen, Cases Rollstuhl aus dem Notausstieg des Flugzeugs zu rollen.

Doug Case schaute ihn zweifelnd an.

Kin mäßigte seinen Ton. »Wir können immer noch Geschäfte machen.«

»Ich möchte Sie etwas fragen. China ist eine große Nation, aber in großen Ländern sind oft gegensätzliche Kräfte am Werk. Kann es sein, dass Sie Rivalen in China haben, die Ihre Bemühungen sabotieren, ostafrikanisches Erdöl zu gewinnen?«

»Ich will Ihre Agenten nicht beleidigen, indem ich es leugne. Genauso wie Sie es mit Rivalen in Ihrem Unternehmen zu tun haben. Aber in Somalia kann mir niemand in die Quere kommen. In Somalia habe ich das alleinige Kommando.«

»Ich hoffe für uns beide, dass Sie recht haben.«

Für Doug Case hatte sich das Gespräch in jedem Fall gelohnt. Es war ein gutes Zeichen, dass der chinesische Agent nicht auch noch behauptet hatte, im Sudan das Sagen zu haben. Das machte seine Beteuerung, die Lage in Somalia im Griff zu haben, glaubwürdig. Somit konnte Case davon ausgehen, dass Kin Poy Lam Chinas einziger Mann in Somalia war.

Die Tatsache, dass es eine ungepflasterte Erdstraße war, auf der Isse durch Mogadischu wanderte, machte ihm mit plötzlichem Stolz bewusst, dass er unbeirrt seinen Weg ging. Der Rap, den er auf seinem iPhone hörte, lieferte die perfekte Begleitmusik zu seinen Gefühlen. Im Gehen sang er den Text leise mit.

Start walking in the poverty.
Keep praying to the east.

Before you join the Ummah,
Leave the belly of the beast.

Mit anderen Worten, dachte er, der Stolz der Muslime und der Islam als Ganzes waren im Wachsen. Doch am Anfang des Weges stand die Armut und die Verzweiflung über die enttäuschten Hoffnungen. Plötzlich geschah etwas Erstaunliches. Mitten auf dieser staubigen Straße in einer heruntergekommenen Gegend nicht weit vom Stadtzentrum entfernt, sah er eine Moschee in einer Häuserreihe, die ihm seltsam bekannt vorkam. Die Fassade war gelb gestrichen, die Säulen vor der Tür trugen die Spuren von Einschüssen. Er war sich ziemlich sicher, das Gebäude auf einem YouTube-Video gesehen zu haben, als Hintergrund einer Predigt von Mullah Amriki.

Nicht so schnell, bremste er sich. Immerhin sahen diese Gebäude alle recht ähnlich aus. Aber es war wirklich verblüffend. Und wenn es tatsächlich diese Moschee war, würde dann Amriki da drin sein? Nein, das war nicht möglich. Er war bestimmt vor den AMISOM-Truppen geflüchtet.

Zwei Jungen kamen mit Stöcken in der Hand auf ihn zugelaufen.

»Mullah Amriki?«, fragte er. »Ist das seine Moschee?«

Die Jungen schlugen ohne Vorwarnung mit ihren Stöcken nach ihm. Isse duckte sich. Ein Stock streifte ihn am Kopf, der andere traf ihn mit voller Wucht im Gesicht. Es tat höllisch weh, und er taumelte rückwärts, hielt sich die Wange, und im nächsten Moment rannten die beiden davon, der eine mit seinem iPhone, der andere mit den Ohrknöpfen in der Hand.

Isse stand da und blinzelte sich die Tränen aus den Augen. Sein Gesicht brannte, doch er lachte, als ihm klar wurde, dass ihm das iPhone egal war.

»Ich folge nur den Worten des Imams«, sagte er laut vor sich hin. »Ich lebe als Muslim in einem Krisengebiet nach den

Regeln unseres Glaubens.« Er verstummte, als ihm bewusst wurde, dass er sich etwas vormachte. Diese Jungen sahen in ihm einen verdammten Touristen. »Sie haben sogar recht. Ein Tourist aus Amerika.«

Schweigend betrachtete er die Moschee. Nein, es konnte nicht die sein, die er auf dem Video gesehen hatte. Er ging hinein. Ein alter Mann stand im Hof Wache. »Ist Mullah Amriki hier?«

»Nein.«

»War er hier, bevor die AMISOM kam?«

»Nein.«

»Wissen Sie, wo er in Mogadischu gepredigt hat?«

»Bakara.«

Das war nichts Neues. Der Bakara-Markt war eine Al-Shabaab-Hochburg gewesen, bevor sie aus der Stadt gejagt wurden. Die Chancen standen nicht wirklich gut, dass Isse ihn hier vorfinden würde. Er bedankte sich bei dem alten Mann und ging Richtung Markt. Ihm war eine Idee gekommen. Das Internetcafé. Dort trieben sich jede Menge Gauner und Betrüger herum. Er würde über Skype seine Eltern um Geld bitten, mit dem er sich Informationen erkaufen konnte.

Ein iPhone brauchte er nicht. Er hörte in seinem Kopf, was er hören musste.

Schließ dich der Karawane an, bevor du deine Seele verlierst,

Tausche dieses Leben für die ewige Seligkeit.

Allegra Helms wusch im Badezimmer des Kapitäns das Blut aus Adolfos Weste. Es war der einzige Ort, an dem sie sie allein ließen, und auch hier nur für wenige Minuten. Sie hasste es, mit der Weste herumzulaufen. Die Piraten verspotteten sie als »die Lady mit den Kugellöchern«.

Doch Cousin Adolfos zerschossene Weste hatte eine Innentasche, in der sie die Pistole verstecken konnte, die sie entdeckt hatte, als sie über seinem Leichnam geweint hatte.

Sie hatte die Waffe sorgfältig untersucht und geübt, sie blitzschnell zu entsichern und den Hahn zu spannen. Die Pistole war kleiner als die Spanne zwischen ihrem Daumen und Mittelfinger und passte gut in ihre Hand. Ihr Vater hatte aus Angst vor Entführern, die auf Lösegeld aus waren, in allen Häusern Pistolen aufbewahrt und ihr beigebracht, damit umzugehen. Das war allerdings schon Jahre her. Zudem wusste sie nicht, ob sie es im Ernstfall schaffen würde, abzudrücken.

Heute war ein Mann aus Mogadischu gekommen, der aussah wie ein islamischer Terrorist. Es war merkwürdig. Er hatte ein Satellitentelefon mitgebracht, doch sie konnte nicht verstehen, was er und der Pirat auf Somali sprachen. Maxamed wirkte etwas unschlüssig und gestattete dem Mann, einen Anruf zu tätigen. Der reichte dem Piraten nach wenigen Augenblicken das Telefon.

Plötzlich wechselte Maxamed zu ihrem größten Erstaunen ins Italienische.

Hatte er vergessen, dass das ihre Sprache war, oder machte es ihm nichts aus, dass sie mithören konnte? Er sprach mit afrikanischem Akzent, aber mit großer Sicherheit und recht gewandt im Ausdruck. Das Gespräch war ziemlich rätselhaft, zog sich aber in die Länge. Er ging auf der Brücke auf und ab, sein Ton einmal schmeichelnd, dann wieder wütend. Zuerst hatte Allegra gedacht, es gehe um sie, doch das war nicht der Fall. Sie sprachen über Politik, über den Vizepräsidenten. Maxamed verlangte immer wieder irgendwelche Sicherheiten. *Sicurezza. Garanzia.*

Hin und wieder erwähnte er Allegra zwar, doch sie konnte nicht wissen, was sein Gesprächspartner sagte, hörte nur seine immer wiederkehrenden Fragen: »Was ist mit Home Boy? Was ist mit Gutaale?«

Sie hatte das deutliche Gefühl, dass er seinem Gesprächspartner nicht traute, und das bestätigte sich, als er ins Telefon rief: »Ich komme nach Mogadischu, wenn er tot ist … Rufen Sie mich wieder an, wenn er tot ist.«

Er wollte das Gespräch beenden, doch der andere sagte offenbar etwas, das seine Aufmerksamkeit weckte. »Ja, natürlich, ich werde über Ihren Vorschlag nachdenken. *Arrivederci!*«

Gott sei Dank hatte sie Adolfos Pistole. Sie hatte eine Riesenangst davor, was passieren würde, wenn Maxamed das Schiff verließ und sie mit seinen Männern allein war.

Dritter Teil
FALSCHES SPIEL

2°2' N, 45°21' O

Mogadischu

28

»Videokonferenz in zehn Minuten, Mr. Helms«, kam der Anruf aus Houston, achteinhalbtausend Meilen und zehn Zeitzonen von Mogadischu entfernt.

»Wofür?« Wieder so eine gottverdammte Zeitverschwendung.

»Angeblich hat er es persönlich verlangt«, erklärte Helms' Assistentin. *Er* war in diesem Fall der Buddha persönlich. »Er will die Sitzung zu Ende bringen, die Sie vorzeitig verlassen haben, wegen ›familiärer Probleme‹, wie er es ausgedrückt hat.«

»Verstehe.« Es war legitim, dass ein Chef seinen Mitarbeitern Überdurchschnittliches abverlangte. Doch was der Buddha ihnen manchmal zumutete, grenzte an Sadismus.

Helms schaltete das Cisco TelePresence TX9990 Videokonferenzsystem ein und verengte den Kameraausschnitt so weit, dass nur sein Gesicht und die weiße Wand hinter ihm zu sehen war. Seine Rivalen, die anderen ASC-Abteilungschefs, würden auf ihren riesigen Bildschirmen nicht erkennen können, ob sich der Direktor der Erdölabteilung im Ritz in London oder einem Motel in North Dakota befand.

Nichts deutete darauf hin, dass er im Büro von Home Boy Gutaales Villa am Strand von Mogadischu saß, die er auf ASC-Kosten für den Somali gekauft hatte. Auch von dem wunderbaren Strand war nichts zu sehen. Ebenso wenig von der eleganten italienischen 1930er-Jahre-Architektur, mit viel Geschick von Handwerkern restauriert, die in den besten Vierteln der Stadt zerbombte Dächer und von Einschusslöchern übersäte Wände ausbesserten. Nichts war zu sehen von dem Bauboom in Mogadischu, und für das rhythmische Zittern des Bildes, das in Wahrheit von Rammhämmern stammte, konnte auch ein Softwarefehler verantwortlich sein. Genauso unsichtbar war für seine Gesprächspartner das chinesische Red Hotel, das aus bombenfesten Betonmodulen erbaut worden war und sich deshalb bei Gästen aus dem Ausland, die es sich leisten konnten, großer Beliebtheit erfreute. Vor allem aber würde niemand ahnen, dass Gutaales Panzer die Villa bewachten und Tag und Nacht ihre Dieselabgase in die Luft bliesen, als wäre das Erdöl gratis.

Er stellte die Kamera ein und warf einen Blick auf den Monitor: noch fünf Minuten.

»Wer hat gewusst, dass Ihre Frau auf der *Tarantula* sein würde?«

Helms schreckte hoch.

Er hatte geglaubt, allein im Haus zu sein, abgesehen von den Dienstboten und den Wächtern. Doch plötzlich trat Paul Janson in Gutaales Büro und schloss die Tür.

»Ich habe Sie gefragt, wer davon gewusst hat, dass sich Ihre Frau auf der *Tarantula* befinden würde.«

»Verdammt, wie sind Sie hier reingekommen?«

Janson trug die typische Kleidung eines Geschäftsmannes in Mogadischu: westliche Hose, polierte Schuhe, weißes Hemd ohne Krawatte, dazu ein kurz geschnittener Bart. Das Jackett über dem Arm verbarg, was er in der rechten Hand hielt.

»Wer hat gewusst, dass Ihre Frau an Bord der *Tarantula* gehen würde?«

»Ich weiß es nicht. Warum fragen Sie?«

»Ist es nicht ein merkwürdiger Zufall, dass somalische Piraten Ihre Frau entführen, während Sie hier gerade einen großen Deal abschließen? Wem haben Sie davon erzählt?«

»Niemandem.«

Paul Janson bedeutete Helms mit einer Geste, sich auf einen Stuhl zu setzen, wo er ihn im Blick hatte, und betrachtete die riesige Karte des Horns von Afrika, die eine ganze Wand einnahm. Auf Gutaales Karte reichte Somalia weit über die Grenzen zu Äthiopien und Kenia hinaus und umfasste fast das ganze Horn von Afrika: Dschibuti, die Region Ogaden in Äthiopien sowie den Nordosten Kenias.

»Mir ist schon klar, warum er seine Panzer draußen stehen hat. Ihr Mann hat große Träume.«

Helms nickte bedächtig und versuchte zu erkennen, worauf Janson hinauswollte.

Home Boy hatte ihm einen leidenschaftlichen Vortrag über den Pan-Somalismus gehalten. Auf Helms' Frage hatte er unumwunden zugegeben, dass ein Krieg mit den Nachbarländern unausweichlich sei, um sein Ziel zu erreichen.

»Ich bin mir ziemlich sicher, dass Gutaale der Einzige ist, der Somalia zu einem stabilen, lebensfähigen Staat entwickeln kann«, sagte Helms zu Janson. »Er hat die nötigen Beziehungen zu den vielen Clans.«

»Ihre Aufgabe ist es dann wohl, ihm zu helfen, für Stabilität im Land zu sorgen und die Grenzen zu sichern, ohne dass er die gesamte Region ins Chaos stürzt.«

»Können Sie mir irgendwas über meine Frau sagen?«

»Sie lebt und hält sich ziemlich tapfer.«

»Sie haben sie gesehen?«

»Nur aus einiger Entfernung. Wer hat noch gewusst, dass sie auf dieser Jacht ist?«

»Ich habe keine Ahnung, wem sie es gesagt hat.«

»Ich meine, in Ihrer Umgebung.«

»Ich habe es durch eine SMS von ihr erfahren. Sie hat vorgeschlagen, dass wir uns in Mombasa treffen. Sie hatte beruflich auf den Seychellen zu tun.«

»Wer hat die Nachricht außer Ihnen gesehen?«

»Niemand.«

»Nicht einmal Ihre Assistentin?«

»Sie hat's mir auf mein persönliches Handy geschickt.«

»Hat Sie schon mal jemand gehackt?«

»Nein. Meine Geräte werden laufend gecheckt.«

»Von wem? Der ASC-Sicherheitsabteilung?«

Helms lächelte dünn. »Sie würden das nicht fragen, wenn Sie wüssten, wie es bei uns zugeht. Nein, dafür habe ich eine Firma, die nichts mit ASC zu tun hat. Janson, ich will meine Frau wiederhaben. Unbedingt.«

»Obwohl ihre Familie Sie in New York umbringen wollte?«

»Davon weiß ich nichts.«

»Kommen Sie, Kingsman. Sie haben doch von den Camorra-Verbindungen gewusst, oder?«

Helms schaute auf seine Uhr und deutete mit einem Kopfnicken auf den Monitor. »Ich habe in drei Minuten eine Telekonferenz mit Houston.«

»Wir können Ihre Camorra-Connection auch mit Houston diskutieren, oder Sie beantworten meine Frage.«

»Also schön, Janson. Sie haben ja wohl nicht erwartet, dass ich es gegenüber der Polizei zugebe. Dann säße ich immer noch in New York und würde von den Bullen befragt.«

Damit war wenigstens das geklärt, dachte Janson. Es hätte Zeit gespart, wenn Helms es sofort zugegeben hätte. »Kingsman, eine Frage noch …«

Helms nickte schwach.

»Ist Ihre Frau bei der Camorra?«

»*Was?* Nein. Sie ist vor den Typen regelrecht geflüchtet.«

»Was haben diese Leute dann gegen Sie?« Jessica hatte den Grund in Neapel herausgefunden. Jetzt wollte Janson hören, was Helms zum Ehevertrag zu sagen hatte.

»Ich erwarte nicht, dass Sie das verstehen. Aber manchmal kommt es im Leben ganz anders, als man's geplant hat. Die Wahrheit ist, ich habe Allegra wegen ihres Geldes geheiratet.«

»Warum soll ich das nicht verstehen?«

»Weil es eben oft anders kommt. Es ging mit meiner Karriere so schnell, dass ich bald reicher war als sie.«

»Und da haben Sie bereut, sie geheiratet zu haben?«

»Ganz im Gegenteil. Da konnte ich es mir schon nicht mehr ohne sie vorstellen ... Allegra hat etwas an sich, das würden Sie nicht verstehen.«

»Wie sollte ich? Ich kenne sie überhaupt nicht.«

»Es ist, als wäre sie jeden Moment bereit, von einem Sprungbrett zu springen. Nein, falsch ausgedrückt. Nicht ins Wasser zu springen, sondern abzuheben und zu fliegen. Und man hat immer das Gefühl, als könnte sie es jederzeit tun.«

Es hörte sich für Janson so an, als würde er sie tatsächlich lieben. Doch er brauchte Gewissheit. »Lassen Sie den Scheiß, Kingsman. Ich frage Sie, haben Sie Ihre Frau von Piraten entführen lassen?«

»Sind Sie verrückt?«

»Sie erzählen mir, Sie haben als Einziger gewusst, dass sie auf dieser Jacht war.«

»Das ist ein Zufall. Nichts als ein dummer Zufall.«

»Was ist mit Home Boy Gutaale?«

»Gutaale?«

»Haben Sie es ihm erzählt?«

»Nein. Warum fragen Sie?«

»Weil Ihr Freund Home Boy gleich mit einem Hubschrauber vor diesem Haus landen wird.«

»Was? Wovon reden Sie?«

»Von einem goldenen Hubschrauber. Er wird gerade auf dem Flughafen aufgetankt.«

»Er ist ein Geschäftspartner, kein Freund. Wie kommen Sie darauf, dass er mein Freund sein soll?«

»Das werden Sie sich auch fragen, wenn Sie seinen Hubschrauber sehen.«

»Worauf wollen Sie hinaus?«

»Haben Sie von hier aus mit ihr gesprochen? Von diesem Haus?«

»Ja.«

»Könnte Gutaale Ihr Gespräch mit Allegra belauscht haben? Kann er gewusst haben, dass sie auf der Jacht ist?«

»Großer Gott«, flüsterte Helms.

Das Telefon klingelte.

Janson deutete auf den Bildschirm. »Ihre Konferenz fängt an.«

Im Bild erschien Buddha persönlich. Die hohe Auflösung hob jede einzelne Falte hervor.

Seine Stimme klang dünner, als Janson sie in Erinnerung hatte, obwohl das auch an den eingebauten Lautsprechern des Monitors liegen konnte. Sie war jedenfalls klar und direkt. »Falls Sie glauben, das Geld im Erdölgeschäft ist leicht verdientes Geld, wird es Zeit, dass Sie Ihre Gewinne steigern.«

Janson verschwand so leise, wie er hereingekommen war.

Kingsman Helms' Kopf schwirrte, als er sich der Kamera zuwandte und Jansons Vermutung verdrängte, Gutaale könnte ein übles Spiel mit ihm treiben.

»Drei von uns nehmen per Video an dieser Konferenz teil«, erklärte Buddha. »Kingsman an einem unbekannten Ort, Doug im Flugzeug und ich auf einer meiner Ranchen.«

Helms vermutete aufgrund der Schädel von Dickhornschafen an der Holzwand hinter ihm, dass es sich um seine Ranch in Montana handelte.

Aber wohin zum Teufel war Doug Case unterwegs? Sein Bildausschnitt zeigte nur, dass er in einer ASC-Bombardier saß, dank deren Reichweite er praktisch jeden Ort der Welt anfliegen konnte. Die Jalousien hinter ihm waren zugezogen. Cases Flugzeug konnte überall sein, auch acht Meilen entfernt auf dem Flughafen Mogadischu. Dann würde es mit etwas Glück vielleicht Al Shabaab in die Luft jagen.

»Die restlichen sechs befinden sich im Silo. Ich werde jetzt fragen, was ich schon beim letzten Mal fragen wollte … und wer heute die Sitzung unterbricht, weil sein Telefon klingelt, der kann sich einen neuen Job suchen. Alles klar? Gut. Wie steht ASC im Bereich Erdgas da?«

Erdgas? Helms' geteilter Bildschirm zeigte Abteilungschefs, die fragende Blicke wechselten. Verlor der Alte jetzt den Verstand? Unter Buddhas Führung hatte ASC dreißig Jahre lang auf die Energieträger Erdöl und Kohle gesetzt und kaum auf Erdgas. Hatte er vergessen, dass kleine Produzenten wie Susquehanna Gas und Binghamton Energy stark in den Bereich Erdgas investiert hatten, nachdem die Preise in den Keller gefallen waren? Sie hatten zu Recht angenommen, dass es die Regierung den nachfolgenden Generationen überlassen würde, sich mit den Umweltrisiken des Frackings auseinanderzusetzen.

»Erdgas«, wiederholte Bruce Danforth. »Rohstoff für die chemische Industrie, Brennstoff für Fabriken und Kraftwerke. Und natürlich ein Stich ins Herz für alle grünen Anhänger der erneuerbaren Energiequellen.«

Vor allem die Erdölabteilung würde sich die Frage gefallen lassen müssen, warum man zu spät auf diese Entwicklung reagiert und nicht schon viel früher auf Erdgas gesetzt hatte.

Kingsman Helms wusste, dass er angesprochen war, und griff die Frage auf.

»Für ASC war Erdgas immer schon ein Rohstoff, der eine Brücke in die ›glorreiche Zukunft‹ der erneuerbaren Energie bilden kann. Aber diese Brücke kann noch sehr lang werden und fünfzig, vielleicht hundert Jahre in die Zukunft reichen. Bis dahin schaffen es die Umweltschützer vielleicht, die Gesetze der Physik neu zu schreiben«, schloss er mit einem alten Scherz, den Buddha gerne verwendete, und einem Lächeln, das Danforth nicht erwiderte.

»Kingsman, während Sie darüber philosophieren, ob Erdgas eine Brücke, ein Umweg oder die Hauptstraße ist, steht genug davon zur Verfügung, um eine Renaissance der amerikanischen Industrie zu befeuern. Die Arbeitskosten in Asien steigen, die Ölpreise ebenfalls. Die Transportkosten noch viel mehr. Was wird billiger? Die Arbeitskosten hier in den Staaten. Und die Preise für heimisches Erdgas.«

»Es gibt ein Überangebot«, betonte Helms.

»So ein Überangebot«, schoss Buddha zurück, »dass vor drei Monaten mittelgroße Produzenten billig auf dem Markt waren.«

Helms wusste, dass er in seiner Konzentration auf Somalia diese Produzenten übersehen hatte.

»Ich habe daran gedacht, Binghamton und Susquehanna zu kaufen, aber da waren sie schon weg vom Markt. Und der Gaspreis …«

»Irgendeine Ahnung, wer sich die zwei geschnappt hat?«

»Ich tippe auf Hedgefonds. Oder die Bartle Group, hinter der die Chinesen stehen.«

»Und ASC?«

»ASC?« Helms spürte, wie es ihn kalt überlief. »Ich weiß nicht, was Sie meinen, Sir.«

Die Gesichter, denen man ansah, wie sehr sie Helms' missliche Lage genossen, wandten sich wie auf Kommando Generaldirektor Danforth zu. Etwas lag in der Luft, und nur der Buddha wusste, was es war. Trotz der hohen Bildauflösung war es unmöglich, ein Lächeln aus seinem zerfurchten Gesicht herauszulesen, doch Kingsman Helms spürte mit bitterer Gewissheit, dass der Alte lächelte.

»Ich hab sie gekauft«, sagte Buddha schließlich.

Herrgott, kein Wunder, dass er lächelt, dachte Kingsman. Der schlaue alte Bastard hatte eine neue, höchst gewinnbringende Quelle erschlossen, wodurch er fester denn je im Sattel saß. Die sechs Abteilungschefs hielten den Atem an.

Helms' Stimme klang auch in seinen eigenen Ohren ziemlich dumm. »Wie?«

Wen zum Teufel interessierte das noch? Der Buddha hatte wieder einmal zugeschlagen. Bruce Danforth schilderte kurz, wie er das Geschäft über eine alte, aber sehr liquide ASC-Abteilung mit Sitz in Nome, Alaska, abgewickelt hatte. Susquehanna Gas und Binghamton Energy hatten sich mit ihren Investitionen übernommen und den Alten regelrecht angefleht, sie zu retten.

»In fünf Jahren«, tönte Danforth, »werden die USA sagen: Zum Teufel mit der OPEC, und Danke schön, ASC.«

Die Gratulationen klangen etwas gezwungen. Helms spürte den bitteren Geschmack der Niederlage im Mund. Der Buddha hatte hoch gepokert und gewonnen.

»Wir brauchen jemanden, der die Erdgasabteilung leitet«, sagte der Alte schließlich.

»Es fällt in den Erdölbereich.«

»Könnte man so handhaben. Vielleicht wäre es aber sinnvoller, einen Manager zu ernennen, der sich nicht ständig an ›nicht näher bestimmten Orten‹ aufhält.«

Warum hackt er auf mir rum?, fragte sich Helms. Somalia war doch Danforths Idee gewesen. Der Alte hatte ihn ermutigt, die Sache energisch zu verfolgen. Und jetzt hockte er hier in Mogadischu und musste zusehen, wie Buddha die neue Abteilung einem anderen übertrug.

»Bis ich mich entschieden habe, übergebe ich die provisorische Leitung Doug Case.«

»Können wir riskieren, dass Doug nicht mehr seine ganze Aufmerksamkeit dem Sicherheitsbereich widmen kann?«, wandte Helms ein.

Doug Case grinste triumphierend in die Kamera. »Ich werde mir die Zeit so einteilen, dass ich beides unter einen Hut kriege, solange es Mr. Danforth für angebracht hält.«

»Nehmen Sie sich schon mal ein bisschen Zeit, sich über Erdgas zu informieren. Das ist sicher komplizierter, als Bewaffnete anzuheuern, um Förderanlagen zu sichern«, versetzte Helms. »Am besten wäre, Sie studieren Erdöl- und Erdgastechnik, wie wir alle es getan haben.«

Cases spöttischer Gesichtsausdruck und Danforths amüsiertes Lächeln sagten Kingsman Helms, dass er genau eine Sekunde hatte, um die Initiative wieder an sich zu reißen. Er schlug mit allem, was er hatte, zurück und richtete seinen Blick auf Danforth, nicht auf Doug Case.

»Wenn die USA die Energieautonomie erlangen würde, wäre das nur für die USA von Bedeutung. Das weltweite Szenario würde sich dadurch nicht ändern. Für uns wäre die Autonomie natürlich gut, aber den Rest des Planeten wird das kaum interessieren – und dort sind die Gebiete, wo sich ASC behaupten muss, um zu überleben.«

Buddha schwieg, und Helms nutzte die Gelegenheit, seinen Standpunkt zu untermauern.

»Je schneller die Wirtschaft in Indien, Südostasien und China wächst, umso mehr Öl werden sie brauchen. Die wahren Märkte für ASC – die *wachsenden* Märkte – liegen im Osten. Ostafrikanisches Öl und Gas sind ein Vermögen wert, weil sie so nahe bei diesen Märkten liegen.«

»Das Öl aus Saudi-Arabien liegt näher bei China«, warf Doug Case ein.

»Die Scheichs sind für die Chinesen eine harte Nuss«, schoss Helms zurück. »Sie wollen China nicht die Mengen liefern, die man dort braucht.«

»Sie haben ja schon große Vorkommen im Südsudan.«

»Von wo das Öl durch eine Pipeline muss, die von den Todfeinden des Südsudans kontrolliert wird.«

Danforth sah ihn an. »Sprechen Sie weiter, Kingsman.«

»ASC wird China Erdöl verkaufen, das billig aus Somalia befördert werden kann.«

Case stürzte sich auf den wunden Punkt von Helms' Argumentation. »Aber wenn Sie die reichen Ölquellen, die Sie von Ihrem ›nicht näher bestimmten Ort‹ aus versprechen, nicht finden, sind wir im Arsch.«

Helms lächelte. Der Krüppel war ihm in die Falle getappt. ASC befand sich in einer äußerst günstigen Position. Helms' Abteilung hatte zweifelsfrei festgestellt, dass in Somalia riesige Ölreserven darauf warteten, angezapft zu werden. Doch bevor Helms den Mund öffnen konnte, um Case zu zerlegen, knatterte ein Hubschrauber in der Ferne.

Kingsman Helms vergaß, was er sagen wollte. War das der Helikopter, von dem Janson gesprochen hatte? Das verdammte Ding kam schnell näher.

Zu seiner Überraschung rettete ihn ausgerechnet Bruce Danforth aus seiner misslichen Lage – mit einer Bemerkung, wie man es von Buddha gewohnt war: »ASC wird das Bollwerk sein, dass die chinesische Weltherrschaft verhindert. Wir haben es in der Hand, sie aufzuhalten.«

»Gut gesprochen, Sir«, pflichtete Helms bei.

Buddha hatte offenbar für heute genug gehört. »Das wär's dann. Zurück an die Arbeit.«

Im nächsten Moment war der Bildschirm leer.

Helms rannte zum Fenster und suchte den Himmel ab. Er hatte eine Katastrophe abgewendet, aber nur für den Moment. Somalia war somit nicht nur sein wichtigstes Projekt, sondern auch sein einziges.

Rotorblätter ließen die Fensterscheibe erzittern. Ein zehnsitziger Sikorsky donnerte über das Haus, senkte sich zum Strand hinab und wirbelte Sand auf. Die goldfarbene Maschine war nicht das Standardtransportmittel für Erdölarbeiter, sondern das Spielzeug eines reichen Mannes, so wie die S-76D-Hubschrauber von ASC.

Helms eilte nach draußen und zum Strand hinunter. Als die Rotoren stillstanden und kein Sand mehr aufgepeitscht wurde, sah er aus der Nähe, dass das Kennzeichen mit einem neuen übermalt und ein Logo unkenntlich gemacht worden war.

Home Boy Gutaale stieg aus dem Hubschrauber und lächelte triumphierend durch seinen roten Bart.

»Wofür brauche ich Sie eigentlich, Mr. Helms?« Der Warlord lachte.

»Wo haben Sie den her?«

»Von einem Piraten gekauft. Kommen Sie herein, sehen Sie ihn sich an.«

»Ich habe genug Helikopter von innen gesehen.«

»Aber keinen wie diesen.«

Helms trat in die Passagierkabine und blieb abrupt stehen.

»Was ist das?« Auf den Ledersitzen prangten in Goldprägung die Initialen AA.

»AA«, sagte Gutaale. »Das Logo von Allen Adler.«

»Der Mann, dem die *Tarantula* gehört.«

»Einem Toten gehört nichts mehr … keine Sorge, mein Freund. Ich habe ihn gekauft, um den Piraten zu besänftigen, der Ihre Frau hat.«

»Sie haben mit ihm gesprochen?«

»Nein, nicht mit ihm. Über Mittelsmänner. Aber das ist der erste Schritt. Maxamed wird mit mir verhandeln, wenn ich an ihn herankomme.«

»Wann?«

Gutaale zuckte mit den Schultern. »Das bestimmt Maxamed. Wir müssen abwarten. Vielleicht ist er so weit, wenn wir zwei unsere Vereinbarung geschlossen haben.«

Während er auf dem heißen Sand in der glühenden Sonne stand, wenige Minuten nachdem ihn der Chef von ASC, dem er eigentlich nachfolgen sollte, vor seinen Rivalen bloßgestellt hatte, und Gutaale ihm mit der unerschütterlichen Überzeugung entgegentrat, alles im Griff zu haben, sah Kingsman Helms die Welt plötzlich in einem anderen Licht. Sie war noch düsterer, noch verkommener, als er gedacht hatte. Der Kriegsherr, der Partner, den ASC ausersehen hatte, Somalia zu führen, drohte ihm, indem er andeutete, dass er zumindest die Verhandlungen beeinflussen, wenn nicht gar Bedingungen zur Freilassung von Allegra diktieren konnte.

War es Gutaale, der die *Tarantula* von Piraten hatte entführen lassen, um ein Druckmittel gegen ihn und ASC in der Hand zu haben? Das schien sogar für somalische Verhältnisse zu abartig. Aber war es nicht das, was Paul Janson angedeutet hatte? War Janson zu ihm gekommen, um ihn darauf hinzuweisen?

Kingsman Helms atmete tief durch, um sich zu beruhigen. Es gab drei Mantras, nach denen er sein Leben ausrichtete.

Mach deine Hausaufgaben, lautete sein erster Grundsatz. Erfolg musste man sich verdienen, und zwar von klein auf mit dem allerersten Schuljahr. Die zweite Regel beruhte auf einer Erkenntnis, die er früh gewonnen hatte: *Die Welt wird von Idioten regiert.* Wenn man seine Hausaufgaben machte, war man den Idioten immer einen Schritt voraus. Sein dritter Grundsatz lautete: *Akzeptiere schlechte Nachrichten.* Verarbeite sie schnell und gründlich und handle entschlossen.

Wenn man unter einem Chef wie Buddha überlebte, lernte man Entschlossenheit.

»Ich hoffe, wir können unsere Vereinbarung nach meinem nächsten Treffen mit Präsident Adam besiegeln«, sagte er zu Gutaale.

Der Home Boy ließ sich nicht anmerken, wie überrascht er war. »Ah. Sie treffen sich mit Raage? Sein Spitzname bedeutet …«

»Ich weiß, was sein Spitzname bedeutet«, fiel ihm Helms ins Wort. »Der bei der Geburt säumig war. Das scheint ihm aber einen tieferen Blick verliehen zu haben als den meisten Leuten, denen ich in Somalia begegnet bin. Ich kann gut verstehen, dass ihn viele für den Politiker halten, der Ihr Land erneuern kann.«

»Wann findet das Treffen statt?«

»In einer knappen Stunde.«

»Meine Leute werden Sie eskortieren. Zu Ihrem Schutz.«

»Der Präsident schickt eine Eskorte, danke.«

Helms ging ins Haus und rief seinen Kontaktmann im Palast an, den Stabschef des Präsidenten. »Ich habe gerade eine Videokonferenz mit meinen Kollegen in Houston geführt. Ich glaube, es würde Präsident Adam interessieren, was wir da besprochen haben.«

Wenig später schritt er den wunderschönen Strand entlang,

von bewaffneten Männern aus dem Präsidentenpalast begleitet, die respektvoll Abstand hielten.

Die Welt war also noch verkommener, als er gedacht hatte. Der Buddha hatte ihm wieder mal eine reingewürgt. Die ASC-Abteilungschefs bekämpften einander wie Ratten in einem zu engen Käfig. Gutaale hatte ihn in der Hand. Galten denn die alten Regeln nicht mehr? Mach deine Hausaufgaben. Spann die Idioten vor deinen Karren. Nimm schlechte Nachrichten an und handle entschlossen.

Helms blieb stehen. Die Leibwächter warteten ebenfalls. Er hatte das Gefühl, dass etwas Einschneidendes bevorstand. Er wusste nur noch nicht genau, was.

Er ging weiter.

Die Leibwächter mit ihm.

Eine Gestalt kam ihm von Weitem entgegen, vom Hitzeflimmern über dem Sand verzerrt. Helms' Wächter rückten etwas näher. Die Gestalt war nun schon deutlich zu erkennen: athletischer Körperbau, entschlossener Schritt.

»Ist schon in Ordnung«, sagte Helms zum Hauptmann seiner Leibwache. »Ich kenne den Mann.«

Hatte sich Janson gedacht, dass er zum Präsidenten gehen würde? Beschattete er ihn etwa? Hörte er sein Telefon ab? Eine andere Möglichkeit fiel ihm ein, die noch um einiges beunruhigender war: War er berechenbar und durchschaubar für einen erfahrenen Agenten wie Janson?

Paul Janson blieb einen halben Meter vor Kingsman Helms stehen und sah mit Erleichterung, dass er den Ölmanager mit seinem Hinweis zum Nachdenken gebracht hatte. »Sie wissen also, dass Sie reingelegt wurden. Die Frage ist, warum?«

»Nein. Die Frage ist, was tue ich dagegen?«

»Es freut mich, dass Sie das so sehen.«

»Wären Sie bereit, einen Job zu übernehmen?«

»Ich habe schon einen: Ihre Frau zu retten.«

»Ja, aber das wird hoffentlich nicht ewig dauern. Es gäbe da noch eine andere Aufgabe, für die Sie der Richtige wären ... wenn es stimmt, was Doug Case in einem indiskreten Moment angedeutet hat.«

»Ich habe keine Ahnung, was Doug Case angedeutet hat.«

Kingsman Helms schaute sich um, wahrscheinlich mehr um der dramatischen Wirkung willen als aus Angst, die Leibwächter könnten ihn hören.

»Er hat angedeutet, dass Sie ein professioneller Killer waren.«

»Ich könnte mich genauso dumm verhalten und das Gleiche über Doug andeuten. Wir haben beide nie ein Geheimnis daraus gemacht, dass wir früher unserem Land gedient haben. Heute ist Doug Sicherheitschef von ASC, und ich leite eine Firma für Sicherheitsberatung. Wir haben beide die Vergangenheit so weit hinter uns gelassen, dass wir uns schon gar nicht mehr daran erinnern können.«

»Ich möchte Sie engagieren, um Home Boy Gutaale zu töten.«

29

Sehr gut, dachte Janson. Der Hubschrauber hatte Helms tatsächlich die Augen geöffnet. Er nahm den Ölmanager am Arm und ging mit ihm zum Wasser, ein Stück von den Leibwächtern weg. »Warum wollen Sie Gutaale töten?«

»Aus dem gleichen Grund, warum ich Sie angeheuert habe, um Allegra zu befreien. Damit ich meine Geschäfte hier in Somalia abschließen kann, ohne manipuliert zu werden. Gutaale hat mich in der Hand. Mit dieser Hubschrauberdemonstration will er mir zeigen, dass Allegras Leben von ihm abhängt, damit ich genau das tue, was er will. Aber dass er es eingefädelt hat, ist mir jetzt erst klar geworden.«

»Haben Sie auch an Gutaales Clans gedacht?«

»Was meinen Sie?«

»Er kann ihnen zur Kontrolle über Somalia verhelfen. Sie werden seine Ermordung nicht einfach so hinnehmen.«

»Das ließe sich mit Geld regeln«, schlug Helms vor.

Janson nickte. Es war nicht unmöglich, die Clans mit Blutgeld zu besänftigen. »Das würde eine Riesensumme kosten.«

»Bei dem ganzen Geschäft geht es um Riesensummen«, erwiderte Helms.

»Aber das momentane Chaos würde es nicht leichter machen, Ihre Frau zu befreien.«

»Würden Sie eher damit warten, bis Allegra frei ist?«

»Gutaales Tod wäre wahrscheinlich auch ihr Ende.«

Helms überlegte einige Augenblicke und wechselte schließlich das Thema. »Überrascht Sie meine Frage?«

»Nicht wirklich«, räumte Janson ein.

»Warum nicht? Ich bin selbst ein wenig überrascht.«

»Weil Ihnen der Gedanke gerade erst gekommen ist. Aber er passt zu Ihren übrigen Plänen.«

»Welche Pläne?«

»Wenn Gutaale tot ist, wird eine Lücke in der Hierarchie der Kriegsherren entstehen.«

»Nicht wenn der Präsident schnell handelt.«

»Raage?«

»Wer sonst?«

»Sie«, betonte Janson.

»Ich?«

»Das ist es doch, was Ihnen durch den Kopf geht, oder? Sie denken, wenn ich dieses Land in der Tasche hätte, kann ich alles haben.«

»Ich bin Geschäftsmann ... kein Politiker, der Länder regiert.«

»Als Ölmanager sind Sie es gewohnt, Länder zu lenken. Aber Ihnen ist sicher schon der Gedanke gekommen, dass es besser wäre, selbst die Kontrolle zu haben, als von Buddha gegängelt zu werden. Sie allein würden über die Ölreserven des Landes verfügen, hätten Ihren eigenen Flughafen, Ihre Fluglinie. Einen Sitz bei den Vereinten Nationen.«

»Die Somalis werden ein gewichtiges Wörtchen dabei mitreden, wer ihr Land regiert«, erwiderte Helms. »Falls Sie es noch nicht bemerkt haben – Raage macht einen ordentlichen Job.«

Janson nickte. »Er hat erfahrene Söldner, die seine Armee ausbilden. Vielleicht ist der Präsident wirklich die Hoffnung für die Zukunft. Falls er lange genug überlebt. Aber wenn Home Boy Gutaale weg wäre und dem Präsidenten etwas zustieße, entstünde tatsächlich ein großes Machtvakuum.«

Helms ließ seinen Blick über das Meer schweifen. »Seltsam. Es ist fast so, als könnten Sie in meinen Kopf schauen.«

»Ich sage Ihnen nur, was ich an Ihrer Stelle tun würde: die Verantwortung übernehmen und das Land wie ein Unternehmen führen. Den Leuten Zukunftsaussichten geben, was wiederum Ihnen zugutekommen würde. Die Somalis haben viel Unternehmergeist. Mogadischu könnte zur Perle Ostafrikas werden.«

Helms nickte. »Könnte ich auf Sie zählen, Janson?«

»Ich würde nicht zu viel auf Dougs Andeutung geben. Aber Sie würden jemanden finden, der Ihnen hilft ... obwohl, wenn ich so überlege, was zu gewinnen ist«, setzte Janson mit einem dünnen Lächeln hinzu, »dann ist der Preis für Gutaales Beseitigung gerade gestiegen.«

»Es wird genug Geld für alle da sein«, versicherte Helms. »Denken Sie darüber nach.«

»Im Moment konzentriere ich mich nur darauf, Ihre Frau zu befreien.«

Er drehte sich um und ging den Strand hinunter, weg vom Palast, zu dem Helms mit den Leibwächtern des Präsidenten unterwegs war. Jessica Kincaid hatte von Anfang an erkannt, worum es ihm ging: die Macht der American Synergy Corporation zu brechen. Dieses Ziel war nun in greifbare Nähe gerückt.

»Isse! Schau, wer da ist, Xalan: Isse aus Amerika. Wie geht es deiner Mutter?«

»Gut, Dr. Ibrahim. Wir haben gerade telefoniert. Ich soll Sie herzlich von ihr grüßen.«

»Komm rein. Xalan, Isse ist hier.«

Isse lächelte breit, um seine Niedergeschlagenheit zu verbergen. Mit seinem Versuch, sich Informationen über den Aufenthaltsort von Mullah Amriki zu erkaufen, hatte er verraten, dass er Geld besaß. Die Gauner, die beim Internetcafé abhingen, hatten schnell erkannt, dass er ein reicher Junge aus einem Dollarland war.

Als das Licht auf sein Gesicht fiel, erschrak Dr. Ibrahim. »Was ist denn mit dir passiert?«

»Ich wurde ausgeraubt.«

»Du armer Junge. Warte, ich hole meine Tasche und sehe es mir an.« Seine Frau Xalan hatte alles gehört und eilte mit ihrer eigenen Arzttasche herein. Wenig später untersuchten sie ihn am Küchentisch und fragten ihn dabei über seine Eltern aus. Wohnen sie noch im selben Haus? Nein, in einem größeren.

Reisen sie viel? Sie haben vor, bald einmal nach Mogadischu zu kommen. Wunderbar. Und was tust du hier, junger Mann? Ich mache noch einmal Ferien vor dem Medizinstudium. Natürlich. So! Es ist nichts Ernstes. Du hast bestimmt Hunger.

Nachdem sie Lamm mit Reis und danach Obstkuchen gegessen hatten, lehnte sich Dr. Ibrahim gähnend zurück. »Du kommst genau richtig. Ich bin froh, dass wir uns nicht verpasst haben. Ich fahre morgen früh nach Dinsor.«

Isse, der ebenfalls zum Gähnen ansetzte, war plötzlich hellwach. »Dinsor?«

Dinsor lag in einem Gebiet, in dem Al Shabaab immer noch stark war. Isse hatte bei seinen missglückten Nachforschungen immerhin erfahren, dass sich Mullah Amriki angeblich in der Gegend um Dinsor versteckte.

»Die AMISOM hat Al Shabaab aus Dinsor vertrieben. Wir bringen ein mobiles Krankenhaus hin, damit wir wieder mit Impfungen beginnen können.«

Isse war überwältigt. In einem Moment tiefster Hoffnungslosigkeit wies ihm Gott einen Weg.

»Ich würde gerne mitkommen. Ich möchte helfen.«

»Genau wie deine Eltern«, lobte Dr. Ibrahim. »Ausgeraubt, verprügelt und trotzdem nichts anderes im Sinn, als zu helfen. Natürlich kannst du mitkommen.«

Sie ließen ihn duschen und gaben ihm frische Kleidung und ein Bett im Zimmer ihres Sohnes, der in Dubai zur Schule ging. »Gott ist gut«, sagte Isse.

»Sicher ist er das«, antwortete Dr. Ibrahim mit dem Lächeln des Ungläubigen. »Aber selbst wenn er es nicht wäre, würden wir die Großzügigkeit deiner Eltern mit Freude zurückgeben.«

Der Konvoi des Gesundheitsministeriums, dem Dr. Ibrahim angehörte, brach im Morgengrauen von Mogadischu auf, von gepanzerten Mannschaftstransportern der AMISOM bewacht. Sie trafen um Mitternacht staubig und erschöpft in einer Regierungsenklave am Rande von Dinsor ein, einer kleinen Stadt im Süden Somalias, deren Einwohnerzahl aufgrund der vielen Flüchtlinge auf dreißigtausend angewachsen war.

Isse verließ das Lager am frühen Morgen. Wenn ihn Soldaten an ihren Kontrollstellen aufhielten, zeigte er ihnen den Ausweis des Gesundheitsministeriums, den ihm Dr. Ibrahim besorgt hatte. Sie ließen ihn passieren, warnten ihn aber, sich vor Al-Shabaab-Kämpfern in Acht zu nehmen, die zwar geflüchtet waren, sich aber bestimmt noch irgendwo in der Nähe aufhielten. Es war schon vorgekommen, dass die Islamisten einen Arzt entführten und ihre Verwundeten von ihm versorgen ließen.

»Ich bin kein Arzt«, sagte Isse.

»Das werden die Ihnen nicht glauben, wenn sie den Ausweis sehen.«

Bei jedem Checkpoint fielen die Warnungen noch etwas eindringlicher aus. Isse bedankte sich artig und marschierte immer weiter von der Stadt weg.

Die Al-Shabaab-Kämpfer waren näher, als die Soldaten gedacht hatten. Und gut versteckt. Isse hatte sich allein auf der staubigen Straße gewähnt, als plötzlich drei dünne Jungen ihre AK-47-Gewehre auf seinen Kopf richteten. Zerlumpte Kleider, schmutzige Gesichter, Arme und Beine wie Zahnstocher. Isses Gesicht verzog sich zu einem breiten Lächeln.

»Mullah Amriki?«, fragte er.

Sie befingerten den Ausweis, der von seinem Hals baumelte. Ihm war klar, dass sie nicht lesen konnten.

»Amriki«, wiederholte er.

Misstrauische Blicke.

Er hatte sich mit einer Übersetzung des Raps auf diesen Moment vorbereitet und legte auf Somali los. »Schließt euch der Karawane an, bevor ihr eure Seele verliert.«

»Der Trommler!«, riefen sie im Chor und trommelten sich auf die Brust wie der rappende Geistliche. Ihr Lächeln war ebenso breit wie Isses, als sie ihn begeistert abklatschten.

Allegra starrte aus dem zerschossenen Fenster. Himmel und Wasser waren gerade hell genug, um die weiße Brandung am fernen Strand erkennen zu können. Doch die heiße Sonne würde bald aufgehen, und die Situation weiter eskalieren. Die Piraten kauten Tag und Nacht ihre Kathblätter, was sie zunehmend unberechenbar und gewalttätig machte.

Adolfos Pistole gab ihr immer weniger das Gefühl, geschützt zu sein.

Wie viele konnte sie erschießen, bevor die Piraten sie überwältigten? Maxamed vermochte sie kaum noch unter Kontrolle zu halten. Gestern hatten sie plötzlich lautstark ihren Anteil am Lösegeld gefordert. Wo blieb das Geld? Warum dauerte es so lange?

Maxamed hatte sogar einen Mann ins Meer geworfen, weil er nicht aufhören wollte, ihn anzubrüllen. Nun gehorchten sie ihm wieder, doch in ihnen brodelte es gefährlich. Sie flüsterten untereinander und murmelten wütende Drohungen.

30

1°19' S, 36°55' O
Jomo Kenyatta International Airport
Nairobi, Kenia

Nach Jessica Kincaids Auffassung gab es in ihrem Job zwei Sorten von Leichtsinn. Die eine Art war, sein Leben aufs Spiel zu setzen wie ein Motorradfahrer ohne Helm oder ein Soldat, der in einem Gefecht wie John Wayne auftrat, obwohl doch jeder wusste, dass man nur überleben konnte, wenn man sich so klein wie möglich machte. Vor diesem Leichtsinn warnte Janson sie immer wieder.

Der Leichtsinn der anderen Sorte bestand darin, das Auffliegen der Tarnung zu riskieren, was ihr jedoch nicht so leicht passieren konnte. Sie war es gewohnt, sich unauffällig zu verhalten, sodass sie sich in ihrem Job nicht wirklich umstellen musste. Während es durchaus vorkommen konnte, dass sie auf einem schnellen Ducati-Motorrad ihre Vorsätze in den Wind schoss, war sie nie so leichtsinnig, ihre Tarnung aufs Spiel zu setzen.

Das Problem war, dass sie abgesehen von einer Computertomografie, zu der Janson sie in Nairobi verdonnert hatte, nichts Brauchbares von ihrer Reise mitbrachte. Sie hatte gehofft, etwas herauszufinden, was ihnen weiterhelfen würde, nachdem Ahmed und Issa sie offenbar im Stich gelassen hatten. Doch keiner der Kontakte, die Salah Hassan ihnen unter den somalischen Auswanderern in Nairobi vermittelt hatte, konnte etwas Brauchbares beisteuern, sodass sie mit leeren Händen zu Janson zurückkehrte.

Und nicht einmal das klappte reibungslos. Der Flughafen

Nairobi war nach einem Drohnenabsturz gesperrt. Als offizielle Erklärung wurde ein Buschbrand angegeben, doch Jessica hatte den Vorfall aus dem Augenwinkel mitbekommen. Irgendjemand hatte sein unbemanntes Luftfahrzeug in ein nahe gelegenes Hirsefeld stürzen lassen. Dadurch verlor sie eine Stunde. Dann gab es auch noch ein Problem mit ihrem verdammten Flugzeug, und sie musste erneut warten, während Lynn, Sarah und eine Handvoll kenianischer Mechaniker herauszufinden versuchten, warum ein Öldrucksensor verrücktspielte.

Weil ihr nichts Besseres einfiel, hinkte sie in die Flughafenbar.

Ihr Blick fiel auf einen athletischen, intelligent aussehenden Kerl, der mit dem Arm in der Schlinge bei einem Bier saß. Jessicas geschultes Auge erkannte sofort den US-Special-Forces-Mann in ihm, was ihn zu einer interessanten Informationsquelle machte. Diese Leute waren jedoch darauf trainiert, neugierige Fragen zu melden. Sie musste es also extrem geschickt anstellen, um nicht sein Misstrauen zu wecken. Andernfalls würde Paul Janson wahrscheinlich einen Anruf von einem alten Freund bekommen mit der unverblümten Frage: »Was hast du auf unserem Territorium verloren?«

Am besten war es, ihn das Gespräch beginnen zu lassen, was nicht so schwer sein sollte bei einem armen Teufel, der schon einige Wochen im Land war und dem man eingeschärft hatte, dass die Töchter von somalischen Kameltreibern – so schön sie auch sein mochten – absolut tabu waren. Jessica setzte sich mit einem Hocker Abstand neben ihn, und sie nickten einander grüßend zu.

»NGO?«, fragte er. Er tippte wohl auf eine Organisation wie Ärzte ohne Grenzen. Sie sah ganz danach aus mit ihrer Khakihose, die weit genug war, um ihren Oberschenkelverband zu verbergen, ihrem karierten Hemd und dem Schlapphut.

»AID«, antwortete sie. Sie war tatsächlich mit Papieren der United States Agency for International Development ausgestattet. »Und Sie?«

»Hilfsprojekt gegen die Schlafkrankheit«, antwortete er seinerseits mit einer Lüge.

»Ist die nicht vor allem in Westafrika verbreitet?«

»Wir kümmern uns darum, dass sie auch dort bleibt.«

»Was machen Sie hier auf dem Flughafen?«

»Hab einen Kumpel begleitet, der nach Hause fliegt. Wo geht's für Sie hin?«

»Mogadischu … und Sie?«

»Ebenfalls.« Er klang nicht begeistert.

»Die Stadt ist noch ziemlich am Boden.«

»Kann man wohl sagen.«

Das Gespräch schleppte sich eine ganze Weile hin.

Nach dem zweiten Bier beschloss Jessie, dass schon etwas mehr Leichtsinn vonnöten war, wenn sie irgendetwas erfahren wollte, was zur Befreiung von Allegra Helms beitragen konnte.

»Wann geht Ihr Flieger?«

Er schaute auf seine Uhr. »Um zwei … Ihrer?«

»Weiß ich noch nicht. Sie müssen irgendwas reparieren.«

»Welche Linie? Die Türken?«

»Privat.«

Er schaute sie an.

»Es stimmt nicht, was ich gesagt habe. Ich bin nicht von AID.«

»Hab's Ihnen abgenommen.«

»So war's auch beabsichtigt.«

»Was machen Sie denn?«

»Sicherheitsdienste für Unternehmen.«

Er nickte ernst. »In Mogadischu? Jetzt lügen Sie wirklich.«

»Wir versuchen, eine Lady zu befreien, die entführt wurde.«

»Oh.«

Sie saßen eine Weile schweigend und nippten an ihrem Bier. »Und wie sieht's aus?«, fragte er schließlich.

»Schlecht.«

»Sind Sie die Unterhändlerin für die Lösegeldzahlung oder so was?«

»Oder so was.«

»Haben Sie sich dabei verletzt? Sie hinken ein bisschen«, hakte er nach.

»Bin in der Dusche ausgerutscht.«

Er tippte auf seine Armschlinge. »Ich auch.«

Jessica sah ihm an, dass ihm tausend Fragen durch den Kopf gingen. Doch bevor sie noch leichtsinniger wurde, wollte sie auch etwas zurückbekommen. »Hinter wem sind *Sie* her?«

Er musterte sie eingehend. »Üblen Gestalten.«

Jessica nickte. Aus der Sicht der USA waren die üblen Gestalten in diesem Teil der Welt vor allem Al Kaida. Mehr würde er ihr kaum verraten.

»Und was sind Sie genau?«, hakte er nach.

»Scharfschützin.«

Er hatte gerade an seinem Bier genippt und hätte den Schluck fast wieder ausgespien. »Warum erzählen Sie mir das?«

»Weil dieser Job auf der Kippe steht und ich jedes bisschen Hilfe brauchen kann.«

»Wo ist sie?«

»Auf einer gekaperten Jacht vor Eyl.«

»Oh … *sie.*«

Jessica wartete gespannt ab, ob er das Thema wechseln würde, was bedeutet hätte, dass die Sondereinsatzkräfte eine Rettungsoperation planten. Doch er nickte bloß. Falls sie etwas unternahmen, würde er nicht daran teilnehmen. Und er hatte wahrscheinlich auch nichts von einer SEAL-Operation gehört.

»Sie wissen, von wem ich spreche«, versuchte sie es weiter.

»Ich bin nur jemand, der in einer Bar ein Bier trinkt.«

»Nein, im Ernst … wissen Sie etwas?«

»Nicht was Sie denken«, sagte er schließlich, »aber ich habe etwas wirklich Seltsames gehört.«

Jessica schwieg. Wartete ab in der Hoffnung, er würde seinem Bauchgefühl vertrauen und es ihr erzählen.

Er sprach im Flüsterton in sein Glas wie in ein Mikrofon. »Eine Sache, die nur am Rande mit meinem Job zu tun hat. Es wurden Handygespräche abgefangen, auch von dem Kerl auf der Jacht.« Er schaute sie abwartend an.

»Mad Max.«

»Genau. Max hat mit einem Typen in Mogadischu gesprochen. Mit einem Handy, das diesem Kerl gehört.«

»Ich versteh nicht ganz.«

»Unsere Aufklärungsspezialisten überwachen die Telefone eines Mannes in Mogadischu.«

Sie nickte. »Okay …?«

»Es gab einen Anruf aus Eyl von einem Handy des Kerls an sein Telefon in der Hauptstadt. Beide sind verschlüsselt. Verstehen Sie, was ich meine?«

»Der Typ in der Stadt wollte privat mit Max sprechen, deshalb hat er ihm ein verschlüsseltes Handy zukommen lassen.«

»Exakt.«

»Was haben sie gesprochen?«

»Der, von dem ich das weiß, wollte mir auch nicht mehr sagen. Aber es hat so geklungen, als wollte der Typ in Mogadischu etwas von dem Piraten, der die Lady in seiner Gewalt hat. Okay?«

»Okay.«

Er zuckte mit den Schultern. »Ist nicht gerade viel.«

Ein Weg, jemanden dazu zu bringen, mehr zu verraten, war, ihn damit zu beeindrucken, wie viel man wusste. »Hat der Typ in der Stadt zufällig Gutaale geheißen?«

»Nein.«

»Vielleicht jemand aus dem Umfeld des Präsidenten?«

»Nein, nein. Nichts dergleichen.«

»Wer dann?«

Der Special-Forces-Mann schaute sich um, als wären sie zwei Schüler, die einander Spickzettel zusteckten. »Der Typ, der überwacht wird, ist ziemlich clever. Jedes Mal, wenn sie ihn schnappen wollen, ist er schon wieder weg. Diese Leute kennen sich heute genauso gut mit Computern aus wie wir.«

»Wer ist er?«

»Er hat einen von diesen typisch somalischen Spitznamen.«

»Der Italiener?«

»Woher wissen Sie das?«

Jessica Kincaid zog ihr Handy aus der Hemdtasche, als hätte es gerade vibriert, um eine eingegangene SMS anzuzeigen, und tat so, als würde sie die Nachricht lesen. »Der Vogel ist repariert.« Sie sprang vom Barhocker und hielt ihm die Hand hin. »Hat mich gefreut, mit Ihnen zu plaudern, Soldat. Passen Sie auf sich auf.«

Er schüttelte ihr die Hand und hielt sie noch eine Sekunde fest. »Hey, wie heißen Sie?«

Jessica drückte ihm einen warmen Kuss auf die Wange, bevor sie die Hand zurückzog. »Zwingen Sie mich nicht, Sie anzulügen.«

Mohamed Adam, der Präsident der neuen Bundesrepublik Somalia, hatte eine glatte Stirn, einen schwarzen Schnauzer und kurz geschnittenes Haar. Das Einzige, das nicht zu seiner jugendlichen Erscheinung passte, war das weiße Ziegenbärtchen. Sein Büro sah aus, als wäre er erst gestern eingezogen. Die Wände waren völlig kahl. Sein Schreibtisch war vollgepackt mit Computerbildschirmen, Tastaturen, Handys und Festnetztelefonen und offenen Aktenmappen. Auf Druckern und Faxgeräten stapelten sich weitere Akten und Zeitungen. Er arbeitete in Hemdsärmeln, das Jackett hing über der Stuhllehne. Er schaute stirnrunzelnd auf einen Bildschirm, zupfte an seinem Ziegenbärtchen, während er mit der anderen Hand eine Maus bediente, als sein Stabschef den amerikanischen Ölmanager Kingsman Helms hereinführte. Helms hatte den Eindruck, dass der Präsident ratlos wirkte.

»Mr. Helms. Sie haben dringende Neuigkeiten? Geht es um die Sicherheit Ihrer Frau?«

»Nein, ich habe …«

»Es tut mir wirklich leid. Und so traurig es ist, aber Maxamed hat bislang meine Versuche ignoriert, über Clanmänner mit ihm Kontakt aufzunehmen. Wir sind ja, wie Sie sicher gehört haben, weitschichtig verwandt.«

»Ich danke Ihnen für Ihre Bemühungen«, versicherte Helms. »Aber ich bin eigentlich gekommen, um Ihnen das Neueste aus unserer Zentrale in Houston zu berichten. Falls Sie nicht zu beschäftigt sind«, fügte er, auf den Computer deutend, höflich hinzu.

»Wir haben Entscheidungen zu treffen«, betonte Adam. »Wie nennen wir unseren Festtag für die heimgekehrten Auswanderer? Die Rückkehr der vielen jungen Leute, die unser Land verlassen hatten. Vielleicht ›Willkommenstag‹? Manche schlagen ›Tag der Heimkehr‹ vor, andere finden das zu allgemein. Oder entscheiden wir uns für ›Die Jugend kehrt heim‹? Aber wo bleiben dann die Älteren? Die brauchen wir genauso. Was meinen Sie, Mr. Helms?«

»Ich denke, man kann viel Zeit mit Slogans verschwenden.«

»Finden Sie?« Präsident Adam nahm seine Brille ab, ohne die seine Augen etwas Durchdringendes hatten. »Wie wär's mit ›Neue Energie für ein neues Morgen‹?«

»Wie bitte?«

»Das war voriges Jahr der Slogan der American Synergy Corporation.«

»Oh, ja, natürlich.«

»Er kommt in einem Werbevideo vor: *American Synergy Corporation – New Energy for a New Tomorrow.*«

Helms lächelte milde. »Kaum lässt man die PR-Abteilung einmal aus den Augen, gehen schon die Gäule mit ihnen durch.«

»Aber haben Sie nicht auch so etwas wie eine persönliche Botschaft, einen Grundsatz, mit dem Sie gerne zitiert werden? ›Wir von ASC suchen nicht den kurzfristigen Erfolg – uns geht es darum, Wege in eine erfolgreiche Zukunft aufzuzeigen.‹«

Helms' Lächeln blieb unerschütterlich. »Wie heißt es so schön? Es ist mir egal, was über mich in der Zeitung steht ... Hauptsache, sie schreiben meinen Namen richtig.«

»Trotzdem werden Sie verstehen, Mr. Helms, dass wir auch etwas zu verkaufen haben. Und darum bemühen wir uns genauso, wie Sie es in Ihrem Geschäft tun.«

Helms neigte anerkennend den Kopf. »Es gibt durchaus Slogans, die für uns beide passen würden. Wir haben einiges gemeinsam.«

»Ja ... und nach der Villa am Strand zu urteilen, in der Sie residieren, haben wir auch Home Boy Gutaale gemeinsam.«

»Genau das ist das Thema, über das ich gerne mit Ihnen sprechen würde.«

»Ging es bei Ihrer Firmenkonferenz auch um Gutaale?«

»Einigen bei uns stellt sich die Frage, was er will.«

»Ich weiß nur, was der Kriegsherr von mir will«, erwiderte Präsident Adam. »Was will er von Ihnen?«

Das war nicht der vorsichtige, bedachtsame Raage, wie ihn Helms kennengelernt hatte. Auch nicht der abgehobene Akademiker, als den ihn die Rechercheabteilung von ASC charakterisiert hatte. Mit einiger Verspätung wurde Helms bewusst, dass Adam einer der wenigen gebildeten Somalier war, die das Land in zwei Jahrzehnten blutigen Bürgerkriegs nicht verlassen hatten. Helms erkannte, dass er eine schnelle Entscheidung treffen musste, wie es weitergehen sollte, denn der stets freundliche, besonnene Präsident wirkte plötzlich sehr entschlossen und kompromisslos. Als würde er sich den Tatsachen stellen und sich den Erfordernissen der Situation anpassen. *Tun wir das nicht alle?,* dachte Helms. Er hatte bei seinem heutigen Zusammentreffen mit Janson Dinge gesagt und entschieden, die er sich noch vor einer Woche nicht hätte vorstellen können.

Er beschloss, dem Präsidenten ebenso direkt zu antworten. »Gutaale wollte Geld und die Rückendeckung eines globalen Unternehmens.«

»Legitimität.«

»So kann man es nennen. Darf ich fragen, was er von Ihnen erwartet, Herr Präsident?«

»Ich soll das Parlament dazu bringen, ihn zum Vizepräsidenten zu ernennen.«

»Vizepräsident? Das wäre ein großer Schritt für einen Kriegsherrn.«

»Man könnte argumentieren, dass der Unterschied zwischen einem Warlord und einem Politiker wie der Unterschied zwischen Krieg und Frieden ist. Wir gehen hoffentlich in Richtung Frieden, *Inschallah.*«

Kingsman Helms war durchaus bereit, seine Linie zu ändern, wenn es die Situation verlangte und Gutaale ihm doch die besten Aussichten bot, seine Ziele zu erreichen. Falls der Kriegsherr tatsächlich ein hohes Amt anstrebte, würde er davon profitieren, sich für Allegras Freilassung einzusetzen. »Würde das Parlament zustimmen?«

»Gut möglich. Und Sie wissen ja am besten, dass sich Gutaale auf eine breite Rückendeckung stützen kann.«

Helms ignorierte den Seitenhieb und schoss eiskalt zurück. »Ein solcher Vizepräsident wäre für Sie ein gewisses Risiko.«

Präsident Adam zuckte mit den Schultern. »Der Koran sagt, wir können nicht wissen, wann und wo wir sterben werden.«

»Herr Präsident, darf ich fragen, was Sie von Home Boy wollen?«

Adam sah ihn arglos an. »Seine Clanverbindungen sind Gold wert. Zusammen mit meinen, die nicht so ausgeprägt sind, und dem Respekt, den ich im Ausland genieße und den er nicht hat, könnten wir dem Land Stabilität geben. Das ist es, was ich will. Was will die American Synergy Corporation von Home Boy Gutaale, Mr. Helms?«

»Stabilität.«

»Nicht vielleicht exklusive Förderrechte?«

Helms antwortete sehr vorsichtig. Er hatte solche Gespräche schon mit mehreren afrikanischen Politikern geführt. »Nach unserer Erfahrung erhöhen Exklusivrechte zur Förderung von Erdöl und Erdgas den Gewinn für alle Beteiligten.« Der Präsident konnte seine Aussage nun verstehen, wie er wollte: dass die Exklusivrechte eine höhere Effizienz ermöglichten oder dass sie mit entsprechenden Zahlungen erkauft wurden.

»Hat Ihnen Home Boy Exklusivrechte angeboten?«, wollte Adam wissen.

»Ja.«

»Das ist sehr großzügig von ihm, wenn man bedenkt, dass er gar nicht in der Position ist, so ein Angebot zu machen.«

»Als wir mit unseren Verhandlungen begannen, war die politische Situation noch sehr unsicher. Die Übergangsregierung hatte nur einen kleinen Teil von Mogadischu unter Kontrolle. Der Rest war ebenso umkämpft wie das ganze Land. Es sprach einiges dafür, dass Gutaale in der Lage sein würde, seine Versprechen einzulösen.«

»Die *ehemalige* Übergangsregierung.«

»Mir ist klar, dass die Parlamentswahlen einiges geändert haben«, räumte Helms ein. »Und Ihre Wahl zum Präsidenten.«

»Haben Sie sich mit Home Boy auch über Raffinerien geeinigt?«

»Wie meinen Sie das?«

»Sie wissen genau, was ich meine. Hat ASC versprochen, eine Raffinerie zu bauen, durch die Somalia natürlich stärker von seinem Erdöl profitieren würde, als wenn wir einfach nur das Rohöl ins Ausland transportieren?«

Helms zögerte. Der Streit um Raffinerien im Land hatte die Entwicklung in Uganda abgewürgt. Es gab keine ideale Antwort. Würde man somalisches Rohöl in somalischen Raffinerien verarbeiten lassen, würde man die Kontrolle über den Markt verlieren. ASC wollte lediglich Pipelines zur Küste, wo das Öl von Tankern dorthin befördert wurde, wo der Markt die besten Aussichten bot.

»Sind Sie sicher, dass es Ihnen wirklich um Stabilität geht?«, fragte Adam schließlich.

»Will das nicht jeder?«

»Auch wenn die Stabilität Sie in eine weniger exklusive Verhandlungsposition bringen würde?«

»Es ist doch klar, Herr Präsident, dass ASC wenig von Exklusivrechten hat, wenn ein Land nicht in der Lage ist, seine eigenen Ölfelder zu sichern.«

Home Boy Gutaale erschien im Palast, kurz nachdem der ASC-Manager gegangen war. Präsident Adam begrüßte ihn herzlich. »Ich stehe vor einer schwierigen Frage, mein Bruder. Du musst mir helfen, mich zu entscheiden.«

»Ich werde mein Bestes tun, *Inschallah.*«

»Nennen wir das Fest ›Die Heimkehr‹? Oder lieber ›Willkommensfest der Jugend‹?«

Gutaale strich sich über den roten Bart. »Wie wär's mit ›Willkommen zu Hause, Jungs‹?«

Das klang dem Präsidenten ein bisschen zu sehr nach »Home Boy«. »Was ist mit den Frauen?«

»Auch wieder wahr. Dann vielleicht ›Willkommen zu Hause, Boys und Ladys‹?«

Präsident Adam schüttelte den Kopf. »Wir wollen doch damit ausdrücken: Ihr alle – Jungen, Mädchen, Männer, Frauen, Alt und Jung, alle, die ihr es in reichen Ländern zu etwas gebracht habt – kommt nach Hause und helft mit, ein neues Somalia aufzubauen.«

»Warum nicht einfach ›Willkommen daheim, Somalia‹?«

Präsident Adam nahm seine Brille ab und betrachtete den Warlord mit neuem Respekt. »Ich glaube, du hast es.«

Home Boy Gutaale lächelte stolz. »Siehst du? Ich hab dir doch gesagt, wir zwei sind ein gutes Team. Ich hoffe, das bedeutet, dass wir gemeinsam auf dem Willkommensfest auftreten werden.«

»Jemand, dessen Namen ich nicht nennen will, hat gemeint,

es könnte ungesund sein, einen Kriegsherrn zum Vizepräsidenten zu machen.«

»Kommt dieser Einwand zufällig von einem anonymen Ölmanager, der seine eigenen Interessen verfolgt?«

»Was immer seine Motive sein mögen – sein Einwand ist durchaus bedenkenswert.«

»Du hast dir darüber sicher schon deine eigenen Gedanken gemacht.«

»Das habe ich«, gab Präsident Adam unumwunden zu. »Und es sind eher beunruhigende Gedanken.«

»Das ist ganz normal, wenn man Angst hat.«

»Ich habe keine Angst. Höchstens um das, was verloren gehen könnte.«

»Das meine ich ja. Dein Leben ...«

»Nein, Home Boy. Nicht mein Leben. Diese einmalige Chance.«

»Welche Chance?«

»Die Milizen wollen sich die Stadt untereinander aufteilen. Auf dem Land gab es allein gestern dreißig Tote im Kampf um Wasser und Grasland. In der Regierung läuft nichts, ohne dass jemand fragt: ›Was springt für mich dabei raus?‹«

»Darin siehst du eine Chance?«

»Wenn du Vizepräsident wärst und mich nicht ermorden würdest, könnten wir das Land gemeinsam zusammenhalten.«

»Das sehe ich auch so. Diese Gruppen brauchen eine eiserne Faust. Eine starke, professionelle Polizei in der Stadt und eine Armee draußen im Land.«

Präsident Adam nickte entschieden. »Gemeinsam können wir die Clans lange genug im Zaum halten, um eine richtige Armee, eine starke Polizei und handlungsfähige Gerichte auf die Beine zu stellen.«

»Das können wir alles schaffen«, stimmte Gutaale zu.

»Wir können es.« Der Präsident musterte Gutaale mit zusammengekniffenen Augen. »Aber werden wir es auch?«

»Gemeinsam«, betonte Gutaale.

»Dann fangen wir doch damit an, die Sicherheit in der Stadt zu erhöhen«, schlug Adam vor. »Ich lasse von der Armee alle illegalen Kontrollstellen aus Mogadischu entfernen. Glaubst du, sie werden auf starken Widerstand stoßen?«

Die Milizen von Gutaales Clanbrüdern verlangten an vielen dieser Kontrollstellen Wegezoll. »Ausgezeichnete Idee. Die Zeit ist reif dafür.«

»Ein sehr guter Anfang«, meinte Adam.

»Niemand kann uns aufhalten. *Inschallah.*«

31

Paul Janson stieg gleich nach Jessicas Ankunft in Mogadischu zu ihr in die Embraer ein. »Wie sieht's aus?«

»Leider nichts Brauchbares von Hassans Freunden. Sind ganz normale Geschäftsleute. Aber ich habe trotzdem zwei interessante Infos …«

»Ich hab eigentlich dein CT gemeint.«

»Das sieht gut aus. Muskeln und Sehnen sind heil geblieben.«

Janson sah ihr ernst in die Augen. »Jessica …«

»Es stimmt. Der Arzt meint, ich hab großes Glück gehabt. Keine bleibenden Schäden … ich habe die CT-Aufnahme auf einer CD. Willst du sie sehen?«

»Nein, ich glaub's dir. Welche Informationen?«

»Ich habe am Flughafen mit einem Special-Ops-Typen gesprochen, und er hat mir etwas Merkwürdiges erzählt. Unsere Leute haben Gespräche zwischen Mad Max und dem Italiener abgefangen.«

»Das hat uns noch gefehlt, dass sich der Italiener mit Mad Max zusammentut … Haben die Special Forces etwas wegen Allegra geplant?«

»Ich glaube nicht.«

»Fast wünsche ich mir, sie würden etwas unternehmen«, gestand Janson.

»Ich auch. Aber es hat nicht so geklungen, als hätten sie es vor.«

»Bist du sicher, dass du den Typen richtig verstanden hast?«

Jessica zögerte keine Sekunde. »Es ist immer noch unser Job.«

»Was hast du noch herausgefunden?«

»Ich habe in Nairobi eine Global Express von ASC gesehen.«

»Helms ist hier. Ich habe heute mit ihm gesprochen.«

»Nein. Sarah hat den Piloten bezirzt und erfahren, dass es nicht Helms' Flugzeug ist.«

»Doug Case?«

»Das wollte der Pilot nicht verraten, aber sicher nicht Helms.«

Janson zog sein Smartphone hervor und rief eine App auf. »Dann sehen wir mal nach.«

»Was hast du vor?«

»Ich will wissen, ob Case in der Gegend ist … Tatsächlich, Jess. Er ist hier in Mogadischu. Unten am Strand. Wahrscheinlich im Red Hotel.«

Jessica schaute ihm über die Schulter. Das Display zeigte einen Plan von Mogadischu und einen pulsierenden grünen Punkt. »Was ist das?«

»Ich hab dir ja gesagt, ich behalte Case im Auge.«

»Verdammt, Paul, was ist das?«

»Doug hat oft starke Schmerzen von der gebrochenen Wirbelsäule. Okay?«

»Und?«

»Ein implantierter Rückenmarksstimulator macht es besser. Er hat kürzlich einen neuen, noch besseren bekommen. Das Ding ist nicht größer als ein Zehn-Cent-Stück und enthält Elektroden und die Batterie. Und einen GPS-Sender.«

»GPS? Damit sein Arzt weiß, wo er sich aufhält?«

»Damit *ich* weiß, wo er sich aufhält«, korrigierte Janson.

»Was?«

»Ich weiß nicht, welche Rolle Doug auf Île de Forée gespielt hat. Ob er etwas gegen uns unternommen hat. Aber du hast recht damit, dass wir ihm nicht trauen können. Mit diesem winzigen Ding gehen wir auf Nummer sicher.«

»Wie hast du das reingeschmuggelt?«

»Es ist Doug gar nicht aufgefallen, dass die Phoenix Foundation seine Ärzte ausgesucht hat. Sie sind die Besten auf ihrem Gebiet, also ist er bei ihnen geblieben.«

»Wie hast du es geschafft, dass die Ärzte mitspielen?«

»Sie haben mir einen Gefallen geschuldet.«

»Wofür?«

»Dies und das.«

»Janson, du bist ein richtig durchtriebener Halunke.«

»Dafür bezahlen mich die Leute. Dieses Ding ist nicht perfekt. Ich kann ihn nicht ständig verfolgen, sonst würde es ihm am Ladestand der Batterie auffallen. Aber ich kann hin und wieder nachsehen.«

»Er ist also hier. Was glaubst du, hat er vor?«

»Ich würde darauf tippen, dass er Kingsman Helms in die Suppe spucken will.«

»Glaubst du, er kommt uns in die Quere?«

»Ich kann mir schwer vorstellen, dass Doug Allegras Leben aufs Spiel setzen würde, nur um Helms zu schaden. Die schlimmste Bedrohung dürfte dieser Italiener sein.«

»Aber was will der Italiener von Maxamed?«

»Einen Anteil am Lösegeld, nehme ich an. Ein Grund mehr, sie so schnell wie möglich rauszuholen.«

Tränen traten Isse in die Augen. Er würgte. Erbrach sich zum dritten Mal. Das mit PETN-Sprengstoff gefüllte Kondom flog ihm aus dem Mund und landete im Sand. Der Araber, der die Bombe gebastelt hatte, zuckte zusammen. Zur Zündung benutzte er Acetonperoxid, das passenderweise als »Mutter Satans« bezeichnet wurde, weil es schon durch einen kleinen Stoß detonieren konnte.

Mullah Amriki hob das Kondom auf und spülte es kopfschüttelnd mit einer Wasserflasche ab. Isse ließ den Kopf hängen. Er hatte den Geistlichen enttäuscht.

»Wir wissen, dass es möglich ist, *Inschallah.* Drogenkuriere machen es ständig mit Kokain. Versuch's noch mal!«

»Ich muss nur kurz durchatmen.«

Amriki trommelte sich auf die Brust, die Geste, die durch seine YouTube-Videos berühmt geworden war. »Natürlich ist es schwierig. Mit Ballons wäre es einfacher. Deine Kehle wehrt sich gegen den Schmutz, den wir mit einem Kondom verbinden. Wäre Somalia nicht so arm, könnten wir Ballons verwenden, aber Kinderspielzeug ist zu teuer, darum müssen wir auf Kondome zurückgreifen. Aber diesmal schaffst du es mit Allahs Hilfe.« Zur Bekräftigung trommelte er sich erneut auf die Brust. »Los, versuch's noch mal.«

Amrikis Al-Shabaab-Kämpfer, die ihnen zusahen, rückten näher an den Unterstand. Sie waren eine bunte Mischung von Arabern, Somalis und Europäern. Sogar zwei Somali-Amerikaner aus Maine waren darunter. Isse hörte einen kichern. Der

Geistliche hatte es entweder nicht gehört oder ignorierte es. »Streng dich an, Bruder. Es geht um sehr viel.«

Isse starrte das dick aufgeblasene Kondom an und versuchte, sich innerlich zu sammeln. Es war am Ende verknotet und sah aus wie ein weißes Würstchen. Abgesehen von der Ausbuchtung durch die Batterie, den Miniempfänger und den Zünder.

»Runter damit, Mann«, rief ihm der Typ, der gelacht hatte, zu.

Isse starrte ihn an. PETN ist keine Droge, Mann. PETN ist Nitropenta. Eine Kondomladung – falls er das Zeug hinunterbekam – enthielt vierhundert Gramm. Der Unterhosenbomber hatte knapp achtzig Gramm bei sich gehabt. Vierhundert Gramm PETN fegten einen Jumbo-Jet vom Himmel und ließen vierhundert Tonnen Wrackteile auf eine Stadt regnen.

Der Kerl, der es so lustig gefunden hatte, blickte zur Seite.

Als wüsste er, dass er nicht den Mumm hätte, eine Bombe im Bauch zu tragen.

Hinter den Al-Shabaab-Zuschauern standen zehn schweigende Kämpfer, von dem neuen Verbündeten des Geistlichen angeführt, der nur als der Italiener bekannt war. Ein gefürchtetes Phantom, von dem niemand wusste, wo es zuschlagen würde.

Der Italiener war ein klein gewachsener Mann mit kohlschwarzen Augen, viel kleiner als seine Leibwächter. Er und seine Kämpfer, die er Derwische nannte, trugen Splitterschutzwesten und verbargen ihre Gesichter hinter schwarz-weißen Kufiyas. Selbst hier in Amrikis Lager zeigten sie nicht mehr von sich als ihre Augen. Und sie sprachen nie, was Isse besonders beeindruckend fand. Aus irgendeinem Grund machten ihm diese Derwische mehr Mut als der Geistliche. Ihren Namen trugen sie zu Ehren jener tapferen Männer, die einst im »Aufstand der Derwische« gegen die britische und italienische Fremdherrschaft gekämpft hatten. Man spürte förmlich den unbedingten Glauben dieser Leute. Sie wussten, dass die Welt nur mit Blut verändert werden konnte. Und waren bereit, das Ihre hinzugeben.

»Wasser«, verlangte Isse.

Der Mullah reichte ihm die Flasche. Isse befeuchtete seine Kehle. Dann warf er den Kopf zurück und stellte sich vor, das Kondom wäre ein Piña-Colada-Slurpee. Für furchtbare zehn Sekunden bekam er keine Luft. Doch dann, nach und nach, glitt es hinunter.

»Drin das Ding«, rief der Typ aus Maine aus und reckte in ehrlicher Anerkennung die Faust hoch. Die anderen jubelten. *Allahu akbar.* Gott ist groß.

»Gut gemacht, mein Bruder«, lobte Amriki.

Isses Blick ging zu dem vermummten Italiener und seiner stillen Leibwache. Sie nickten respektvoll. *Das ist echter Glaube,* dachte Isse. *Dafür bin ich nach Hause gekommen.*

»*Drohne!*«, rief der Wächter von seinem Ausguck, der mit einem Headset ausgerüstet war, um Geräusche vom Himmel zu verstärken.

Etwa hundert Kämpfer flüchteten blitzschnell zwischen die Bäume, die das Flussbett säumten.

Mullah Amriki nahm Isse am Arm und eilte mit ihm zum unterirdischen Kommandobunker. »Hier lang, mein Bruder«, lächelte er. »Du bist zu kostbar, um von einer Hellfire getroffen zu werden.«

»Du auch, Mullah Amriki«, rief der Italiener und bedeutete einem seiner Derwische, die Splitterschutzweste auszuziehen. Der Kämpfer gehorchte augenblicklich und half dem Geistlichen hinein.

Die Drohnen kreisten über dem Lager. Im Bunker verscheuchte Isse lästige Fliegen und zuckte zusammen, als er die Spinnen und riesigen Ameisen sah, die aus dem Deckengebälk hervorkrochen. Ein Kämpfer schrie plötzlich auf, und die Männer neben ihm beeilten sich, den Skorpion zu zertreten, der ihren Kameraden gestochen hatte. Eine Stunde kauerten sie in dem engen Raum, bis die Drohnen weg waren und sie wieder ins Freie konnten.

»Lass die Weste an«, wandte sich der Italiener an Amriki. »Für den Fall, dass sie, Gott bewahre, wiederkommen.«

Ein Imam rief zum Gebet. Alle knieten nieder. Nach dem Gebet versammelten sich die Kämpfer um Mullah Amriki und baten ihn, zu predigen.

»Auf ein Wort, Isse«, sprach ihn der Italiener an. »Wenn du erlaubst.«

»Sicher.« Selbst der gottgefällige Italiener behandelte ihn mit Respekt.

Isse folgte ihm von den anderen weg. Die Derwische begleiteten sie. Der Italiener sprach fließend Englisch mit einem eigentümlichen Akzent, der Isse arabisch erschien. Vielleicht war er in einer arabischen Stadt aufgewachsen. Für einen Somali war er sehr klein, und seine Haut war etwas heller als die der meisten Somalier.

»Du bist ein tapferer junger Mann.«

»Gott ist groß«, antwortete Isse. »Wenn ich tapfer sein kann, dann verdanke ich es Gott allein.«

»Umso mehr Grund, diese Tapferkeit klug einzusetzen.«

»Wie meinen Sie das?«

»Gott hat dir den Mut verliehen, eine intelligente, mobile Bombe zu sein. Du bist eine Gabe, mit der du sorgsam umgehen solltest.«

Isse wusste nicht recht, worauf der Mann hinauswollte, und antwortete mit einer Kampfparole. »Ein Flugzeug voller Ungläubiger wäre keine Verschwendung, oder?«

Noch während er es aussprach, flüsterte ihm der gebildete junge Mann in ihm zu, dass Parolen etwas für Idioten waren. Doch er hatte ein Recht, sie zu gebrauchen. Er gab sein Leben hin, um eine intelligente, mobile Bombe zu sein.

Der Italiener teilte seine Ansicht nicht. »Es wäre eine furchtbare Verschwendung. Du könntest Gott mit einem wichtigeren Ziel viel besser dienen.«

»Was für ein Ziel?«

Der Italiener hob seine hellhäutige Hand, um ihn zum Schweigen aufzufordern. »Warte. Hören wir erst die Predigt des Mullahs.«

Isse hatte Amriki zum ersten Mal auf YouTube gehört. Er war ein leidenschaftlicher Redner, und diesen Morgen in der Hitze des ausgetrockneten Flussbetts war er in Höchstform. Appellierte an die Gläubigen, verdammte die Ungläubigen und versprach allen jungen Männern reichen Lohn im Himmel, die ihr Leben hingaben, um die Armen zu bestärken, die Reichen zu verurteilen und die Ungläubigen zu bekämpfen.

»Die geliebten Brüder von Al Shabaab werden unser muslimisches Somalia von den Feinden Allahs befreien, indem sie dem ungläubigen Kafir die Hand abhacken.«

Isse war genauso fasziniert wie beim ersten Mal. Als seine ungläubige Freundin zu ihm gesagt hatte: »Der Typ predigt den gleichen Scheiß wie Jesus, nur dass Jesus nichts von Mord hielt«, verließ er sie von einem Tag auf den anderen.

Auf YouTube hatte Amriki ein Mikrofon benutzt, sodass es aus den Lautsprechern donnerte, wenn er sich auf die Brust trommelte. Hier in dem heißen Flussbett sprach er ohne technische Hilfsmittel, was seinem Feuer keinen Abbruch tat. Er trommelte mit noch mehr Vehemenz. »Allahu!« *Wumm.* »Akbar.« *Wumm.* »Gott!« *Wumm.*

Ein greller Blitz, heller als die gnadenlose Sonne, explodierte von Mullah Amrikis Brust. Eine donnernde Explosion warf die Männer um ihn herum in den Sand und zerriss Amrikis Körper.

»Drohne!«

»Hellfire!«

Alle rannten zu den Bäumen. Außer dem Italiener. Er fasste Isse fest am Arm, und seine Derwische bildeten einen Kreis um sie herum.

»Eine Drohne!«, rief Isse entsetzt. »Geht in Deckung.«

»Es ist vorbei«, sagte der Italiener. »Komm mit.«

32

Ahmeds Geschäftsmodell machte ihn reich. Vor allem lieferte er seine Ware stets pünktlich, was in einer Stadt wie Mogadischu keine Selbstverständlichkeit war, wo die Hälfte der Bevölkerung im Kathrausch lebte. Seine Preise lagen etwas niedriger als die der Konkurrenz, und er ließ sich ausnahmslos in amerikanischen Dollar bezahlen.

Seinen Kunden blieb nichts anderes übrig, als ihre Somalia-Schillinge zum Geldwechsler zu tragen, denn Ahmed hatte, was sie brauchten. Er blieb immer locker und antwortete allen, die sich beklagten, mit einem Scherz. »Was erwartest du, Mann, ich komme aus einem Dollarland.« Dollars waren leicht zu verstecken. Wenn er seine Ware abholte und zustellte, kam er mit einem Fahrer und nur einem Leibwächter aus.

Sie nahmen eine Abkürzung von der Via Roma und hielten in einer von Einschusslöchern übersäten Gasse – da kamen plötzlich zwei Araber in roten Kufiyas und Sonnenbrillen von der anderen Seite auf sie zu. Es ging so unglaublich schnell. Da hatte er eben noch auf der Rückbank gesessen und die Einnahmen gezählt, und im nächsten Moment wurden sein Leibwächter und der Fahrer mit Handschellen aneinander und ans Lenkrad gefesselt, und er selbst starrte in die Mündung eines gottverdammten Bullpup-Sturmgewehrs.

»Nimm das Geld, Mann. Da. Aber steck die Waffe weg.«

»Ahmed«, sagte der Bewaffnete, »ich bin wirklich enttäuscht von dir.«

»Was? Wer ...?«

»Du schuldest mir noch was fürs Flugticket.«

»Paul! Hey, Mann, wo kommen Sie denn her?«

Paul nahm die Sonnenbrille ab, und Ahmed erschrak, als er die Wut in seinen Augen sah. Der Mann war stinksauer.

»Ich wollte mich melden.«

»Bullshit. Du machst deine Geschäfte und lässt mich im Stich.«

Ahmed warf einen Blick auf den anderen »Araber« und hoffte, dass sich die Frau namens Jessica unter der Kufiya verbarg. Sie gab sich jedenfalls nicht zu erkennen und würde Paul wohl auch kaum zurückhalten, falls es brenzlig wurde.

»Wie kann ich es gutmachen?«, fragte Ahmed.

»Sag deinem Fahrer und dem Leibwächter, sie sollen nicht auf dumme Gedanken kommen – es wären nämlich ihre letzten.«

Ahmed wandte sich auf Somali eindringlich an seine Leute. »Macht keine Dummheiten, sonst bringt er uns alle um. Ich glaub, ich krieg das geregelt.«

Er wandte sich an Paul. »Okay, sie werden nichts unternehmen.«

»Du kannst es wiedergutmachen, indem du mir zuerst mal die Wahrheit sagst.«

»Das tu ich, Mann. Was Sie wollen.«

»Ich will nicht irgendwas – ich will die Wahrheit. Du hast doch Kontakte zu den Piraten, oder?«

»Mein Cousin Saakin, ja.«

»Was hast du von ihm erfahren?«

»Ich bin noch nicht dazu gekommen, mit ihm darüber zu sprechen. Wir haben uns nur kurz gesehen.«

»Worauf wartest du?«

»Hey, wir sind hier in Somalia. Hier geht alles ein bisschen langsamer. Sie können nicht einfach …«

»Du *Mistkerl!*« Es *war* Jessica hinter der zweiten Kufiya. Sie klang mindestens ebenso wütend wie Janson. »Wir haben dich dafür bezahlt, dass du uns hilfst, eine entführte Frau zu befreien, und du hängst hier rum und verkaufst Drogen.«

»Hey, ich verkaufe keine Drogen.«

»Erzähl mir keinen Scheiß.«

»Tu ich nicht, wirklich!«

»Ja? Was verkaufst du denn?«

»Seife.«

»Was? Welche Seife?«

»Optimum. Optimum – blitzblank ohne Spülen. Die Autowäscher sind ganz verrückt nach dieser Spezialseife.«

»Wovon redest du? Meinst du die Typen mit den Eimern?«

»Heute gibt es an jeder Ecke einen Autowäscher. Sie haben im Internet von dieser Seife gehört: Optimum – blitzblank ohne Spülen.« Er wirbelte herum und nahm eine kleine Plastikflasche mit einer blauen Flüssigkeit vom Rücksitz. »Damit beherrsche ich den Markt. Wenn die Leute Optimum wollen, müssen sie es von mir kaufen.«

»Seife?« Jess schaute Paul an.

»Ohne Spülen – das ist die Zukunft. Wasser ist teuer hier in Mogadischu. Dank mir sparen sie ein Vermögen.«

»Wie hast du es angestellt?«, wollte Paul wissen.

»Ich ging runter zum Hafen, da wurde gerade ein Container von einem Frachtschiff abgeladen. Ich hab ihn dem Kerl, der das Zeug bestellt hatte, weggeschnappt. Hat mich eine schöne Stange Geld gekostet. Ist aber jeden Penny wert.«

»Woher hattest du das Geld?«

»Hab meine Leute angerufen, damit sie es mir schicken.«

Janson schaute Jessica an. Er konnte unter der Kufiya nur ihre graugrünen Augen erkennen, doch er war sich fast sicher, dass sie darunter ebenfalls ein verdutztes Lächeln verbarg.

»Und das ist nicht bloß ein Scheingeschäft?«

»Wieso?«

»Seife verkaufen wäre eine gute Tarnung für Drogenhandel.«

»Sind Sie verrückt? Das machen bewaffnete Gangs – auf so was lasse ich mich nicht ein. Außerdem lässt sich damit massenhaft Geld verdienen. Sicher, man braucht schon Mumm, um hier Geschäfte zu machen. Meine Eltern halten mich für verrückt. Aber ich werde ihnen beweisen, dass sie sich irren.«

»Sie haben immerhin genug daran geglaubt, um dir das Geld zu schicken.«

»Sie sind echt in Ordnung. Das Witzige ist, meine Mutter würde gerne zurückkommen, aber mein Vater hat immer noch Angst, also muss ich es hier schaffen, um ihn zu überzeugen. Wie haben Sie mich gefunden?«

»Du bist nicht gerade unsichtbar mit deinem orangefarbenen SUV«, antwortete Jessica.

Janson wechselte das Thema. »Wo ist Isse?«

»Das weiß ich nicht.«

»Ahmed, ich habe ein großes Problem mit Isse. Ich habe ihn nach Somalia gebracht. Du hast Hassan erzählt, dass Isse zu diesem Mullah Amriki will. Wenn das stimmt, bin ich verantwortlich, wenn ihm was zustößt.«

»Er wäre auch ohne Sie zurückgekommen.«

Janson beugte sich zu ihm. »Was glaubst du? Will er zu Amriki?«

»Hören Sie, Paul. Sie verstehen das nicht. Ich hab's auch nicht verstanden, bis wir hier waren. Ich denke, Isse hat immer schon davon geträumt, sich Al Shabaab oder Amriki anzuschließen. Vielleicht haben Sie ihm einen zusätzlichen Anstoß gegeben, weil Sie wollten, dass er sich unter Amrikis Anhängern umhört ... trotzdem ist es nicht Ihre Schuld. Sie haben ihm ja ausdrücklich gesagt, er soll sich von Amriki fernhalten. Aber Isse ist noch verrückter nach dieser islamistischen Sache, als ich dachte. Ständig faselt er davon, wie schlecht die Amerikaner die Muslime behandeln.«

»Wo ist Amriki?«

»Ich hab gehört, er soll tot sein. Angeblich hat ihn gestern eine Drohne erwischt.«

Janson hatte ebenfalls davon gehört. Die Amtsträger, die er gefragt hatte, wollten einen Drohnenangriff weder bestätigen noch dementieren. Auch vonseiten Al Shabaabs war bisher keine Stellungnahme gekommen.

»Ist Isse auch tot?«

»Keine Ahnung, Mann.«

»Hast du seine Handynummer?«

»Ja, eine.«

»Ruf ihn an. Jetzt.«

Ahmed wählte die Nummer und hielt das Handy ans Ohr. »Es klingelt.«

»Halt es so, dass ich mithören kann.«

Es klingelte zwölfmal, bis sich Isse meldete. »Ahmed?«

»Ja, Mann. Wie ... Scheiße. Er hat aufgelegt.«

»Versuch's noch mal.«

Der junge Somalier rief erneut an, doch Isse ging nicht mehr dran. Ahmed gab es schließlich auf, und zwei Sekunden später klingelte sein Handy. »Er ist es … hey, bist du da?«

»Tut mir leid, die Verbindung war auf einmal weg. Hörst du mich jetzt?«

»Handys in Somalia«, scherzte Ahmed. »Zwei Dosen an einer Schnur. Klappt bestens, bis eine Ratte die Schnur durchbeißt. Wie geht's dir, Mann?«

Janson hörte mit. »Alles okay. Was gibt's?«

Janson deutete auf das Handy. Ahmed zuckte mit den Schultern und gab es ihm. Als Janson das Handy unter sein Kopftuch schob, wurde die Verbindung getrennt. »Hallo? Hallo?«

»Das ist das Graphen des Tuchs«, erklärte Jessica. »Es blockiert das Signal. Moment … Ahmed, sag den beiden, sie sollen wegschauen und die Augen fest zumachen, wenn sie keine Kugel in den Kopf wollen.«

Ahmed übersetzte die Aufforderung. Der Leibwächter und der Fahrer drehten sich zur Seite und schlossen die Augen. »Okay.«

Janson streifte das Kopftuch ab. Der kugelsichere Nanostoff schützte gut vor der Hitze, doch es war das erste Mal, dass er damit versuchte zu telefonieren. Er drückte auf die Wiederwahltaste. Isse meldete sich. »Isse, hier spricht Paul.«

Kurzes Schweigen, dann: »Hallo, Paul. Sind Sie in Mogadischu?«

»Ich habe gerade mit Ahmed gesprochen. Wir haben gehört, Mullah Amriki soll tot sein. Bei dir ist hoffentlich alles okay?«

»Ja, danke. Sie sagen, Mullah Amriki ist tot?«

»Wir haben noch keine Bestätigung.« Janson bedeutete Jessica, näher zu kommen und mitzuhören. Ohne den Blick von den beiden Männern im Auto zu wenden, beugte sie sich zu ihm. »Hast du Kontakt aufgenommen?«, fragte Janson.

»Nein, tut mir leid. Ich hab mich dann doch nicht getraut. Er hat sich irgendwo in den Busch geflüchtet, und ich dachte mir, selbst wenn ich ihn finde, könnte es leicht passieren, dass mich die AMISOM-Soldaten erschießen.«

»Wo bist du jetzt?«

»Ich schaue mich ein bisschen um. Vielleicht starte ich ein Blog über meine Rückkehr nach Somalia.«

»Können wir uns treffen?«, schlug Janson vor.

»Das ist gerade ein bisschen ungünstig.«

»Du könntest mir einen großen Dienst erweisen … und der entführten Lady.«

»Mir geht's nicht besonders … ich glaube, ich hab mir den Magen verdorben. Kann ich Sie zurückrufen?«

»Ja, unter dieser Nummer … oder der auf deinem Handy. Vielleicht in ein paar Stunden?«

»Oder morgen.«

»Isse, die Lage ist ziemlich kritisch hier. Wir brauchen deine Hilfe.«

»Sie werden von mir hören, laut und deutlich.«

Bevor Janson eine weitere Frage stellen konnte, war die Verbindung getrennt. »Ich muss dein Handy behalten«, sagte er zu Ahmed.

»Ich hab mehrere.«

»Was ist mit Isse los?«

»Wie meinen Sie das?«

»Er klingt irgendwie seltsam. Irgendeine Ahnung, was es sein könnte?«

Janson musterte Ahmeds Gesicht. Der junge Somalier dachte angestrengt nach.

»Ich weiß nicht, Paul. Wie gesagt, ich glaube, Isse hatte vorher schon einen Plan. Wahrscheinlich hat es ihn getroffen, dass Al Shabaab aus Mogadischu vertrieben wurde.«

Janson schaute Jessica an.

»Der Bursche wollte dich nur hinhalten, das hab ich an der Stimme gehört«, behauptete sie. »Ich glaube, er weiß etwas, das wir nicht wissen.«

Janson wandte sich wieder an Ahmed.

Der Somali nickte. »Ich glaube, Jess hat recht. Er führt Sie an der Nase herum, und es scheint ihm richtig Spaß zu machen. Was mich eigentlich wundert, weil Humor sonst nicht gerade seine starke Seite ist.«

»Es wäre toll, wenn du ihn finden könntest«, sagte Janson. »Wir entschädigen dich auch für die Zeit, die du dafür investierst.«

»Die Stadt ist groß, Paul.«

»Fang mit den Internetcafés an. Falls er wirklich bloggt, wird er es wahrscheinlich von dort aus tun.«

Er zog fünf Scheine aus einem Bündel Fünfziger und gab sie Ahmed. »Heuere Freunde an, dir zu helfen.«

»Das kann ich machen.«

Janson legte noch fünfhundert Dollar drauf. »Und rede mit deinem Cousin Saakin. Wir brauchen einen Piraten.«

33

32°18' N, 34°53' O
Tel Aviv, Israel

Miles Donner, ein fünfundachtzigjähriger englischer Gentleman, der mit seinem Strohhut und dem cremefarbenen Leinenanzug gekleidet war wie im Großbritannien vor den Beatles, stieg die Stufen zum Bus hinauf, der vor dem modernen Wohnkomplex mit betreuten Wohnungen in einem Vorort von Tel Aviv angehalten hatte. Er war dünn und gebrechlich, mit vereinzelten weißen Haarbüscheln auf dem kahlen Haupt. Seine Ohren waren ebenso groß wie seine Nase, auf der eine Brille mit schwarzem Rahmen saß. Seine Augen verhärteten sich vor Entschlossenheit, als er die Kraft aufbringen musste, um aufzustehen und in einen anderen Bus umzusteigen. Er stieg noch ein zweites Mal um und dachte sich, dass er seine alte Gewohnheit, stets unauffällig zu bleiben, wohl noch bei seinem eigenen Begräbnis beibehalten würde. Der dritte Bus war ein Hotel-Shuttle zum Flughafen Sde-Dov.

Die Sicherheitsleute im Terminal hielten ihn auf, als sie die Beretta unter seinem Socken fanden, und er wurde in ein Vernehmungszimmer geführt, wo er nur einen Namen sagte. Keine dreißig Minuten später schritt ein Major mit strenger Miene ins Zimmer und befahl den Wächtern, hinauszugehen. Als sie unter sich waren, schloss er den alten Mann in die Arme.

»Was tust du hier? Brauchst du etwas?«

Miles Donners Hebräisch war eher schlechter geworden, seit er ständig in Israel lebte, und er antwortete mit einem britischen Oberschichtakzent. »Bring mich zum Trakt R.«

Der Major schaute ihn mit großen Augen an. »Du lebst seit zwanzig Jahren in deiner betreuten Wohnung … woher zum Teufel weißt du von Trakt R?«

Der Alte antwortete geradeheraus. »Ich schlafe nicht mehr viel und habe jede Menge Zeit, im Internet zu surfen.«

»Dumm von mir, zu fragen.«

»Kann ich meine Waffe wiederhaben?«

»Ist dir klar, dass sie geladen ist?«

»Was soll ich mit einer ungeladenen Pistole?«

Der Major schenkte sich die Frage, wofür er überhaupt eine Waffe brauche. Er holte einen elektrischen Gepäckwagen und zwei Overalls, wie ihn die Flughafenarbeiter trugen, und fuhr mit Donner auf einem Umweg zu einem der Lagerhäuser am Rand des Rollfelds. Drinnen passierte er mehrere unmarkierte Kontrollstellen und half Donner schließlich aus seinem Overall und in einen Aufzug, mit dem sie in einen unterirdischen Bunker gelangten. Er lag unterhalb des Meeresspiegels und war ebenso groß wie das Lagerhaus darüber.

Der Mossad hatte im vergangenen Jahrzehnt einige Höhen und Tiefen erlebt. Am schlimmsten war, dass bestimmte Fehlschläge in der Öffentlichkeit diskutiert worden waren. Doch insgeheim hatte man neue Strukturen geschaffen. Der Direktor von Trakt R war nicht einmal halb so alt wie Donner und der beste und tatkräftigste Mann seiner Generation.

»Was willst du?«

»Saul hat Kontakt aufgenommen.«

Der Chef musterte ihn scharf. »Ich hoffe für dich, dass du den Saul meinst, der sich vor dreitausend Jahren in sein Schwert gestürzt hat, um nicht den Philistern in die Hände zu fallen.«

»Unser Saul.«

»Ich warne dich … begib dich nicht in dieses Labyrinth.«

»Unser Saul«, beharrte der alte Mann. »Der uns in Südafrika gedient hat.«

Der Chef drückte die Hände aneinander und musterte den Alten scharf. »Demenz ist schon bei gewöhnlichen Menschen eine tragische Sache. Bei ehemaligen Agenten, die brisante Geheimnisse mit sich herumtragen, die sie ausplaudern könnten, ist sie ein Grund für eine sofortige Entfernung aus der Gemeinschaft.«

Donner nahm seine Brille ab. »Du sollst mir nicht drohen.«

»Wir haben einen Blutschwur geleistet.«

»Als ich meinen Blutschwur abgelegt habe, warst du im Kindergarten.«

»Du hast geschworen, dass dir dieser Name nie über die Lippen kommen würde. Nicht einmal in diesem Büro.«

Der alte Mann setzte sich, ohne zu fragen, und faltete geduldig die runzligen Hände im Schoß. Es war klar, dass er erst wieder etwas sagen würde, wenn der Chef die richtige Frage stellte.

»Was hat Saul vor?«

»Er spielt Weihnachtsmann.«

»Was bringt er uns diesmal?«

»Einen russischen Oligarchen.«

»Welchen Oligarchen?«

»Einen, den du sehr gerne verhören würdest.«

»Welcher, verdammt!«

»Garik Tannenbaum.«

Der Chef schüttelte ungeduldig den Kopf. »Ich hab keine Zeit für solche Späße.«

»Du willst dir wirklich die Gelegenheit entgehen lassen, Garik Tannenbaum zu verhören, den Mann, der mehr als jeder andere auf diesem Planeten über russische Exporte von spaltbarem Material weiß?«

»Garik Tannenbaum wird gerade verhört. So lange, bis er

tot ist! Putin hat ihn erwischt.« Er drückte auf den Knopf der Sprechanlage. »Führt diesen alten Mann aus meinem Büro.«

»Putin hat ihn *beinahe* erwischt.«

»Was? Nein. Das kann nicht sein.«

»Der FSB hat ihm in Dubai eine Falle gestellt, wo Tannenbaums Jet einen Tankstopp einlegte, bevor er zu seiner Jacht in Sokotra weiterflog. Tannenbaum hat aber rechtzeitig Wind davon bekommen.«

»Davon habe ich nichts gehört«, beharrte der Chef stur.

»Es weiß auch keiner. Abgesehen von dem armen Teufel, den Tannenbaum als Double engagiert hatte. Leider ist der FSB auch noch nicht dahintergekommen.«

»Woher weißt du es?«

»Von Saul.«

»Woher weiß es Saul?«

Die Frage verdiente keine Antwort und erhielt auch keine.

»Wie hat Tannenbaum davon Wind bekommen?«

»Das wollte Saul nicht sagen«, lächelte der alte Mann verschmitzt.

»Garik Tannenbaum ist der größte Gauner, den das neue Russland bisher hervorgebracht hat. Ein Verräter an seinem Land. Und ein übler Schurke.«

»Da kann ich dir nicht widersprechen«, räumte Miles Donner ein. »Obwohl Tannenbaums Mutter dir vielleicht nicht in allen Punkten zustimmen würde. Aber wie gesagt, Tannenbaum weiß mehr über russische Exporte von spaltbarem Material als irgendjemand sonst. Einschließlich der Analytiker von Trakt R. Über die Quellen, die Routen, die Empfänger. Und die anstehenden Bestellungen.«

»Der Hundesohn weiß das alles, weil er das Zeug selbst exportiert.«

»Saul bietet an, ihn uns auszuliefern.«

Der Direktor von Trakt R stützte den Kopf in beide Hände. »Was will Saul dafür?«

»Tannenbaums Jacht.«

»Seine *Jacht?«* Der Chef blickte ungläubig und zugleich erleichtert auf. »Das ist alles?«

»Du würdest nicht glücklicher dreinschauen, wenn Sauls Preis ein Wochenende mit einer Bauchtänzerin in Kairo wäre.«

»Was will er mit der Jacht?«

»Wenn ich es wüsste, was nicht der Fall ist, würde es mir nie über die Lippen kommen. Nicht einmal in diesem Büro.«

Allegra Helms beobachtete eine plötzliche Veränderung in Maxameds Verhalten. Sie waren allein auf der Brücke der *Tarantula,* abgesehen von zwei jungen Kämpfern, die auf dem Boden schliefen und ihre Gewehre wie Teddybären an sich drückten, und dem alten Mann, der in der Ecke lag. Plötzlich schrie der Alte auf. Er hatte kein Wort mehr gesprochen, seit sie sich mit ihm über die *Schatzinsel* unterhalten hatte, in der Nacht, als Adolfo ums Leben gekommen war.

Allegra ging zu ihm, um sich zu vergewissern, ob alles in Ordnung war, doch Maxamed schob sie zur Seite. Der Pirat kniete sich hin und lockerte die Krawatte, die der alte Mann nicht abgenommen hatte, seit sie entführt worden waren.

»Sein Gesicht ist blau angelaufen«, bemerkte Allegra.

»Er ist tot«, stellte Maxamed fest. Und zu Allegras Erstaunen nahm der Pirat ihn behutsam in die Arme. »Es ist nicht deine Schuld, alter Mann. Du warst einfach am falschen Ort.«

Allegra traute ihren Ohren nicht. Maxamed schien tatsächlich Mitgefühl für seine Geisel zu empfinden. Sie ergriff die Gelegenheit. Das war besser als Adolfos Waffe.

»Bitte, lassen Sie mich frei.«

»Was?«

»Wenn Sie mich freilassen, haben Sie immer noch die Jacht. Sie würden Millionen dafür bekommen.«

»Ohne Sie bin ich ein toter Mann. Sie sind die Letzte. Ich kann Sie nicht gehen lassen.«

34

Die Derwische führten Isse zu den Privaträumen des Italieners in einer Villa am Strand, nicht weit von Gutaales. Isse blieb vor ihm stehen und faltete die Hände vor dem Bauch. Wie eine schwangere Frau, dachte der Italiener.

»Wie bist du nach Somalia gekommen?«

»Somalia ist meine Heimat.«

»Ich meine, wie bist du eingereist?«

»Mit einem Linienflug aus New York, über die Türkei.« Er nahm die Hände vom Bauch und straffte die Schultern. »Aber nach New York sind wir mit einem Privatflugzeug geflogen.«

Das Kopftuch des Italieners verbarg sein Lächeln. Der junge Mann hatte vierhundert Gramm Sprengstoff im Magen und freute sich trotzdem wie ein Kind, dass er mit einem Privatjet hatte fliegen dürfen. Das Flugzeug gehörte bestimmt einem hilfsbereiten Scheich. »Hatte der Jet irgendeine Aufschrift?«

»Ich habe keine gesehen.«

»Kein Logo? Kein Wappen?«

»Nein. Es war merkwürdig. Drinnen war nirgends eine Aufschrift, und draußen war es dunkel.«

»Zumindest am Heck muss ein Kennzeichen gewesen sein.«

»Das Heck konnte man nicht sehen. Es gab keine Lichter.«

»Auf einem Flughafen?«

»Es war ein Privatflugplatz.«

»Hast du den Scheich getroffen, dem das Flugzeug gehört?«

»Das hat sicher keinem Scheich gehört.«

»Warum nicht?«

»Die Piloten waren Frauen.«

»Frauen?«

Der Italiener richtete sich auf seinem Stuhl auf. Als er den jungen Fanatiker in Mullah Amrikis Lager gesehen hatte, war ihm sofort der Gedanke gekommen, dass der Junge von einem Scheich rekrutiert worden war, der für Al Kaida und Al Shabaab frische Kräfte in die Kriegsgebiete brachte.

»Wer hat den Flug für dich organisiert?«

»Ein gewisser Paul. Und eine Frau hat ihn begleitet – sie heißt Jessica.«

Der Italiener nickte. »O ja.«

»Kennen Sie sie?«

Der Italiener ging nicht auf die Frage ein. »Erzähl mir mehr. Ich verstehe nicht ganz. Wie bist du in ihrem Privatjet gelandet?«

»Sie werden dafür bezahlt, eine Frau zu befreien, die von Piraten entführt wurde.«

»Natürlich. Natürlich …«

»Kennen Sie sie?«, fragte Isse erneut.

»Was wollten sie von dir?«

»Informationen. Sie wollten möglichst viel über Somalia herausfinden.«

»Dann warst du so etwas wie ein Berater?«

»Ja.«

»Hast ihre Hausaufgaben gemacht.« Nachdenklich stand der Italiener auf, ging im Zimmer auf und ab und überlegte, wie er das für sich nutzen konnte.

Kin Poy Lams Leibwächter durchsuchten Doug Case nur oberflächlich, als er in Kins Suite im Red Hotel rollte. Auch diesmal nahmen sie ihm die Glock ab und lächelten gutmütig über seine Aufforderung: »Vergesst den Laserzerstörer nicht.« Vielleicht erschien er ihnen harmlos, weil er im Rollstuhl saß. Oder es lag an der Sicherheit, die das luxuriöse Hotel ausstrahlte. Möglicherweise verlieh ihnen auch der Mann, der zu ihnen gestoßen war, ein Gefühl der Unverwundbarkeit. Vier gegen einen. Sie hatten allen Grund, sich unverwundbar zu fühlen.

Kin Poy Lam stellte ihm den Neuen – einen großen, breitschultrigen Nordchinesen – als Jack Yee vor. »Mr. Yee möchte sich dafür entschuldigen, dass es ihm in Beirut nicht gelungen ist, Paul Janson zu töten.«

»Ich glaube Ihnen nicht«, erwiderte Doug Case.

»Wie meinen Sie das?«

»Sie haben Ihren Killer hergeholt, damit er mich umbringt.«

»Warum sollte ich das tun?«

»Weil Sie denken, dass Sie mich und ASC nicht mehr brauchen, jetzt, da Sie sich in Somalia fest etabliert haben.«

»Da überschätzen Sie meine Situation«, wandte Kin ein. »Ich brauche Sie sehr wohl, Mr. Case. Ich weiß, dass Ihre Wurzeln hier viel tiefer sind als meine. Die Somalis trauen chinesischen Geschäftsleuten nicht, während Sie viele Freunde hier haben. Die Partnerschaft zwischen uns ist für mich wertvoller denn je.«

Case warf einen Blick auf Yee, der mit einem gutmütigen Lächeln zuhörte. Vielleicht verstand der Killer kein Englisch. Oder Kin Poy Lam sagte einfach die Wahrheit.

»Sind Sie sich sicher?«

»Hundertprozentig, Mr. Case. Sie und ASC sind für mich sehr wichtig. Wir sind absolut bereit, die Erträge zu teilen.«

»Das freut mich zu hören.« Doug Case griff unter seine Jacke in den schmalen Schlitz zwischen der Brust und dem leeren Schulterholster, wo er eine geladene Jetfire-Pistole verborgen hatte. Er zog sie am Schalldämpfer heraus, nahm sie in die Linke und entsicherte sie.

Er gab drei blitzschnelle Schüsse ab, tötete Kin Poy Lams Leibwächter, bevor sie ihre Waffen ziehen konnten, jagte Yee zwei Kugeln zwischen die Augen und richtete die Waffe auf Kin Poy Lams Gesicht.

»Kommen Sie näher.« Case winkte ihn zu sich.

»Was wollen Sie?«, flüsterte Kin.

»Ich will, dass Sie näher kommen, Mr. Kin.«

»Ich gebe Ihnen, was Sie wollen.«

»Ich will, dass China National Petroleum aus Somalia verschwindet.«

»Das hängt nicht von mir ab.« Kin sammelte sich, um sich auf Case zu stürzen, in der Hoffnung, dass sein Magazin leer war oder er deshalb nicht auf ihn geschossen hatte, weil seine Waffe Ladehemmung hatte.

»Im Moment sind Sie Chinas einziger Mann vor Ort. Sie haben selbst gesagt, Sie sind der Chef hier in Somalia.«

»Sie werden mehr Leute schicken.«

»Wen?«

Kin zögerte. »Viele sind schon bereit ...«

»Sie schicken Ingenieure und Manager, stimmt's?«

»Ja, genau. Viele.«

»Aber keine Agenten und Killer. Und wenn sie kommen, wird es zu spät sein.«

Kin versuchte, ihm die Pistole zu entreißen. Nicht schnell genug.

35

Paul Janson fand Ahmed im Internetcafé am Bakara-Markt. Zwei, drei ältere Leute waren hier, um sich beim Schreiben einer E-Mail helfen zu lassen, doch die meisten Kunden waren jung. Sie kamen vor allem am späten Abend her, wenn die Breitbandverbindung schneller war, um YouTube-Videos oder Musik herunterzuladen. Ahmed plauderte mit Freunden.

»Nichts Neues von Isse. Tut mir leid, Paul.«

»Wie geht's mit deinem Cousin Saakin?«

»Ich hab ihn noch nicht erreicht.«

»Aber du hast ihn einmal getroffen?«

»Ja. Er hat mich zu dem Schiff gebracht und mir das Geld geliehen, das meine Eltern schicken. Die Banken sind ziemlich langsam hier.«

»Ich weiß. Wie schwer behindert ist Saakin?«

»Nicht so schlimm.«

»Braucht er immer noch eine Gehhilfe?«

»Das ist mehr Show. Sie wollten ihn vor Gericht stellen, haben es sich dann aber anders überlegt, als sie die Gehhilfe sahen.«

»Kann er noch zur See fahren?«

»Ja, aber nur noch, um seinen Freunden Lebensmittel und Ausrüstung zu bringen. Beim Kapern macht er nicht mehr mit.«

»Ist er mit Mad Max befreundet?«

»Sicher nicht.«

»Würde er einen Job für mich übernehmen?«

Ahmed machte ein skeptisches Gesicht. »Er wird seine eigenen Leute nicht verraten. Nicht einmal Maxamed. Er mag ihn nicht besonders, aber ausliefern würde er ihn nie. Die Piraten haben eine Art Bruderschaft.«

»Ich wollte auch nicht, dass er Mad Max verrät.«

»Was dann?«

»Es geht um einen Piratenjob.«

Ahmed schaute ihn fragend an. »Einen Piratenjob?«

»Ruf ihn an. Sag ihm, das Risiko ist gering, der Gewinn hoch.«

Doug Case reinigte seine Jetfire in seiner eigenen Suite im Red Hotel, als sein Satellitentelefon klingelte.

»Guten Abend, Douglas«, sagte die Stimme, die heute Abend wie Justin Bieber klang.

Gutes Timing, dachte Case und fragte sich nicht zum ersten Mal, warum der Mann so bescheuerte Tarnungen wählte. Und nicht zum ersten Mal rief er sich in Erinnerung, dass Buddhas Erfolg Beweis genug war, dass der Mann immer genau wusste, was er tat.

»Hallo, Sir. Welch wunderbare Fügung.«

»Wie das?«, fragte die Stimme argwöhnisch.

»Ich wollte Sie gerade anrufen.«

»Sie können mich nicht anrufen. Sie kennen weder meinen Namen noch meine Telefonnummer.«

»Legen Sie auf, und ich überrasche Sie.« Case trennte die Verbindung und wählte die Nummer von Buddhas verschlüsseltem Satellitentelefon.

Der Buddha meldete sich beim ersten Klingeln. Er versuchte gar nicht erst, sich unwissend zu stellen, und war fuchsteufelswild. »Ich verlange eine Erklärung, sonst sind Sie Ihren Job los. Welchem Umstand verdanke ich diese völlig unpassende Vertraulichkeit?«

»Ich habe gute Neuigkeiten für Sie, Sir. Die besten, seit Sie diese Erdgasunternehmen gekauft haben.«

»Das hoffe ich für Sie.«

»China National Petroleum hat sich aus Somalia zurückgezogen.«

»Tatsächlich?«

»Ja.«

»Wie können Sie sich so sicher sein?«

»Ihr Mann in Somalia ist in Frührente gegangen. Hatte wahrscheinlich Sehnsucht nach seinen Ahnen.«

»Was ist mit dem Ministerium für Staatssicherheit? Das Ostafrika-Büro ist sicher keine One-Man-Show.«

»Sie werden das Büro in Somalia ganz neu aufbauen müssen, bevor sie etwas unternehmen können. Das sollte Mr. Helms genug Zeit für seine Vorhaben geben.«

»Ich bin beeindruckt«, lobte Buddha. »Gut gemacht, Douglas. Sehr gute Arbeit … was ist Ihr nächster Schritt?«

»Ein bisschen kreative Zerstörung.«

»Welcher Art?«

»Wenn Sie auf die CNN-Berichte warten möchten, können Sie glaubhaft versichern, nichts davon gewusst zu haben.« Case wartete, während Buddha überlegte und schließlich einverstanden war. »Gibt es sonst noch etwas, Sir?«

»Moment. Sie haben mich zweimal überrascht, und jetzt überraschen Sie mich schon wieder.«

Umso besser, dachte Case. »Inwiefern?«

»Ich hätte den Vorschlag erwartet, Helms zu ersetzen.«

Case lachte. »Ich warte lieber ab, wie weit er kommt.«

Doug Case fand, dass er nach diesem erfolgreichen Tag eine Belohnung verdient hatte. Er hatte gegenüber Paul Janson geäußert, dass sein Rückenmarksstimulator besser als Heroin sei, doch das stimmte nicht ganz. Der Stimulator war bestenfalls ein Ersatz, der ihm das Leben etwas erleichterte, nicht mehr.

Heroin hingegen war ein alter, zuverlässiger Freund. Er setzte sich die Spritze und schloss genüsslich die Augen, als die Rezeptionistin anrief. Er zögerte einige Augenblicke, ehe er dranging. In Mogadischu war es ratsam, immer auf der Hut zu sein.

»Ja?«

»Ein Gentleman wünscht Sie zu sprechen, Sir.«

»Sein Name?«

»Mr. Janson.«

»Himmel noch mal.«

»Wie bitte, Sir?«

»Schicken Sie ihn rauf.«

Case ließ die Spritze verschwinden und schloss die Tür auf. Rollte zum Schreibtisch und stellte zwei Gläser und eine ungeöffnete Flasche Scotch bereit. Janson klopfte an.

»Ist offen.«

Janson trat ein und schloss die Tür ab. Grau und unscheinbar wie immer, dachte Case. Ein müder Geschäftsmann nach einem langen Tag, den man keines zweiten Blickes würdigte. Kaum verändert, seit sie gemeinsam in ihrer Spezialorganisation gedient hatten. Ein unauffälliger Mann, dessen Alter irgendwo zwischen fünfunddreißig und fünfzig liegen musste.

»Wie hast du mich hier gefunden?«

Auch die Stimme war unverändert – tief, nicht laut, aber dennoch durchdringend. »Die Bombardier Global Express ist nicht gerade ein Tarnkappenflugzeug.«

»Heißt das, du hast BARR geknackt?« Das Programm *Block Aircraft Registration Request* verhinderte, dass Flugzeuge wie die Bombardiers von ASC und Jansons Embraer vom Internetdienst FlightAware erfasst wurden.

»Es war einfacher, einen Mitarbeiter des Towers in Nairobi dafür zu bezahlen, mir Landungen von Bombardier-Global-Express-Maschinen zu melden.«

Case schüttelte den Kopf. »Das Flugzeug steht noch in Nairobi. Wie hast du mich hier in Mogadischu gefunden?«

»Gehört zu meinem Geschäft.«

»Du mich auch.«

»Okay, ich verrat's dir. So wie dich würde ich jeden Firmenmanager finden.«

Case wartete. Janson schwieg. »Okay, wie würdest du jeden Firmenmanager finden?«

»Ich schau einfach ins sicherste und komfortabelste Hotel in der Stadt. Vor allem, wenn es ein gutes Restaurant dabeihat.«

»Ich werde wohl langsam alt«, sagte Case resignierend.

»Das kommt vor.«

Case lächelte. »Bist du nur gekommen, um mir einen Dämpfer zu verpassen?«

»Was macht das Ölgeschäft?«

»Das Gleiche wie immer. Und das Sicherheitsgeschäft?«

»Mrs. Helms ist noch am Leben, aber das ist leider das einzig Positive.«

»Brauchst du Hilfe?«

»Ich komme vielleicht darauf zurück.«

»Brauchst nur ein Wort zu sagen.«

»Eine Frage hätte ich. Wer ist der Italiener?«

»Das fragt sich jeder in Mogadischu. Ich weiß es genauso wenig wie alle anderen. Wie geht es Ms. Kincaid?«

»Gut.«

»Ich möchte dich etwas fragen.«

Janson wartete.

»So wie es aussieht, ist da ein ganz schöner Altersunterschied zwischen euch. Wie kommst du damit klar?«

»Ich werde deine unpassende, indiskrete und absolut unprofessionelle Frage beantworten, nachdem du mir mehr über den Italiener erzählt hast.« Janson hob die Hand, um Cases Protest abzuschmettern. »ASC ist schon eine ganze Weile hier, jedenfalls länger als ich. Ich kann mir nicht vorstellen, dass ihr die Zeit nicht genutzt habt, um Informationen über den Italiener zu sammeln.«

Case schüttelte den Kopf. »Ich glaube, du verwechselst mich mit dem Direktor der Erdölabteilung, Kingsman Helms. Er ist unser Mann in Somalia.«

»Niemand würde dich mit Kingsman Helms verwechseln. Wie du richtig gesagt hast, ist er nur ein Manager. Und wenn man weiß, dass euer Buddha vorher im nationalen Sicherheitsbereich gedient hat, kann man davon ausgehen, dass sein Sicherheitschef – also du – genauso lange in Somalia aktiv ist wie Helms oder sogar länger, obwohl Helms das wahrscheinlich nicht weiß.«

»Ich bin weltweit für die Sicherheit unserer Anlagen zuständig, das heißt, ich kann mich nicht auf einen Ort konzentrieren.«

»Somalia ist extrem wichtig für euch. Die Lage im Sudan und in Uganda ist ja nicht gerade vielversprechend, deshalb werdet ihr euch vor allem auf die wahrscheinlich großen Vorkommen im Ostafrikanischen Graben konzentrieren. Da muss der Leiter der Sicherheitsabteilung vor Ort sein, um Freunde und Partner zu gewinnen und Feinde zu bekämpfen. Ihr habt Informationsquellen in der AMISOM und wahrscheinlich sogar bei den US-Spezialeinheiten, die hinter Al Kaida her sind. Wenn du nicht hier wärst, würdest du deinen Job nicht richtig machen, oder?«

»Wir zwei haben gelernt, gründlich zu sein«, räumte Case ein.

»Okay, dann tu mir einen Gefallen, Doug, und erzähl mir mehr über den Italiener.«

»Ich kann dir sagen, was er *nicht* ist. Er ist kein Italiener. Und Somalier auch nicht.«

»Sag mir, wer oder was er ist.«

»Er soll perfektes amerikanisches Englisch sprechen, mit einem leichten arabischen Akzent. Das hab ich von Leuten, die behaupten, mit ihm gesprochen zu haben.«

»Worüber haben sie mit ihm gesprochen?«

»Das haben sie mir nicht gesagt.«

»Doug. Egal, wie du zu Helms stehst – Mrs. Helms verdient es, gerettet zu werden, und ich tue, was ich kann, um sie zu befreien. Also sag mir bitte, was du weißt.«

»Was hat der Italiener mit Allegra Helms zu tun?«

»Es deutet einiges darauf hin, dass der Italiener mit Mad Max im Kontakt steht.«

»Du machst Witze.«

»Schön wär's. Die beiden arbeiten allem Anschein nach zusammen. Ich will keine Überraschungen erleben, wenn ich versuche, Allegra rauszuholen.«

»Okay, ich versteh dich ja. Meine Informanten haben mir zwar nicht gesagt, worüber sie gesprochen haben, aber ich hatte den Eindruck, dass der Italiener nach Partnern sucht.«

»Wofür?«

»Dieses Land ist in einer Situation, wo jeder nimmt, was er kriegen kann. Du weißt, was ich meine. Wir haben das auch anderswo erlebt. Zum Beispiel beim Zusammenbruch der Sowjetunion. Im Irak, in Mexiko und so weiter.«

Janson nickte kurz. »Wenn sich niemand mehr an die Gesetze hält und alles auseinanderfällt, haben es viele auf die Trümmer abgesehen.«

»Nach meiner Einschätzung ist der Italiener genau so jemand, der in ein Vakuum stößt und sich die Trümmer schnappt. Also, was ist nun mit dir und Ms. Kincaid? Wie geht's dir mit der Kluft zwischen euch?«

»Welcher Kluft?«

»Wenn's keine gibt, muss sie eine sehr alte Seele haben.«

»Sehr treffend bemerkt, Doug. Wenn deine Einschätzung des Italieners genauso treffend ist, hast du mir sehr geholfen. Danke.«

»Wo gehst du hin? Trinken wir noch ein Glas zusammen.«

»Ich muss zurück zu Mrs. Helms.«

Paul Janson ging neben Dougs Rollstuhl in die Hocke und schüttelte ihm die Hand. Sie schauten einander in die Augen. Cases Pupillen waren auf Stecknadelgröße zusammengezogen. »Wie geht's dir?«, fragte Janson.

»Heroin ist nur ein Problem, wenn man es sich nicht leisten kann.«

»Das hast du mir schon mal gesagt. Pass auf dich auf.«

Janson verließ das Hotelzimmer und fragte sich erneut, was der Italiener von dem Piraten wollte, der Allegra Helms entführt hatte. Er hegte den starken Verdacht, dass Doug Case mehr wusste, als er zugeben wollte. Dass Doug wieder zum Heroin griff, hatte immerhin einen Vorteil: Er würde für eine Weile auf die schmerzstillende Wirkung seines Implantats verzichten können und es daher nicht bemerken, wenn seine Batterie etwas schneller zur Neige ging.

Doug Case rief einen Van, der ihn in der schwer bewachten Tiefgarage des Hotels abholte. Sie fuhren in den Schleusenbereich und warteten, dass sich das Tor hinter dem Wagen schloss, ehe sich das Außentor öffnete. Bewaffnete Polizisten hielten den Verkehr auf, und sie rollten, von gepanzerten SUVs eskortiert, in die Stadt zu einer Villa am Strand. Sein Gefühl sagte ihm, dass es Janson nicht nur um Mrs. Helms' Befreiung ging, sondern dass er ihn noch aus einem anderen Grund ausgefragt hatte. Er hätte zu gerne gewusst, warum.

Zum Glück hatte Paul Janson einen wichtigen Grundsatz

der Geheimdienstarbeit außer Acht gelassen: beim Fischen nach Informationen nicht den Köder zu verlieren. Janson hatte ihm etwas sehr Interessantes über den Italiener verraten, das Case selbst nicht gewusst hatte.

Der Italiener schüttelte angewidert den Kopf. CNN brachte einen Bericht über eine Verhandlung des Internationalen Strafgerichtshofes. Der Häftling beschwerte sich lautstark, dass das Gericht nicht berechtigt sei, über ihn zu urteilen. Der Richter ordnete eine Verhandlungspause an, und die Fernsehsprecherin füllte die Zeit aus, indem sie aus dem Rom-Statut des Internationalen Strafgerichtshofes zitierte.

»Stabilität ist nur möglich, wenn gravierende Verstöße gegen die Menschenrechte kompromisslos verfolgt werden. Um es mit den Worten des Rom-Statuts zu sagen: ›Schwere Verbrechen bedrohen den Frieden, die Sicherheit und das Wohl der Welt.‹ Anders ausgedrückt: Es steht den Siegern nicht zu, über die Besiegten zu urteilen. Vielmehr ist es die Pflicht derer, die nicht an den Kämpfen beteiligt sind, sicherzustellen, dass Recht und Gesetz jeden Menschen auf der Welt schützen.«

Der Italiener schaltete den Fernseher aus und wandte sich seinem Besucher zu.

»Mit anderen Worten: Der Mob nimmt Rache.«

»Ich habe die Chinesen beseitigt«, berichtete Doug Case. »Wenn Sie zuschlagen wollen, ist jetzt der richtige Moment.«

Der Italiener verhüllte sein Gesicht mit der Kufiya. »Bringt die Bombe herein.«

Case rollte seinen Stuhl in das angrenzende Zimmer, um nicht gesehen zu werden.

Die Derwische führten Isse herein. Der Junge blieb stehen und faltete die Hände vor dem Bauch.

»Wir haben dein Ziel ausgewählt«, verkündete der Italiener. »Du wirst mir zustimmen, dass dein Opfer ein denkwürdiges Ereignis sein wird.«

»Was ist es?«

»Es gibt ein paar Details, die du wissen musst. Die Sicherheitsvorkehrungen werden sehr streng sein. Es könnte sein, dass du durchsucht wirst, deshalb kannst du den Zünder nicht selbst betätigen.«

In Wahrheit waren die Sicherheitsmaßnahmen nur ein Grund, dem Jungen nicht den Auslöser für seinen Selbstmord mitzugeben. Es kam allzu oft vor, dass Selbstmordattentäter in ihrer Angst oder Verwirrung den Sprengsatz zu früh zündeten. Oder dass sie es sich im letzten Moment anders überlegten.

Isse stellte die naheliegende Frage. »Wer wird den Auslöser haben?«

Es war, als fragte er nach dem Namen seines Mörders. Der Italiener zog unter seinem Gewand eine Garagentorfernbedienung hervor. Der Italiener hielt den Daumen über dem großen Knopf in der Mitte. »Ich werde die Ehre haben, dir bei deinem Märtyrertod zu assistieren.«

Der Junge beeindruckte ihn mit seiner nächsten Frage. »Was ist, wenn etwas schiefgeht? Wenn es nicht funktioniert? Wenn zum Beispiel die Batterie ausfällt …«

»Meine Kämpfer werden Ersatzgeräte bei sich tragen. Alle auf dieselbe Frequenz eingestellt. Alle mit der notwendigen Reichweite. Sie sollten auch Wände durchdringen können, aber um sicherzugehen, werde ich in deiner Nähe sein.«

Isse starrte das Gerät in der Hand des Italieners an. »Aber wenn Sie in meiner Nähe sind, werden Sie dann nicht auch durchsucht?«

»Gute Frage.« Der Italiener zog ein Handy hervor. »Ich werde das hier benutzen.«

»Sie haben doch gesagt, wir werden keine Handys verwenden.«

»Das ist kein Handy. Wir haben die Teile der Garagenfernbedienung in das Handygehäuse eingebaut.«

»Warum kann ich es dann nicht bei mir tragen?«

»Weil du so nahe beim Ziel sein wirst, dass sie dich vielleicht gründlicher durchsuchen.«

Isse nickte. »Wo werde ich zum Märtyrer?«

»In der Villa Somalia.«

Isses Augen weiteten sich. »Im Präsidentenpalast?«

»Der Präsident und sein neuer Vizepräsident werden gemeinsam dort sein.«

»Wenn sie aus dem Weg sind, kann Al Shabaab zurückkehren.«

»Ganz richtig, mein Bruder. Du bereitest den Weg dafür.«

»Der arme Mullah Amriki.«

»Wie meinst du das?«

»Er wäre so glücklich gewesen.«

»Amriki wird es von seinem Platz im Himmel aus miterleben.« Es verblüffte ihn immer wieder, wie schlicht und unschuldig Isse sein konnte. War ihm noch nicht gedämmert, dass es keine Drohne war, die Amriki getötet hatte, sondern die explodierende Schutzweste, die er getragen hatte? Doch Isse überraschte ihn gleich mit der nächsten Frage. »Wer wird die Jugend anführen?«

»Ich werde die Aufgabe übernehmen«, antwortete der Italiener.

»Haben Sie ihn deshalb getötet?«

Doch nicht so schlicht. Der Italiener sah keinen Sinn darin, es zu leugnen. »Ich habe ihn getötet, weil er für eine verlorene Sache kämpfte. Al Shabaab wäre unter seiner Führung dem Untergang geweiht gewesen.«

»Er hat viele Kämpfer inspiriert.«

»Das ist auch etwas Wichtiges – aber ebenso wichtig sind konkrete Erfolge. Findest du es gut, dass sich Al Shabaab in den Büschen verstecken muss? Wäre es nicht besser, wenn die Städte wieder unter Gottes Gesetz stünden?«

»Ich verstehe.« Isses nächste Frage war rein praktischer Natur, und der Italiener erkannte, dass er keine Probleme mit dem jungen Mann haben würde. »Wie komme ich in den Palast?«

»Du wirst zu dem Willkommensfest für die Heimkehrer eingeladen sein.«

»Das ist erst in zwei Tagen … ich habe gehofft, es würde früher sein. Es gibt da … äh … ein Problem.« Isse senkte den Blick, als wäre es ihm peinlich.

»Verstehe. Es fühlt sich so an, als würde dein Körper den Sprengstoff bald von sich geben.«

»Ja.«

»Wir geben dir Opium. Das verzögert den Prozess.«

»Opium ist *haram* … verboten!«

»Es ist erlaubt, wenn man damit Gott dient.«

36

»Hier spricht Saul«, meldete sich Paul Janson, als er endlich zu General Darwin Ddembe durchkam.

»Was gibt's?«, brummte Ddembe. Der ugandische Militär, der Janson geholfen hatte, von Harardhere wegzukommen, war mit seinen Truppen dabei, die Al-Shabaab-Milizen durch Zentralsomalia zu jagen. Janson hörte im Hintergrund Panzerketten rasseln.

»Ich rufe an, weil ich Ihnen den Gefallen zurückzahlen will.«

»Wurde auch Zeit.«

»Haben Sie in Mogadischu AMISOM-Offiziere, denen Sie vertrauen?«

»Und wenn?«

»Möchten Sie Ihre freundschaftlichen Beziehungen zur neuen somalischen Regierung festigen?«

»Und wenn ich es möchte?«

»Dann sagen Sie Ihren Truppen, sie sollen die Villa des Italieners stürmen.«

»Wo?«

»Ich bin mir ziemlich sicher, dass ich die Adresse kenne.«

»Ist er gerade dort?«

»Mit hoher Wahrscheinlichkeit.«

Der ugandische General schien beeindruckt. »Wenn Sie recht haben, gebe ich gerne zu, dass Sie mir damit einen Riesengefallen tun.«

»Es ist das Mindeste, was ich tun kann.«

»Es klingt vielleicht zynisch, aber ich werde das Gefühl nicht los, dass Sie auch etwas davon haben, wenn die AMISOM einen kriminellen Warlord festnimmt.«

»Wenn Riesen stürzen, bringe ich mich in Sicherheit«, wich Janson aus.

Darwin Ddembe lachte. »Wenn Riesen stürzen, werfen Sie zur Sicherheit noch eine Bananenschale hin.«

»Wie schnell können Ihre Soldaten dort sein?«

»Sehr schnell, wenn ihnen etwas an ihrer Laufbahn liegt. Danke, mein Freund. Das werde ich Ihnen nicht vergessen.«

Als sie Isse wegbrachten, ermahnte der Italiener seinen Wächter, vorsichtig mit der Opiumdosis zu sein, die sie dem Jungen gaben. Zu Doug Case gewandt, scherzte er: »Das Zeug, das wir bekommen, ist so rein, dass es den Knaben direkt zu Gott schicken könnte, bevor er sich für die Sache opfern kann.«

Er nahm sein Kopftuch ab.

»Sieh an – der verlorene Sohn«, bemerkte Case.

Yousef lächelte.

»Eine geniale Idee, als ›der Italiener‹ in Erscheinung zu treten.«

Yousef, der Sohn des nordafrikanischen Diktators, war weder Italiener noch Somalier. Aber Somalia und Nordafrika hatten etwas gemeinsam, nämlich ihre einstigen italienischen Kolonialherren.

Case schmeichelte ihm weiter. »In Somalia zu starten, das war der eigentliche Geniestreich.« Es war für ihn nirgends sicherer als im umkämpften Somalia, wohin Yousefs Familie jahrzehntelang über ihre Handelsfirmen Waffen an alle Seiten verkauft hatte.

Doch das allergrößte Genie war der Buddha, der mit eiskalter Entschlossenheit auf zwei Pferde zugleich setzte, nach dem Motto »Möge der Bessere gewinnen«. Kingsman Helms oder Yousef. Während er Helms mit dem Auftrag ins Rennen schickte, Somalia für ASC zu sichern, setzte er gleichzeitig darauf, dass Yousef seine beträchtlichen Fähigkeiten nutzen würde, um in einem anderen Land ganz neu anzufangen. Einem Land, das über einen ähnlichen Ölreichtum verfügte wie das Land, das sein Vater durch die Rebellion verloren hatte. ASC hatte ihn dafür mit dem nötigen Kapital ausgestattet. Er oder Helms' Gutaale würden die Unterstützung mit dem Zugang zu ihrem Öl zurückzahlen.

Doug Case traute es dem Sohn des Diktators eher zu als Gutaale, das Chaos in Somalia zu beenden und eine dauerhafte Partnerschaft mit ASC einzugehen. Kin Poy Lam hatte seinerseits mit chinesischem Geld versucht, Verbündete im

Land zu gewinnen, bis Case ihn aus dem Spiel genommen hatte. Die Frage war nur, mit wem Yousef noch gemeinsame Sache machte.

Warum hatte er mit Mad Max gesprochen? Suchte Yousef nach einem Strohmann in Somalia? Als Case sich entschloss, ihn direkt darauf anzusprechen, hörte er plötzlich Schüsse draußen vor den Mauern der Anlage. Sturmgewehre, dann das Donnern von Granaten.

»AMISOM! AMISOM!«

Yousef reagierte blitzschnell. »Holt die Bombe!«

Er schlug den Teppich zurück und öffnete eine Luke im Fußboden. Case roch den feuchten Keller und sah eine schmale Treppe, über die er mit seinem Rollstuhl nie hinunterkommen würde. Die Derwische stürmten herein und zogen den verwirrt dreinblickenden Isse mit sich.

Das Haus erzitterte. Es fühlte sich an, als hätte ein Panzer eine Mauer durchbrochen.

Drei Männer gingen voraus. Yousef packte Isse am Arm und zog ihn mit sich. Die restlichen Derwische folgten ihnen. Zwei blieben zurück.

Doug Case zog sich mit seinem Rollstuhl in einen Winkel zurück. Er ahnte, was kommen würde. Yousef konnte sich nicht darauf verlassen, dass sein Gast nichts ausplaudern würde, wenn ihn die AMISOM-Soldaten unter Druck setzten. Einer der vermummten Derwische checkte den Flur. Der andere hob sein Gewehr.

Doug Case hatte sich so weit von den beiden Wächtern entfernt, dass er sich nicht darauf verlassen konnte, sie mit der Jetfire zu treffen. Die Glock war dafür besser geeignet. Er erledigte den ersten Mann, bevor er sein Gewehr abfeuern konnte, und erschoss den zweiten, noch bevor der erste auf dem Boden lag.

Dann hieß es warten. Würden weitere Derwische nach oben kommen, um nach ihren Kameraden zu sehen? Oder würden gleich die AMISOM-Truppen hereinstürmen? Es dauerte nicht lange.

Ugandische AMISOM-Soldaten mit roten Baretten rannten über den Flur und beugten sich über die Toten. Dann sahen sie Doug Case am anderen Ende des Zimmers in seinem Rollstuhl.

»Gott sei Dank sind Sie gekommen«, rief Case. »Die haben mich entführt.«

Die Soldaten sahen ihn mehr verwirrt als misstrauisch an, und Case fügte mit befehlsgewohnter Stimme hinzu: »Bringt mich zu eurem Kommandeur.«

Von der Treppe hallten Schüsse herauf. Offenbar hatte Yousef einen Fluchttunnel unter seinem Haus graben lassen, doch es klang so, als hätten Soldaten beim Ausgang auf ihn gewartet.

37

4°3' S, 39°40' O
Mombasa, Kenia

Wie die meisten Kapitäne zur See dachte auch Billy Titus in erster Linie an die Sicherheit seines Schiffes, seiner Passagiere und der Besatzung. Es hatte ihn schwer getroffen, die *Tarantula* an Piraten zu verlieren, und die Gerüchte von ermordeten Passagieren trübten seine Erleichterung darüber, dass seine Mannschaft unbeschadet entkommen war. Das Schiff befand sich in den Händen der Piraten, sein Chef war gefangen oder tot, und er hatte keine Möglichkeit, etwas daran zu ändern.

Wen hatten sie getötet? Gab es noch Überlebende?

Keiner wusste es. Er saß in der leeren Bar des Mombasa Yacht Club und rief immer wieder befreundete Seeleute an in dem verzweifelten Bemühen, etwas Neues zu erfahren.

Er hatte gerade ein weiteres Bier bestellt und war an seinen Tisch auf der Terrasse mit Blick auf den Kilindini-Hafen zurückgekehrt, als eine gut aussehende Frau mit kurzem braunem Haar hereinkam und ihn sofort eindringlich ansah.

Billy Titus war es seit seinem vierzehnten Lebensjahr gewohnt, die Aufmerksamkeit des anderen Geschlechts auf sich zu ziehen mit seinem vollen kastanienbraunen Haar, der sonnengetönten Haut, den meerblauen Augen und seinem sympathischen Lächeln. Heute, mit achtunddreißig, sah er besser aus denn je: gut gebaut, ein Mann, dem man es zutraute, für die Sicherheit einer teuren Jacht zu sorgen und seine Mannschaft gut zu behandeln. Deshalb wurde er nicht selten von schönen Frauen angesprochen, und seine Erfahrung sagte ihm, dass die Frau, die soeben hereingekommen war, es auch tun würde.

Sie würde fragen: Lädst du mich auf ein Bier ein? Oder: Kann ich dich auf ein Bier einladen? Oder: Heute Mittag schon was vor? Was immer sie sagen würde, seine Antwort würde Ja lauten. Sie war reizend anzuschauen, und irgendetwas an ihr sagte ihm, dass sie ein netter Mensch war. Zudem wirkte sie ausgesprochen fit und durchtrainiert. Er hätte sie für eine Sportseglerin gehalten, nur war ihre Haut nicht so sonnenverbrannt, wie es das Segeln mit sich brachte.

Sie trat schnurstracks zu ihm an den Tisch. »Was würden Sie davon halten, Ihr Schiff zurückzubekommen?«

»Welches Schiff?«

Sie setzte sich zu ihm. »Die *Tarantula.*«

»Falls das ein Scherz sein soll, ist er nicht besonders witzig.«

»Es ist kein Scherz. Wir wollen Sie für den Job. Sagen Sie, was Sie verlangen, dann sind wir im Geschäft.«

»Wer ist *wir?*«

»Wir arbeiten an der Befreiung von Allegra Helms.«

Titus starrte sie an. Sie meinte es ernst. »Eine nette Lady. Ich hab sie gemocht.«

»Jetzt können Sie ihr helfen.«

»Sind Sie sicher, dass sie noch lebt?«

»Vor zwei Tagen war sie jedenfalls noch am Leben.«

»Wie kann ich helfen?«

»Wir benötigen Ihr Wissen, Ihre Erfahrung. Wir brauchen einen Jachtkapitän, der sich auskennt, der weiß, wie man mit den Behörden spricht. Jemand, auf den man hört.«

»Und ich würde das Boot steuern?«

»Zwei Boote.«

»Zwei?«

»Wenn Sie dabei sind, bezahlen wir Sie ab jetzt.«

»Ich bin dabei.«

»Wie viel?«

Er nannte seinen Tagessatz.

»Sie können ruhig Ihren Aufwand berücksichtigen. Wollen Sie nicht mehr als Ihren normalen Tagessatz?«

»Woher wissen Sie, wie hoch der ist?«

Sie warf ihm einen Blick zu, der ausdrückte: *Wir sind keine Amateure und würden nicht mit Ihnen sprechen, wenn wir nicht alles über Sie wüssten.*

»Okay, ich sage Ihnen, was ich wirklich will. Ich will mich ganz dem Segeln widmen. Es würde Sie außerdem keinen Penny kosten. Die *Tarantula* ist mit dem schönsten Segelboot ausgestattet, das man sich vorstellen kann. Kann ich das haben?«

»Es gehört Ihnen!« Sie sprang auf. »Gehen wir, wir haben eine Sitzung in drei Stunden.«

»Wo?«

»In Mogadischu.«

»Mogadischu in drei Stunden? Das geht vielleicht in zehn Stunden, wenn man nicht in Nairobi aufgehalten wird.«

»Ich habe ein Flugzeug.«

»Sie haben ein Flugzeug, mit dem Sie nach Mogadischu fliegen können?«

»Vorausgesetzt, Al Shabaab greift nicht gerade den Flughafen an.«

»Und wenn sie's tun?«

Sie lächelte zum ersten Mal – ein ehrliches, herzhaftes Lächeln. »Dann kommen wir hierher zurück und trinken Bier, bis sie aufhören, zu schießen.«

Titus hoffte fast, dass der Flughafen Mogadischu gerade angegriffen wurde. Als sie zum Parkplatz hinausging, fiel ihm auf, dass sie ein Bein etwas nachzog. »Sie hinken.«

»Hab mir eine Zerrung geholt.«

»Wie?«

»Ist nicht so schlimm. Wird nur ein bisschen steif, wenn ich sitze.«

»Wissen Sie, dass da ein Blutfleck auf Ihrer Hose ist?«

»Ich ziehe mich im Flugzeug um.«

Billy Titus wechselte das Thema und sprach eine Sache an, die ihn im Gegensatz zu ihrer Verletzung sehr wohl etwas anging.

»Übrigens, wo bekomme ich eine Mannschaft her?«

»Die kriegen Sie von uns.«

38

2°2' N, 45°21' O
Mogadischu

Paul Janson sah die Ähnlichkeit zwischen Ahmed und seinem Cousin, dem Piraten. Saakin war zwanzig Jahre älter und dementsprechend massiger gebaut, doch sie hatten das gleiche verschmitzte Lächeln, als würden sie die Welt nicht allzu ernst nehmen.

Als Janson ihm sein Angebot unterbreitete, lachte Saakin schallend und wandte sich an Ahmed. »Dein amerikanischer Freund ist ein lustiger Mann.«

»Ich lache seit einer Woche ununterbrochen«, bemerkte Ahmed.

Saakin wandte sich wieder Janson zu, immer noch amüsiert, aber zugleich so wachsam wie ein Croupier, der die Einsätze entgegennahm. »Paul, meinen Sie das wirklich ernst?«

Ein Jet im Landeanflug donnerte über sie hinweg.

Janson signalisierte ihm, zu warten, bis der Lärm vorbei war. Er hatte unter dem Namen der Scheinfirma EastAfricaX einige Räume in einem Lagerhaus am Flughafen gemietet. Auf einem großen verschlossenen Tresor lagen mehrere Bündel US-Dollars. Daneben stand ein Kleiderständer mit einem Dutzend weißer Uniformen.

Janson trug eine Pistole an der Hüfte, hauptsächlich damit Cousin Saakin nicht auf den dummen Gedanken kam, mit seinen Freunden wiederzukommen, um sich das Geld auf dem Safe zu holen. Zudem hatte er eine kugelsichere Weste, ein Bullpup-Gewehr, eine Schrotflinte und einen Granatwerfer in Reichweite für den Fall, dass Al Shabaab erneut den Flughafen angriff. Sechs Gurkha-Soldaten bewachten die Türen, den Flur und das Dach.

Der Jet – es war seine eigene Embraer 650 – setzte sanft auf der Landebahn auf und rollte aus. Als die Triebwerke verstummt waren, wandte sich Janson wieder an Saakin. »Ich sag's noch einmal. Wir bezahlen Sie und ein Dutzend Ihrer besten Seeleute dafür, die Mannschaft für eine Megajacht zu bilden, die vor Sokotra auf Sie wartet.«

»Ja, ja, ich hab's verstanden. Aber Sie haben gesagt, ich soll die Jacht nach Eyl bringen.«

»Genau.«

Saakin wechselte mit Ahmed ein paar schnelle Worte auf Somali. Schließlich wandte sich Ahmed an Janson. »Er hält es für eine Falle.«

»Das wundert mich nicht«, meinte Janson.

»Wie wollen Sie ihn davon überzeugen, dass es nicht so ist?«

»In zwei Minuten werde ich ihm den neuen Kapitän der Jacht vorstellen.«

Ahmed saß wieder im Internetcafé am Bakara-Markt, als Isse hereinkam, mit einem Blick wie im Drogenrausch. »Hey, Isse, was ist denn dir passiert?«

Isse lächelte so breit, wie es Ahmed noch nie von ihm gesehen hatte. »Gott«, sagte er.

»Was? Nicht schon wieder. Ich dachte, du hast dich … amüsiert.«

»Er passt auf.«

Ahmed wartete. »Passt auf? Auf was?«

»Auf Trinker und Narren.«

Ahmed betrachtete ihn genauer. Der langweilige Streber war so high wie ein Drachen, sein Blick ins Nichts gerichtet. Abgesehen davon sah er ziemlich mitgenommen aus, als wäre er durch den Schlamm gekrochen. Er hatte eine Beule am Kopf und hielt sich den Bauch, als hätte er Schmerzen. Was merkwürdig war, denn so zugedröhnt, wie er aussah, sollte man eigentlich keine Schmerzen mehr spüren. »Bist du okay, Mann?«

»Hey, Ahmed.«

»Bist du okay?«

»Cool. Cool.«

»Willst du dich vielleicht umziehen?«

»Warum?«

»Heute ist doch das Heimkehrerfest.«

»Im Palast?«

»Gehst du nicht hin?«

»Ich gehe hin.«

Ahmed wechselte einen kurzen Blick mit seinem neuen Freund Banaadir, einem cleveren Burschen, der internationale Telefonkarten zum Diskontpreis verkaufte. »Du siehst ein bisschen durch den Wind aus, Isse.«

»Ich gehe hin.«

»Toll, dann sehen wir uns ja.«

»Komm mir nicht zu nah.«

»Was?«

Für einen seltsamen Moment wirkte Isse nicht mehr zugedröhnt, sondern eher verängstigt. »Im Ernst, Mann. Komm mir nicht zu nah.«

»Was? Was meinst du damit?«

»Nichts.« Plötzlich schloss Isse ihn in die Arme.

»Hast du nicht gesagt, ich soll dir nicht nahe kommen?«

»Später.«

»Siehst du die Derwische?«, flüsterte Banaadir.

»Welche Derwische? Oh, Scheiße.«

Vermummte Kämpfer betraten das Internetcafé. Sie schauten sich um, die Augen blitzten durch die Schlitze ihrer Kufiyas. Der Mittlere winkte Isse mit dem Finger zu sich. Zu Ahmeds Erstaunen sprang Isse auf und folgte dem Kerl hinaus. Die anderen griffen unter ihre Gewänder, und Ahmed hatte das furchtbare Gefühl, dass sie gleich wild um sich schießen würden.

Es gab keinen Fluchtweg für die gut zwanzig Anwesenden, von denen die meisten mit dem Rücken zu den Derwischen saßen und immer noch in ihre Bildschirme vertieft waren. Wir werden alle sterben, schoss es Ahmed durch den Kopf. In diesem Augenblick donnerten gepanzerte Fahrzeuge mit AMISOM-Soldaten die Straße herauf und scheuchten Fußgänger, Radfahrer und Esel aus dem Weg. Die Derwische drehten sich um und verschwanden.

»Boah«, stöhnte Banaadir. »Das war knapp.«

»Wer waren die Typen?«

»Kennst du den Italiener?«

»Ich weiß, wen du meinst.«

»Die Derwische sind seine Kämpfer.«

»Echt?« Ahmed starrte ihn fassungslos an.

»Das weiß doch jeder. Wo warst du denn, Ahmed?«

»Minneapolis«, antwortete Ahmed langsam, während sein Gehirn aus der Schockstarre erwachte: Wie zum Teufel war der Islam-verrückte Isse an den Italiener geraten? Was meinte er mit seiner Warnung »Komm mir nicht zu nahe«? Und warum hat er mich umarmt? Er hat mich doch gar nicht leiden können.

39

»Es gibt eine Regel«, betonte Paul Janson. »An die habt ihr euch hundertprozentig zu halten.«

Cousin Saakin, die zwölf Fischer mit Turban auf dem Kopf, die der ehemalige Pirat angeheuert hatte – nach Jansons Einschätzung ebenfalls Ex-Piraten –, sowie der besorgt dreinblickende Kapitän Billy Titus drängten sich in den drei kleinen Kabinen der Embraer. Jessica stand schweigend hinter Janson. Im Cockpit hinter ihr gingen Lynn und Sarah gerade die Checkliste durch. Es waren 802 Seemeilen bis zum Flughafen auf der Insel Sokotra, die am Ostausgang des Golfs von Aden lag, 150 Meilen nordöstlich der Küste von Puntland. Zwei Flugstunden von Mogadischu entfernt.

»Die Regel lautet: Keine Toten.«

Billy Titus wirkte erleichtert.

Cousin Saakin schien etwas skeptisch. »Unfälle können passieren. Was ist, wenn jemand versehentlich ums Leben kommt?«

»Man kann nicht versehentlich töten.«

»Aber wenn ich … sagen wir … zufällig …« Der Pirat zuckte mit den Schultern. »Unfälle kommen vor.«

»Wenn Ihnen einer passiert, bringe ich Sie um«, betonte Janson. »Keine Unfälle. Keine Fehler. Kein wildes Drauflosballern.«

Saakin grinste. »Sie müssten mich zuerst finden.«

»Ich bin gut im Finden.«

Saakins Lächeln wurde grimmiger. »Dann müssten Sie *versuchen*, mich zu töten.«

»Im Töten bin ich noch besser.« Eines von Jansons Telefonen vibrierte. Er gab es an Jessica weiter. »Glauben Sie mir,

Saakin, es ist mir sehr ernst. Wenn jemand stirbt, sterben Sie auch. Wollen Sie den Job trotzdem?«

Jessica beugte sich zu ihm und flüsterte ihm leise ins Ohr: »Ahmed ist hier.«

»Wir nehmen den Jungen nicht mit.«

»Er will dringend mit dir sprechen. Wollte mir nicht sagen, warum.«

Janson warf einen Blick aus dem Fenster. Der hochgewachsene, dünne Somali-Amerikaner stand in der Tür des Lagerhauses, wie ein Fragezeichen vorgebeugt mit seinem Handy am Ohr. »Sag ihm, er soll da warten.«

Er wandte sich wieder den Gesichtern zu, die ihn finster anschauten – die einfachen Fischer und Piraten und der verschlagene Cousin Saakin, der bereits überlegte, wie er einen noch höheren Gewinn aus der Operation herausschlagen konnte.

»Das Flugzeug wird in wenigen Minuten starten. Sucht euch einen Platz und schnallt euch an. Leider haben wir nicht für alle einen Gurt, aber unsere Piloten sind die besten. Haltet euch einfach am Nebenmann fest, falls es Turbulenzen gibt.«

Jessica öffnete die Tür, die sie gerade geschlossen hatten, und klappte die Treppe aus. Rasch schritten sie über das Rollfeld zu Ahmed hinüber. »Im Töten bin ich noch besser?«, wiederholte Jessie die Worte, die er gegenüber dem Piraten gebraucht hatte. »Warum dieses Muskelspiel mit Saakin?«

»Der Mann kommt mir wie ein typischer Killer vor.«

Jessica nickte. »Könnte sein.«

»Er soll wissen, woran er ist, damit er nicht auf dumme Gedanken kommt … Was gibt's, Ahmed?«

»Sie haben beim letzten Mal gemeint, Isse würde Ihnen ausweichen, als Sie mit ihm telefonierten … wissen Sie noch?«

»Ja, das hat er. Ich weiß nur nicht, warum.«

»Was glauben Sie, wem er sich angeschlossen hat?«

»Ich hab nicht so viel Zeit. Was gibt's?«

»Isse gehört neuerdings zum Italiener.«

Janson schaute Jessica an. Es ging das Gerücht in Mogadischu, dass die AMISOM auf der Suche nach dem Italiener eine Villa am Strand gestürmt hatte. Niemand wusste, ob sie ihn erwischt hatten. Dass General Ddembe auf Jansons Anrufe nicht reagierte, deutete jedoch darauf hin, dass er sauer war, weil der Einsatz schiefgegangen war.

Janson nahm Ahmed am Arm. »Woher weißt du das?«

»Wissen ist zu viel gesagt, aber ich bin mir ziemlich sicher.«

Sie hörten aufmerksam zu, als Ahmed ihnen erzählte, wie Isse mit glasigen Augen ins Internetcafé gewankt war, ihr merkwürdiges Gespräch und das plötzliche Auftauchen der Kämpfer, die vermutlich zum Italiener gehörten. »Es ist so eigenartig – Isse mag mich nicht besonders, hält mich für einen gottlosen Kriminellen, und dann fällt er mir auf einmal um den Hals! Und warum warnt er mich, ihm nicht zu nahe zu kommen?«

»Bei dem Heimkehrerfest?«

»Ja, ich glaube schon. Er sah furchtbar aus, will aber unbedingt hingehen. Ich sag zu ihm: ›Hey, ich soll mich von dir fernhalten, und jetzt umarmst du mich?‹ Und Isse sagt: ›Später.‹«

»Meinte er vielleicht ›bis später‹?«, fragte Jessica.

»Nein, das glaub ich nicht. Es klang eher so, als solle ich mich später von ihm fernhalten. Und dann waren da diese Derwische … eindeutig Terroristen. Sie haben ihn aufgefordert, mitzukommen, und er ist sofort gegangen.«

»Wie meinst du das – er sah furchtbar aus?«

»Als wäre er durch den Schlamm gekrochen. Er hatte Kratzer im Gesicht und Beulen am Kopf.«

»Als wäre er in einen Kampf geraten?«

Ahmed zuckte mit den Schultern.

»Oder als wäre er geflüchtet?«, warf Jessica ein.

»Daran hab ich auch gedacht. Vielleicht wollte er vom Italiener weglaufen, aber sie haben ihn erwischt.«

»Ist er nicht freiwillig mitgegangen?«

»Ja, aber da war er völlig zugedröhnt.«

»Hat Isse schon öfter Drogen genommen?«

»Sicher nicht. Drogen sind *haram* für diese durchgeknallten Islamisten.«

»Warum nimmt er dann auf einmal Drogen?«

»Ich weiß es nicht.«

»Nach was hat es denn ausgesehen? Kath?«

»Nein, nicht Kath. Eher Heroin oder Opium. Vielleicht auch Oxycodon. Jedenfalls etwas, von dem die Pupillen ganz klein werden.«

»Opiate?« Paul Jansons ausdrucksloses Gesicht gewann plötzlich an Schärfe. »Ahmed! Beschreib mir genau, wie Isse ausgesehen hat. Abgesehen davon, dass er schmutzig und zerlumpt war. Was noch?«

»Ich weiß nicht, ich meine …«

»War ihm vielleicht übel? Er hat am Telefon gesagt, er fühlt sich nicht gut.«

»Ja, er hat sich anscheinend den Magen verdorben. Hat sich auch den Bauch gehalten, als hätte er Schmerzen.«

»Wann ist das Heimkehrerfest?«

Ahmed schaute auf seine Uhr. »Es fängt in einer Stunde an.«

»Ich komme mit.«

Jessica sah ihn fragend an. »Paul?«

»Ahmed, ruf uns ein Taxi.« Zu Jessie sagte er: »Ich muss noch was aus dem Flugzeug holen.«

»Wir wollten doch starten, um Allegra rauszuholen.«

»Fliegt ihr trotzdem ab. Du hast das Kommando. Fahrt mit der Jacht nach Eyl. Ich komme nach.«

»Okay. Aber was tust du?«

»Isse ist unser Mann. Wir haben ihn hergebracht. Wir können nicht zulassen, dass er Unschuldige umbringt.«

»Wie soll er das anstellen?«

»Wir wissen nicht, ob die AMISOM den Italiener geschnappt hat. Vielleicht hat der Kerl Isse in der Hand und will ihn zum Selbstmordattentäter machen.«

»Wie das?«

»Wir wissen, dass Isse große Sympathie für Fanatiker wie Mullah Amriki hat. Dass er mit den Derwischen gegangen ist, könnte bedeuten, dass er sich irgendeinem Fanatiker angeschlossen hat. Er hat auch am Telefon so merkwürdige Andeutungen gemacht: ›Sie werden von mir hören, laut und deutlich.‹ Und wir wissen auch, dass er zu dem Fest beim Präsidenten gehen will.«

»Ein lohnendes Ziel für Terroristen – das würde in der ganzen Welt für Aufsehen sorgen.«

»Falls er einige Regierungsmitglieder vor laufender Kamera abschlachtet, versinkt das Land wieder im Chaos. Und das würde dem Italiener in die Hände spielen.«

»Alles denkbar«, räumte Jessica ein. »Das Problem ist nur, falls du recht hast, stecken ihn die Derwische gerade in eine Sprengstoffweste.«

»Keine Weste.«

Jessicas Augen weiteten sich. »Großer Gott. Seine Bauchschmerzen. Der ›verdorbene Magen‹. Und Ahmed sagt, er hat sich den Bauch gehalten.«

»Was, glaubst du, hat er im Magen?«

»PETN … okay, ich kümmere mich um Allegra.«

»Zivilisten dürfen nichts ins Kreuzfeuer geraten.«

»Sie werden schon den Kopf einziehen, wenn die Kugeln fliegen, meinst du nicht?«

»Hol mir die Burka.«

Sie sprangen die Treppe zum Flugzeug hinauf. Jessica eilte zum Kleiderschrank im hinteren Bereich. Janson winkte Saakin und Titus zu sich nach vorne.

»Wenn Sie an Bord der *Irina* gehen, sind Sie, Captain Titus, der Kapitän des Schiffes, und Sie, Saakin, Kapitän der Piraten. Aber meine Partnerin ist der Chef, und Sie hören auf ihr Kommando. Ist das klar?«

»Ja, Sir«, sagte Titus.

»Wo werden Sie sein?«, fragte Saakin.

»Ich stoße auf Sokotra oder in Eyl dazu. Bis dahin ist Jess der Chef. Verstanden?«

Saakin zuckte mit den Schultern. »Wenn Sie es sagen ...«

»Saakin, wenn sie sagt: ›Spring‹, dann fragen Sie höchstens: ›Wie hoch?‹ Wir sehen uns bald. Viel Glück.«

Jessica reichte ihm eine Segeltuchtasche, in die sie seine Kufiya und die Burka gepackt hatte. »Ich habe ein paar Extramagazine reingegeben.«

»Bis bald.« Er nickte Lynn und Sarah kurz zu. »Fliegt von Sokotra direkt wieder zurück. Wenn wir Glück haben, sehen wir uns in ein paar Stunden wieder.«

Er sprang die Treppe hinunter.

Das Taxi brauste bereits zum Präsidentenpalast, als die Embraer über die Stadt hinwegzog und Richtung Norden verschwand.

»Können Sie mir verraten, was vor sich geht?«, fragte Ahmed. Das Taxi holperte langsam über eine Straße, die überfüllt war mit SUVs, Pick-ups, Fußgängern und Soldaten in gepanzerten Fahrzeugen.

»Weißt du, was eine Bauchbombe ist?«

»Ich will gar nicht raten.«

»Eine Möglichkeit, wie ein Selbstmordattentäter die Sicherheitsvorkehrungen umgehen kann, ist, den Sprengstoff zu verschlucken. So wird er auch von einem Nacktscanner nicht entdeckt.«

»Das heißt, sie schlucken den Sprengstoff, wie Drogenkuriere es machen.«

»Genau.«

»Und Sie glauben, Isse hat das getan?«

»Ich hoffe, ich irre mich. Drei-, vierhundert Gramm Nitropenta, mitten in einer Menschenmenge gezündet, hätten eine verheerendere Wirkung als Dynamit. Es deutet vieles darauf hin: Er hat sich den Bauch gehalten, als hätte er Schmerzen oder als müsste er ständig an das denken, was er drin hat. Wie würdest du dich fühlen mit einem Kondom voll Sprengstoff im Magen?«

»Aber vielleicht hat er sich wirklich nur den Magen verdorben?«

»Und wie erklärst du dir, dass ein Junge, der nie Drogen angerührt hat, plötzlich total zugedröhnt ist? Ich vermute, dass sie ihm Opium gegeben haben, damit er den Sprengstoff so lange im Körper behalten kann, bis sie ihn zünden wollen.«

»Wie zünden sie ihn? Mit einem Handy?«

»Das ist eine unsichere Sache in einer Stadt wie Mogadischu, wo man nie weiß, wie der Empfang ist. Wahrscheinlich benutzen sie eine Garagentorfernbedienung.«

»Würden die Sicherheitsleute das Ding nicht finden?«

»Ein anderer wird sie bei sich tragen und die Bombe aus sicherer Entfernung zünden.«

»Sie sind sich ziemlich sicher, wie sie es anstellen.«

Janson schaute den Jungen mit einem dünnen Lächeln an. »So würde ich es machen.«

Ahmed hatte das Gefühl, dass halb Mogadischu zu dem Empfang strömte. Ein riesiges blaues Transparent mit weißer Aufschrift war quer über die Straße gespannt:

WILLKOMMEN DAHEIM, SOMALIA

»Was glauben Sie, wie Isse an den Italiener geraten ist?«, fragte Ahmed.

»Ich glaube eher, der Italiener ist auf ihn zugekommen.«

»Vielleicht als Isse nach Mullah Amriki suchte? O mein Gott. Armer Isse.«

Janson öffnete seine Tasche. »Hast du an der Highschool manchmal Theater gespielt?«

»Was? Ja. Ich war ein Gangster in *Kiss Me, Kate.* Wir brachten einen Song, der hieß ›Brush Up Your Shakespeare‹.«

»Hier ist dein Kostüm. Zieh es an.«

Ahmed schüttelte den Stoff aus. »Was ist das? Eine Burka?«

»Stell dir vor, du spielst eine Rolle in einem Theaterstück. Und tu genau, was ich dir sage.«

40

2°2' N, 45°20' O

Villa Somalia, Mogadischu

Die Villa Somalia, der Präsidentenpalast, lag etwas erhöht fünf Kilometer vom Flughafen und einen Kilometer vom Hafen entfernt. An die hundert Fahnen wehten in der leichten Meeresbrise.

Kaffeefarbene Mannschaftstransporter der AMISOM mit Maschinengewehren auf dem Dach patrouillierten auf den Straßen vor der Anlage. Man hatte Barrieren errichtet, um zu verhindern, dass Autos mit Bomben vor der Mauer geparkt wurden. Hinter Sandsäcken waren Soldaten der somalischen Armee postiert. An die tausend Leute standen Schlange, um an den Toren ihre Papiere vorzuzeigen.

»Wie kommt Isse überhaupt rein?«, fragte Ahmed.

»Er hat einen amerikanischen Pass wie du und ich.«

Janson blickte sich nach einer Möglichkeit um, hineinzukommen, ohne nach Waffen durchsucht zu werden. Es schien keine digitalen Sicherheitsvorkehrungen zu geben. Niemand scannte die Pässe. Doch die Soldaten filzten die Besucher an mehreren Checkpoints. Janson sah lange Schlangen mit typisch somalisch gekleideten Frauen und Männern, daneben Somalier im westlichen Outfit, die erst kürzlich zurückgekehrt waren. Die kürzeste Schlange wurde von VIPs gebildet. Plötzlich sah er Kingsman Helms' blondes Haar in der Sonne schimmern. Der hochgewachsene Ölmanager konnte ihn hineinbringen. »Helms! Helms!«, rief er über die dichte Menschenmenge hinweg.

Helms hörte ihn nicht und wurde Augenblicke später von einem Sicherheitsmann hineingewinkt und von einem jungen Mann begrüßt, den Janson von Fotos als Präsident Adams Stabschef erkannte. Janson rief erneut nach ihm, doch die beiden Männer verschwanden bereits in der Menge, die sich um den Palast versammelt hatte.

Ein Soldat wurde auf ihn aufmerksam und schien ihn aufgrund seiner Hautfarbe einzuschätzen. »Die Medien dorthin!« Er deutete auf den separaten Presseeingang, wo Soldaten Reporter durchsuchten und ihre Kameras inspizierten.

Janson schaute sich suchend um, da wandte sich Ahmed plötzlich an ihn. »Hey, da ist Salah Hassan!«

Der neue Parlamentsabgeordnete war bereits drinnen und schüttelte fleißig Hände. Janson zog ein Handy hervor und wählte Hassans Nummer. »Ich stehe draußen mit einer jungen Lady. Ein alter Freund aus London hat mich gebeten, sie zu begleiten. Sie ist zum ersten Mal seit ihrer Kindheit wieder hier. Können Sie uns durch das VIP-Tor bringen?«

Er winkte über die Köpfe hinweg, bis Hassan ihn erblickte.

Der frischgebackene Politiker kam zum Tor und sprach mit den Wächtern. Janson zeigte seinen Pass, doch die Wachen bedeuteten ihm, die Arme auszubreiten, damit sie ihn und seine Tasche durchsuchen konnten.

Er war gerne bereit, auf seine Waffen zu verzichten, wenn er dafür Ahmed mit der Burka durch die Kontrolle bekam. Janson wandte sich an Salah Hassan. »Sagen Sie ihnen, ich habe meine Pistole und zwei Ersatzmagazine in der Tasche. Kann ich sie bei ihnen lassen?«

Salah übersetzte. Der Wächter nahm die Tasche und den Hundert-Dollar-Schein, den ihm Janson zusteckte, und ließ die beiden herein, ohne Ahmed zu durchsuchen. Was den Gedanken nahelegte, dass der Italiener einen ähnlichen Weg finden würde, um hineinzugelangen.

Als sie den offenen Platz erreichten, wandte sich Salah an den verhüllten Ahmed. »Willkommen daheim.«

»Wir suchen Isse«, sagte Janson. »Haben Sie ihn gesehen?«

»Ja, er ist sehr früh mit einem Freund gekommen.«

»Welchem Freund?«

»Einem arabischen Geschäftsmann. Er baut hier in der Stadt ein Hotel.«

»Wo sind sie?«

»Sie müssen hier irgendwo sein. Der Geschäftsmann möchte mit Gutaale sprechen.« Salah zwinkerte ihm zu. »Home Boy ist der ideale Partner für ein Hotelprojekt.«

»Wie sieht dieser Freund aus?«

Salah schaute Janson etwas verwirrt an. »Eher klein und

dünn. Einen Kopf kleiner als Isse. Er trägt einen Savile-Row-Anzug.«

»Krawatte?«

»Himmelblau. Somaliablau. Wie meine.«

Janson hatte schon Dutzende Männer gesehen, die so gekleidet waren. Überall wurden Hände geschüttelt und Businesskarten ausgetauscht. Trotz der Hitze hatten die Heimkehrer ihre besten Anzüge angezogen, um zu zeigen, dass sie es in einem reichen Land zu etwas gebracht hatten und scharf darauf waren, hier ebenso gute Geschäfte zu machen. Nur die ganz Jungen wie Ahmed begnügten sich mit Hemdsärmeln. Im T-Shirt sah man lediglich die Bettler vor den Toren.

»Brille? Haarfarbe? Hut?«

»Eine Sonnenbrille, kein Hut, kurzes schwarzes Haar. Lockig. Ich habe mich gefreut, Isse mit einem Geschäftsmann zu sehen. Es könnte ein guter Anfang für ihn sein ... da sind sie ja!«

»Wo?«

»Bei Home Boy und dem Präsidenten.«

Der rotbärtige Home Boy Gutaale und der jugendlich wirkende Präsident Mohamed Adam mit seinem eigentümlichen weißen Ziegenbärtchen waren umgeben von hochrangigen Armeeoffizieren in glänzenden Uniformen und bulligen Leibwächtern in legeren Jacketts. Arm in Arm schlenderten sie über den Platz, eine überzeugende Zurschaustellung ihrer Einigkeit. Assistenten und Wächter geleiteten sie zu einer Holzbühne, die eben erst aufgestellt worden war. Die Soldaten mussten sogar einen unermüdlichen Zimmermann verscheuchen, der noch einen letzten Nagel einschlug.

»Gib mir die Burka.«

Alle Augen waren auf den Präsidenten gerichtet. Nur wenige beobachteten, wie Janson Ahmed die Burka herunterriss.

Salahs Mund klappte auf, als er den jungen Mann aus Minneapolis erkannte.

Janson legte den Stoff über seinen Arm, schnappte den verdutzten Salah und zog ihn mit sich. »Suchen Sie Isses Freund.«

»Was …«

»Isse hat eine Bombe. *Verstehen Sie mich?*« Janson schüttelte ihn heftig.

»Ja. Eine Bombe. Verstehe.«

»Der ›Freund‹, den Sie gesehen haben, wird sie zünden. Der Mann im blauen Anzug. Suchen Sie ihn. Ich kümmere mich um Isse. Du auch, Ahmed. Er wird versuchen, an den Präsidenten heranzukommen.«

Janson fasste Salah am Arm und kämpfte sich durch die Menge näher an Home Boy und den Präsidenten heran in der Hoffnung, Isse abfangen zu können. Eine Gruppe von Geschäftsleuten in blauen Anzügen, darunter auch Kingsman Helms, umringte die beiden, und der Präsident und der Warlord blieben immer wieder stehen, um Hände zu schütteln. Sie hatten beinahe die Stufen zur Bühne erreicht, als Janson Salah losließ und vorauseilte.

Plötzlich trat Isse im sauberen weißen Hemd und himmelblauer Krawatte unter der Holzbühne hervor und näherte sich mit einem schwachen Lächeln und leeren Augen dem Präsidenten und Gutaale.

Isse kam bis auf drei Meter an den Präsidenten heran – nahe genug, um die Bombe zu zünden –, als ihm ein massiger Leibwächter in Zivil den Weg versperrte und ihn aufforderte, zurückzutreten. Als Janson nur noch wenige Meter entfernt war, sah ihn Isse. Er drehte sich um, als wolle er seinen Begleiter warnen. Janson stieß einen Bodyguard aus dem Weg und folgte dem Blick des Jungen zu einem schmächtigen, dunkelhaarigen Araber mit blauem Anzug und Sonnenbrille.

Der Mann kam ihm seltsam bekannt vor, doch ihm fiel nicht ein, woher er ihn kannte. Fest stand, dass er die Bombe zünden würde – und tatsächlich zog er ein Handy aus der Tasche und richtete es auf Isse.

Zwei breitschultrige Leibwächter packten Janson. Er rammte einem die Faust in die Magengrube und das Knie zwischen die Beine, brach dem zweiten die Hand und warf die Burka wie ein Fischernetz aus.

Sie flog weit ausgebreitet durch die Luft und senkte sich auf Isse herab. Janson schlang die Arme um den Jungen, damit er das Tuch nicht abschütteln konnte. Der Mann im blauen Anzug drückte immer wieder eine Taste auf seinem Handy. Das Tuch aus Graphen erfüllte bislang seinen Zweck, das Signal zu blockieren. Doch die Wirkung des Schutzschilds war begrenzt. Aus nächster Nähe würde das Signal wohl den Stoff durchdringen und Isses Bombe zünden.

Mit wutverzerrtem Gesicht strebte der Mann auf Isse zu. Die Leute, die den Präsidenten und Home Boy Gutaale umringten, hatten inzwischen bemerkt, dass etwas nicht stimmte. Der Mann im Anzug hielt das Handy wie eine Pistole ausgestreckt. Janson rief eine Warnung, und die Menge strebte in Panik von der Bühne weg. Der Mann mit dem Handy wurde beinahe umgerannt. Seine Sonnenbrille flog herunter.

»Yousef!« Paul Janson erkannte ihn augenblicklich.

Er hatte den Auftrag, den Sohn des Diktators aus dem Land zu schleusen, in der Hoffnung angenommen, damit zu einem schnelleren Ende des Bürgerkriegs beizutragen. Mit fatalen Konsequenzen, wie Janson nun erkennen musste. Yousef hatte die Gelegenheit ergriffen, die sich ihm in dem vom Bürgerkrieg zerrissenen Somalia bot. Wer war besser geeignet, sich in dem gesetzlosen Land durchzusetzen, als ein Mann, der die Geheimpolizei eines Diktators geleitet hatte.

Janson ließ Isse los und stürzte sich auf Yousef, packte ihn am Arm und riss ihm das Handy aus der zitternden Hand. Im nächsten Augenblick rissen ihn die Leibwächter des Präsidenten zu Boden.

Janson bemühte sich nach Kräften, das Handy abzuschirmen, damit nicht versehentlich eine Taste gedrückt wurde, während er sich dem Griff der Angreifer entwand und aufrappelte. Kaum war er auf den Beinen, stürzte sich der nächste Leibwächter auf ihn.

Isse schüttelte die Burka ab und rannte auf die Mauer der Anlage zu. Draußen auf der Straße krachten Schüsse. Ein Derwisch mit schwarz-weiß karierter Kufiya zog sich an der hohen Außenmauer hoch und richtete eine Fernbedienung auf Isse.

Der Somali-Amerikaner wurde in einem Feuerball zerfetzt. Die donnernde Druckwelle schleuderte den Derwisch von der Mauer und ließ die Holzbühne in einem tödlichen Geschosshagel zersplittern. Paul Janson spürte einen schmerzhaften Stich in der Brust. Der Leibwächter, der sich auf ihn gestürzt hatte und ihn auf dem Boden festhielt, ließ ihn los und griff sich an die Brust. Der Mann war von einem langen Holzstück gepfählt worden, das seinen Körper durchstoßen und Jansons Haut geritzt hatte. Janson legte ihn auf den Boden.

Yousef beugte sich mit geschwärztem Gesicht über den toten Bodyguard und riss seine Pistole aus dem Holster. Janson trat ihm auf die Hand, kickte die Waffe weg, zog ihn auf die Beine und warf ihn einem Armeeoffizier entgegen, der mit der Pistole in der Hand gerannt kam. »Das ist der Italiener, den die AMISOM sucht. Bringt ihn zu General Ddembe.«

»Tut, was er sagt«, befahl eine Stimme hinter ihm. Janson drehte sich um und sah sich Präsident Adam gegenüber.

»Alles in Ordnung, Sir?«

»Ich glaube ja. *Inschallah.* Diese Männer haben mich beschützt.« Er schaute durch die Rauchwolke auf seine gefallenen Leibwächter, die ihn vor der Explosion abgeschirmt hatten. »Wo ist Home Boy?«

Der rotbärtige Warlord erhob sich von dem Toten, bei dem er gekniet hatte, und taumelte zu ihnen. Er klopfte sich mit der Hand an den Kopf, als würden seine Ohren dröhnen. Ansonsten schien er unverletzt zu sein. »Ah«, sagte er zum Präsidenten. »Du hast überlebt.«

»Versuch, deine Enttäuschung darüber zu verbergen, wenn wir zu den Medien sprechen, Vizepräsident.«

»Jetzt gleich?«

»Sofort! Wir müssen ganz Somalia zeigen, dass wir wohlauf sind.«

Paul Janson ging zu dem Toten, bei dem Home Boy Gutaale gekniet hatte.

Kingsman Helms sah so makellos aus wie immer. Die himmelblaue Krawatte kerzengerade, der Anzug weder verknittert noch schmutzig, und er selbst wirkte völlig unversehrt bis auf den zehn Zentimeter langen Nagel, der die Schläfe durchbohrt hatte und aus dem linken Auge ragte.

Warum war Helms zu einer solchen Veranstaltung gekommen, wo immer die Gefahr eines Anschlags drohte? Krieg und internationales Ölgeschäft gingen sehr oft Hand in Hand. Er musste doch am besten wissen, wie oft seine ASC-Deals zu bewaffneten Auseinandersetzungen führten.

»Er war ein verdammter Narr«, sagte eine Stimme hinter ihm.

Paul Janson drehte sich um und sah sich Doug Case gegenüber. Der Sicherheitschef der American Synergy Corporation saß in seinem Rollstuhl, von bewaffneten Söldnern mit Sonnenbrille und Buschhut bewacht.

»Wenn, dann war er ein *gefährlicher* Narr«, erwiderte Janson.

Case zuckte mit den Schultern. »Was soll's.«

»Du hast soeben einen Karrieresprung gemacht. Vorübergehend.«

»Vorübergehend?« Case sah ihn fragend an. »Was meinst du damit?«

»Es kommt ganz darauf an, was die AMISOM aus Yousef rauskriegt, oder?«

Case zuckte mit den Schultern. »Ein Mann, der in der Patsche sitzt, würde alles sagen, um seine Haut zu retten.«

»Ich habe trotzdem das Gefühl, dass dir Yousefs Aussage Probleme bereiten wird.«

Ein Schuss krachte, gefolgt von weiteren Schüssen.

Leute rannten schreiend durcheinander. AMISOM-Soldaten bildeten einen Kreis.

Ein breitschultriger Amerikaner mit Splitterschutzweste und Buschhut schloss sich den Bewaffneten an, die Doug Case bewachten.

»Was ist denn da los?«, fragte Case.

»Der Italiener hat eine Pistole gezogen, die die Idioten beim Filzen übersehen hatten«, berichtete der Amerikaner. »Die AMISOM-Leute waren aber schneller.«

»Ist der Italiener tot?«

»Mausetot.«

Paul Janson wandte sich dem Mann zu. »Ich habe einen Schuss gehört, bevor die Soldaten feuerten.«

Der Amerikaner sah Doug Case an. Der nickte. »Ich dachte mir, ich schieße lieber, bevor jemand verletzt wird«, gab der Mann zu.

Doug Case lächelte. »Hey, wo gehst du hin, Paul?«

Janson schritt davon, um auf dem schnellsten Weg nach Puntland zu gelangen.

41

12°30' N, 54°0' O
Flughafen Sokotra
Insel Sokotra, Jemen

Aus der Luft sah die Insel Sokotra mit ihren nebelverhangenen Berggipfeln aus wie ein unter Beschuss geratenes Kriegsschiff, das rauchend auf der ruhigen See trieb. Zehn Meilen vor der Küste lag die Megajacht *Irina*, als warte sie darauf, dem Feind mit ein paar Torpedos den Rest zu geben. Die *Irina* war ein unverwechselbares Schiff mit ihren Deckaufbauten in der Form eines Kommandoturms und ihrer Bugspitze, die Jessica an eine einwärts gebogene Messerklinge erinnerte. Die Swimmingpools glitzerten in der Sonne.

Die schwer beladene Embraer 650 von Catspaw ging gegen den schwachen Südwestmonsun in den Landeanflug, setzte hart auf und nutzte den Großteil der dreitausend Meter langen Landebahn zum Ausrollen. Die jemenitischen Einreisebeamten stempelten die Visa, mit denen Titus, Saakin und seine Männer an Bord der Festrumpfschlauchboote gehen konnten, die am Strand in der Nähe des Rollfelds warteten. Von leistungsstarken Außenbordmotoren angetrieben und von schwer bewaffneten Stammesangehörigen der Insel bewacht, donnerten die Boote auf das Meer hinaus, verschwanden im Nebel und erreichten eine halbe Stunde später die *Irina*.

Die russische Besatzung stand mit gepackten Taschen bereit. Die Catspaw-Mannschaft ging an Bord, und die Russen nahmen ihre Plätze in den Schlauchbooten ein. Jessica und Billy Titus suchten sofort die Brücke auf, wo sich Titus mit dem russischen Kapitän besprach und sein Logbuch begutachtete. Sie schüttelten einander die Hand, der Russe schloss sich seiner Mannschaft an, und die Boote kehrten nach Sokotra zurück. Wie vereinbart, blieben der erste Maschinist und einige ausgesuchte Assistenten für das Vierfache ihres üblichen Lohns im Maschinenraum.

Billy Titus ließ die Jacht mit dreißig Knoten Kurs auf Eyl nehmen, das fünfhundert Meilen entfernt an der Küste von Puntland lag. Jessica Kincaid ging unter Deck, wo der Maschinist sie im Laderaum erwartete, um ihr Garik Tannenbaums Unterseeboot zu zeigen.

Paul Janson stand in der offenen Tür von General Ddembes privatem Mil Mi-19 Helikopter russischer Bauart, der fünftausend Fuß über den blassgelben Lichtern von Eyl dahinzog. Er trug einen Fallschirm, Rucksack, Gewehr und Nachtsichtgerät.

»Danke fürs Bringen!«, rief er in das Dröhnen der Turbinen.

»Danke für den Italiener«, rief der General zurück. »Wie kommen Sie zur Jacht?«

»Ich leihe mir ein Boot aus.« Er sprang hinaus in die Nacht und legte 4700 Fuß im freien Fall zurück. Als sein Höhenmesser 300 Fuß anzeigte, zog er die Reißleine und visierte den Strand an.

42

Allegra wurde von Maxameds Handyklingelton geweckt, einer somalischen Musik, die klang wie Reggae mit dem Akkordeon gespielt. Er wechselte laute Worte mit dem Anrufer.

»Wir haben Besuch, Lady«, sagte er zu Allegra. »Piraten aus

Hafun haben eine russische Jacht gekapert. Wir können nur beten, dass sie nicht von einer russischen Patrouille verfolgt werden. Die Russen bringen uns alle um, auch Sie.«

Maxamed suchte mit dem Fernglas den Horizont ab, konnte jedoch die entführte Jacht nicht entdecken. Er versuchte, die Piraten über Funk zu erreichen. Niemand meldete sich.

»Egal. Ich würde mich an ihrer Stelle auch nicht melden, solange ich mit meinem Schiff nicht in sicheren Gewässern bin.«

Plötzlich weckte etwas anderes seine Aufmerksamkeit: Ein Fischerboot näherte sich vom Hafen her.

Allegra vermochte mit freiem Auge keine Einzelheiten zu erkennen, außer dass es größer war als die Boote, mit denen Kath und Lebensmittel auf die Jacht gebracht wurden. Maxamed hingegen erkannte es sofort. Sein Gesicht spannte sich an, er presste die Lippen zusammen und stellte das Fernglas mit kurzen, ruckartigen Bewegungen scharf.

»*Wacal*«, fluchte er – ein häufig gebrauchtes Wort, das, wie Allegra inzwischen wusste, so viel wie »Mistkerl« bedeutete.

Mit wütenden Augen schaute er sich um und sah sie, bevor sie den Blick abwenden konnte. »Was glotzt du so?«

Sie blickte zur Seite. Zu spät. Er stürmte durch die Brücke, packte sie an ihrer durchlöcherten Weste und zerrte sie zu den zertrümmerten Fenstern. »Schau! Das ist Gutaales Boot. Dieser verfluchte Home Boy.«

Sie wusste mittlerweile, dass es keinen Sinn hatte, nicht auf ihn einzugehen. Sie musste etwas antworten. Home Boy war sein Erzfeind. »Ist er auf dem Boot?«, fragte sie.

»Nein. Er würde sich nicht in so eine armselige Nussschale setzen. Er schickt seine Clanbrüder, um mir auf die Finger zu schauen.«

»Vielleicht sollten wir es versenken.«

Maxamed riss sein Gewehr hoch und richtete es auf ihr Gesicht. »Du findest das witzig?«

»Nein. Wenn Sie das Boot versenken, kann er Sie nicht überwachen. Ich glaube kaum, dass er so schnell jemanden hinterherschicken würde.«

Maxamed lachte laut auf. »Gar nicht so dumm. Vielleicht sollte ich sie wirklich … He, was ist das?«

Ein Hubschrauber knatterte heran.

»Aufstehen!« Maxamed weckte die schlafenden Jungen. »Holt die anderen. Schnell. Ein Hubschrauber.«

Eine Minute später tauchte der Helikopter über dem Strand auf und flog direkt auf die Jacht zu. Die Angst auf Maxameds Gesicht verwandelte sich in Wut. »Das ist er.«

Selbst in dem schwachen Licht leuchtete der Hubschrauber. Es war Allen Adlers goldener Sikorsky. Home Boy Gutaale war zurückgekehrt.

Maxameds Handy klingelte.

»Wer ist da?«, fragte der Pirat, obwohl es nur Home Boy sein konnte.

»Gutaale hier, mein Bruder Maxamed. Gott sei mit dir.«

»Was willst du?«

»Ich komme an Bord, um dich zu besuchen.«

»Nein. Komm nicht näher, sonst schießen wir dich ab.«

»Wir müssen reden.«

»Rede am Telefon.«

»Da könnten andere mithören.«

»Ist mir egal. Sag, was du zu sagen hast.«

»Die Situation in Mogadischu hat sich geändert. Ich werde Vizepräsident von Somalia.«

»Hab ich gehört. Na und?«

»Dein Freund, der Italiener, ist tot.«

»Er war nie mein Freund.«

»Aber er wollte dir helfen.«

»Egal. Ich habe seine Hilfe nicht gebraucht. Und deine brauche ich genauso wenig.«

»Oh, ich glaube, doch, mein Bruder. Der Ehemann der Frau ist tot.«

»Was heißt das?«

»Er wurde bei der Villa Somalia getötet. Von den Terroristen des Italieners. Wer soll jetzt dein Lösegeld zahlen?«

»Die Versicherung der Jacht. Ich brauche kein Lösegeld für sie. Dass sie da ist, schützt mich vor einem Angriff. Du hast es selbst gesagt. Das Geld kommt von der Jacht.«

»Die Lage hat sich geändert. Es gibt eine bessere Möglichkeit. Lass mich an Bord.«

»Welche bessere Möglichkeit?«

»Wir lassen sie frei. Dann sind wir Helden.«

»Geh zum Teufel, Home Boy. Du willst den Ruhm einheimsen. Der Held wärst du – ich wäre der Dumme und stünde mit leeren Händen da.«

»Wir würden alle davon profitieren. Du kannst mit einer hohen Belohnung rechnen.«

Während er zu dem Helikopter aufblickte, sah Maxamed aus dem Augenwinkel das Boot aus der entgegengesetzten Richtung näher kommen. Er deckte das Handy mit einer Hand ab. »Farole!«

Sein Stellvertreter war bereits auf die Brücke geeilt.

»Schießt auf das Boot.«

Farole rannte hinaus und die Jungen hinterher. Sie eröffneten das Feuer mit ihren AK-47. Kugeln prasselten ins Wasser und zertrümmerten Fenster im Ruderhaus. Das Boot drehte ab. Augenblicke später krachte erneut ein Gewehrschuss. Der spindeldürre Farole schrie auf, fasste sich an den Kopf und stürzte auf das Deck, die Arme und Beine wie Stöcke von sich gestreckt.

Maxamed starrte mit weit aufgerissenen Augen auf das Wasser hinunter. Allegra duckte sich hinter die Steuerkonsole und griff in ihre Weste nach Adolfos Waffe in der Erwartung, dass er sie schlagen wollte. Doch statt seine Wut hinauszubrüllen, schritt der Pirat langsam über die Brücke und warf einen bitteren Blick zum Strand, auf das flüchtende Fischerboot und das offene Meer, wo die gekaperte russische Jacht plötzlich groß und deutlich auftauchte.

Er trennte die Verbindung mit Home Boys Helikopter und rief seine Männer am Strand an. Seine Stimme bebte vor kalter Wut, doch er verlor nicht die Beherrschung, während er seinen Befehl durchgab. »Gutaale greift an. Steigt in eure Boote. Alle Mann zur Jacht, bevor er unser Lösegeld stiehlt.«

43

Jessica Kincaid beobachtete auf dem Radarschirm der *Irina,* wie die *Tarantula* langsam die Küste auf und ab glitt und ein Hubschrauber sowie ein Fischerboot sich der Jacht näherten und wieder verschwanden. Plötzlich tauchte ein Dutzend neuer Ziele auf dem Schirm auf. »Fuck«, murmelte sie, griff nach dem Fernglas und überblickte das Wasser zwischen der Jacht und dem Strand. »Fuck.«

Das Radar hatte nicht gelogen. Die Boote brausten vom Strand auf die Jacht zu.

Die *Irina* verringerte den Abstand rasch, und Jessica sah, dass die Boote voll besetzt mit bewaffneten Männern waren. Was zum Teufel hatte die Piraten alarmiert? Das plötzliche

Auftauchen der *Irina?* Der Helikopter? Jedenfalls würde es nun um einiges schwerer werden, Allegra aus den Händen der Piraten zu befreien.

Billy Titus tippte ihr auf die Schulter. »Ein Boot kommt auf uns zu.«

Sie hatte das Boot bereits bemerkt, in dem nur ein Mann, ein Araber mit rot karierter Kufiya, saß. Jessica wandte sich an den Kapitän. »Langsamer. Wenden Sie, damit er an unserer küstenabgewandten Seite an Bord kommen kann.«

»Wer ist er?«

»Unser Mann.«

Sie ging mit zwei Matrosen unter Deck und öffnete die hydraulische Luke, um Jansons Boot einzulassen. Die steife Brise wehte die kühle morgendliche Luft herein. Das Boot lief am Bug der Jacht vorbei. Janson bremste ab, manövrierte das kleine Fahrzeug gekonnt durch die Luke und fing die Leine auf, die Jessica ihm zuwarf.

»Schön, dich zu sehen. Der CNN-Bericht war ein bisschen vage.«

»Isse hat ein paar Leibwächter getötet. Ich habe den Italiener der AMISOM übergeben. Es war unser alter Freund Yousef.«

Jessica war keineswegs überrascht. »Wir haben uns sowieso schon gefragt, wo er steckt.«

»Helms ist tot.«

»Das hat CNN gemeldet. Kann nicht sagen, dass ich wahnsinnig traurig bin.«

»Doug Case auch nicht. Wie ist das U-Boot?«

»Geschwindigkeitsrekorde stellt man damit keine auf.«

Janson ließ sich dadurch nicht in seinem Optimismus bremsen. »Sie werden uns nicht unter Wasser jagen.«

»Immerhin haben wir es mit allen Piraten von Puntland zu tun.«

Janson war zwar optimistisch, aber immer noch die kühl kalkulierende »Maschine«. »Ich habe ihre Boote gesehen. Wir müssen sie irgendwie beschäftigen.«

Um herauszufinden, wie viele Geiseln noch lebten und wo sie gefangen gehalten wurden, schickten Janson und Jessica an diesem Nachmittag ihre »Piraten« in einem Boot zur *Tarantula.* Sie sollten Maxamed und seine Leute mit afghanischem Opium und indischem Cannabis freundlich stimmen. Saakins Männer kehrten mit frischen grünen Kathblättern sowie der Nachricht zurück, dass Allegra die einzige überlebende Geisel war und sich auf der Brücke befand.

Die schlechte Nachricht war, dass Maxameds Mannschaft auf mindestens sechzig Piraten angewachsen war. Zum gegenseitigen Abtasten gehörte ein Gegenbesuch von Piraten der *Tarantula,* die sich von der exotischen *Irina* beeindruckt zeigten und ihrem Chef vermutlich berichteten, dass die Jacht mit ihrer kleinen Besatzung leicht zu kapern sei.

Der Südwestwind wurde immer stärker und peitschte bei Einbruch der Dunkelheit die See zu hohen Wellen auf. Im U-Boot spürten sie den Seegang noch nicht so stark. Erst als Jessica das Boot durch die Luke manövrierte und unter dem Schiff wegtauchte, fühlte es sich an, als würden sie auf einer holprigen Straße einen Berg hinauf- und hinunterbrettern.

»Sie gehört Ihnen, Käpt'n. Danke, dass Sie uns chauffieren.«

Jessica überließ Billy Titus das Steuer. Sie hätten es gerne vermieden, den Zivilisten der Gefahr auszusetzen, doch im Gegensatz zu dem kleinen Tragflächenboot, das sie beim ersten Versuch benutzt hatten, konnten sie das U-Boot nicht unbemannt treiben lassen und per Fernbedienung zurückrufen. Es an der Jacht zu vertäuen kam ebenfalls nicht infrage.

Das fast zehn Meter lange Fahrzeug hätte bei der schweren See wahrscheinlich mit lautem Gepolter gegen den Rumpf der *Tarantula* geschlagen oder wäre allein durch seine Größe von den Piraten entdeckt worden.

Titus checkte Sonar und Echolot, ehe er sich an Janson und Jessica wandte. »Die See ist hier zweihundert Fuß tief. Wir haben eine ruhigere Fahrt, wenn ich etwas tiefer gehe.«

»Bitte, nur zu.«

Titus ging auf fünfzig Fuß Tiefe und brachte das Fahrzeug mit fünf Knoten auf Abfangkurs zur *Tarantula,* die mit drei Knoten parallel zur Küste lief.

Die Bedienung des U-Bootes war einfach, zudem war es nicht das erste Fahrzeug dieser Art, das der Jachtkapitän steuerte, wenn auch, wie Titus einräumte, das technologisch bei Weitem fortschrittlichste. Zwanzig Minuten später tauchten sie auf, schalteten die gesamte Innenbeleuchtung aus und öffneten die Luke. Jessica stieg aus, und Janson reichte ihr Rucksäcke und Waffen.

Die *Tarantula* ragte hoch vor ihnen auf. Ein schwaches Licht im Heckbereich ließ erkennen, wo Dutzende Piraten Zigaretten, Opium und Cannabis rauchten, während sie ihre Boote und die Strickleitern am niedrigen Heck bewachten. Ein weiteres Leuchten markierte die Brücke hoch oben auf dem Deckshaus der Jacht.

Jessica beugte sich in die Luke und lotste den Kapitän längsseits des Bugs der Jacht. Janson schwang einen gummibeschichteten Enterhaken und fand schon beim ersten Versuch Halt. Rasch kletterte er die zehn Meter an dem Seil hinauf. Jessie folgte ihm auf das Vorderdeck und rollte das Seil auf. Janson gab Titus mit einem Doppelklick das vereinbarte Funksignal, und der Kapitän schloss die Luke, fuhr hundert Meter voraus und hielt dann den Abstand zur Jacht konstant.

Der fünfsitzige Bell Ranger stand noch an derselben Stelle auf dem Hubschrauberdeck. Janson befestigte einen C4-Sprengsatz am Rumpf. Jessica reichte ihm den Zünder und die Zeitschaltuhr, die auf zehn Minuten eingestellt war. Sie verschafften sich mit ihren Nachtsichtgeräten einen raschen Überblick und eilten nach achtern, ehe sie ein Deck nach dem anderen hochstiegen. Auf dem Deck unterhalb der Brücke trennten sie sich, gingen bei den Außentreppen in Position und zählten die Minuten bis zur Explosion herunter.

Allegra hörte den Hubschrauber zurückkommen. Auf der anderen Seite der Brücke riss Maxamed die Augen auf und war sofort hellwach. Er streifte die Decke ab, sprang auf und griff sich sein Gewehr. »Farole! Farole!«, rief er, bis ihm einfiel, dass sein Stellvertreter heute früh ums Leben gekommen war.

Andere kamen gerannt.

»Helikopter.«

»Da!«

Der Sikorsky richtete seine hellen Landungslichter aus der Dunkelheit direkt nach unten. Maxameds Handy klingelte.

»Ich bin's wieder, Home Boy. Wir sollten uns wirklich einigen, mein Bruder. Als Vizepräsident kann ich sehr viel für dich tun. Kann ich jetzt bitte an Bord kommen, damit wir reden können?«

»Gut! Aber allein, ohne deine Männer.«

»Ich bin allein im Hubschrauber, abgesehen von den Piloten.«

Natürlich gelogen, dachte Maxamed. »Allein« bis auf seine Miliz, die mit weiteren Hubschraubern und Booten angreifen würde.

»Komm runter. Wir treffen uns beim Landeplatz.«

Er wandte sich an seine Männer. »Ihr bleibt hier und lasst die Frau nicht aus den Augen.«

Allegra trat ans Fenster nach achtern und verfolgte, wie der Hubschrauber vom Himmel schwebte und in einem Lichtkegel landete. Die Tür ging auf, eine Treppe wurde ausgeklappt, und ein stattlicher Mann stieg aus. Sein roter Bart wehte im Rotorabwind.

Er winkte Maxamed zu, der ihm in Begleitung seiner bewaffneten Männer entgegentrat.

In diesem Augenblick ließ eine donnernde Explosion hinter Allegra den Himmel rot aufleuchten.

Sie wirbelte herum und sah den Hubschrauber auf dem Vorderdeck in einer Feuersäule aufgehen.

Maxamed wusste sofort, dass es nur ein Trick war. Er hatte ohnehin vorgehabt, Home Boy zu töten, wenn er schon so dumm war, allein zu kommen. Jetzt hatte er umso mehr Grund dazu.

»Auf Wiedersehen, Vizepräsident.«

Das SAR-Gewehr bockte in seiner Hand.

Home Boy Gutaale stolperte mit einem so erstaunten Ausdruck die Stufen herunter, dass Maxamed augenblicklich seinen Irrtum erkannte. Home Boy hatte den Hubschrauber nicht in die Luft gejagt. Er war wirklich nur gekommen, um einen Deal auszuhandeln, und konnte nicht glauben, dass ihn Maxamed erschoss. Und das bedeutete, dass ein Unbekannter gerade versuchte, seine Geisel zu befreien.

Er sprintete zurück zur Brücke und rief seine Männer.

Janson und Jessica stürmten durch gegenüberliegende Türen auf die Brücke – er von der Steuerbordseite, sie von Backbord –, eröffneten jedoch nicht sofort das Feuer, solange sie einander nicht klar im Blick hatten. Es war ein riesiger Raum, fast dreißig Meter lang und so breit wie das Schiff. Und Allegra Helms war nirgends zu sehen. Tief geduckt, um dem Feind nicht ihre Silhouetten vor dem brennenden Hubschrauber zu zeigen, schlichen sie nach achtern und feuerten mit ihren schallgedämpften Gewehren auf die schwer bewaffneten Wächter. Sie suchten Allegra hinter der Instrumentenkonsole, den Couchen und Stühlen, die die Piraten aus den Kabinen heraufgetragen hatten.

Plötzlich sah Janson sie im hintersten Winkel zusammengekauert, in den sie sich vor den Schüssen geflüchtet hatte. »*Tsk!*«

»Ich seh sie«, flüsterte Jessie. »Ich hole sie.«

Maxamed sprang durch das zertrümmerte Fenster am hinteren Ende der Brücke. Bevor Jessica reagieren konnte, packte der Pirat Allegra Helms mit einem Arm und drückte ihr sein Bullpup-Gewehr an den Hals. Mit zusammengekniffenen Augen spähte Maxamed in den Feuerschein. Janson wusste nicht, ob der Pirat sie beide sehen konnte oder ob er ihre Anwesenheit bloß spürte.

»*Tsk!*«, signalisierte ihm Jessica.

»*Tsk?*«

»Sie hat eine Pistole«, flüsterte Jessie. »Gott, hoffentlich drückt sie ab. Okay, los.« Sie sprang auf und zeigte absichtlich ihre Silhouette vor dem brennenden Hubschrauber auf dem Vorderdeck.

Maxamed sah sie, riss das Gewehr herum und feuerte.

Jessica warf sich auf den Boden und rollte blitzschnell zur Seite.

Janson zielte mit seinem Bullpup, konnte jedoch trotz Jessies waghalsigen, fast selbstmörderischen Manövers keinen Schuss anbringen, ohne zu riskieren, Allegra zu treffen.

Die kleine Pistole in Allegras Hand ging mit einem gedämpften Knall los.

Maxamed riss die Hand hoch, um sich das Blut abzuwischen, das ihm von der Stirn in die Augen rann. Mit der anderen Hand richtete der Somali sein Gewehr auf die Frau.

Für eine Millisekunde, den Bruchteil eines Herzschlags, sah Janson den Kopf des Piraten hinter Allegras auftauchen. Es war ein waghalsiger Schuss, doch eine bessere Chance würde er kaum bekommen. Er drückte ab. Der Pirat und seine Geisel taumelten nach hinten. Blut und Knochen spritzten aus Maxameds Schädel. Das Gewehr landete klappernd auf dem Boden. Und zu Jansons unsagbarer Erleichterung rollte sich Allegra zur Seite.

Jessica sprang vor, griff sich die Waffe und fasste Allegra fest am Arm. »Guter Schuss, Schätzchen. Wir hauen ab.«

Janson rief per Funk den Kapitän. Titus meldete sich augenblicklich. Janson gab das Kommando durch. »Steuerbord mittschiffs. Wir sind in ein paar Sekunden da.«

Er hob Allegra auf seine Schulter, und Jessica ging mit ihrer MTAR voran, um den Weg freizumachen.

Während sich die *Irina* von der somalischen Küste entfernte und Kurs auf die Seychellen nahm, ging Jessica mit Allegra Helms in ein riesiges Badezimmer, das mit Kristalllüstern geschmückt war. »Ein schönes Bad wird Ihnen guttun. Ich habe auch Kleider gefunden, die Ihnen passen könnten.«

Allegra bedankte sich, und Jessie konnte beim besten Willen nicht erkennen, ob die Frau einigermaßen okay war oder am Rande des Zusammenbruchs stand.

»Nur damit das klar ist – während Sie im Bad sind und wenn Sie später schlafen, werden Janson und ich vor Ihrer Tür Wache halten und jeden erschießen, der Ihnen etwas Böses will. Mit anderen Worten, Sie sind in Sicherheit.«

Als sie sich am nächsten Tag an einem der Swimmingpools sonnten, staunte Janson darüber, wie gut Allegra Helms die dramatischen Ereignisse psychisch verkraftet hatte. Jessica stimmte ihm zu. »Taffe Lady.«

Doch wenige Augenblicke später brach Allegra in Tränen aus, versicherte jedoch, dass alles in Ordnung sei. »Mir fehlt nichts. Ich bin nur so erleichtert.«

Jessica versuchte, sie zu trösten, und wandte sich schließlich etwas ratlos an Janson. Der legte Allegra den Arm um die Schultern und deutete auf Billy Titus, der gerade von der Brücke herunterkam. Jessica nahm Käpt'n Billy beiseite.

»Vielleicht versuchen Sie es«, schlug sie vor. »Sie sind bestimmt besser im Trösten als wir.«

»Ich kann's versuchen, bis wir sie zu ihrem Mann gebracht haben.«

»Sie ist Witwe.«

»Das wusste ich nicht.«

»Sie weiß es auch noch nicht. Und wir haben keine Ahnung, wie wir es ihr beibringen sollen.«

»Soll *ich* es ihr sagen?«

»Sie haben gesagt, Sie mögen sie, stimmt's? Legen Sie ihr den Arm um die Schulter und halten Sie sie fest.«

Jessica lächelte Janson zu und gab dem Kapitän Allegras kleine Titan-Pistole, die sie gereinigt hatte. »Behalten Sie die für den Fall, dass Sie ihre Verwandten treffen.«

Epilog
ANGST

Im Vince Giordano Nightclub
New York City

Paul Janson konnte sich nicht erinnern, Jessica Kincaid je fröhlicher gesehen zu haben als in diesen Augenblicken, als sie zu dem heißen Jazz tanzte, den Vince Giordano & the Nighthawks spielten. Während er ihr von seinem Tisch aus zusah, trat die lockige brünette Schönheit, die das Lokal führte, zu ihm. »Ihre Freundin kenne ich, aber Sie sind zum ersten Mal hier, oder?«

»Ja, das erste Mal«, log Janson.

»Dachte ich mir. Ich vergesse nie ein Gesicht.«

»Es macht Spaß hier. Tolle Musik.«

»Sorry, ich muss zurück. Da wollen Leute rein.«

Giordanos Band ging von »Railroad Man« direkt zu einer langsamen Version von »Let's Face the Music« über. Jessica kam zu ihm an den Tisch und nahm Pauls Hand. »Lou meint, ich mache mich recht gut.«

Lou war ihr Tanzlehrer. »Von hier aus hat's jedenfalls toll ausgesehen.«

»Kann ich dich etwas fragen?«

»Schieß los.«

»Ich habe nie das Gefühl, dass du eifersüchtig auf Lou bist. Ich meine, er ist ein echt scharfer Typ und sicher nicht schwul. Kommen dir nie irgendwelche Zweifel?«

Janson fragte sich, wie sie darauf kam, und vor allem, worauf sie hinauswollte. »Ich bin nicht eifersüchtig.«

Von der Bühne kamen drei harte Trommelschläge. Janson sah Jessica in der verlassenen Fischfabrik rücklings zu Boden stürzen, achttausend Meilen von New York entfernt. »Hey, Kumpel, bist du noch da?«, hörte er sie schließlich fragen.

Janson zwang sich, ins Hier und Jetzt zurückzukehren. Immerhin könnte sie kaum tanzen wie Ginger Rogers, wenn ihr Bein nicht vollständig verheilt wäre. Er drückte ihre Hand. »Ich bin da. Hab nur nachgedacht. Ein alter Freund hat wegen eines Jobs angerufen. Warst du schon mal in der Arktis?«

»Ich hab mal eine Skiwanderung durch Grönland gemacht, falls das zählt.«

»Nah dran.«

»Ich habe noch eine Frage.«

»Okay.«

»Hast du mit der Frau Oberst vom MUST geschlafen?«

»Petra Rasmusson?«

»Die langbeinige schwedische Agentin mit den blauen Augen.«

»Nicht wirklich.«

»Was heißt ›nicht wirklich‹?«

»Ich kam nach Russland rein, indem wir uns als frischgebackenes Ehepaar in den Flitterwochen tarnten. Wir mussten davon ausgehen, dass die Russen unser Zimmer verwanzt hatten.«

»Also seid ihr dagesessen und habt im Dunkeln bestimmte Geräusche gemacht?«

Janson verzog keine Miene. »Leider mussten wir auch mit Wärmebild- und Restlichtkameras rechnen.«

»Wie hast du dich aus der Affäre gezogen?«

»Manchmal muss man taffer sein, als man eigentlich ist.«

Sie hatten ihre Stühle aneinandergerückt, und alle Gäste lauschten den Nighthawks und bewunderten die Tänzer. Niemand sah, wie Jessica ihm zwei Fingerknöchel hart in die Rippen stieß.

Es dauerte einige Augenblicke, bis er wieder Luft bekam. »Kannst du mal 911 anrufen?«

»Willst du mich verklagen?«

»Ruf einen Krankenwagen. Ich glaube, du hast mir eine Rippe gebrochen.«

»Hätt ich das gewollt, hätte ich härter zugeschlagen.«

Janson nahm ein paar kurze Atemzüge. »Jess. Ich war nie der Typ für eine dauerhafte Zweierbeziehung.«

»Was ist geschehen? Wirst du alt?«

»Nicht alt. Ich hab einfach Glück gehabt.«

»Janson?«

»Warum auf einmal *Janson?*«

»Weil ich dich etwas Ernstes fragen will.«

»Was?«

»Ich kann schon eifersüchtig sein. Wirst du denn nie eifersüchtig?«

»Nein.«

»Warum nicht?«

Janson nahm ihr Gesicht zärtlich in seine großen Hände. »Jess? Eifersucht heißt doch, Angst zu haben, jemanden zu verlieren, oder?«

»Okay …?«

»Vielleicht wäre ich eifersüchtig, wenn wir einen anderen Job hätten.«

»Was hat unser Job damit zu tun?«

»Ich hab jeden Tag Angst, dich zu verlieren.«

Danksagung

Das Tolle an der Recherchearbeit für ein Buch ist unter anderem, dass man dabei immer wieder großartige Sachautoren entdeckt.

Jay Bahadur ist ein beherzter kanadischer Journalist, der ein unglaublich detailliertes Buch über die somalischen Piraten mit dem Titel *Deadly Waters* geschrieben hat.

Ebenso mutig und erhellend ist Roberto Savianos Arbeit *Gomorrha* über das organisierte Verbrechen in Neapel.

Des Weiteren empfehle ich alle Bücher meines Freundes Dr. Sherwin B. Nuland, eines präzisen und geduldigen Führers durch die Mysterien der Medizin.

Der somalische Romanautor Nuruddin Farah beschreibt in seinem Buch *Gekapert* Menschen, die in einem vom Krieg zerrissenen Land versuchen, ein normales Leben zu führen. Wenn man mit seinen Helden mitleidet, ihre Träume und Freuden kennenlernt, werden einem die Berichte über die Attentate und Bombenanschläge im fernen Ostafrika plötzlich so nah, als würde es die eigenen Freunde betreffen.

In den Blogs und Websites von Somalis aus allen gesellschaftlichen Bereichen sowie ihren Interviews in der *New York Times*, im *Guardian*, dem National Public Radio, Al Jazeera oder BBC führen sie uns ein gepeinigtes Land vor Augen, das dennoch voller Hoffnung ist, dass sich das Gute eines Tages durchsetzen wird.

Werkverzeichnis der im Heyne Verlag von Robert Ludlum erschienenen Titel

› Bonusmaterial

© William C. Minarich

HEYNE ‹

Der Autor

Robert Ludlum wurde am 25. Mai 1927 in New York City geboren. Mit vierzehn Jahren verlässt er sein Elternhaus, um zur Bühne zu gehen. Nachdem er von seiner Mutter nach Hause zurückgeholt wird, schafft er drei Jahre später den Absprung und geht zunächst zum Militär. Nach Ende des Zweiten Weltkriegs beginnt er eine Karriere als Schauspieler. Trotz seines Erfolges am Theater, im Fernsehen und auch als Produzent beschließt er mit vierzig, diese Karriere an den Nagel zu hängen, und studiert Kunstgeschichte. Seine »vierte« Karriere als Schriftsteller beginnt 1971 mit seinem ersten Buch *Das Scarlatti-Erbe*, an dem Ludlum achtzehn Monate arbeitet und welches auf Anhieb Platz eins der Bestsellerlisten erreicht. Als ähnlich erfolgreich erweisen sich auch alle folgenden Ludlum-Romane wie zum Beispiel *Das Osterman-Wochenende*, *Die Scorpio-Illusion* oder *Der Ikarus-Plan*. Seine Erfahrung als Schauspieler kommt ihm auch beim Schreiben zugute: »Man lernt, wie man die Aufmerksamkeit des Publikums behält«, erklärt Ludlum. Jeden Morgen sitzt er um 4.30 Uhr an seinem Schreibtisch, um in Ruhe an seinen Thrillern zu arbeiten. Seine Bücher werden in mehr als 30 Sprachen übersetzt, in mehr als 40 Ländern veröffentlicht und erreichen eine Auflage von über 300 Millionen Exemplaren. Zahlreiche seiner Romane wurden erfolgreich verfilmt, zuletzt die legendären Bourne-Thriller mit Matt Damon in der Hauptrolle. Robert Ludlum lebte bis zu seinem Tod am 12. März 2001 mit seiner Frau Mary und seinen Kindern in Florida und Connecticut.

»Der größte Thrillerautor aller Zeiten.« *The New Yorker*

»Robert Ludlum ist der perfekte Thrillerautor.« *Newsweek*

1. Einzeltitel

Das Scarlatti-Erbe

In der Schweiz treffen die Finanz- und Industriegiganten Europas und Amerikas zu einer außergewöhnlichen Sitzung zusammen, zu der Elizabeth Scarlatti, Begründerin und Verwalterin des riesigen Scarlatti-Vermögens, eingeladen hat. Es gilt, vor einem Verbrechen zu warnen, das das Weltgeschehen maßgeblich bedrohen könnte – und in das ihr eigener Sohn verwickelt zu sein scheint.

Das Osterman-Wochenende

An einem folgenschweren Wochenende kommt in einer ruhigen Vorstadt in New Jersey eine seltsame Gruppe von Frauen und Männern zusammen. Nichts Geringeres als die Zukunft von Amerika steht auf dem Spiel – und die Zukunft der gesamten freien Welt.

Die Matlock-Affäre

Die CIA vermutet hinter den altehrwürdigen Mauern der Carlyle University den Sitz eines gefährlichen Verbrechersyndikats. Literaturdozent James B. Matlock lässt sich auf ein tödliches Spiel ein, als er dem Kopf der Organisation nachspürt.

Das Genessee-Komplott

Andrew Trevayne, Präsident eines der größten Unternehmen der USA, hat den Auftrag, Unregelmäßigkeiten bei der Vergabe von Rüstungsaufträgen zu untersuchen. Im Zuge seiner Ermittlungen gerät er in höchste Gefahr, denn er deckt eine Verschwörung auf, die die USA in ihren Grundfesten zu erschüttern droht.

Die Halidon-Verfolgung

Ein unwiderstehliches Angebot lockt Alex McAuliff nach London: Der amerikanische Geologe soll eine Million Dollar erhalten, wenn er eine Landvermessung im Innern von Jamaika leitet. Doch der Auftrag birgt große Gefahren.

Der Rheinmann-Tausch

Bauingenieur David Spaulding wird während des Zweiten Weltkriegs vom militärischen Geheimdienst angeworben und ausgebildet, um nach Lissabon zu gehen, wo er ein Agentennetz aufbauen soll. Geplant sind Anschläge gegen Einrichtungen und Soldaten des Deutschen Reichs.

Der Gandolfo-Anschlag

MacKenzie Hawks, einst höchstdekorierter Offizier der Armee, wird unehrenhaft entlassen. Er holt zum Gegenschlag aus und gründet zusammen mit einigen berüchtigten Gangstern eine Tarnfirma, die Verbrechen in größtem Maßstab organisiert.

Das Jesus-Papier

Das Jesus-Papier erfüllt den Vatikan mit Schrecken. Mächtige Politiker versuchen mit allen Mitteln, an das brisante Geheimdokument zu gelangen.

Das Kastler-Manuskript

Wer ermordete J. Edgar Hoover, den Chef des amerikanischen FBI? Da gibt es einflussreiche Intellektuelle, die ihn hassten. Aber auch andere Gruppen jener Halbwelt zwischen Politik und organisiertem Verbrechen wollten ihn beseitigen …

Der Holcroft-Vertrag

Der Architekt Noel Holcroft wird überraschend zum Testamentsvollstrecker bestimmt. Holcroft ahnt nicht, dass er Teil eines teuflischen Plans ist. Vierzig Jahre später wird er von der Vergangenheit eingeholt.

Der Matarese-Bund

Brandon Scofield, Amerikaner, und Wassili Taleniekov, Russe, haben geschworen, sich gegenseitig umzubringen. Doch nun müssen sie zusammenarbeiten, denn eine gigantische Verschwörerorganisation will die Welt durch Terror ins Chaos stürzen. Die Todfeinde machen sich auf – zur gemeinsamen Jagd.

Das Parsifal-Mosaik

Michael Havelock ist einem Täuschungsmanöver unglaublichen Ausmaßes auf der Spur. Sollte es gelingen, würden alle internationalen Verträge außer Kraft gesetzt werden und die Welt in den nuklearen Krieg stürzen.

Die Aquitaine-Verschwörung

Sechs Generäle schließen sich zusammen, um ihre Idee von einem Riesenreich gewaltsam zu verwirklichen. Der Rechtsanwalt Joel Converse erfährt von diesem Plan. Als es ihm gelingt, die machtverrückten Generäle aufzuspüren, wird er zum meistgejagten Mann Europas …

Der Ikarus-Plan

In Oman werden 247 amerikanische Botschaftsangehörige als Geiseln genommen. Ein Kongressabgeordneter bietet seine Hilfe an. Seine einzige Bedingung: Er muss unabhängig vom amerikanischen Geheimdienst arbeiten können. Die Regierung akzeptiert – ein schwerer Fehler.

Das Omaha-Komplott

Die politische und militärische Führung der USA befindet sich in einer Krise. Ein kleiner Indianerstamm beruft sich auf einen Vertrag, der ihm die Besitzrechte am Bundesstaat Nebraska sichert. Doch im Hintergrund zieht ein viel gefährlicherer Feind die Fäden.

Die Scorpio-Illusion

Als Amaya Bajaratt zehn Jahre alt ist, muss sie mit ansehen, wie ihre baskische Familie von den Spaniern brutal ermordet wird. Amaya hat fortan nur noch einen Gedanken: Rache an der Obrigkeit, gleich welchen Staates, zu nehmen. Zur jungen Frau herangewachsen, beherrscht sie das Handwerk des Terrorismus perfekt und beschließt, in einem Feldzug die Mächtigen der politischen Welt auszuschalten …

Die Lennox-Falle

CIA-Spitzenagent Harry Lennox ermittelt unter strengster Geheimhaltung gegen eine gefährliche Bruderschaft, die das demokratische System der westlichen Staaten aus den Angeln zu heben droht.

Das Matarese-Mosaik

Mit ausgefeilten Computerstrategien versucht der Matarese-Geheimbund, die Macht an sich zu reißen. Nur CIA-Topagent Beowulf Agate kann ihn stoppen ...

Der Prometheus-Verrat

Eine weltweit agierende zwielichtige Organisation arbeitet an einer neuen Waffen- und Überwachungstechnologie, die so lückenlos funktionieren soll, dass selbst Geheimdienste überflüssig werden. Ein Milliardenpoker um dieses lukrative Geschäft beginnt.

Das Sigma-Protokoll

Eine fast vergessene, hochbrisante Geheimdienstakte ist der Auslöser für eine brutale Mordserie in Europa. Als der Investmentbanker Ben Hartmann in Zürich nur knapp einem Anschlag entgeht, folgt er gemeinsam mit der US-Agentin Anna Navarro den Spuren des Falls.

Der Tristan-Betrug

Ein Amerikaner im besetzten Paris. Keiner weiß, dass er für den Geheimdienst arbeitet. Er führt ein Leben mit schönen Frauen, Partys und vielen interessanten Freunden. Dann wird er enttarnt und steht plötzlich alleine da, ohne Kontakte, ohne Plan und mit nur einer einzigen Möglichkeit zur Flucht.

Die Ambler-Warnung

Exagent Ambler wird von seinen einstigen Auftraggebern auf einer entlegenen Insel gefangen gehalten. Mithilfe einer Krankenschwester gelingt ihm die Flucht. Doch die Welt, in die er zurückkehrt, ist nicht die, die er verlassen hat. Eine mörderische Jagd nimmt ihren Lauf.

Die Bancroft-Strategie

Kurz nachdem der Agent Todd Belknap den Dienst quittiert hat, wird im Libanon sein bester Freund entführt. Als sich die Regierung weigert einzuschreiten, nimmt Belknap die Sache in die Hand. Eine Entscheidung, die er bald bereuen wird.

2. Die Jason-Bourne-Reihe

Die Bourne-Identität

Jason Bourne ist ein Mensch ohne Vergangenheit und ohne Zukunft – gejagt von mächtigen Feinden; geliebt von einer schönen Frau, die nicht glauben kann, dass er wirklich das ist, was sich langsam herauskristallisiert: ein Berufskiller.

Das Bourne-Imperium

Im Hinterzimmer eines Hongkonger Nachtlokals werden fünf Leichen aufgefunden. Einer der Ermordeten ist der Vizepräsident der Volksrepublik China. Doch warum hat der Killer mit dem Finger den Namen »Bourne« in die Blutlache gemalt?

Das Bourne-Ultimatum

Im dritten Teil der Bourne-Serie wird David Webb alias Jason Bourne ein weiteres Mal zum Spielball der Geheimdienste auf der Jagd nach seinem Erzfeind Carlos, dem Schakal.

Das Bourne-Vermächtnis
(mit Eric van Lustbader)

Mit *Das Bourne-Vermächtnis* feiert die Trilogie ihre Fortsetzung: David Webb glaubt, seine Identität als Jason Bourne für immer hinter sich gelassen zu haben. Doch die Vergangenheit ruht niemals.

Der Bourne-Betrug
(mit Eric van Lustbader)

Jason Bourne kommt nicht zur Ruhe. Sein Freund Martin Lindros wird in Afrika entführt, und Bourne setzt alles daran, um ihn freizubekommen. Doch ist Lindros wirklich der, der er vorgibt zu sein? Ein teuflisches Spiel beginnt.

Das Bourne-Attentat
(mit Eric van Lustbader)

Als Jason Bourne Informationen über einen drohenden Terroranschlag auf amerikanischem Boden zugespielt werden, begibt er sich sofort auf die gefährliche Jagd nach den Killern. Doch zu spät erkennt er, wer der eigentliche Drahtzieher des Attentats ist.

Die Bourne-Intrige
(mit Eric van Lustbader)

Nach einem mörderischen Zweikampf mit dem russischen Killer Leonid Arkadin taucht Jason Bourne schwer verletzt auf Bali unter. Er täuscht seinen Tod vor und nimmt eine neue Identität an. Im Geheimen plant er die finale Hetzjagd auf den Killer. Doch Arkadin hat Bournes Manöver längst durchschaut. Ein teuflisches Katz-und Maus-Spiel nimmt seinen Lauf.

Das Bourne-Duell
(mit Eric van Lustbader)

Jason Bourne ist auf Bali untergetaucht, wo er in den Besitz eines mysteriösen Rings gelangt. Die Inschrift des Rings verweist auf eine im Geheimen operierende Organisation. Bournes Weg führt nach Marokko. Hier trifft er auf seinen Todfeind Leonid Arkadin, und ein unerbittlicher Kampf entbrennt. Doch scheinen beide in eine tödliche Falle getappt zu sein.

Der Bourne-Befehl
(mit Eric van Lustbader)

Eine internationale Organisation schickt sich an, der amerikanischen Wirtschaft einen vernichtenden Schlag zu versetzen. Doch zuvor muss der Mann beseitigt werden, der ihr als Einziger gefährlich werden kann: Jason Bourne. Ausgerechnet Bournes Freund Boris Karpow wird auf den Topagenten angesetzt. Findet Karpow einen Weg aus der tödlichen Zwickmühle?

Der Bourne-Verrat
(mit Eric van Lustbader)

Vor der schwedischen Küste zieht Jason Bourne einen Bewusstlosen aus dem Meer. Als der Mann zu sich kommt, fehlt ihm jede Erinnerung – eine unheimliche Parallele zu Bournes eigenem Schicksal. Die Lösung scheint in einem Mossad-Lager im Libanon zu liegen, in das sich Bourne Wochen zuvor geflüchtet hatte. Was geht dort vor sich? In letzter Minute erkennt Bourne einen zerstörerischen Plan, der nicht nur sein Leben, sondern die Sicherheit der Welt bedrohen könnte.

Die Bourne-Vergeltung

(mit Eric van Lustbader)

Jason Bourne ist am Boden zerstört, als seine Gefährtin, die Mossad-Agentin Rebekka, bei einem geheimen Einsatz in Mexiko getötet wird. So nimmt er den Auftrag an, für den ihn der Chef des israelischen Geheimdienstes gewinnen will: den chinesischen Minister Ouyang Jidan auszuschalten, der nicht nur für Rebekkas Tod verantwortlich zeichnet, sondern mit seinen dunklen Plänen eine Bedrohung für die gesamte westliche Welt darstellt.

3. Die Covert-One-Reihe

Der Hades-Faktor

(mit Gayle Lynds)

Drei Menschen werden Opfer eines unbekannten Virus. Als auch die Molekularbiologin Dr. Sophia Russell daran stirbt, glaubt Colonel Smith nicht mehr an einen Unfall. Er kommt den teuflischen Machenschaften eines Pharmagiganten auf die Spur.

Der Cassandra-Plan

(mit Philip Shelby)

Das Pockenvirus scheint besiegt. Nur in zwei Geheimlabors in Russland und den USA werden noch Restproben verwahrt. Unbekannte versuchen, die tödlichen Viren zu stehlen.

Lt. Colonel Jon Smith muss den Diebstahl um jeden Preis verhindern, denn ein Ausbruch der Seuche würde die ganze Menschheit bedrohen …

Die Paris-Option
(mit Gayle Lynds)

Eine Bombenexplosion im Pasteur-Institut in Paris tötet den Forscher Emile Chambord, der gerade an der Entwicklung eines DNA-Computers arbeitete. Auch seine Unterlagen scheinen vernichtet worden zu sein. Wenig später verschwinden auf mysteriöse Weise amerikanische Kampfjets. Jon Smith fliegt nach Paris, um eine Verbindung zwischen dem Anschlag auf das Institut und dem gefährlichen Mastermind herzustellen.

Der Altman-Code
(mit Gayle Lynds)

Die US-Marine hat einen chinesischen Frachter im Visier, der im Verdacht steht, gefährliche Chemikalien in den Irak zu transportieren. Um einen diplomatischen Super-GAU zu verhindern, muss der Geheimdienst herausfinden, ob der Verdacht sich bestätigt. Für diese Aufgabe gibt es keinen Besseren als Jon Smith. Was er entdeckt, bestätigt die schlimmsten Albträume.

Die Lazarus-Vendetta
(mit Patrick Larkin)

Die Lazarus-Gruppe ist die Speerspitze einer Umweltbewegung, die gegen die Technologisierung der Welt kämpft. Sie wird angeführt von einem mysteriösen Führer mit dem Namen »Lazarus«. Als nach einer Attacke auf ein Forschungslabor Tausende Menschen ums Leben kommen, schlägt die Stunde von Colonel Smith. Es ist höchste Zeit, »Lazarus« zu enttarnen.

Das Moskau-Virus
(mit Patrick Larkin)

In Moskau sterben US-Diplomaten an einem neuartigen Virus. Es lässt sich nicht diagnostizieren, nicht aufhalten, und es gibt kein Gegenmittel. Die perfekte Biowaffe, die ihr Ziel in der DNA ihrer Opfer findet und diese rasend schnell zerstört. Jon Smith wird von Prag aus nach Moskau beordert, um die Attentäter ausfindig zu machen. Er kommt einer weltweiten Verschwörung auf die Spur, die von einem geheimnisumwitterten Mann geleitet wird.

Der Arktis-Plan
(mit James Cobb)

In der kanadischen Arktis finden Wissenschaftler das Wrack eines russischen Bombers. Nur eine Handvoll Menschen weiß, dass dieses Wrack eine heute noch hochgiftige biologische Waffe an Bord hatte. Das Team von Covert One wird vom amerikanischen Präsidenten persönlich beauftragt, die Fundstelle abzusichern und die Biowaffe zu entschärfen. Doch als sie den Ort erreichen, finden sie dort bereits einen tödlichen Widersacher.

Die Ares-Entscheidung

(mit Kyle Mills)

Im Norden Ugandas wird ein Spezialkommando der US-Streitkräfte von bisher friedlichen Bauern ausgelöscht. Offenbar besaßen die Menschen fast übermenschliche Kräfte. Alles deutet darauf hin, dass sie ein bisher unbekannter Erreger immun gegen Schmerz und Angst machte - eine teuflische Biowaffe, die die Welt ins Chaos stürzen könnte. Das Team von Covert One muss alles daransetzen, der Bedrohung Herr zu werden. Doch der Feind sitzt in den eigenen Reihen …

Die Janus-Vergeltung

(mit Jamie Freveletti)

Bei einer Medizinerkonferenz in Den Haag verüben Terroristen ein Blutbad. Covert-One-Lieutenant Jon Smith kann mit knapper Not entkommen. Doch der Anschlag war nur ein Ablenkungsmanöver, um den hochgefährlichen pakistanischen Warlord Oman Dattar aus seiner Haft zu befreien. Und Dattars Racheplan hat nicht weniger zum Ziel als den Untergang der Vereinigten Staaten von Amerika.

Das Galdiano-Experiment

(Mit Kyle Mills)

Der Wissenschaftler Christian Dresner sorgt mit einer neuen Technologie namens Merge für Aufsehen. Jon Smith erkennt das verheerende Potenzial des Geräts. Der Merge darf auf keinen Fall in die falschen Hände geraten. Doch die Hinweise verdichten sich, dass seine Warnung bereits zu spät kommt.

4. Die Paul-Janson-Reihe

Der Janson-Befehl

Ein Milliardär und internationaler Friedensaktivist wird von Topterroristen entführt. Paul Janson, ein geläuterter Auftragskiller, soll ihn befreien und eine Verschwörung aufdecken, die den Weltfrieden gefährden könnte.

Das Janson-Kommando

(mit Paul Garrison)

Gemeinsam mit der Scharfschützin Jessica Kincaid hat Paul Janson seine eigene Spezialeinheit gegründet. Sein neuester Auftrag: Er soll einen von afrikanischen Piraten entführten Mediziner befreien. Doch das Unternehmen misslingt, und Janson begreift, dass er mitten in den größten Schwierigkeiten steckt.

Die Janson-Option

(mit Paul Garrison)

In Somalia wird die Gattin eines einflussreichen Ölmanagers von Piraten verschleppt. Die Lage ist brenzlig: Am Horn von Afrika tobt ein erbarmungsloser Kampf um Macht und Öl. Jeder Rettungsversuch birgt die Gefahr, zwischen die Fronten zu geraten. Als Janson und Kincaid vor Ort eintreffen, erwartet sie bereits ein tödlicher Feind …